章荣朝◎著

江边人家

Families
Living
on the Riverside

春江潮水连海平
海上明月共潮生
滟滟随波千万里
何处春江无月明
江流宛转绕芳甸
月照花林皆似霰
空里流霜不觉飞
汀上白沙看不见
江天一色无纤尘
皎皎空中孤月轮
江畔何人初见月
江月何年初照人
人生代代无穷已
江月年年只相似

咪古阅读　厦门大学出版社　国家一级出版社
XIAMEN UNIVERSITY PRESS　全国百佳图书出版单位

图书在版编目(CIP)数据

江边人家/章荣朝著.—厦门:厦门大学出版社,2018.12
ISBN 978-7-5615-7260-3

Ⅰ.①江…　Ⅱ.①章…　Ⅲ.①长篇小说－中国－当代　Ⅳ.①I247.5

中国版本图书馆 CIP 数据核字(2018)第 286080 号

出版发行	*厦门大学出版社*
社　　　址	厦门市软件园二期望海路 39 号
邮政编码	361008
总 编 办	0592-2182177　0592-2181406(传真)
营销中心	0592-2184458　0592-2181365
网　　　址	http://www.xmupress.com
邮　　　箱	xmup@xmupress.com
印　　　刷	长沙市宏发印刷有限公司

开本	720mm×1000mm　1/16
印张	20
字数	347 千字
插页	1
版次	2018 年 12 月第 1 版
印次	2018 年 12 月第 1 次印刷
定价	68.00 元

本书如有印装质量问题请直接寄承印厂调换

厦门大学出版社
微信二维码

厦门大学出版社
微博二维码

序 言

麦 家

1

　　章荣朝先生的《江边人家》是家人的故事，也是家国的历史，浅尝似茶，素朴而清香，细品如酒，清冽而有后劲，沉淀着一代人的光阴和记忆。在三日两夜手不释卷的持续阅读中，我不止一次地听到 T.S. 艾略特刻在《磐石》的诗句：

　　　　我们在生活中失去的生命在哪里？
　　　　我们在认识中失去的智慧在哪里？
　　　　我们在传播中失去的知识在哪里？

　　这质感浓厚的借喻和象征，这带着浓烈绵实的拷问，似乎从一开始就浸透在滔滔江水中。作者以家为芯子，以孝、贤、勤、善等美德构成其内核，不屈于命运，不困于细琐，意志坚定、轮廓分明地直抵中国式家庭（族）的特性同征，以及它带给人们的羁绊和痛苦、温暖和希冀。小说字里行间，魂灵深处，缓缓流淌出来的宁谧、善良、信任和美，使我想到，我们的文学在"家"的日常表达上，用了许多冒险的方式，立了目不暇接的路牌，实质却并没有建树什么，反而有所失去。

　　家的核心是人，人的核心是情感，哀怨，情仇，怒怼，欢愉，兴欣，是流水的浪花，一石击起千层浪，一叶孤帆风中行。空穴不会来风，说到底，人在江边，水在江里。这江也是疆，是国的意思，是天地的意思。

2

书中人物关系复杂，新安江畔，羊、汪两个家庭，两代人，随着时代变迁，展开长达半个世纪的恩怨情仇。作者用一种相当经济的方式和相对平和的叙述，处理了宏大的命题：个人和国家的命运，如水乳交融。情节设计有传奇色彩，但即便是围绕奇人奇事，个中情景却是普通寻常，描写亦细致入微。尾声，客居台湾四十年的汪家富回到大陆，发现前妻伴侣竟是原以为早已作古的弟弟阿标（家贵），作者用一种平静的激情写道：

> 家富两眼发呆，板着脸孔，表情十分难看。阿标也把咧开的嘴收拢了，他眼看前方，放慢脚步，止步不走了。家富脸色由红白转灰黑，最后铁青，他向前一步，抡起右手，运足全身力气，一个巴掌打在阿标脸上，一声不响，走出大门，急匆匆地大步向街上走去……阿标蹲在地上，双手包住脸孔，把头埋在膝盖之间，不说痛，不骂人，一声不吭。永耕叫阿芳，她眼睛一张，无助无语，像是无知觉的人。他又叫阿标，阿标一动不动，像缩身的刺猬。

弟弟年轻时替兄从军，国民党军官的年轻太太勾搭不成，反目构陷，为活命他被迫杀死军官，千里逃亡，隐姓埋名，苟且偷命。这个人物性情的变异，与身世相连，也沐着时势变迁的风雨。人物要贴着生活写，弟弟是贴得好的，既有个性又有象征性。

3

同讨厌的阿标相比，他的侄子、主人公羊水生则自始至终展现出惹人喜爱的个性。国人素奉"百善孝为先"，没什么比孝顺更为要紧的。羊水生由养父羊永耕在洪水中救起，养母秋风视如己出，拉扯长大，年幼时，他以手指为便秘的奶奶通便；即使成分不好，被有仇隙的仇林吉公报私仇，也不肯弃姓他投。较于避难贫农乳母家的长子水坤，水生的坚持超越了孝道。

随着情节推进，仇林吉（汪有强）的母亲认出羊水生是她失散多年的幼子，仇人原是亲兄弟。血缘关系却不足以化解仇雠，心胸狭隘的兄长害怕弟弟的身份影响自己的美好前程，变本加厉，落井下石构陷于前，强奸害死弟媳于后，终于银铛入狱。狱中的他，远离时代旋涡，卸下欲望包袱，丢开是非颜面，回归真我，人性本善，潜心忏悔，用时间和真诚，赢得了弟弟的宽恕。

宽恕，比孝顺更为人道。在宽恕面前，他精明于商场的聪慧，不欺暗室的正直，带领全村办厂致富，敢担当，肯实干。凡此种种，作者以一种爱护有加的方式，呵护着这样一个在当代文学作品中罕见的完美人格，让羊家淳朴厚重、磊落堂正的家风，在他身上得以一一具象。

文学，在当今这个物欲横流、喧嚣浮躁的时代里，正在经历一场何去何从的选择和考量。《江边人家》不宫斗，不穿越，不鬼怪，不机心，只是素朴地回忆、讲述，素朴得近乎笨拙，却有浓郁的乡音乡情，家事国情。如今，我们多的是艳美，桃红柳绿，万紫千红，美若天宫。但小草青青、灌木丛丛才是大地的色彩，素而朴，朴而真，真而美。

二〇一八年二月十九日

目　录

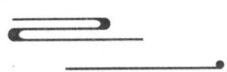

1

下篇

四十天岁月如歌

楔子　杀猪过年亲人归

　　天色微明，六十二岁的申屠秋凤双手拔出门闩，"咣当"一声打开大门。

　　"好天公!"

　　她双手合掌，面对东边猴坪山顶上的那几棵大松树边说边拜。这里的人，把老天爷称作"天公"，认为天公是世上最善良最公正最有力量的万物主宰，天公做事没有不好的，天黑天亮、阴晴雨雪、冷热旱涝，都是天意，是公道，人是不能怨恨天公的。申屠秋凤自二十岁出头嫁到沙湾坞，从村里人称她"凤嫂"到"凤婶"，再到如今的"凤奶奶"，四十多年来每天早上起来，她都要先开门对天道一声"好天公"，并拜个揖，而后再用双手在眉眼间揉搓一番，深深吸一口气，长长地呼出去，然后开始迎接新的一天。

　　这天，是公元一九八八年一月二十三日，农历丁卯年十二月初五。这是当地人杀过年猪的最佳日子。一些懂阴阳历法的人说，这天是"丁丑日"，属牛。当地人说杀猪要挑属牛属马的日子，这两个日子杀年猪，来年的过年猪就能养得像牛马一样大，而不能在属猪属鼠的日子杀年猪，因为属猪的日子杀年猪，来年的过年猪很难养过年，而属鼠的日子杀年猪，下一年的过年猪就会像老鼠一样长不大。沙湾村共有十一个自然村，七百多户人家，一共只有三个杀猪师傅。大家都想挑好日子杀年猪，三个杀猪师傅自是忙不过来。秋凤奶奶早在一个月之前就同杀猪师傅阿良商量了，阿良说"牛日"这天他已经答应给九户人家杀年猪，即便从鸡叫头遍忙到后半夜怕也完不成! 秋凤奶奶只得到四里路外的邻村沙湾岭去找阿根。

阿根是附近几个村庄年纪最大的杀猪师傅，过年就六十岁了。他有三个徒弟，每到杀猪吉日，大忙日子，师徒四个人一天可杀三十多头猪。秋凤奶奶找他时，他手头已接下三十一头年猪等他们去杀。

"凤奶奶，你看三十多头猪，我和徒弟四个人每人杀八头，动作再快也已经忙不过来了。"

秋凤奶奶听了眉头打结，长长叹了口气。阿根见了，心里也很替她难过，思量一下，搓着双手说道：

"我看这样吧，凤奶奶，初五中午边，你早点把水烧起来，我和两个徒弟早点吃好午饭先去把你家的年猪杀好，然后再到别人家去。"

秋凤奶奶觉得阿根这人真是好！

今天是杀猪的日子，秋凤奶奶很早起来，在大门口站了一会儿后，她走到堂前搁几前，从抽屉里取了三支香用火柴点着，然后从边门穿过灶屋走到猪栏边，对着猪栏举香拜了三拜，把三炷香插在猪栏的小竹筒里。栏里睡着的过年猪爬起来伸了个懒腰，这是头正宗的"两头乌"。沙湾村的人养猪一向去金华、衢州一带选购猪崽，今年清明节前几天，办家具厂的小儿子水生自己开了工具车，到龙游挑选了这只"两头乌"猪崽。当时一般猪崽是七毛钱一斤，而这只小猪要一元钱一斤，总重十八斤。水生办厂有了钱，不在乎价钱，连同那只竹篓子一起，付了二十一元钱，把它买了回来。凤奶奶看这小猪毛色光亮，额头上有一朵白花，非常喜欢，连夸儿子有眼光，会办事。八个多月来，水生每天把自己工厂食堂里的剩饭剩菜带回家喂猪，加上凤奶奶养得用心，现在这头猪膘肥体圆，看样子足有两百来斤。看着这头被她养得又壮又肥的年猪，凤奶奶不由想起早年经历的两件跟年猪相关的往事。

第一件事老早了，是她刚嫁给羊永耕的第二年，十二月初十。之所以记得这么清楚，是因为这日子特殊，正好是姓羊人家要到他们沙湾坞来举办姓氏宗谱圆谱典礼，从新安江到钱塘江，两岸姓羊的人都要到他们村"羊氏宗祠"来集会。沙湾坞有十六户姓羊的人家，按规矩家家户户都要养好年猪，办好祭品来祭谱。凤奶奶，不，那时应该还叫"凤嫂"，一年到头忙里忙外，大部分功夫都用在养年猪这件事上。那只猪最后被她养得又高又大，村里人都说，祭谱大典上她家的年猪一定要得头名。到祭谱那天，一大早把杀猪师傅请来，那时凤嫂年轻力壮，帮师傅打下手，冲水刮毛，开膛翻肠，动作利索，未到天亮就把一只三百来斤毛坯的大猪杀好。师傅走了以后，凤嫂见天色未亮，就关起大门回到房里又去睡觉。谁知天亮后，婆婆起来发现挂在柱子上的猪大肠老长一段拖在地上，一直拖到天井沟里，再看摆放在祭礼架上的全猪，肚皮上一块肉被咬破挂在地上。她知道这是该死的狗造的孽！凤嫂的婆婆是个通情达理心慈善良的人，她不声不响把猪肠收拾好挂回原处，把猪肚皮上咬破的肉也尽量做了些处理，用布擦干净，将挂下的肉贴上，让猪身压着，不让人看出破绽。凤嫂的公公是个道士先生，做事细心讲究，他看猪肚皮上的肉左右不对称，想伸手去摸，却被老伴制止了。老伴拉住他手，带他到房间里去把情况如实告诉他。凤嫂的公公心里咯噔一下，但随后想，新媳妇熬夜干活已经很累，年轻人做事不周到情有可原，没有责怪她。祭谱仪式结束后，公公婆婆才找凤嫂好好地长谈一番，轻声细语，语重心长。凤嫂看公公婆婆没有发火骂她，心里充满感激。可是次年九月，公公得病卧床不起，几天后就去世了。一家人悲痛之余，凤嫂总觉得是由于自己不小心，让祭谱年猪被狗咬过，太不吉利，害了公公，心里一直内疚了好几年。

　　第二件事发生在小儿子水生结婚那年，那时正是"集体化"时期，养猪是由大队下任务的，规定三口之家必须养一头"任务猪"卖给公家。秋凤家当时是五口人，按规定要给公家养两头任务猪。因为年底水生要成婚，这年正月十九，水生亲自到兰溪猪仔市场上买了三只小白洋猪，计划养大两只卖给公家，留一只做过年猪，给自己结婚用。当时生产队里粮食欠缺，社员们一日三餐都吃不饱，用粮食喂猪是想都不敢想的。靠住在新安江边的便利，那时村里养猪的人家都到江里去捞薀草作猪饲料，每天早上天未亮，社员们赶在生产队出工之前去江里捞水草，有船的人家划着小船到深水处用竹竿打捞，没船的人只有忍着寒冷赤脚在浅水处用手拔，经常整个江面上都是人。当时大儿子水坤已经成婚，独立门户，住在村后乳妈家，家里只有水生、水珍兄妹俩，两个人每天一早就提着篮子挑着畚箕到江里去捞猪草，捞完猪草再去生产队挣工分。捞得多的日子有一畚箕担，够三只猪吃两天，少的日子只有两小篮，三只猪只能吃个半饱。薀草水分多，营养少，猪吃了只能撑撑肚子，难长肉，三头猪养了大半年都不足百斤。大队规定，任务猪必须达到每头毛坯猪一百二十斤的标准。为了把任务猪养达标，他们把三头猪中最小的一只用栅栏分开养，对另外两只搞优待，喂点番薯、玉米等粮食。尽管费尽心机，到时间还是没有达标，一只一百零七斤，另一只一百零五斤。怎么办？大队干部向上级报告，第二天，一个姓徐的驻队干部来到秋凤家，看到猪圈里还有一头分开养的猪，一问才知道是准备自家当过年猪、结婚礼用的。徐干部拉着长音，一个字一个字地说："私人利益必须服从国家利益。"他当即做出决定，杀过年猪时要分出三十斤白肉送到食品公司卖给公家，以补足任务。农历十二月初六，水生结婚的日子，把过年猪杀了，过完秤，白肉只有五十六斤，对半分都不够完成任务。但任务是必须完成的，怎么办？最后，靠着杀猪师傅阿根的"手艺"，把整猪一分为二时对公家一边"手下留情"，才总算完成政治任务……

想起这些，凤奶奶心头酸酸的，但看到眼前这头肥肥壮壮的"两头乌"，她心里又是喜滋滋的。过去的过去了，现在的日子好过了。几年前，水生和水珍在自己村办了个木材加工厂，挣了钱，日子像芝麻开花，节节高。大儿子水坤在自家承包山上种水果，妻子阿贞在水生厂里当安全员，都有自己的事情做，也能挣到钱，而且还给她生了一个孙女和一个孙子：孙子叫羊琦，孙女叫羊琼。子孙就是财富，虽然阿贞嘴巴讲话过于爽直，人称"剪刀口"，但人很勤快，凤奶奶倒也喜欢。而小儿子水生自小懂事，懂得体贴人，他经常对老人家说："妈，苦日子熬出头了！我们办厂，有了钱，你就好好享福吧。"此刻，福气就像写在她的脸上、手上、脚上，她开心地抿着嘴，离开猪栏，脚轻手健地走去灶屋，刷锅、淘米、点火，给一家人做早饭，一天好日子就这样开头了。

吃完早饭，凤奶奶在灶边洗碗。水生把一畚箕晒干的树根拎进灶屋。这些树根是几个月前他从山上挖来、劈好，堆在猪圈屋檐下，准备过年时烧的，今天杀年猪烧水正好用得上。看见水生拎回来柴火，凤奶奶说：

"水生，今天你不是说要和客户签合同吗？还不快到厂里去？柴火我会搬的。"

"妈，这柴火很重的，你不要去搬！"

"可客户在那里等你总不太好的吧？"

"我同他约好，九点钟开始，现在才八点十分。万一他先到，水珍会接待的，我再拎几畚箕过来，中午烧水烧饭的柴火够了我就去。"

凤奶奶听了不再吱声，她知道水生是怕她累着。这孩子从小就很懂事，作为长辈，子女孝顺就是最大的福气。洗好碗，凤奶奶开始准备烧杀猪水，她用竹丝洗帚把平时不大用的头号大锅刷洗了两遍，然后去天井用皮管接水。这"自来水"是从屋后山湾里接过来的，沙湾坞二十几户人家，平时吃水用水都靠村头那口井，天热时，井水不足，村里妇女常到一里路外的新安江去洗菜洗衣服，遇上干旱，连吃的水都要到江里去挑。去年正月，趁厂里放假空闲，水生买来七百多米皮管，叫几个工人帮忙，花了三天时间，把屋后山湾里的水接到天井，装好龙头，再接一根五六米长的皮管，哪里用水就接到哪里，方便得很。

送走水生，凤奶奶开始张罗烧杀猪水。中午边，杀猪师傅阿根带着两个徒弟来时，她已经把杀猪水烧得滚烫。阿根师徒三人都是大个子，有力气，手艺好，动作快，一只两担多毛坯的大年猪，只用了个把小时就杀好了，然后剁好、洗好、摆好，弄得条条直直。

午饭后，凤奶奶按习惯要午睡一下。六十岁后，她经常腰痛，去年水生陪她去骨伤医院看了几次，腰痛病好多了，但稍有疲劳，又会隐隐作痛。医生说要多休息，水生劝她每天中午睡一个小时。今天家里要杀年猪，她起得早，忙了大半天已经很累了，晚上还要烧年猪饭，要赶紧上床躺一会儿。

穿过天井的阳光逐渐移到东边的墙头上，凤奶奶起了床，看时辰已不早，就到灶屋准备烧夜饭。这时，水生带了厂里五六个人回来。

"妈，烧夜饭的人我叫来了。"

厂里的人见堂前砧板上、八仙桌上摊满猪肉，都兴奋地赞叹这只年猪真大。凤奶奶从灶屋走到堂前，乐呵呵地说：

"这是我这么大年纪养过的最大的一只过年猪，两百六十五斤呐！"

这么多肉当然要腌，腌过了，可以随时吃。水生说他买了三十斤盐。

凤奶奶说："照一斤盐腌十斤肉的标准，尽够了！"

水生说："好，妈，你当顾问，坐在藤椅里负责指挥好了，烧饭、腌肉，做事的人我都叫来了。"

厂里食堂来了两个炊事员，一个厨师，负责烧菜；一个帮手，管洗菜切菜。水坤妻子阿贞负责烧火，女儿水珍和另外两个工人负责腌肉，大家各司其职，风风火火地干了起来。

阿贞坐在毛毛凳上，把两只锅子烧得旺旺的，对掌勺的阿富说："阿富，你炒菜手艺再好，如果我锅子烧不好，你炒的菜就不好吃。"

阿富说："是的呀，火头军火头军，全靠火候好，烧火师傅，像戏文台上的敲锣师傅，戏文唱得好不好，要看锣鼓敲得好不好。"

"那是的，"阿贞眉飞色舞地说，"以前家里烧年夜饭，都是我负责烧火，不过今年过年我要抢镬铲了。"说完，她向堂前走去，想看看他们是怎么腌肉的。

　　凤奶奶指导水珍和厂里的两个人，把两只火腿垫在缸底，肋条肉压在上面，猪油、猪头另用钵头、小缸腌。还有一只四五斤重的大蹄髈，是给水生的亲爷（当地人称干爹为"亲爷"）做八十大寿用的，明天要送去，不需要腌。

　　水生去村里叫吃年猪饭的人了。除水生厂里的人、帮忙的人，村里羊氏的长辈和平时常往来的几个近邻是必须要叫的，这叫"有福同享"，是老规矩。虽然几天前凤奶奶就已经跟他们打过招呼了，可到了吃年猪饭的时间还是得有人上门去请一下，这是礼数，也是人情。

　　西岭脚日头公公快搭岗了，水生扶着羊姓人家年纪最大的海公公来了，凤奶奶赶快过去搀着海公公到堂前八仙桌前坐下，并叫水生泡来一杯茶。接着水坤牵着儿子羊琦和女儿羊琼，以及水生的堂叔钊根、大伯母阿英婆婆、叔伯爷爷春义等人也都来了。菜陆续上桌，凤奶奶陪着请来的老辈们入座八仙桌，这是主桌，水生厂里人和自家人则坐的是大圆桌。无酒不成席，热气腾腾的米酒上桌了，酒香掺进肉香，满屋子香气扑鼻，大家心头也是香香的。

　　水生先替八仙桌上的八个长辈倒好酒，阿富也给圆桌上会喝酒的人倒了酒。农村人不大习惯碰杯敬酒，都各自喝了起来。

　　堂叔钊根喝一口酒，捧着酒碗说："这米酒不错，酒气足，香味好，有些甜又有些酸，正好进口，是凤嫂亲手做的吧？"

　　凤奶奶说："是水生做的，我年纪大了，小钵头里做点甜酒还可以，做大缸酒吃不消了。水生从小跟着我，我以前做酒时他总是陪在身边看，看了一肚子，看会了，十几岁就会了，二十岁后家里的过年酒都归他做了。"

　　长辈们一向喜欢水生，借此把水生好好夸了一番。水生一边给长辈们添酒，一边催大家多吃菜。

　　"年猪饭主要是吃肉。"水生对大家说，"腌白菜炒肉是我们沙湾十里八村的招牌菜。今年家里年猪养得大，我特地到沙湾埠阿昌那里买来一担高脚白，阿昌种的白菜是全县出名的。今天晚上特地请我们食堂的阿富师傅来烧的，他是烧腌菜肉的专家。"

　　水生话音刚落，阿富接着说："今天的腌菜肉着实烧得多，除了每张桌上的三大碗，煤饼炉上还有一大锅，大家放开量吃，烧得不好请原谅。"

　　正说着，两个孙子"奶奶、奶奶"地叫着进门，一个叫羊琳，一个叫羊珺，是水生的儿子。他们今天下午期末考试，比平时回来得迟，早就饿坏了，一进屋子，书包还没放下就冲到奶奶身边，叫着要吃肉。凤奶奶立即夹起几块三层肉塞到他们嘴里，两个人狼吞虎咽，吃得满嘴冒油，看着让人开心。

阿英婆婆说："水生这两孩子像爸爸，都很喜欢吃肉。"

凤奶奶补充说："还都喜欢吃肥肉！"

海公公笑着说："这真是风水应的。水生的阿爹永耕也很喜欢吃肉，他在私塾当教书先生时，大家都叫他'肉先生'。"

春义爷爷接着海公公的话说："水生家的人爱吃肉是祖上遗传的，永耕是'肉先生'，永耕的阿爹也是'肉先生'。"然后，讲了一个水生爷爷吃肉的故事。

水生爷爷是个道士先生，懂点医术，平常也会给人看个小毛病。有一次他在外地做完"功德"回家，村里一个财主请他上门给女儿看病，财主女儿去城里学骑马，回家后屁股上生了个毒疮，一天到晚痛得嗷嗷叫。财主请来一个有名的郎中看了，吃了十多帖药却一点儿不见好转，便来叫水生爷爷去看看。水生爷爷仔细查看一番后叫财主老婆找来一把眉毛钳子。他左手拿着油灯，右手用眉毛钳子把财主女儿屁股上的"红疮"用力夹住，"哼"的一声拔了出来。原来，那颗"红疮"是一只牛虱子，它叮在那里，天天吸血，肚子胀得又红又大，所以看上去像一颗毒疮。牛虱时刻叮着，当然让人疼痛难忍。牛虱拔掉后，不到一筒烟的功夫，财主女儿就说不痛了，再过了一会儿，就能起身下床了。

"真是手到病除啊！"

财主连声喝彩，夸水生爷爷医术高明，并立刻包了一个大红包酬谢水生爷爷。

水生爷爷说："帮人纾难是我的本分，不用给钱的。"

财主说："前面的郎中先生看一次病开一张方，要了我三担谷的银钱，你怎么可以不要钱！这是五担谷的银钱，是你应得的，别嫌少就好了。"

水生爷爷说："要是为了钱我是不会来的，我是做道士的人，行医是积德，不可以收钱。"说完拿起搭背口袋往肩上一挂起步要走。

财主拦住他说："这样吧，钱你不收也罢，留下来吃餐饭再走，也好让我们心安。"

见财主心诚，水生爷爷说："那好，我就不客气了。"

饭菜做好，七八个菜摆满了一桌子，大多是肉。财主一个人陪水生爷爷在堂前吃，其他人在灶屋吃。财主给水生爷爷倒酒，水生爷爷说不爱喝酒，只喜欢吃肉，说着就大口大口吃起肉来。饭才吃了一半，桌上的一大碗红烧肉已经让他吃得只剩下一块。财主点着头赔着笑说："再吃，再吃！"他把剩下的一块红烧肉吃掉后，又把一碗腌菜肉吃得只剩下腌菜。财主叫儿子把温在灶肚里的一钵头红烧肉又端来，对水生爷爷说："喜欢吃，尽管吃，还有，还有。"水生爷爷也不客套，答应道："好的，我这个人不会客气，喜欢吃就要吃过瘾。"财主说："我就喜欢你这种人，坦坦荡荡，爽爽直直。"就这样，水生爷爷又把那碗红烧肉吃了半碗，然后放下筷子说："今天吃痛快了！"财主心里也痛快，给女儿治好了病，又结识了一个爽直人，心底无私，不做作，不贪财，只是吃肉的胃口着实是让他开了眼界，简直有点儿不可思议。后来，道士先生，也就是水生爷爷，很会吃肉的故事就在四面八方传开了。

听完故事，满屋子的人都哈哈大笑。最后，春义爷爷对水生讲道："你爷爷就是这样，正直无私，一辈子只晓得给人做好事，大家也晓得他，不贪钱财，只是喜欢吃肉。你爹，你，还有你孩子，都爱吃肉，都是从他身上遗传的。""遗传"是个新词，有人懂，有人不懂，有人半懂不懂的。钊根文化程度高些，懂得遗传的含义，他慢条斯理地说："其实前面海公公说得对，水生家几代人喜欢吃肉是风水应的，春义叔讲的遗传也是对的，但有人听不懂，就不大切合的，讲话嘛首先要让人听得懂。"

大家一边喝酒吃饭，一边各自讲些见闻，热热闹闹，欢欢喜喜，凤奶奶心里乐滋滋的，觉得一天的忙忙碌碌有价值。她心里高兴，身子骨也不累了，只想听大家继续开开心心吃着、喝着、说着、喜着、乐着。人老了就是这样，后辈们开心了，自己也就开心了。

"嘟嘟！"

"嘟嘟！"

突然，水生腰里的"电话机"响了起来。水生起身接听电话，是厂里传达室打来的，说是邮递员送来一份给申屠秋风的电报，要水生签过字才能收下。水生立即放下碗筷，骑着自行车去了。饭桌上的人开始猜测这电报是谁打来的，可都猜不出个所以然。倒是有人说起水生的"电话机"，说这个太稀奇了，没有电线怎么好传声音呢？出纳阿娟说：

"这叫'大哥大'，移动电话，城里人早就在用了，杭州还有更先进的。可能要不了多久，大家都会有了。"

这是大家不相信的，这么先进的东西怎么可能大家都能有？先进的东西从来只是少数人有，大家都有了，这东西也就不先进了。阿娟不知道怎么进一步解释，便随大家说，吃饭喝酒就是这样，大家总要说东道西，找些闲话讲讲，没人讲，场面冷清清的，才不好呢。

过了六七分钟，水生风风火火地骑车回来了，一进门就大声叫：

"妈，爸要回家过年了！"

"啊？！"

凤奶奶一下张大嘴巴，瞪大眼睛，呆住了，像被冰冻住了。

水生把电报内容念了一遍，总共八个字：

　　　　明日回家过年，永耕。

"这是真的？"

"真的，妈！"

凤奶奶好不容易回过神来，双手慢慢合拢，捂住眼睛，轻轻地、慢慢地说一句："这个梦总算成真了！"更像是喃喃自语。这是喜，是悲？她自己也感觉不到，她真的是像被冰冻住了，有些麻木，有些痴呆。

这天晚上，一整夜，凤奶奶睡在床上都没有合眼。时间这东西太捉弄人了，对孩子来说，一年三百六十五天，一天二十四小时，一小时六十分钟，一分钟六十秒，一秒一分地过，这时间多么长，过得多慢啊！因为小孩子总在想自己什么时候才能长大，和大人一样高大，一样有本事。总这样想着，时间就变得慢，有时甚至有度日如年的感觉。对凤奶奶，已经过往的时间，过去了三年、十年、几十年，她会觉得像是昨天、前天、大前天，时间比火车跑得还快，比天上的鸟飞得还快。时间捉弄孩子，也捉弄老人呢。这一夜，凤奶奶倒像变成了个孩子了，长夜漫漫，一夜比一辈子还长。

永耕要回家过年了！四十年不见的永耕要回家了！消息像长了脚，在空气里跑着，在黑夜里奔着，很快在村子里传开来，然而……

上篇　四十年光阴似箭

一　新安江里涨大水

民国三十七年端午节，连续下了一天两夜的雨到天亮边停了。秋凤给刚生下四个月的女儿喂饱了奶，看旁边床上的丈夫永耕还在打呼噜，就轻脚轻手地起来，走出房门，又轻轻打开了大门。朝东边望去，猴坪山冈上那几棵大松树的缝隙间透出微微的红光。

"好天公！"

她边说边双手合掌拜揖，再往脸上搓摸了一会儿。然后，习惯性地把目光投向门前的田野。

"啊！"

她又揉了揉眼睛，仔细看了看，只见到处是白茫茫的一片。

"涨大水了！"

她失声喊了起来，赶忙转身进了屋子。

"新安江里涨大水了。"叫喊声此起彼伏。

八百里黄山千山万壑，葱茏馥郁，莽莽苍苍。遍野遍地小草上的露珠，同满山满脑无数承露盘似的树叶上的滴水，集成沟，流成涧，聚成溪，汇成河，形成了新安江。然后在皖南平原蜿蜒徜徉，"绘"出的地形像一个怀胎满月的大肚子，"分娩"出了粉墙黛瓦马头墙，徽商徽戏传四方的"徽州文化"。流入浙西山区后，时而两山夹岸，河床跌宕，"一滩复一滩"，她一路冲撞，发出狮吼虎啸的呼叫；时而进入一川峡谷，"随山将万转"，她踟蹰缓行，浅唱低吟。旷世经年，孕育了"鸟度屏风里"的浙西诗画长廊。母亲河啊母亲河，你给了两岸儿女物质和精神的充足养料！然而千百年来，也给两岸人民带来了无数次的洪水灾难！

地处新安江下游南岸的清江县沙湾村，是一个拥有一千多亩农田的小盆地。形状像一只向江面开口的大布袋，"袋"口江岸里把路长，从"袋"口向南到"袋"底有十来里路深，整个"口袋"范围合称沙湾村。星罗棋布在"袋子"内共有沙湾埠、沙湾坞、沙林坞、沙湾岭、沙岩脚等十一个自然村，三千来人口。在江口，靠下游沙湾埠自然村的东面，对着新安上游的是一座一百多米高的石壁岩，江水到此被挡只得转向偏北流去，所以在沙湾埠江面形成了一个大漩涡。每到雨季涨大水，江水就从沙湾村"袋口"涌进来，因而沙湾村几乎年年有水灾。如果是小灾，洪水一般只淹到靠"袋"口近的沙湾埠、沙湾坞等一两个自然村。大灾年份，洪水要涨到沙湾岭附近，淹过七八个村庄。老辈人说，清朝光绪年间，有一次，洪水满到"布袋"底，沙岩脚自然村的人坐在村口石阶上就能洗脚。洪水多发，迫使沙湾各个自然村的房子都建造在田畈周围的山湾里。

秋凤家的房子在一个高墩上，是沙湾坞村头最前面的一家。她家五口人，丈夫羊永耕比秋凤大两岁，今年二十七岁，在沙湾村下游五里路的东埠村私塾当教书先生，端午节学堂放学，正好在家。儿子水坤五岁，女儿水珍今年正月初十才出生，婆婆羊洪氏七十一岁，村里人叫她洪太太，公公三年前过世了。因家里有十多亩田地，还雇了一个只做农忙帮工的"半只手"长工，名叫阿标。听说涨大水了，永耕赶忙起床。他用一根木柴削成木桩，刻上记号钉在水里，好观察洪水是涨还是退。回屋洗完脸再出来，桩上的记号已经被淹掉了，大水涨得好快呀！

永耕催秋凤赶快烧早饭，他要同阿标去大水中捞木头。新安江每次涨大水，上游都有东西漂下来。洪水不大时漂下来的都是垃圾树叶之类，洪水大了常有木材家具等。有些年份遭遇特大洪水，沿江百姓的村庄被冲毁，除了木材家具、活的牲口，甚至人都会被冲下来。漂浮到沙湾埠口时被石壁岩一挡，水势回头，绕过漩涡，冲进口袋状的沙湾村田野。沙湾村的许多人家都请木匠制作了小划船，以备涨洪水时，帮上游受灾人家抢救淹水的人或牲口，打捞水淹的物资，等洪水退后，灾民来寻时归还他们。

永耕和阿标吃过早饭，叫了邻里隔壁几个人帮忙，把边屋柴火间搁在四脚凳上的小划船抬到门口石墩下的水里，然后两人带上划桨和绳子上了船向江口划去。阿标名叫仇志明，二十六岁，他说自己是江西人，人称"老表"，叫着叫着就成了阿标。那年日本鬼子打南昌，一家人逃难失散，他独身一人一路讨饭到浙江，在衢州、金华等地给人家背木头、挑担子、种田地，游荡了两年，然后流落到此帮人种田地干活，前年到永耕家做"半只手"长工。永耕家房子大，柴火间楼上有两间房空着。永耕妈洪太太见阿标头脑聪明，做事勤快，就叫阿标长年给他们家帮工，柴火间楼上的房间给阿标长住。永耕和阿标相处得像亲兄弟一样，阿标也把自己当成家庭中的一员，凡是家里有他能做的事他都会主动去做好。

"这次洪水真大。我到沙湾好几年了，第一次看到涨这么大的水。"阿标边划船边说。

"是啊，我长这么大也是第一次见这么大的洪水，江边的人家要遭难了。"

永耕说着话，用桨往后一扳，船向右偏了过去，在一株柏籽树边停了下来。这柏籽树原来是在一个高坎上的，现在树下也有齐腰深的水了。永耕用船桨在树干上抠了个印子，看水是不是还在涨。从附近自然村划来的四五只船也停在这里，大家用船桨稳住小船，站直身子，抬头向江面及对岸张望。

洪水淹没江岸，中间部分是江的河床，水势汹涌澎湃，两旁江岸部位的水流得慢些，上游被洪水冲下来的东西都在两边水流慢的地方漂浮着。对岸滩头村有一些房子一半淹在水里。再往远看，上游的金滩汽车站，两只载运汽车过渡的大船停靠在汽车站房子后边，看样子汽车站里也进水了。

"阿标你看。"

永耕指着沙湾埠村前水域，那里洪水遇到石壁，发出可怕的"轰轰"声，然后逆流成漩涡，漩涡外漂流着一溜木排。沙湾埠的两只船立即向木牌飞快地划去，其中一人把一条带铁钩的绳子抛了过去，铁钩钩住木排，两只船一起用力，把木排向沙湾里拉来，整个木排被漩涡外的回头水涌进了田畈里。接着，江中急流又冲来了许多凳子、桌子、箱子、箩筐等，这些东西分量较轻，快漂到漩涡边时就被巨大的逆水推进沙湾口，被小船打捞起来。

突然，漂来一个木料人字架屋顶，在漩涡边一漾一漾。

"赶快，阿标！"

永耕用力划起船桨，两人很快靠近屋顶。

"只是一些小木料。"

阿标看见屋架上只是些杉木做的橼树，不打算去捞。

"不，阿标你看，橼树盖着的下面好像还有一只橱子什么的。"

永耕把绳钩抛了过去。

"阿标你听。"永耕大声叫喊，两人停止划船，侧耳细听，在一片"哗啦哗啦"的水声中，似乎听到孩子的哭声。永耕赶忙用力把绳钩拉过来，屋架浮到船边，永耕抓住屋架上的一根橡树，仔细朝橡树底一看，是一只摇篮。

"里面有人，赶快划到柏籽树下去。"

到了树下，停住船，永耕跳到水里，水淹到了大腿边。

"水退点下去了。"永耕看看先头在树皮上做的印记说。

然后叫阿标也下水，帮忙掀掉屋顶架。永耕见摇篮搁在木行条上，夹进屋檐橡树底，浸不到水。他小心翼翼地把摇篮移出来，再用双手捧到船上。小孩仍有气无力地一声一声哭着。

"赶快回去！"永耕催阿标用力划桨。

"我说永耕，你也太急了，其他东西一点儿也没捞到，让别人把屋架捞去不是好？"

"不，动作稍慢一下，被漩涡卷进去怎么办！"

"怎么办？这样小的人，捞起来，怎么办？"

"阿标，救人一命，胜造七级浮屠！"

"只怕救回去也是养不活！"

"别说了，用力划船！"

船靠了岸，永耕叫阿标背摇篮，自己抱起小孩赶快回家。

听说救回来一个孩子，正在给女儿喂奶的秋凤赶快抱起女儿边喂奶边走出房门，洪太太同五岁的水坤也从楼上下来，见永耕手上的孩子一身透湿，秋凤硬是把女儿从奶头上摘下来，送到婆婆怀里，自己赶快把热水壶里的热水倒在脚盆里，从永耕手中接过孩子给他洗了澡，再拿了水坤的旧衣服帮他穿上。

"是个男孩子，相貌真好！"

秋凤边说边把孩子捧给婆婆看。洪太太仔细看了看，高兴地说：

"永耕、阿标两人做了好事，阴功积德啊！"

从水里救起直到家里，这孩子一直闭着眼睛，现在穿上衣服，在秋凤怀里暖呼呼的，慢慢地睁开了眼睛，突然露出了笑容，口里"呀呀"着想要说话。

"这孩子出世好像有十来个月了，他想学讲话，看样子也快会走了。"洪太太说。

"不知道是哪个地方的人，他家房子被大水冲掉了，孩子父母快急死了吧。"秋凤看了看身边自己的一对儿女，心里想想难过起来。

"天晴了，水不涨了。他的爸妈，很快就会来找的。"永耕知道妻子心思，马上说了句宽心话。

"房子都冲掉了，他的爸妈谁晓得是死是活！"阿标说的可能是句真话，但是一家人听了都很不高兴。

二　这个孩子是水生

　　洪水退去了，同往年一样，沙湾埠头每天都挤满了人。

　　沙湾埠离江两三丈的岸边有一块高地，人称乌龟山。过去沙湾埠的村庄就建在乌龟山上，有一年江里的特大洪水淹到了乌龟山山顶，一些泥墙茅屋都被冲走，后来这些人家就在东边石壁岩半山腰的平坡上搭了一些棚子住。那年，日本鬼子的飞机想要炸掉新安江上游一个叫什么"口"的市镇，飞到沙湾村上空时，误把沙湾埠当作那个叫什么"口"的地方，向乌龟山山顶接连投下好几枚炸弹，村里一片火海，惨状让人不忍目睹。此后，沙湾埠的村坊就建在了东边面朝西的山坡上去。

　　日本投降后，到杭州的水路恢复通行，沙湾村和附近藤家庄、高楼村及长河源里的一些山主人家，都把自家山上的松木做成松柴，再装上船运到杭州去卖，乌龟山成了临时堆放松柴的货场，一些城里贩卖松柴的客商也到沙湾埠头来收购松柴。沙湾埠头每天停满了装运松柴的帆船，乌龟山山脚的几棵柏树底下搭起临时板棚，开设了各种小店，沙湾埠沿江成了一个小市镇。每次涨了大水过后，上游受灾地方的人们都会到沙湾埠头来，找寻他们被大水冲走的家具、木头等失物。五月初十，江水降到平常的水位，乌龟山周围一带的污泥早被船家、卖柴山主及贩柴客们清除掉，踩踏干净。柏树底的"街市"也恢复了，埠头沿江来来往往都是人。

　　羊永耕任教的学堂被大水冲毁，学堂停办，他只得在家待聘。这天，他在家里用红纸和毛笔写了三四张招领启事：

> 本人在端午日，从水里救起一个近周岁的小孩，请孩子的家人早日来沙湾坞村羊永耕家免费认领。

沙湾村人在洪水中打捞起来的东西被物主找寻回去时，物主都会付给打捞者一定的酬金，洪太太善良心软，觉得人家遭灾日子难过，就叫儿子写明"免费认领"，永耕夫妇也很赞同。永耕拿了启事和糨糊来到"柏树底"小街，把红纸写的启事贴在柏树上、小店板壁上，以及埠头边一块写着"小心路滑"四个大字的木牌背面，然后在"柏树底"小街上边走边看边同熟人打着招呼。

"阿耕，你过来。"摆茶摊的沙湾埠人阿勇，向永耕招招手，"昨天，金滩村有个人说，邻县花园镇山源里，一个村坊三四户人家有七八个人被大水冲走，不晓得救起来几个？其中也有小孩子的。"

永耕听着坐下来喝了一杯茶，跟几个喝茶人聊了几句，起身对阿勇说："我估计贴了启事，失掉孩子的人家知道人还在会很快找上门来的。"说完就离开茶摊回家了。

第二天中午，一家人正在吃中饭。一对青年男女在门口试探着问道：

"这是羊永耕家吗？"

永耕立即捧着饭碗走到大门口。

"我是羊永耕，你们是……找孩子的吧？"

"对对对！"

两个年轻人跟着永耕走到堂前，秋凤赶忙走进房间，把正在睡觉的小男孩用一件衣服盖着抱了出来。这孩子，刚从水里救起抱到家里时，因受到惊吓，几天来一直睡不安稳，常在梦中突然大哭。洪太太用一碗茶叶米，插上三支香，收了收"吓"，昨夜起睡得好些了。上午醒来，秋凤给他喂了一小碗白米粥，高兴得尽管看着秋凤笑。秋凤抱了一会儿，又给他把完了尿，渐渐地又在秋凤怀里睡着了。秋凤把他放在女儿水珍被窝的另一头，就到灶屋去烧中饭，直到现在还没有醒来。秋凤轻轻地抱着小孩来到饭桌边，怕把孩子吵醒，大家说话声音都很轻。女青年走到秋凤身边，小心翼翼地掀开盖在小孩身上的衣服。

"啊！不是！"

女青年突然提高声音说，孩子全身抖了一下，吓得大声哭了起来。

秋凤连忙用手轻轻拍着孩子，一边口里说着："别怕，乖乖，妈抱着"，一边抖动身子，挪动双脚，走了几步，孩子不哭了，朝秋凤看了一会儿，抿起微笑着的嘴唇又渐渐睡着了。

原来，这对年轻人要寻找的是出生十一个月的女儿。他们是上游新安县人，发大水那天，男青年在三里路外干活，女青年与女儿及婆婆三个人在家。连续下了一天一夜的雨，他们家门前山坑里的水已平了路进了田。快到中午时，小女孩睡着了，女青年把她放到楼上房间里去睡，婆婆上楼去守着，女青年在偏屋厨房里烧午饭。突然"轰隆"一声震天响，她家靠溪坑的那堵墙倒掉了，洪水将女儿睡觉的那半边楼冲垮了，女青年发疯似的大叫大哭，眼睁睁地看着女儿睡着的床铺一摇一摇地浮在水中，婆婆和女儿的身影也没看见。女青年哭干了眼泪，哭哑了嗓子。男青年得知消息，冒着倾盆大雨连跑带哭赶回来，见妻子倒在灶门口，立即把她扶起来，两人抱在一起大哭。邻居走来，流着眼泪劝他们别再哭，兴许孩子与奶奶两人命大，被水冲到田畈没水的地方，或者被人看见救起来了。

下午，雨渐渐小了。夫妻二人同隔壁两个男青年一起顺着溪沟往下游一路寻找，直到小溪进入新安江，也没找到任何踪迹，沿路遇到人都仔细询问，大家都说没看见。邻居中一些年岁大的人说，有一句"烂木勺漂不到富阳"的话，以前涨大水，安徽有房子被冲掉了，淹在水里的人被大水冲得很远才找到。有的半途中在江上被人救起还活着，有的在水里淹死了，浸长久以后会浮到岸边来，最远冲到清江县石壁岩，江水被挡转方向，浮在水上的东西大多被涌进田畈搁着，所以受灾人只有寻到石壁岩还未找到时才会心甘。夫妻二人第二天沿着溪水继续寻找，山溪两岸还是没有踪影，到了新安江他们沿着南岸，连续走了三天，来到了石壁岩前。

在沙湾埠头看到永耕写的启事，眼前一亮，心里浮现了希望。可看了秋凤怀中的孩子是个男孩，便又悲从中来，女青年轻轻哭出了声，男青年也不停地用手抹眼泪，洪太太眼眶里满含泪水，扇着鼻翼嗳嗳地说：

"别难过，你们还年轻，快坐下来吃饭。"

永耕、秋凤赶忙拿碗盛饭，并把筷子递到他们手上。夫妇二人哪里吃得下，站起来要走。洪太太连忙走到房间，拿了一沓钞票，塞给他们，两人不肯收。一家人再三劝导，两位年轻人才叩头道谢，接了钱走出门去。永耕想到，自己在启事中写救了一个小孩，没写是男是女，让这两个年轻人空怀希望白走了一趟，心里很内疚，便带了笔墨到埠头上，在每张启事上"小孩"二字之间添了一个"男"字。

沙湾村人流传着一种说法：农历五月十三，天上下的雨是"关老爷的磨刀水"，所以五月的月半边新安江总要涨一次洪水的。为了求关老爷少用点磨刀水，使江边百姓免遭水灾，沙湾的许多人家都在这天设坛祭关帝神，永耕家的内堂前中间墙壁上也挂有一幅关帝像画轴。永耕母亲洪太太，吃过早饭，就备好了酒菜饭等祭品，摆在关帝像前的八仙桌上，供关老爷歆享。兴许是百姓的虔诚膜拜，十三日早晨就断了雨脚，万里无云，阳光灿烂。

永耕吃过早饭，就往沙湾埠走去，他要去看看在这个"按规定"下雨涨水的日子，埠头柏树下的"街市"，是否还热闹。走近埠头，只见茶摊前的空地上围着很多人，原来从外地来了一班做把戏的人，永耕也挤进人堆里去。不一会儿，一个半老头敲起铜锣，牵出一只猴子，他先让猴子以他为圆心，绳子为半径跑了一个圈。将演把戏的场子定好，然后口里喊着，叫猴子表演了一些动作，围观的人越来越多。猴子演完后，跑上来一男一女两个七八岁的孩子。那男孩手里拿着一根毛线针粗细的铁丝，叫观众用铁丝将他把双手贴身绑起来，过一会儿他能把铁丝挣断。走了一圈，围观者无人去绑，最后由那敲锣牵猴的半老头来绑，男孩叫半老头绑紧点，越紧越好。那女孩搬来一张半高的条凳，双脚站在凳子上，然后头往后仰，腰一直往后弯下去，直到双手按住地，头比脚还低，场上观众报以热烈的掌声，掌声未息，从半老头身后，移出了一个人，也是七八岁的小孩，只见他屁股着地，一双脚从身后拗过去，两只脚掌从脖子边伸出来，胸前一只小竹篮挂在脚掌上，然后半老头敲响了锣，牵动猴子跑，胸前挂篮子的小孩双手往地上一按，屁股有节奏地一颠一颠跟着猴子向前移动。突然，那半老头停了锣声，大声对观众说：

"各位乡亲朋友，有钱的捧个钱场，没钱的捧个人场，各位高抬贵手，给小演员们加加油，鼓鼓劲，让自己开开心，添添福，拜托，拜托，再拜托！"

一些贩柴客、船上人和摆摊子的都向那个用双手屁股移身子的小孩竹篮子里，投进许多零散小钱。一些未投钱的人，不好意思地渐渐离场。永耕从袋子里摸出两张皱巴巴的钞票放进篮子也转了身要走。

那半老头又敲了两下锣，大声说："大家不要退，不要走，好看的在后头。"

钊根拉了一下永耕的衣服说："走，回去。"

两人一路上边走边愤愤不平地议论着。

"那几个小孩子真可怜。"永耕先开口。

"是呀，那个小孩被铁丝扎了这么久，还不弄伤的？！"

"那个牵猴敲锣的家伙，应该把他抓去坐牢。"

"我看杀头枪毙都够得上！"

永耕回到家怒气未消地讲给家里人听。

秋凤忙说："别说了，听听心里都发麻。"

洪太太不停地念着"阿弥陀佛"。

第二天下着毛毛雨，有人说这是关老爷发慈悲，老天要应应时节，小雨总要落几点的。正是早饭时间，突然，"我命苦的儿子是在这家吗？"一句带着哭声的叫喊从永耕家门口传了进来。

永耕开门看，一位三十岁光景的女人，双手抹着眼泪说："我儿子是你家救起来的吧？你真是我的救命恩人啊！"说着，双膝跪地，又"呜呜"地哭了起来。

永耕赶忙扶起她说："我是救了个小孩，不知是不是你儿子，你到家里来认认看。"

"谢谢救命恩人，大恩大德，长生不老！"这女人口里不停地念叨着，双脚跨进门来。

秋凤见她一副邋遢相，赶快给她舀来一盆水洗了洗，再拿出碗筷叫她吃早饭，而后到房间里抱起刚睡醒的小孩走出房门。

"啊哈，宝贝宝贝……"

这女人马上跑上去，扑向前，去接抱孩子，孩子"哇啦哇啦"大声哭了起来。

秋凤说："是你儿子吗？"

"是的是的，真是我的宝贝，我的宝贝！"

洪太太宽心地念着："阿弥陀佛，终于找到亲娘了！"

秋凤带了孩子八九天，对孩子有了感情，十分舍不得似的把孩子从怀里抱出去。

那女人把脸贴近秋凤怀里亲了亲孩子的脸，又不住地喊着："宝贝宝贝。"

秋凤终于松开了手，那女人抱起孩子边叩头边往大门退去。

"等一等！"秋凤突然喊道，"给孩子带点衣服去！"

"谢谢了，不用，不用！"那女人边说边走出了大门。

秋凤把几套儿子水坤穿过的旧衣服打成包裹，叫永耕赶快给那女人送去。

永耕拿着包裹快步走到门口的田塍路上，只见前头大路上钊根和那女人站在一起指手画脚说话。

"阿耕，你赶快来！"

没走几步，就听见钊根大声叫喊的声音。永耕赶快跑上前去，钊根和那女人在争口。

"阿耕，你怎么把这个孩子给她了？"

"是她儿子！"

"你怎么知道是她儿子？"

"她自己说的。"

"你也相信？"

"这……"

"你知道她是谁？"

"她是谁？"

"她是那个牵猴敲锣人的老婆！"

"啊！？"

永耕头上像挨了一斧头脑，差点昏倒，立即站到钊根身边，两人一起拦住女人。

钊根说他昨天早上到埠头上找一位住在船上的贩柴客，错找到一只小篷船，见船上有五六个小孩，一个半老头在骂小孩，一个妇女在后舱里梳头，后来到柏树底街市上看到做把戏的就是小篷船上这班人，那梳头的妇女就是身边这个女人。

钊根说："我早年听说过，一些跑江湖的，常到江南水灾地区收养一些穷孩子，教他们一两手功夫，学不会功夫的就把他打伤，扭拗成奇形怪状的样子，然后带着他们出门骗钱。有时装着讨饭的样子，让残疾孩子一副可怜相换取人们怜悯给钱，有时扮成做把戏的，让有点功夫的孩子表演一下，收几个钱。小孩致残致病，倍受虐待，老板以此谋生丧尽天良。"

永耕早已怒火填膺，伸手去抱女人怀里的孩子，那女人死死抱住不放。钊根帮忙用力把女人双手掰开，这女人大喊大叫。这时路上又来了好几个人，听钊根说了事情原委，大家都很气愤。有人说到警察局去报告一下，派兵来把他们抓去，女人这才把手松开，在众人怒骂声中回埠头上去。

永耕抱紧孩子，双脚迈开大步，很快回到了家。洪太太、秋凤二人先是吃了一惊，等永耕把经过说了一遍，两人对那女人的可恶行径都切齿愤恨，对孩子险遭残害万分庆幸。秋凤把孩子抱在怀中贴在胸口，紧紧护着，不觉脸颊上挂下两行泪水。

一天，永耕家的一个在安水县当县参议的亲戚说，他们县唐家村在端午洪水中，屋后山头坐塌下来，半个村庄的房子被冲毁，有二十来个人被淹死，还有六七个人至今下落不明。洪太太想到那些还没找到亲人下落的人家，心里就像被东西堵住似的，饭也吃不下去。她对儿子媳妇说，永耕救起来的这个孩子，不知道他是不是还有亲人活在世上，如果都不在世了，也没有人为孩子心痛了。如果还有活着的亲人，只怕没有找到孩子连自己都不想活了，所以一定要赶快四处寻找，打听消息。找到了亲人，也就是救活亲人，胜过做了一场荫庇子孙的功德。如果消息打听清楚亲人都不在了，这孩子就是上天赐给我们家的后代，永耕夫妇听了洪太太一番话都点头称是。

"妈，我也是这样想的。"两人异口同声地说。

"妈，我明天就到安水唐家村去，仔细寻访。"永耕说。

洪太太说："事不宜迟，是要早点去，多带点盘缠，叫阿标陪你去。"

"明天去，一定要弄清楚点儿，再不要搞错了。"秋凤说，"不要像写在启事上，小孩男女都没讲清楚，害得那对年轻父母空跑一趟。"

"还要把情况问对了，那天那个女人上门就哭，我们心软，问都没问，就把孩子交给她，差点做了恶事。"洪太太补充道，"对了，这次要有人找到，要问他孩子长相怎样，有什么特别的印记，穿什么衣服，等等。"

永耕突然拍了一下头说："对了，这孩子是睡在摇篮里的，看他是不是能讲出这一点。"

秋凤又说："那你还要问问他，这个摇篮的样子、什么材料做的、是新还是旧之类的问题，仔细核对正确。"

"是呀！去把摇篮拿来，我自己先看看仔细。"

永耕马上到柴火间把摇篮推到堂前来仔细地看。这只摇篮做得很考究。架子是用木头做的，床铺与顶篷是红藤制的。底盘上装有四个用棕榈树干做的轮子，可以前后推移。床铺左右两边的围栏上用黑白两种颜色的红藤编做了两个字：右边是"福"字，左边是"囍"字。永耕一一看在眼里，记在心中，还对母亲和妻子说：

"这只摇篮要保存好。孩子父母，如果一时未找到，十年二十年后有人来寻访，也好用这摇篮来对证。"

"是的，有些大水冲散的亲人，到老才见到面。"洪太太说。

第二天早上，永耕、阿标两人到金滩汽车站买了八点钟去安水的汽车票。由于涨过洪水不久，沿江被冲垮的公路还没有完全修好，汽车开开停停，七十来里路程到中饭后才赶到。

走进安水城，大小街上冷冷清清，到了十字街头闹市处，才有点人气。四周商店里，商家大声叫卖，可很少有人进店买东西，倒是一群群穿着破衣服的难民，手里拿着篮子，向店家乞讨，这家店进那家店出，往来穿梭。一些行乞的小孩，手里拿着空碗沿路拉住行人强行要钱和食物。永耕、阿标用手捂着口袋，穿梭在行人中寻找宿店。有一家店门前，站着两个女人，身穿花布旗袍，脸上擦过白粉，描过眉毛，点过口红，双眼看着行人，不停地用手打招呼。阿标停步朝她们看着，其中一个女人立刻向他走来，永耕用力一手把他拉了过来。

"阿标，快走！"

"看一下，怎么啦？"

"怎么了，你看这是什么店？"

"不是宿店吗？"

"看墙上的字，'思春园'，是婊子行！"

"啊！"

阿标只得跟着永耕向前走。两人过了闹市区，见一个弄堂里横挂着一块"安寓客商"的招牌，知道是宿店，便住了进去。

吃晚饭时，永耕向店老板打听，安水城里有没有灾民来寻找亲人，老板说前几天很多，近几日不大碰得上。永耕告诉他是为一个小孩找亲人的，老板说从弄堂一直向前走去就是江边码头，码头右边有很多茶馆，那里天天有人在打听消息。永耕说想到那里去问问看，老板便叫自己儿子陪永耕他们到茶馆去。在茶馆，永耕同几个茶客聊了一会儿，大家都说，洪水退去这么多日子了，再还没有找到的人十之八九不在世了。回到宿店，永耕又向老板把去唐家村的路了解清楚。

第二天一早，永耕、阿标就到码头赶早班船，坐到茶坪镇上岸，再走了八九里路，烧午饭的时辰到了唐家村。一进村口，就看见村前的小溪边，乱七八糟地堆着一堆堆瓦片、木头、石板、砖头等杂物，有几个人在那里像是在寻找东西，永耕问一个老大爷什么地方的山头塌下来，老人向北指了指，说再向前走一段路就看见了。

"哎呀！"老人重重地叹了口气说，"盘古开天地起也没听说山头都会倒下来的！我活到今年六十二岁，大大小小的洪水见过无数次，哪会像这次这么厉害的！一下工夫，死了二十多个人！"

永耕、阿标告别老人向村北走去，只见村后的山头露出焦黄的山体，污泥乱石填满了山脚的小溪，堆积成了一个大土堆，压在十几栋房子废墟上。在土堆前，永耕见到了村里的甲长。永耕问甲长，村里遇难人的下落是不是都弄清楚了，甲长说只有一个六十多岁的老太婆，活不见人，死不见尸，村里已传出口信，叫大家继续关注这件事，一旦找到人或尸体，都要向唐家村报个信。离开唐家村，永耕、阿标当晚又回安水县住宿，第二天仍旧坐汽车回到沙湾村。

自从永耕把孩子救回家里，秋凤既要给才出生四五个月的女儿喂奶，还要给男孩炖米粥、拌面糊，想法子把他喂饱吃好，晚上还要带两个孩子睡觉，一天到晚忙忙碌碌。刚开始那几天，永耕带着孩子睡，孩子天天尿湿被子，还常常哭。后来秋凤带着睡，每天晚上睡前都给孩子把了尿，这孩子就不尿床了，也不哭了。半个多月来，秋凤虽然白天忙不过，晚上没得睡，劳心又劳力，但她看着这孩子越来越喜欢，心想这孩子给自己做儿子该多好。

农历六月初一，当地有烧田头祭五谷神的习俗。上午，永耕用礼盒篮端着祭品香纸，到自家种着稻子的田头祭奠结束回家后，洪太太召集永耕和秋凤说："今天是好日子，我们要给这个孩子定生日，取名字。"大家都十分高兴。

自永耕去了安水回来后，断定这孩子亲人已过世，洪太太就决定正式收养这孩子，永耕、秋凤夫妇二人喜不自胜。

洪太太说："这是羊家祖宗阴功积德，上天送给我们的大礼，我已经想好了，这孩子取名水生，羊水坤、羊水生、羊水珍，名字都带'水'字，同辈分，兄弟妹三个人都是羊家的好后代。水生的生日是六月初一，今天是他一周岁生日，晚饭烧点好吃的，大家一起给水生过生日好不好？"

大家一齐说："好！"秋凤高兴得流下眼泪，永耕双手托起水生高高地举过头顶，水生发出"咯咯咯"的大笑声。秋凤马上从永耕手里接过水生，说：

"别把孩子手弄痛了。"

便紧紧抱在自己怀里。她看着怀中的水生，脸上难以克制地浮现出自然的笑容，孩子两眼一直盯着她的脸看，突然张开嘴"妈——妈"叫了两声。

"啊！"人人张大嘴巴吃了一惊，堂前顿时鸦雀无声。

水生又轻轻地叫了一声："妈妈！"

"哎——！"

秋凤抹干了脸上的泪水，双手抱紧水生，亲了又亲，亲了又亲。堂前一片欢笑声，洪太太边笑边说：

"永耕也是满周岁时叫妈妈的，真是天注定的一对父子！"

晚饭，摆满了一桌菜。加上阿标，一共七个人，八仙桌上，洪太太坐上横头右边。永耕爸三年前去世，每年除夕吃年夜饭，或者家里有重大事情聚餐，都要在上横头左边位置摆一双筷子一只碗，让他一起同全家人"吃饭"。今天给水生过周岁生日，家里后代又喜添一丁，这是羊家的大喜事，作爷爷的当然不能"缺席"。永耕给父亲"碗里"酙满了酒，再给全家人碗里倒满。洪太太用一只空碗，夹满了红烧肉，放在水生爷爷"面前"，说道：

"老头子，今天是我们羊家大喜的日子，大家都到齐了，你喜欢吃肉，多吃点。"

秋凤马上把水生脸孔朝前捧起来，对着上横头座位拜了三拜。水生一边笑着一边用小手不停地挥动，像是在鼓掌，逗得大家哈哈大笑。

吃过晚饭，收了碗筷。永耕把一只托盘放在八仙桌上，再在托盘里摆上书、毛笔、尺子、小剪刀、小锄头、牛绳等东西，然后叫秋凤把水生抱来"抓周"。"抓周"是当地一些人家的传统：小孩周岁时，在他面前放一些小东西，看小孩先抓起什么，以预测他未来的兴趣、职业和人生道路。秋凤把水生抱到桌面上，再用手把托盘里的东西抓抓放放，发出"哗啦啦"的响声，逗引水生去抓。水生看大家都围在桌子边，睁大双眼全神贯注地看着他，便抬起头，看看这个，看看那个。听见秋凤用手发出响声，就把目光移到托盘里，并学着妈妈的样，伸出双手到盘里抓东西。先抓小锄头柄，因为太重提不起来，只好去抓毛笔，可是刚一触到笔杆，毛笔向前滚动，没抓着。双手抽回来，正好碰到小尺子，便抓了起来。他用右手把尺子举起来，在桌子上敲了几下，再用双手捏住尺子两端，像是要给什么东西量一量长短。

"好了好了！"

大家一起喊了起来，又是一阵笑声。

三　水生病愈认干爹

农历七月初七，是天上牛郎和织女相会的日子，沙湾村一带的农家有做"巧果"的习俗。

这天一大早，秋凤把水珍喂好哄睡着，趁水生还未醒，就起床到缸瓮里量了三四升麦子，到柴火间的手推石磨上去磨。待麦粉磨好，又用小笼筛子筛好。两个孩子还在睡，婆婆洪太太起来帮着烧早饭，拌面粉。过了一会儿，房间里传来水生喊"妈"的声音。这孩子刚学会走路，前几天他刚醒来想撒尿，轻声叫了声"妈"，秋凤在灶屋烧早饭未听见，他就自己起身爬下床来，刚走两步就一个扑跌，额头上撞了一个包，秋凤心痛了好几天，秋凤就叫水生以后喊响一点，现在水生大声叫了一声"妈"，秋凤就赶忙跑进房间，帮水生穿好衣服起床，这时水珍也醒了。

全家人吃完早饭，秋凤和洪太太开始做"巧果"了。秋凤做"巧果"十分在行，一团面粉在她手上搓搓揉揉，一挤一捏，就做出了一只只鸡鸭牛羊的形状。这种"形状果"光用白面粉做，实心没有馅儿，不咸也不甜，做几只晚上祭祀星星应节就够了，其余大多数麦粉都做包馅的馃。洪太太在灶台上炒好了芝麻，叫永耕拿到石臼里去舂细，再拌上红糖，作为甜馃的馅，然后又把干萝卜丝浸涨后放到砧板上去剁细，拌上盐和猪油，作为咸馃的馅料。婆媳二人把馅料包完后，还多出一小团粉，秋凤想再捏几个"巧果"，洪太太说"巧果"不能当饭吃，还是多做几只馅馃好，秋凤就依了她。

"妈，那我去菜园里摘点豆角来，把这点儿粉再包几个豆角馃好了。"

"好的，你快去。"

秋凤摘来了豆角，婆媳俩一下子就包好了好多，够一家人吃好几天的。

中午，"巧果"馅馃都蒸熟了。秋凤把"巧果"放在挂篮里，准备晚上祭星星，馅馃摆在厨板上，叫大家趁热吃。大人捏在手里吃，小孩子放在碗里吃。秋凤给水坤、水生一人一只毛竹碗，碗里各放一只馃，水坤碗里是半月形的，水生碗里是圆的。水生知道半月形的是咸馃，圆的是甜馃，他要吃水生碗里的甜馃，水生就和哥哥换了一只碗。全家人一顿吃下来，留下的正好还有一半光景。吃馃很耐饥，晚饭大家喝点粥就吃饱了。

天黑掌灯时分，水生坐在门槛上双手抱着肚子，连声叫喊：

"妈妈，阿呜！"

刚会说话的小孩讲痛都说"阿呜"。秋凤赶忙走过去问他什么地方"阿呜"，水生指着肚子"肚肚阿呜"，说着双手抱紧肚子，头往前低下来。秋凤马上把水生抱起来，用右手轻轻揉着水生的肚皮，水生开始时忍着痛不哭，被妈妈抱起来后就"哇"的一声哭起来了。洪太太走过来说：

"水生乖，让奶奶摸摸看。"

她在水生肚子上抚摸了一会儿，感觉肚子里紧邦邦的，估计是馅馃吃多了。按照老经验，小孩吃伤肚子，只要炒点焦米茶煎水喝就会好。她赶忙去拿了一点小麦籽、大米、芝麻等放在锅里炒，都炒焦变黑了再加水熬成焦茶，再用小碗汤勺喂水生喝，焦米茶很苦，刚喝一口，水生就吐了出来。

秋凤说："水生乖，勇敢，不怕苦，吃下去就不阿呜了。"

水生便喝了一汤勺，嘴唇闭拢，两腮一鼓就吞下去了。

"这孩子真听话。"洪太太高兴地说。

"奶奶说水生听话、懂事、好乖，来，再吃几口。"秋凤边说边把碗里的焦茶都喂了下去。

许是这米茶有效，或是一番折腾累了，水生不再叫"阿呜"，双眼合上睡着了，秋凤把他放进被窝。可是过了一会儿，正当秋凤走进房间要睡觉时，水生又突然"阿呜阿呜"大声哭喊起来，而且越哭越响，越叫越密。秋凤着急得没了主意，口里不停地念叨着"怎么办"，永耕与母亲连忙走进房来，只见水生闭着双眼，摇头不停地哭喊。洪太太摸了摸，孩子身上稀湿，汗都哭出来了。

"小孩不装假，赶快抱到看病先生那里去。"

秋凤、永耕两人立即拿了钱抱起水生去看医生。

金滩村有个姓叶的医生，家里开了药房，虽然在新安江对面，可这是离家最近的看病医生了。永耕抱着水生迈开大步走在前面，秋凤跟在后面连走带跑，几分钟就赶到了金滩村对面的渡口。渡船停在对岸，永耕放声呼叫：

"渡船撑过来哟，这里有个病人！"

喊声在空旷的江面上传开，没有回声，只有滩上"哗哗"的流水声。

"做做好事，小孩生病，快撑过来哟！"

秋凤也没命地叫喊，可对岸还是一点响动也没有。

"这么迟了，早就停渡了。"突然从上游杨柳树底下传来说话声，随即从柳荫里划来一只小塘船，这是江边钓河蟹的人趁晚上人少来放钩。小船靠近了，在初十边的月亮光下，永耕认清楚了，这人是金滩村专在江边钓蟹抓鱼为生的渔民徐来根。

他把小船靠近岸说："上船来，我送你们去。"

秋凤连忙说："好人，好人，你真是做好事的大好人！"

永耕夫妇抱着水生赶快上船，徐来根用足手力，很快就划到了对岸，永耕夫妻连声道谢。

"我就在这江岸放钩，你们看好了医生到这里叫一声，我把你们送回对岸去。"

永耕、秋凤感动得连连道谢，就直奔叶医生家。

水生在永耕怀里哭喊一阵后累得睡着了。叶医生看了看舌头，搭了一会儿脉后说小孩是吃伤引起的毛病，便开了个方子，并在自己店里配了三帖药，说三帖药吃完再来转方。永耕付了钱，抱了水生同秋凤一起向叶医生道过谢，马上回到江边。

"来根叔，你在哪里？我们回来了。"永耕大声喊了一下。

"来了。"来根撑着小塘船很快从上游下来，小船划回对岸，永耕从衣袋里摸出一沓钞票给来根说：

"今天碰到你，真是我们运气好，我们全家都会记牢你的恩德，这点小意思请收下，以后再好好谢谢你。"

来根赶忙把永耕的手推开说："这点小事，亏你说的。我们都是一个地方的人，谁没有一点难处，我是顺便划一下，又不是帮了什么大忙，这钱我是一分也不要的。"

　　两人推来让去，永耕把钱放在船头，一步跨上岸来，来根立刻拾起钞票抛到永耕脚边，用力划了下桨，远离了岸。永耕只好作罢。

　　永耕夫妻回到家，连夜煎了一帖药，喂水生喝下，上床睡觉时，天上七颗星已经升到天井头顶。

　　喝完三帖药，又转方再吃三帖，水生肚子不再痛了。

　　永耕家房子后边墙角上，有一棵大槠树，夏天，树上停有数不清的知了，每天下午，所有的知了一起发出鸣叫声，声音非常响亮，沙湾坞全村人都能听到。

　　八月初的一天傍晚，水坤拉着刚会走路的水生走出家门，来到屋后，见七八个十几岁的孩子用长竹竿打树上的知了，一只只知了被赶得飞来飞去。水坤搀着水生一步一步来到大树下，仰起头来张望，看到知了飞起来便哈哈大笑。笑着走着，突然水坤脚上被一根藤草一绊，向前一扑，松开了手，水生便跌倒在地，顺着斜坡向下滚，一直跌倒在墙塍下，一时连哭声都发不出来，打知了的孩子吓得四散逃走。

　　水坤吓得大声叫喊："妈妈，水生跌死了！"

　　秋凤刚从田里挑稻草回家，满头大汗赶到屋后，见水生在墙沟里哭，跳下墙塍太高，从墙沟出口进来又太远，一时间茫然不知所措，急得大叫"阿耕"。正在晒谷场收谷子的永耕刚把一担稻谷挑回家，听到妻子带哭声的呼喊，他丢下箩担，飞一样地跑出家门，从墙沟出口飞奔到水生身边，见水生有气无力地在呻吟，立刻弯下腰去抱，可水生大声哭喊"阿呜"。永耕放慢动作，用左手轻轻地抚摸，发现水生后脑勺撞起一个小包，右耳根擦破一点皮流了一点血就止住了，胸部、腰部、腿部、双脚都没有受伤，他轻轻地去拉水生的双手，水生突然"哇"的一声大哭起来。

　　"怎么，怎么，哪里阿呜？"

　　水生只是哭，永耕小心翼翼地将他抱起来，试了又试，才知道水生的右手臂受伤了，他将水生右手托平抱着走回家。秋凤、洪太太拥上来边摸边说：

　　"水生乖，熬住痛，让妈妈仔细看看。"

　　"水生本事大，不怕痛，让奶奶摸一下就不'阿呜'了。"

　　洪太太将水生右臂放平，用手仔仔细细抚摸了一遍，判断出是肘关节脱白，然后对儿子、媳妇说：

"不要担心，小孩子骨头嫩。快把水生抱到双河口昌高那里去，他是医跌打损伤最好的郎中。把水生脸洗一下，换身干净衣服，你们快准备一下，我到灶下炒点冷饭，你俩吃完就去。"

说着三人各自忙开了。

沙湾坞到双河口，走大路有十五里，走小路，从石壁岩边爬上岗，再穿过一条四五里的山坡小路，下山就是。永耕夫妇二人心急火燎，恨不得马上赶到双河口。永耕背着水生，用一条布带子绑着。秋凤在身后跟着，一边不停地安慰水生，一边对永耕说小心点，别把孩子伤处碰着。他们用尽全力一鼓作气爬到了石壁岩山冈上，永耕累得一身大汗，像从水里捞出来似的，接下去是山坡上的横道，永耕加快脚步，又背了十来分钟。

秋凤说："换换手，让我抱着走一段。"

"还是我背好，你的力气总没我大。"

"让我抱。"

秋凤拉住水生的脚，永耕只得停住脚步。

水生连说："妈妈抱，我要妈妈抱。"

在一个大石头边，永耕解下布带，两人坐了下来，秋凤把水生从永耕身上抱下来说：

"水生勇敢，听话。妈妈抱你走。"

沿着山腰，越过三座山垅两个山湾，再沿湾里小山涧流水走进双河口村。在村里人的指点下，他们径直来到昌高家门口。

红日平山岗，山村夜早黑。昌高家大门虚掩着，永耕在门口轻声问了一声：

"昌高先生在家吗？"

屋内没有应声。昌高先生姓段，四十来岁，父亲早年帮人家做长工背松树时被压死了，母亲带着昌高过着半饥半饱的苦日子。日本鬼子打进新安江一带时，一班鬼子路过双河口，抓了三四个妇女，昌高母亲和另一个十几岁的小姑娘被糟蹋致死。昌高自此一人生活，他从小在山地采野菜充饥，认识了很多草药，后来他用草药治好了许多人的病。母亲死后，他喜欢上了打猎，买了一把山铳，整天背在肩上，他想练准了枪法，碰到鬼子一样的坏人就把他们打死。日子久了，他的医术提高了，还学会了接骨、拔火罐、挑筋脉、放"鬼箭"等，帮人治了好多的疑难怪病，名气很快在远近山村传开。因为家里只他一个人，所以生活放荡自由，天天半夜进半夜出，旁人难觅其踪。

永耕夫妇在门上喊了好一会儿，总是没人回应。秋凤心急如焚：

"天都黑了，还不回来，又找不到人问，该怎么办？"

永耕说："我到隔壁几家去问问看。"

他走到一座有天井的人家，那家正点起灯盏吃晚饭，永耕向他们打听昌高先生哪里去了。

一位老人说："昌高是个星宿，他背上一把铳，不怕老虎不怕鬼，哪里都会去，可不知道他去了哪里。"

接着又问了几家，都说没看见他人，摸不准他在哪里。永耕只好又回昌高家，秋凤正在和一位老婆婆说话，原来这个老人是昌高的伯母，她说昌高下午给沙湾埠一家老人送咳嗽药去，说是马上回来的，可能半路又打猎去了。秋凤眉头打结，又为难又害怕地说：

"怎么办？天这么黑了！"

永耕抬头，看了看头上的满天星斗，月初的眉毛月也到山顶了，一点朦胧的微光照得见山路。

他果断地说："赶快回家，昌高先生从沙湾埠回家，肯定走山路，我们在半路上会碰见的。要是不回家，到沙湾埠也一定能找到。"

说完，就把水生背起来，用布带绑好，向来时的山路走去。

晚上走山路，透过树梢看得见天光，一步一步爬上去，比下山好走得多。顺着原来山腰上的斜坡路，他们很快走到白天休息过的大石块边，秋凤说休息一下再走，就又在石头上坐了下来。

从这里到山冈有里把路，小路右边是一片大松林，左边是苞萝地。那年中国军队和日本鬼子曾在这一带打过仗，快到山冈一带死过好多鬼子和中国兵。打仗过后第三天，村里好多人被保长派到这里来埋尸体，永耕同村里几个年轻人到山上来看过，一股浓重的尸体腐烂臭气，把人熏得直想吐，更可怕的是那些死尸模样非常可怕，让人看了做噩梦。回家后，永耕失眠了一个多月。这条山路四五年没有人敢走。结婚后，永耕对妻子说起这件事，秋凤听听都怕。现在，松林里一片漆黑，苞萝地一阵阵风吹叶子的声音。秋凤打了个寒战，身子向永耕靠了靠，永耕懂得秋凤心里在想什么，便重重地咳嗽了一声，站起来大声说：

"走吧，可能昌高在我们家里呢！"

他把背上的水生用双手托着，叫秋凤把布带子向上挪一挪，绑紧点，然后牵着秋凤的手一步一步往前走。右边树林里伸手不见五指，向上看，才能在树叶缝隙里看到一点点亮光，幸亏左边地里苞萝正长到同人一样高，头顶是满天星星。永耕、秋凤一路上歪着头只望着左上边，突然从树林里传来一声"吧嗒"声，他们不由得把头一起转向右边看了一眼。

"是树上的松婆籽掉下来，要有电筒，我捡些回去。"

为了壮胆，永耕故意说得很轻松。

"咕哩咕哩……哇！"

又传来一阵猫头鹰叫声，秋凤紧贴着永耕，双手裹住水生，三个人屏住呼吸，停下脚步。

永耕看看树林，像一个深不见底的黑洞，左边苞萝地里，没有风也发出"丝啦丝啦"的声音，他心里"嘣嘣嘣"跳个不停。

"怎么办？"

三个人，他不能慌张失措，他要给妻子儿子做靠山！他用右脚在地上拨到一块石头，蹲下去拾起来说：

"这只猫头鹰，我一石块扔死它！"

他掷出石头，传来"噗啦啦"像是鸟飞的声音，

"走！"

永耕一手托着水生屁股，一手拉着秋凤，慢慢向山冈上走去。路边有一堆半人高的石头，昏暗中看去像个坟堆。秋凤想起那天阿香说她有一次到山上割猪草，看见一个坟堆前有个老太太坐在石头上梳头，她往前走几步老太太不见了，回家后她生了一场大病。秋凤看着石堆，停步不走，扯住永耕衣服，贴着他耳朵全身发抖地说："你看，苞萝地边上有个人。"

永耕朝左前方看去，只见那里有个人影，仔细看一会儿，那人好像扇着扇子，向他们走来，可再看一会儿，那人站住不动了，扇子也不扇了，再过一下，看不见了，永耕身上的汗毛一下竖了起来。突然，苞萝地里"哗"的一声！

"哎呀妈……"秋凤不禁叫出声来，差点晕倒在地。

"啥里人？"上面传来了问声。

"我！"永耕条件反射般喊了起来。

真的是人，还怕什么！

"你是哪一个？"那人又问了一句。

"我是永耕，你是昌高先生，是吧？"

"是啊！"

哈哈，救星来了。

永耕、秋凤一下子高兴了起来，几个大步就走到昌高身边。凭着微微的天光，只见昌高头上戴着草帽，肩上扛着土铳。

"深更半夜，你们到这里做什么？"

永耕把下午的经过情形简略地说了一遍。

"那赶快，到野猪舍里去。"昌高说着就往前走。

种山苞萝的人，为了防止苞萝长蒲时野猪偷吃，都在苞萝地里搭一个草棚看守。昌高前面走，永耕他们在后面跟着。这块苞萝是双河口的阿三麻子种的。到了野猪舍，正在抽旱烟的阿三麻子赶忙倒掉烟斗里的烟灰，把挂在棚里的马灯点亮。昌高坐下把水生抱到自己腿上，看了一下水生，满心喜爱地夸道：

"这孩子真像样！"

水生朝他看着，脸上露出了笑容。昌高叫秋凤把水生右手摆平托牢，然后边赞扬水生乖、懂事，边轻轻抚摸水生手臂，突然口里"哼"的一声把榫头接牢，水生大哭了一会儿，就止住了。

"好了好了，不痛了！"昌高笑着说，然后告诉永耕、秋凤说："刚接好的这几天要特别小心，关节骨头脱过一次，很容易再脱。明天我拿几副草药过来，包几天，好得快些。你们快带孩子回去睡觉吧。"

"昌高先生，草药我明天到你家去拿，省得你又翻山越岭。"

永耕说着便从袋里摸出一个红纸包塞过去。

"啊呀，你把我当什么人了！要这样，我昌高早发财了，明天我还要到沙湾埠去给那老头看病，顺便给你带草药来，你放心就是。"

说着硬是把红包还给永耕，把他们夫妻俩推出草棚。

第二天上午，昌高翻过山来，先到沙湾埠给那老人看了舌头搭了脉，又留下几帖药，就来到沙湾坞永耕家。

刚一进门，洪太太就高兴地说："正好正好，就认昌高做亲爷！"

原来，早上村里来了个看相的凤阳婆，洪太太便请她为水生看了相，她说水生额头宽、鼻子高，是个大富大贵的富贵相，可惜命很硬，要认个干爹才能撑得住。洪太太知道昌高为人善良讲义气，四十来岁的人还是单身，附近村庄有好多人家孩子认他做干爹，洪太太与儿子媳妇一商量，大家都觉得认昌高做水生干爹最合适。

昌高一脚踏进羊家门槛，就听见一片笑声。

"啥里正好正好？讲给我听听。"

永耕就把水生看相认干爹的事讲了一遍。

昌高乐呵呵地说："洪太太，能够高攀到做你孙子的亲爷，是我昌高前世烧香求来的呀！"

"谁都晓得，哪家的孩子都想认你做亲爷，你能答应，是我家水生的福气，感谢你都来不及！"

"好，水生是我第五个干儿子，那我就'五子登科'了。"

"哈哈哈"，整个屋里都是笑声。

"不过，说归说，礼节还是省不了的，"洪太太说，"我看今天是八月初八，中秋前，八月十三，永耕、秋凤带水生上门到你家去拜亲爷，好吧？"

永耕夫妇齐说："好！"

昌高腼腆地说："讲'拜'做什么，简单点叫一声就好了。"

说好了认干爹的事，昌高拿出三副草药，亲自把水生抱起来，把草药包扎好，然后吩咐秋凤，另两副草药，隔天换一副，三天后就能完全康复。

农历八月十三，早上，永耕早早地备好了给水生认亲爷的礼品：一刀八斤重的肋肉条，四瓶五加皮酒，四支索面，四筒月饼，一礼盒麻糍。一共有二十多斤，分装在两个礼盒篮子里，用小扁担挑着。吃过早饭，水生穿了一件新做的英丹士林布长衫，戴上黑色的顶子小帽，永耕、秋凤也换了新衣裳。夫妻俩一个背儿子，一个挑礼担，走大路到双河口时，已是烧午饭的时辰。做完拜亲爷礼仪，吃过中饭，永耕三人走小路回了家。

一回到家，水生就拿起父亲教过他的书来读，水珍走过去一起读。洪太太见状对儿子媳妇说：

"前几天我请人给水珍算过命，说她要家配，表亲螟蛉都好配，最好是养子。现在，水生已经看过相，认过干爹。两人是天生的一对，将来一定要给他们配婚。"

永耕、秋凤点点头。

四　国军溃败乱抓人

"呼！呼呼呼！"

震耳的枪声，划破了黎明前寂静的夜空，在山村的上空久久回响，沙湾坞村几乎所有的人都听到了。前两天，一些消息灵通的人说，朱德、毛泽东带领的解放军已经横渡了长江，国民党中央军兵败如山倒，连连败退，向南方逃窜，蒋介石的天下快倒台了。

要天亮了！

秋凤起床后，打开大门，见东角里猴坪山的树缝里透出一束红光，渐渐地扩展成了一片艳红。

"好天公！"

她习惯地作了三个揖，便回灶屋点火做早饭。

早饭后，永耕习惯地踱步到了羊氏宗祠门口，这里是全村人平日集会的地方，每天早、中、晚三餐饭后，村里的男女老少都要到这里来走一走。永耕走到祠堂墙角，见门口已聚集了很多人，有的坐在祠堂门槛上，有的坐在大门前的石阶上。年轻人大多站着，在大声地议论枪响的事；上了年纪的人，手里捧着烟斗，半蹲着互相对火抽烟。

"阿耕是教书先生，知道的事情多，你来说说。"家住祠堂隔壁的典金甲长，捧着碗边吃早饭边说。

永耕谦虚地说："我所知道的事情，大家都早就晓得了的，有好多东西还是你们更清楚。"

这时，村口石板路上走来了五六个头戴兵帽、肩背步枪的人。

"兵来了！"

典金甲长轻声说了句，捧着饭碗赶忙回家去。几个胆小的老人也各自回家。

"大家别怕，不要走！"当兵的迅速来到祠堂门口。

一个当官模样的问："甲长在这里吗？"

大家你看我，我看你，没人回答。他又问了一句，胆小的人低下了头，胆大的把头摇摇。

"都哑巴啦？"那个当官的说着走到春义的身边，拍拍他的肩头说，"老人家，你带我到甲长家去。"

春义就带他往典金家走去，有两个兵也跟着一起去，还有三个兵分头走向祠堂门口的四周。突然，一个兵看见祠堂东边墙沟里走来一只大母鸡，他飞快地跑过去，拿起步枪，掉个头，用枪托朝鸡打去，口里叫骂了一声，鸡趴在地上不动了，他拾起鸡，用绳子一扎，挂在腰间子弹袋上，再去找第二只鸡。同时，另外两个兵，在祠堂的另一边，打死了两只鸡、一只鸭，也都是一样的挂在自己身上。一时间，祠堂边的鸡跑的跑飞的飞，向四处躲避。在祠堂门口目睹几个兵打鸡的人们，开始时人人都发出"啊"的一声，有人还大声"你们……"想责问，可刚喊出两个字就封口了，因为后面有人用手拍了他一下，暗示他要小心点。大家眼睁睁地看着他们捕杀鸡鸭，敢怒而不敢言。三个兵打了三只鸡一只鸭，回到祠堂门上向祠堂里看了看，见里面空空的，就没进门。

"你们哪个家里有火腿？我用钱向你们买只火腿。"

一个兵问了一句，见没人应，又说了一句，还从口袋里拿出钞票，但连朝他看的人都没有。

"呼！"

突然，典金甲长家里传来了枪声。三个兵身上挂着鸡鸭，连忙朝枪响的地方跑去。祠堂门口的人们也很快散了。

几个胆大的年轻人也跟着来到了甲长家。原来，那个当官的和两个兵三人到了甲长家，对典金甲长说，要村里老百姓拿出一百斤米、五十斤肉和两担蔬菜，派两人挑着给他们送去。典金甲长双手挠头，十分为难。正在这时，典金儿子回家说他家的一只鸭子被一个兵打死拿走。

"什么？老子吃只鸭……"

"呼！"

那个兵话说到半句就开枪了，典金吓得双腿打抖，他儿子"哇哇"大哭。突然，一个兵气喘吁吁地跑进屋子，走到那个当官的跟前，贴着耳朵轻声地说了一句什么话，那个当官的"啊"了一声，叫骂了一句，怒冲冲地说了一个"走"字，六七个人跑步离开了沙湾坞。

村里人又聚到祠堂门口来，大家都知道这几个打鸡鸭的兵是国民党的军队。典金甲长说这样的军队不打败仗天理也不容。这时，刚从巴沙埠回来的钊根说，刚才进村的几个兵是他们自己溜出来抢东西的，他们的部队已经朝金华方向开走了，他们掉队后被当作逃兵押着。钊根还说，巴沙埠埠头公路两边堆满了国民党军队逃跑时沿路丢下的东西，有箱子、包裹、一捆捆的纸、书，等等。

下午，钊根、阿标来叫永耕一起到巴沙埠去玩玩，去看看有什么有用的东西捡点回来。

洪太太说："刚打过仗的地方还是少去的好。"

永耕说："部队都撤走了，不要紧的，我们去看一下就回来。"

说着就要跟钊根、阿标走。

"等一下，水坤、水生也要去。"秋凤有点不放心，叫永耕把儿子带上就不会走远。

"小孩跟去干什么？不要去。"永耕说。

"爸爸，我要去！"水坤说着跑到永耕身边。

钊根说："水坤这么大了，跟去没关系，水生还小，就别去了。"

四人走到村口拱桥头碰到沙湾岭的照贵、炳生等四五个人也到巴沙埠去，大家一起边走边说，一下子就走到公路上了。只见公路两边满地都是当兵的用过的衣服、帽子、洋铁碗、茶杯等杂物。巴沙埠的许多人手里挽着篮子来捡。

"宝根哥，你找到什么东西？"

钊根见巴沙埠宝根手里捧着一个黄布包，那东西分量好像有点重。

宝根说："一只头号脸盆，里面还有十几只洋铁碗，两只铜勺子，一只酒瓶，恐怕是哪个当火头军的班长丢的吧。"

"咳！这里有只黑皮包，我捡起来看看。"

照贵爬到路边水沟里把皮包拾起来，拎拎有点重，翻开包口，是一袋账本样的簿子。

"啐，这东西有屁用！"他随手扔在路边。

"这个包不是还好用的？"钊根把包里的簿子丢掉，把空包拿走。阿标捡到一条皮带，一只洋铁罐。永耕带着水坤在一个长丘田角找到了一只大木箱子，里面尽是没有写过字的信笺，永耕挑了几本叫水坤拿着。

大家继续各自寻找。

这时，水坤说要拉大便，永耕把水坤带到一根电话线杆子边上。水坤正蹲下身子，突然马路上从埠头方向开来一辆吉普车，车上跳下两个当兵的，一个高个子挥动双手对捡东西的人大声说：

"来来来，大家都到这里来一下。"

一些胆小的人赶快丢掉手里捡来的东西向四处奔逃。

"大家不要走！"

高个子和另一个兵把大家拦住，水坤正在大便，永耕想躲都躲不掉，被兵拦牢了。接着又开来一辆大客车，车上好多人。两个兵把拦下的十多个人集中在大客车边，客车里走下来一个军官，他整了整衣服很有礼貌地向大家说：

"老乡们，不要怕，我是来找大家帮忙的。你们当中，哪几个人有文化，会看书写字的？"

好多人低下头，朝地下看看，有几个人抬起头朝永耕看看，又朝钊根看看，谁也没有开口。那个军官，循着那几个人的目光，走到永耕面前，看永耕的样子像个读书出身的人，说道：

"老弟，你是一个很有文化的人，请来帮帮我们的忙，千万别推辞！"

永耕想回一句"我帮不来"，还没开口，那军官就转身走向钊根，

"还有你，老兄，一起来帮帮我们。"然后挥手对大家说，"你们都回家吧！"

永耕、钊根要跟大家一起回去，那军官手一挥，车上走下四个背枪的兵，前拉后拽，硬是逼永耕、钊根上了大客车。

水坤看见爸爸被人拦住，拉上了车，吓得大哭大叫，跟到客车前想上车去，车门已经关住。水坤在车子前边哭边喊边在地上打滚，永耕在车上看了怒不可遏拳打车门要下车，几个士兵将他抱住，

"你们这些强盗！土匪！"

那军官叫坐吉普车的两个兵，把水坤抱起来交给村里人，然后一挥手，大客车、吉普车一同开走了。阿标背着一路哭喊不止的水坤回家去了。

当晚，沙湾坞永耕、钊根两家哭翻了天。

洪太太毕竟年纪大了，没有太多的力气哭，苦难的事也见多了，公婆死、父母丧、丈夫过世，伤心泪流得多了，喉咙也快哭哑了。原本家里人丁就不旺，只有六口人，现在顶梁柱永耕又被抓，她深知被国民党军队抓去的后果，这老小五人今后的日子怎么过？她是长辈，是要拿出主张来的。她双手擦干了眼泪，走进秋凤的房间，见秋凤坐在小板凳上把水生、水珍揽在怀里，不停地啜泣。听说永耕被抓，秋凤顿时悲从中来，放声痛哭，一直埋怨水坤拉大便害永耕来不及逃，水坤号啕大哭，双手不住地握拳捶打自己。秋凤见儿子深深地悲伤自责，十分心疼，想起当初也是自己叫水坤跟去的，懊悔不已，她搂住水坤，悲咽地说：

"水坤别难过，妈不怪你了。"

止不住的眼泪如珠断线，滚落不止。水生、水珍还不知道事情的严重性，见母亲极度悲戚，也放声大哭。洪太太进房，见母子四人如此悲凄，本想来劝导几句也开不了口，她抿住嘴不让哭声发出来，可孙儿们见奶奶一脸悲凉便更大声地哭了起来。

"妈，该怎么办啊？"哭了一阵后，秋凤抽噎着问婆婆。

洪太太刚强地说："一棵草总有一颗露水，再难过的日子总会过去的。我们别难过，说不定，永耕明天就回家来的。"

秋凤明知婆婆最后说的是句空话，可此时此刻，只有安慰才是最重要的，哪怕是自欺欺人。

"大家别哭，听奶奶的话，爸爸会回来的。"

听说钊根被抓，他家大小也悲伤地痛哭起来。年过花甲的父亲擦干眼泪以后，立马想起向樟树娘娘求救。

"钊根被抓，樟树娘娘一定要保佑他平安回来。"

钊根父亲心里默念，到楼上拿了香烛纸张，同妻子一起到樟树底下烧香膜拜，并许下心愿：若钊根平安回来，定来重礼还愿。钊根父母回到家里已是半夜时分，后半夜他们躺在床上一刻也没有合眼。

第二天，洪太太叫阿标约钊根父亲一同到巴沙埠一带去打听消息。阿标看见原来堆在公路边杂七杂八的东西都被搬掉了，马路上很少有汽车来往，路上很难遇到熟人。这究竟是准备要打仗，人们不敢出来，还是不打仗，太平无事了呢？想找个人问问也找不到，两人只得悻悻而归。

第三天中午，秋凤一家正在吃饭，突然门口有人说"钊根回家来了"，秋凤马上赶到大门口，见是隔壁阿毛在说话，秋凤马上问：

"什么时候回来的？"

阿毛说："刚到家，饭都没吃！"

"只钊根一个人？"

"还有一个四五十岁的半老头陪他来的。"

"没听说永耕吗？"

"我没问。"

秋凤放下饭碗，立刻要到钊根家去，水坤、水生也要去，洪太太说小孩别去，先在家吃饭。

秋凤飞快地赶到钊根家。钊根正在吃饭，见秋凤来了急着想了解情况，便放下碗筷先不吃。钊根从头说起，把三天中经过的事详细告诉秋凤。那天下午，永耕、钊根被抓上车后，车上的那个军官说，他们缺两个当文书的人，叫他们去是当军官，不会为难他们的，不过一定要服从命令。永耕、钊根两人满怀愤怒，几次想反抗都被他们制服。车子开了个把小时，来到兰溪交界处，天黑了，就开进路边的一个山湾口停了下来，那里停着好多汽车。永耕、钊根被两个兵押着向一条小路走去，路上有很多当兵的来来往往，走了半里路，到了一个有十几户人家的小村庄，永耕、钊根被带到一所空房子里住了下来，同在这个房子里过夜的，还有一个班十多个当兵的。第二天上午，一个军官模样的人过来说，由于工作需要，永耕要到另一个连队去，永耕就离开了。

当天下午，钊根在住房前的小溪里洗脸，一看这地方像是在太慈岩山脚。他双手捧起溪水往脸上抹了一把后，抬头向前看，只见前边山崖上有一排长长的石洞，洞口外有一棵大白果树。"那就是太慈岩。"钊根轻声念叨，心里已经想好了主意：邻近村子里的拳把师曹金师是他父亲的结拜兄弟，如果能找到曹金师，就一定有办法回家。傍晚边，钊根到村口茅坑里解手，有个村里人来茅坑掏粪肥，钊根轻声问他是否认得曹金师，掏肥的人说曹金师是他叔叔。钊根高兴地告诉他自己与曹金师的关系，并叫他请曹金师晚边到茅坑边来搭救他。吃晚饭时，部队通知夜里九点钟部队要出发去金华。天黑下来，部队对钊根监视越来越严，钊根急得像热锅上的蚂蚁。忽然，从外边传来一声"叔叔"，钊根借口上厕所，就在一个士兵陪同下向茅坑走去。钊根进了茅坑，白天掏肥的人马上把他托上厕所窗门，跳下去，钊根轻轻叫了声"叔叔"，就跟着曹金师走了。

"昨天晚上，曹叔叔就带着我爬上太慈岩，翻过山冈，经小溪源走小路到了大溪岸我外婆家吃早饭，早饭后曹叔叔就把我送回家。"

听了钳根的话，秋凤心冷如冰。

"那你后来就没有永耕的消息了吗？"秋凤心灰意冷地问钳根。

钳根说："永耕和我分开去哪里？我问过几个态度比较和气的兵，他们都说不知道。吃晚饭时，听一个当官的说，晚上部队要走，没有吃完的粮食叫住在新业的部队来运走，据说新业的部队还要住一个星期。我估计，永耕可能还住在新业。这个情况可能我曹叔叔更清楚，我们问问他看。"

刚吃过饭的曹金师，正坐在堂前与钳根父亲聊天，钳根陪秋凤来问曹金师关于新业那边的情形。曹金师说，他前天去过新业，那里是有好几百人的部队住着，听说要住十多天，不过当地人说解放军就要到兰溪，他们快要逃了。

秋凤回家，把情况简单向婆婆讲了一下，想亲自到新业那边去找找看。洪太太说事情过去还不太久，是要快点过去看看，叫阿标陪着一起去，家里的一切事情她会管好的，放心去就是。听说让阿标陪同，秋凤先有些迟疑，可洪太太说，阿标在那边当过长工，地方熟悉，叫他一起去，不会走错路。秋凤只好同意了。

正是农历月份二十边，后半夜月亮如灯笼。鸡叫头遍，洪太太就起来烧好了早饭。秋凤、阿标两人吃饱饭，带上了盘缠包裹，踏着月光向太慈岩方向出发了。从家到太慈岩脚有四十里路，为了安全，他们选择走小路，从九里沟翻猫怯岭上太慈岩。这一路，村坊不多，路上很少有行人。据传犯"长毛"时，一队"长毛"兵走到九里沟前，问一白发老翁，此去何方。老人举起手中拐杖，指指点点说："十年长垄九年坑，小小猫怯岭，猫儿过三年。""长毛"头子听了掐指一算，自己这辈子都走不出头，就掉头回去，那白发老翁也突然不见了。从此，这条小道成了这一带最安全的通道，兵荒马乱时代，人们往来都从这里走。抗战时期，衢州、金华及江西等地百姓吃盐困难，成群结队的挑盐客都走这条路。

天亮边，秋凤、阿标正爬到猫怯岭中途。长长的石阶，时缓时陡，秋凤空着双手，把所有的行李都给阿标背着。上陡坡时，她弯下腰，双手按在膝盖上一步一步地往上攀。阿标做事手勤脚勤，但有点花心，看女人眼光都是笔直的。刚到羊家做长工时，他就对年轻的"东家妈妈"看着目不转睛。有好几次两人在一起时，总是用言语挑逗她，试放"信号弹"，无奈秋凤言行庄重，从无轻佻之举，阿标因此坚守"主仆之分"，不敢轻举妄动。现在羊家落难，丈夫永耕下落不明，秋凤"东家妈妈"的威严也该降了分量，尤其爬这"猫怯岭"，秋凤早已大汗淋漓，披头散发，她解开外衣纽扣，撩起衣襟当扇子，忘掉了主子在仆人面前应有的"威仪"，毫无顾忌地撸起袖子，卷起裤脚，手脚并用爬石阶。阿标紧紧跟身后，有几次在上陡坡时，秋凤翘起的屁股差点贴着阿标的脸，一股带有女人味的暖气扑向阿标满脸满怀，阿标顿觉全身像要飘起来一样，恨不得扑上去。前头又是高坡，秋凤身子一曲一伸爬上一个石阶，口里发出"嗨哟"一声，阿标伸手把秋凤屁股用力托了一下，

"干什么？！"

秋凤倏地一下回过头，瞪大眼珠，一脸凶相。

"我帮你一把么！"阿标双眼看着秋凤的脸部表情，咧开嘴笑嘻嘻地说。

"正经点！"

秋凤严厉地训斥着，然后转过身，正想弯腰起步时又扭转头，对阿标说：

"你离我后面三个石阶！"

阿标后退两步，"好好，遵命！"仍是轻薄的口气。

"放尊重点，不要嬉皮笑脸！"

秋凤板着脸说完后，一鼓作气爬上了陡坡，再转了两个弯就到了猫怯岭的顶尖。这里有两条小路，秋凤叫阿标走在前面带路。阿标还是不讲正经话，刚走到前面就嬉笑地说：

"那我连屁都不敢放了。"

秋凤黑下脸来，一声不吭。阿标回头偷看了一下秋凤的脸色，秋凤看也不朝他看，阿标只得老老实实地一门心思走路。

他们在半山里沿着一条小路，绕过两个山梁转过去就是太慈岩。早上出门时，婆婆再三叮咛，到太慈岩时，一定要到地藏王老爷面前许个愿。来到太慈岩，秋凤坐下喘过了气，在银杏树下泉水里洗了脸，洗了手，买了香纸，然后穿过石屋洞，走到地藏王宫殿前，点香烧纸，下跪磕头，然后轻声许愿：

"老爷保佑，保佑我夫平安回家。我们全家将真心真意重金厚礼来还愿，若上半年回家我们定于你的生日七月三十来拜谢你，下半年回家，定于大年初一来祝福。"

许过愿，秋凤由阿标带路，仍旧翻山走小路到新业去。

太阳转过头顶，人影落到东边。他们在一个山塘边歇下来，洗了手，坐在塘岸上吃了几个家里带来的小麦馃，然后继续赶路。走过四五里山路，走进一个

山湾，出了山湾口，豁然开朗。朝前看，很远的范围内没有山头，一马平川的大田畈，新业村到了。

进了新业村，在一口池塘边的晒谷场上，他们看到一群一群的当兵人排着整整齐齐的队伍在走来走去，不时传来嘹亮的歌声："革命军人个个要牢记，三大纪律八项注意，第一，一切行动听指挥……"阿标听那歌声后说：

"这些不是在巴沙埠看到的那些兵，好像是解放军。"

"啊，那些兵走了？那永耕肯定不在这里了！"秋凤不无失望地自言自语。

他们沿着塘边石板路慢慢地走向晒场，路上遇到几个新业村本地人，秋凤问他们晒场唱歌的是什么军队，前几天住这里的部队哪里去了。一个中年男人说，这些唱歌的是人民解放军，前几天住在这里的是国民党军队，国民党军队被解放军打败了，刚到这里住了两夜，听说解放军来，就往江西、福建那边逃走了。秋凤、阿标走到晒谷场上，见每个当兵的头上戴着红五角星的帽子，身上穿着干净褪色的旧军衣，左胸前袋上写着"中国人民解放军"几个字。阿标想找个当官的问问，大家穿的都是一样的，认不出哪个是官。一位战士察觉秋凤、阿标像要找人，就热情地走过来打招呼：

"老乡，你们是要找谁吧？"

阿标说："是，你们当官的是哪个？"

"哈哈，解放军官兵平等，你们找我也一样。"

"啊？那我想问一件事……"

"什么事？我是连长，你问我好了。"

连长？阿标知道连长可是个不小的官，可这位连长怎么一点官样子都没有。秋凤壮起胆子，告诉他永耕的情况。连长告诉秋凤，现在全国就要解放了，国民党军队就要被消灭了，当兵的人只要没有离开大陆去台湾，都会被解放军俘房。投降过来的国民党军人，愿意当解放军的，欢迎他们参加革命队伍，不愿意当兵想回家的，解放军会送他们路费回家去。

秋凤听了高兴地说："那我丈夫投降你们没有？"

连长笑笑说："我们从北方一路南下，俘房了好多国民党兵，不知道你丈夫叫什么？"

"我丈夫名叫羊永耕。"

"在哪里当兵？"

"就在这里，新业村。"

"前天，我们部队开到这里，是有一批人赶不上汽车，被我们俘虏了。"

"他们人呢？"

"有几个回家去了，大部分人留下来要当解放军。"

"他们在这些队伍里？"

"不，他们集中在村里一个祠堂里开会学习。"

"你带我们去看看好吗？"

"好的。"

连长带着秋凤、阿标从塘边的一个弄堂里，走到一幢叫"仁本堂"的祠堂里。祠堂里有四五十个人，坐在戏台下，听台上的一个战士在读一本书，大家都听得很专心，听到好听的内容还不时地发出轻轻的笑声。秋凤哪里听得见讲台上的人读的声音，她一进祠堂，就朝台下坐着的人一个一个地看过去，又一个一个地看过来，看了一遍又一遍，没看见她熟悉的面孔。

"永耕啊，你怎么不在这里呀！你难道坐上汽车逃了？逃哪里去了呢？我的天啊！"

秋凤心里悲凄地默念着，两眼从台下看到台上，最后盯着台上讲话的人，她只呆呆看着台上那人嘴唇在动，却听不见他讲话的声音，看着看着，两颗豆大的泪珠慢慢地从脸上滑落下来，台上的人看得清清楚楚。

一阵掌声过后，台下的人散开了。台上讲话的人走下台，来到秋凤跟前，问秋凤有什么事。连长告诉秋凤台上讲话的人是营教导员，并把秋凤寻找丈夫的事告诉教导员，教导员对秋凤的遭遇十分同情。

"不过，你不要太难过。"教导员分析给秋凤听，"只要你丈夫没有去台湾，要不了多少天，就会回家或者当解放军。即使去了台湾，解放军不久就要解放那儿，他迟早也会回到你身边。"

秋凤听教导员的一番话同前面连长说的意思基本上一样，心里渐渐升起了希望的曙光。

阿标猜测说："先头连长说，在新业投降的人当中有几个人回家去了，说不定永耕从大路回去，我们没碰上，现在已经在家里了呢！"

秋凤虽知阿标是为了宽她的心，但自己心里何尝不这样想。二人马上连夜赶回家，可永耕没有回家。

秋凤把去新业的经过详细地讲给洪太太及儿女们听，全家人又哭了一场。

"大家别难过，再苦的日子总会过去的。"

洪太太擦干眼泪强颜欢笑说，

"孩子们不要哭，妈妈说，全国就要解放了，解放军对老百姓很好，你爸投降去当解放军很好的，不当解放军就会送他回家，解放军天天打胜仗，天天有中央军投降，说不定在哪一天，你爸会突然走进门来。就算他去了台湾，台湾迟早也会解放的。如果他当了解放军会马上写信回家来，你们三个人要多读书练字，好给爸爸写信。"

洪太太的一番话让孙子们放宽了心，止住了眼泪。水生马上拿起《三字经》和水珍一起读，水坤也去找毛笔来练字。

吃晚饭时，大家在猜测不知什么时候永耕会突然回来。一天，两天；一个月，两个月；一年，两年……或是突然从天而降？有盼头就有希望，就会生机蓬勃！

五 阿标翻身当干部

然而，一年过去了，永耕没有回来。

第二年过去了，信也没有来一封。

第三年，还是音信全无。

一家人盼望的那个突然"从天而降"的时刻，遥遥无期，可是因他引起的难行却接二连三地来临了。

这年农历十二月初，阿标走进秋凤家，对秋凤一家人严肃地说："永耕三年没有消息，要么死了，要么去台湾了。如果死了，永耕是当国民党军官死的，如果在台湾，那还担任着反动军官，总之，他生与死都是国民党反动派，你们家的人，都是反动派家属。明天晚上，秋凤到巴沙埠农会办公室去参加'地富反'家属会议，不能迟到！"说完转身出门走了。

阿标现在是农会的治保委员，专管社会治安的事。自三年前陪秋凤到新业找永耕那次回来以后，阿标对秋凤的非分之想愈加强烈，几乎让他每天寝食难安。七月的一天下午，割稻子回家后，秋凤在后堂前西搭厢房里用澡盆洗澡，阿标在柴火间楼上，从墙洞里偷看；重阳节傍晚，秋凤包好了粽子，下了锅，准备煮粽子，她到柴火间去捧柴火，阿标突然窜了出来，从身后将秋凤揽腰抱住，因三个子女都在灶屋，秋凤没有大声呵斥，只是轻声喝令阿标放手，阿标不放，秋凤假装说上楼去，阿标开心地松开了手，秋凤以迅雷不及掩耳的速度，捡起一段硬木干柴，使出吃奶力气，朝阿标身上头上落冰雹似的打去，阿标双手抱头从楼梯上逃走。

到了年底，秋凤向婆婆提出将阿标辞退，这正合洪太太的心意，可她心里却很矛盾。洪太太早就察觉，阿标对年轻美貌媳妇的觊觎之心，永耕离家不回，使阿标更加肆无忌惮，她担心年长日久会鸠占鹊巢，儿子永耕回来无家可归。当然，她相信媳妇高尚的品行、坚贞的操守。秋凤出生在礼仪之家，祖居桐庐县富春江边，父亲从小熟读本草经书，精通医药，年轻时就到严州府城郊开了一片药店。永耕父亲到桐庐富阳一带做道场时，乘船往来都在这儿上岸，因此常到店里歇脚。秋凤父亲对道学也颇喜爱，每当永耕父亲来店里时，两人都要聊上半天，一来二往，两人成了亲密的朋友。永耕二十岁、秋凤十八岁那年，双方父亲做主订了婚。

自嫁到羊家来后，秋凤相夫教子，孝敬公婆，洪太太是一百个称心如意，对媳妇也视如己出，宠爱有加。不过人是活的，如果永耕十年八年不回家，年长日久，谁能保证独守空房的媳妇在色狼的引诱下永不变心？现在秋凤主动提出辞退阿标，正合她的心意。

晚上，待三个儿女都睡着了，秋凤独自来到了婆婆的房间里，洪太太正要铺床睡觉，见媳妇进房，就搬来小方凳，婆媳俩聊了起来。

"今天腊月初十了，长年雇工进出门的日子到了，我们就把阿标退了吧？"秋凤先开口，直截了当地就把正事提了出来。

"那好吧，只是这些田地……"洪太太想起家里八九亩田地山场一年到头的农事劳作，真难下定决心。

秋凤听出婆婆的心意，马上说道："妈，你放心，我都想过了。我们家几丘田都是半沙土，耕种除草，生活都很好做的，一年种两熟，只有收种两次忙一点。犁耙耕耖生活难做，可以雇几天零工，其他田地生活我都会做的。还有水坤已经十岁了，许多事情，他可以替替手脚了，水生、水珍也会帮帮了，永耕若能意外之间回来就万事大吉了。"

为了让婆婆放宽心，秋凤故意说得很轻松。洪太太听得懂媳妇的用意，实在是太为难秋凤了，面对这一家老小五口人过日子的艰辛，秋凤毫无怨言，如此贤德的媳妇让她感动得说不出话来。秋凤轻轻地下楼去，洪太太躺在床上，想来想去，为近年来家运不济、辛苦遭遇而伤心，又被秋凤在灾祸面前如此贤惠能干而感动，她卧不成眠，老泪纵横，于是轻手轻脚爬起来，要到香火楼上去向列祖列宗祈求保佑。因烧香失火，羊家祠堂的香火楼被烧，羊氏各家自设香火楼，供奉祖宗牌位。洪太太点起三炷香，向祖宗牌位拜了三拜，轻声念道：

"列祖列宗在上，保佑媳妇秋凤，身体健康，百事顺心，逢凶化吉，早行好运。"

第二天，洪太太告诉阿标，来年不雇他当长工了。阿标点点头，没说什么，只是算清了工钱之后提出，让他在柴火间楼上再住一段日子，洪太太答应了。

第二年，沙湾村进行土地改革，土改工作队的负责人，南下干部吴敬之说，阿标是真正的农村无产阶级，决定聘请他为土改评议员，参加沙湾村土地改革工作。从一个没人要雇的长工，一下子变成农村土地改革工作队成员，

"哈哈，当官了！"

阿标心里高兴得说话喉咙大，走路脚步响，"啐！"吐一口痰八丈远。他整天忙忙碌碌向吴敬之汇报村里的一切情况，向村里人传达土改工作队的指令，领导很信任他，许多事情他都可以说了算。在测量了土地，登记了户籍人口以后，进行了为期半个多月的成分评定，这是一项政策性很强的工作。在划分秋凤家成分时，按照人口和土地平均计算应该定为中农。阿标说，他家永耕离家三年多了，不能算在册人口，而小儿子水生是捡来的，以后要归还人家的，也不能算是他家的人口。照这样算起来，她家按人口平均占有的土地超过中农的界限，应该评为富农。在场的评议员们吃不准政策，意见不统一。土改队长吴敬之翻阅了有关文件后说，她丈夫户口可以不算，养子的户口一定要算，按照标准核算，她家是富裕中农。阿标心里想，富裕中农还是中农，不是剥削阶级，太便宜了秋凤，想起秋凤对自己的态度，阿标在心里暗暗地说：

"这娘们儿欠我一口气，老子一定要取回来！"

在第二次复查时，阿标提出永耕虽然没有确切消息，但他知道抓去时是叫永耕当军官的，所以她家定为反动派家属是完全可以的，吴敬之同意阿标的意见，大家也都没有异议。

土地改革将结束时，吴敬之给阿标介绍了一个女人做妻子。这女人是一个流浪当乞丐的安徽人，讨饭到金滩村时，住在一家碾子里两年多，因为家中没有任何亲人，土改人口登记时作为雇农成了金滩村人。阿标见那个女人脸架子还不错，梳洗干净穿着整齐点还不失为一个美女，只是"讨饭子"名声难听点，但那是旧观念，现在是农村彻底的无产阶级，况且是队长做的媒呢。按土地改革规定，阿标家两口人，分到水田一亩六分，旱地七分，山林三亩，还有从地主家分

来的楼房两间，农具若干。阿标定在住进自己房子那天结婚，既住新房，又娶新娘，可谓"双喜临门"。

土改结束后，因阿标识字不多，文化有限，担当不了重要职务，只安排他当农会的治保委员，专门做管制"地富反"的事。快过年了，怕"地富反"这些人做坏事，影响社会治安，阿标决定先召集他们开个会训斥他们一下，要他们老老实实，不许乱说乱动。

吃过晚饭，秋凤准备去开会，洪太太再三叮咛，天气寒冷，外面风大，身上要多穿点衣服。从沙湾坞到农会有五里多路，路是很平坦宽阔，只是要走过两里光景马路，马路上情况复杂。秋凤想叫水坤陪她去，水坤胆小不敢去，水生自告奋勇说：

"我去，我都八岁了，给妈妈做伴。"

秋凤把一件永耕穿过的旧棉袄披在水生身上，就拉着水生的手走了。

农会设在没收来的地主家大房子里，秋凤、水生跨进门槛，听得后堂前有说话声，循声到了那里，阿标见是秋凤母子进来，笑嘻嘻地招呼他们坐下。阿标近距离坐在秋凤身边，心跳又加快了，自从与那流浪女结婚一年多来，开始阶段觉得妻子年纪轻，模样儿也不错，阿标十分欢喜，新婚燕尔，家里充满欢乐。可是，像用旧了的家具褪去了光泽一样，三四个月后，阿标在妻子身上找到让他喜爱的东西越来越少了。她不会做家务，洗衣服不干净，晒干的衣服折得不平整；扫地时不洒水，满屋子灰尘飞扬；煮饭时，不是水放太少饭硬，就是水放太多变烂搭饭；烧菜时不是盐放多了太咸，就是盐放少了太淡。为了这些，阿标几乎天天骂妻子是"饭桶"。尤其让阿标嫌弃的是妻子的"气质"，缺少女人味。她说话声音粗，走路步子大，动作粗鲁，不像个女人；她看人眼光太大胆，笑起来嘴巴张开太大，吃饭时嘴里会发出猪吃东西一样的响声，睡觉时翻身动作太快，幅度太大等等，没有一点温柔的样子，一点都不讨阿标喜欢。有一次，夫妻俩在吃中饭，她"咕"的一声，放了一个很响的屁，阿标把饭碗往桌上一掼，"你这……"气得连话也说不出来，一个多星期，两人一句话也没有说过。现在遇到让他倾心艳羡、垂涎多年的"贵夫人"坐在身边，尽管以前被她骂过、打过，骨子里仍然爱意横生，心中不免"砰砰"地跳快起来。

开会了，阿标说：

"快过年了，台湾的蒋介石想反攻大陆，常有飞机偷飞到大陆来丢反动传单，你们'地富反'要规规矩矩遵守法令，不要乱说乱动。家里有人在台湾的家庭，特别要……要……"

他看了秋凤一眼，口吃起来，说不下去了，就干脆捧起茶杯来喝茶。喝过了茶，他调整了一下心态，又讲了一番话，叫大家过年尽量不要离开家，不要拜年，不要走亲戚。如果要出门，必须向农会请假，禁止在外面宿夜，家里来了客人一定要向农会登记。在外面捡到了反动传单必须马上交给农会，自己不准看，不准私藏，不准交给别人。要把自己家里的小孩子管好，小孩违法要处理家长。最后，他用训斥的语气警告大家：

"我把话说前头，以上讲的每一条都必须做到，如果违反了一条就马上把你们抓到公安局去，到时候不要怪我满脸生毛，不讲情面。"

说完就散会了。

秋凤拉着水生快步走出农会，外面风很大，空中还飘着零星的雪花。秋凤用棉袄把水生从头到脚包起来，只留两个眼珠在外面，秋凤加大脚步，水生走走跑跑，拉着母亲的手不放。走完公路，转上田埂路，突然从身后传来沉重的脚步声，秋凤掉头看了一眼，天色黑暗什么都看不见。难道她担心的事真要发生了？刚才在会上，阿标一直偷看她，秋凤低着头朝别处看，只有一次两人目光对碰了一下，秋凤从那贼眼中，看出了隐藏着的凶险，估计在回家途中阿标会借口护送之类的跟着她走，然后在黑暗中做坏事。现在脚步声临近，莫非这个色狼真的追来了？母子俩手越拉越紧，不一会儿，后面的人赶到了身后，秋凤回头一看是一个挑着担子的人。

"啊，秋凤！"

"是钊根叔！"

"你们娘儿俩这么晚从哪里来？"

"到农会开会。"

"快过年了开什么会？"

"阿标叫'地富反'过年不要做坏事。"

"只要他自己不做坏事就好了。"

钊根说自己到兰溪办年货回来，买了一箩担的香纸、蜡烛、火炮。

"街上都是办年货的人，哪个会像阿标，十二忙月还开会？当个治安官，神气死了！"

有钊根陪着，秋凤心里充满了安全感，母子俩便放慢了脚步。

回到家，洪太太都已经睡着了。

转眼到了腊月二十四，过小年的日子。农会治保组成员通知"地富反"家属义务劳动五天，任务是将沙湾埠到沙岩脚五里路长的路面上铺上一层沙子。早饭后，秋凤背了一把阔板锄头来到了集中地点。全农会十三个"地富反"，只秋凤和伪保长的妻子两个女的。阿标安排八个身体强壮的人挑沙，五个力气不大的人在溪坑里挖沙，秋凤和伪保长妻子参加挖沙。溪坑里水面结了冰，秋凤用锄头敲开冰，把沙泥一锄一锄地从水中扒到岸边，再装进畚箕里。扒了一会儿，身上出汗了，冷冰冰的，脚上的布鞋踩在水边泥地里，早就稀湿了，脚趾头被冻得刺骨的痛。她看看挑沙的人，来来回回走动，身上应该是暖呼呼的，就想跟挑沙的人换一下。

一个地主的儿子，年纪轻轻，从未挑过担子，扁担在肩头不会换肩，秋凤提出和他换一种活干，他十分高兴。一担泥沙，扒满一点儿一百四十来斤，浅一点儿百把斤，扒沙人给秋凤挑的担子都少扒点，秋凤挑着泥沙来来回回，比扒泥沙暖和多了。阿标在路上走来走去，监视"地富反"干活。来到沙坑边，见地主儿子在扒沙泥，便走过来骂他：

"你这么偷懒，挑轻活干。叫你挑泥沙，却来扒沙，挑沙去！"

"是我要求跟他换的。"秋凤挑着空畚箕回到沙坑边说。

另外几个扒沙人也说："扒沙也不轻松。他挑担不会换肩，就让他扒沙吧。"

阿标只得同意，不再骂了，心里想：真是人帮人，狗帮狗，这些"地富反"分子也帮自己的同类。尤其是秋凤，她对阿标总是绷着黑脸，不开尊口，要说话也是怒气冲冲的。可她对别人却那么好，情愿去挑沙泥，让别人干轻活。他心里越想越感到懊恼，总想能找个机会来治治这些"阶级敌人"。

第四天，腊月廿八上午，干到吃饭边，铺路任务全部完成，按规定大家好回家了。这时，满天彤云密布，天色转暗，接着纷纷扬扬的雪花飘落下来。阿标想治你们的机会来了。他对大家说，按规定参加义务劳动的时间还差一天，所以下午，大家再干半天，把沙湾埠村口石拱桥头的几个洼坑填平，只怕雪下厚了坑被雪盖了，行人不安全。"地富反"们听了都深自怨艾，却无人敢说个"不"字。

午饭后，雪越下越大，山头白了，田野白了。人们都猫在家里，煺鸡、剖鱼、做豆腐，家家户户忙过年。"地富反"们穿蓑衣、戴箬帽，集中在石拱桥头挖土、挑石头、填水坑。大块的棉花雪落在箬帽上听得见"扑哧扑哧"的响声。他们一会儿就要拿下箬帽把雪倒掉，脱下蓑衣把雪抖掉，可不一会儿，就又变成了"雪人"。

快到点心边时光，双河口的昌高肩上背着铳从埠头边走来，他是给"亲儿"水生送过年灯笼来的。当地风俗，平常节日，干儿子给干爹送节，过年时却要干爹给"亲儿"送礼，其中灯笼是最重要的礼品。昌高看到大雪寒天家家忙过年的时候，竟有这么一班人在雪中挖土挑泥，真不知是出了什么事。走到近处见水生母亲秋凤也在这里，他问秋凤在做什么，一个富农老人壮起胆子说：

"前世做了恶事，这一世来修桥铺路，做好事赎罪孽。"

昌高弄清楚了事情的原委，愤恚满腔地站在拱桥顶上大声对大家说：

"明天就要过年了。大家不要做了，赶快回家去，这……"

阿标一个箭步跑到昌高身边："你造反了！不要命了是不是！"

一手拉住昌高的手臂，昌高随手一甩，阿标一个踉跄扑倒在雪地，满嘴是雪。大家看得心惊胆战，敢反对阿标，昌高可是要吃苦头了，许多人都为昌高捏着一把汗。可几个上了年纪，了解昌高的人都不会为他担心。昌高从小学过拳脚，三两个后生近不了他的身。现在，虽然阿标是农会干部，但他只能管"地富反"，除了"地富反"，别人谁怕他？昌高是个雇农，阿标奈何不了他。阿标吐了口中的雪，把脸抹干净后，喝问昌高：

"你是什么人？"

"我行不改姓，坐不改名，叫昌高。前头一个鸟，后头一个屁股，一双脚扛一个脑袋，把我这个'六斤四两'拿去，我也无所谓！"

"我管制坏人劳动，你敢反抗？"

"谁是坏人？把你查查看，是好是坏还说不定！"

阿标像是吓了一跳。昌高接着说："毛主席为人民谋幸福，有你这样捉弄老百姓的吗？"

阿标轻声说："好，你等着，我去乡里叫人来！"

"你快去，我家在双河口，每天等你来！"

阿标狼狈地走下桥，突然回头对十三个"地富反"训道："大家先回去，明天听通知。"然后朝农会方向走去，大家也各自回家了。

昌高随秋凤到了沙湾坞，洪太太正在堂前扫地，见昌高来了，赶忙给昌高泡来一杯茶，接着向后堂前喊道：

"水生，你亲爷给你送过年灯笼来了。"

正在练毛笔字的水生立刻跑出来，"亲爷，亲爷"地连喊几声，接过灯笼后，他上看下看爱不释手。昌高听说水生在练字，问水生练得怎么样了，能写得像灯笼上的字那样好吗。水生举着灯笼看，上面写着"五谷丰登"四个字，笑着说：

"哪能写得出这样好？"

"你去写几个给我看看。"

昌高随水生到了后堂前，水坤、水珍在背书，两人都照水生的口叫昌高为"亲爷"，昌高夸奖三兄妹聪明懂事。水生铺开白纸，磨了一下墨，拿起笔来学灯笼上的字体，写了"五谷丰登"四个字，昌高一看，几乎与灯笼上的字一样好，心里暗自称道："羊家后代有出息。"秋凤把晚饭烧好了，水生兄妹和昌高一起走出后堂前。晚饭吃过，秋凤整理床铺，准备留昌高宿夜，昌高说他不分白天黑夜从不在外面宿夜，不要说下雪，就是下雹子、落铁他也不怕。坐了一会儿，他背起日夜不离身的土铳，戴上箬帽，就像《林冲雪夜上梁山》戏文中似的冒着漫天大雪走了。

阿标受了昌高的气，一定要出在秋凤一家头上来，只怕这个年不太好过。她们担惊受怕地过了廿九夜、三十夜，到正月初一，都不见阿标来找。到了年初五，听人说，那天被昌高骂了一顿后，阿标满怀怨怼地赶到农会，农会主任听了他的汇报后，先表扬他工作积极，然后分析了一番后指出，过年下大雪还让人义务劳动是太过头了一些，执行上级指示要符合政策精神。不到位，当然不行，过头了也是不好的，并教育阿标，以后要加强学习，多做耐心细致的思想教育工作。阿标本想闹得羊家过年不清静，听了农会主任一番话，当头一盆冷水，让他退了烧，过年也没有好心情。

古人云："年成熟不熟，但看三个六。"正月初六，是预测人生的，这天天气好，当年就身体健康，诸事吉利，鸿运当头，反之则凶多吉少；正月十六天气好坏是判断当年农业丰歉的；正月二十六，则是预测禽畜兴旺与否的。正月初六早晨，秋凤起床坐起身，腰间突然像有人打来一扁担似的疼痛，她立即倒身继续平躺在被窝里。洪太太听说，赶来看看摸摸说，可能是"鬼箭打"，赶忙去叫钊根母亲来放"鬼箭"。钊根妈用一枚绣花针放进嘴巴呵了口气，然后在秋凤小腿肚上戳了一针，用手挤出了一点血。

"你看，是'鬼箭打'，这血都转紫了。"钊根妈说。

洪太太问媳妇，痛轻些没有，秋凤说还没有感觉到。钊根妈说："不要紧，在床上躺上一个时辰就不痛了。"

可是到了中午，秋凤仍然痛得起不了床，秋凤说恐怕不是"鬼箭打"，是年前义务劳动时挑泥沙扭伤的。洪太太叫水坤、水生兄弟俩去双河口请昌高来看看，昌高看了一下，拿了一贴牛皮膏药贴在秋凤腰上，然后拿了一把小锄头到附近山湾里寻找伤筋草药。约莫过了个把钟头，他挖来了一大袋草药，再用斧头脑打碎，碾成糊状，用纸分别包成五包，又从背袋里摸出了四贴膏药。他吩咐秋凤说，一贴膏药，贴一个昼夜，已经贴在身上的那个膏药到明天这个时候拿下来，如果腰痛见好些了，再把第二贴膏药贴上去，然后再换两次，把四贴都贴完。如果第一贴膏药揭下来，疼痛没有丝毫减轻，就不要再贴了。改用草药，把一包草药加一匙黄酒放在火炉上加热，然后趁热敷在腰上，用布条、带子包好扎牢，包两天两夜。如有好转，再换第二包，四包都用完，他再来看一看。如果第一包草药敷了两天两夜，腰里还是一样痛，就让水生到他家去叫他，他会马上过来的。

"我估计有这些药用完，基本上会好的，你们放心好了。"

昌高说完，扛起土铳要走，洪太太把一个红纸包塞给昌高，昌高哪里肯收，拔起脚就大步出门去。洪太太送到门口，千恩万谢，挥手告别。

然而，贴过膏药又换了敷草药，四五天过去，秋凤的腰就像断了一样，一直疼痛不止，水生又把亲爷昌高请到家。昌高叫秋凤侧过身睡，让他仔细检查一下，他用手在秋凤的背上沿着背脊骨一节一节地往下摸，摸到腰部时，感到有点异样，有一块骨头高高突起，他轻轻地按了按，秋凤"啊唷"一声喊了起来，说就是那里最痛。

昌高叹了一口气说："难道是龙骨脱节了。"

洪太太见昌高一脸愁容，着急地问道："那怎么办？"

昌高说："龙骨脱节是很麻烦的，一般的看病先生都医不好，医好了也常常复发。"

"她怎么会生这个病？"

"这可能是挑担挑得多，身体底子亏了！"

"是呀，年前做义务工，连着挑好几天泥沙，一个女人家怎么吃得消！"

秋凤躺在床上，眼泪止不住地往外涌。

洪太太心疼地问："很痛是吧？我给你摸摸。"

秋凤轻声说道："痛几天就过去了，我都不怕，可现在连医都没人会医，这一家子往后的日子怎么过？"

"你放心，再难过的日子都会过去的。水生亲爷会想办法的。"

昌高摸了摸自己的头说："我到金滩镇上兴德堂药店请教一下诸葛老板看

看，他店里常有看病先生来往，可能知道哪里有医龙骨毛病的先生。"

"那辛苦你去打听一下看！"

昌高立即就动身。

过了一个时辰，昌高回来对洪太太说，诸葛老板讲这个毛病叫腰椎间盘突出，离我们这里不远的新登有一个老头子姓皇甫，他医这个毛病很有本事，抓紧时间，明天就去医。

从沙湾去新登要乘船，每天早上，严州城码头有一艘机帆船开往富阳，在新登停靠。洪太太雇了钊根、小毛两人，第二天天刚亮就用藤椅把秋凤抬到码头去上船，一个时辰后船在新登靠岸，他们打听到，医腰椎间盘突出的皇甫医生的住址，很快就把秋凤抬到诊所。

皇甫先生戴着眼镜，先问明了情况，再用一个小木锤子，轻轻地把秋凤身上敲打了一遍，然后用左手在秋凤背上沿脊椎骨一节一节摸下来，摸到最痛的地方用指头摁住，再扶着秋凤坐起来，然后他用右手拿来一个用布绑扎起来的棒槌，左手指轻轻抚摸秋凤最疼的地方，口里连声问"是这里吗，是这里吗？"突然"哼"的一声，像是吹出一口风，未见形影，皇甫先生早已用出全身之力一槌打在秋凤背脊骨上，秋凤"啊唷"一声躺了下去。

"好了！"皇甫先生右手放下槌子，在秋凤背上摸了一会儿，说："突出的腰椎接回去了，过一会就能爬起来了。"

皇甫先生配了几副中药，又给了几贴膏药，对秋凤说："回去后一天煎一帖中药，把这几帖药吃完就会好了。"

躺了几分钟，秋凤试着爬起来，"咳，不痛了。"

站在旁边的钊根高兴地说："一行服一行，行行有高手，先生真是神医！"

皇甫先生拿出膏药给秋凤腰部贴上后说，每贴膏药贴一天，药吃完，膏药也正好贴完。算了账，给了钱，秋凤说赶下午船回家，钊根叫秋凤坐椅子里去，秋凤坚持自己走，皇甫先生说先要养几天，小心不要伤到，刚接好的椎骨很容易滑脱，秋凤只好再由他们抬着回家。到了家里，见秋凤从藤椅里站起来，一家人都喜出望外。

元宵节前，阿标又通知秋凤参加义务劳动。洪太太说让她去，水生说奶奶不能去，他会挖泥沙，让他去。水坤说他比水生大三岁，个子和大人差不多高，让他去，大家都同意了。

羊家生活又生机盎然，可难过的日子总不会一下到头。

六 卖粮吃草便秘生

"啊唷，啊唷。"

洪太太已经在马桶上坐了半来个时辰，肚子胀得敲上去"砰砰"响。早就想拉大便，可在马桶上坐了这么久，却一点也拉不出来，又快过年了，一家人都非常着急。

自从去年开始卖余粮以来，秋凤一家人一年的粮食定量，只够吃六七个月，其余日子都要想办法找野菜充饥。长时间吃糠咽菜，没米没油下肚，天天都便秘。年轻人，消化功能好，又肯活动，便秘的程度要轻些。洪太太年纪大，消化功能衰退，活动少，每天又挑最难吃的东西吃，把比较好入口的东西留给儿孙吃，便秘尤其严重。在马桶上坐久了拉不出，她就上床去睡，可一躺下，又着急想拉。就这样，起来，躺下，躺下，起来，折腾到天亮，还是没有拉出来。

"哎呦呦，这样的日子怎么过啊！"

"卖余粮"是把多余的粮食卖给国家，政府实行定产、定购、定销的"三定"政策。可各地定产指标不统一，有些地方的定产指标往往超过实际产量，于是在计算产量时，只有数字没有粮，农户就难免要缺粮了。在评定秋凤土地产量时，阿标说他在秋凤家当过长工，对她家的田地情况最了解。于是，对秋凤家的土地定产，阿标发言便是一锤定音了。当地农会规定，将水田分为四级，一级田每亩定产粮八百斤、二级六百斤、三级四百斤、四级二百斤。秋凤家八亩水田、八分旱地。阿标说，秋凤家有四丘田是沙家畈的"火腿心"，一丘一亩八、一丘一亩四、一丘二亩半、一丘一亩半，共七亩八分田，都可定为一级。还有沙湾坞里面山垄田一亩零点，可定为三级。按照这样来计算，她家一年可产粮食六千斤，全家五口人，按规定留足口粮一千五百斤，再加饲料粮五百斤，自留储备粮五百斤，共两千五百斤，全家人一年够吃够用，余下三千五百斤，就是卖给国家的余粮定额。可实际上当时她家一年的粮食产量只有四千来斤，每年收完粮食先要确保完成卖余粮的任务，于是全家一年的口粮只有五六百斤，平均每人一年只有百把斤米，还不够半年的粮食。

　　粮食不够吃什么？洪太太说吃瓜、吃菜、吃野草，吃葛根、蘑菇郎、鸡粉，什么东西都好吃，活人怎能饿得死？她这辈子过了太多的苦日子，可从来没说过"苦"。民国二十三年，天大旱，当地两个多月滴雨未下。沙湾村田畈里上千亩水稻田的稻苗，一片焦黄就像干枯的松毛丝，划根火柴就能烧得着，当年水稻颗粒无收，沙湾村被饿死的有七人，九户人家出外讨饭，有三户至今没有人回家，绝了户。洪太太带着刚满十岁的儿子永耕，天天到江边找马兰头、荠菜、田黄姜、苦叶菜等野菜吃。平时吃东西，有的人嫌苦，她说苦隐隐好吃；有的人说太咸，她说咸津津好吃；有的人怕辣，她说辣乎乎好吃。为了能使大家吃得下、吃得饱，她把苦日子当甜日子过，什么酸甜苦辣咸五味，在她说起来只有一种味——美味。灾荒年月，别人家半饥半饱过日子，她家却是三餐都灌饱肚子。民国三十三年，又是个大旱年成，八月里，日本鬼子打到新安江两岸，老百姓逃荒又逃兵，三天两头往深山坞里躲。每到一个藏身地，洪太太总是能找到可以充饥的东西。深秋季节，各种野果子成熟了，洪太太到柴篷窝里摘乌饭、山楂果来吃，用老鸦蒲、野葡萄做凉粉和葡萄酱，使一家人在逃难中也不会饿肚子。现在虽然粮食不够吃，但日子太平、生活安定，这点困难肯定能克服，只是洪太太现在年纪大了，身体状况无法与当年相比。

　　秋凤知道，老年人消化能力弱，吃到干硬的东西很容易便秘，因此在粮食还是刚收起来时，一家人就早想法子尽量节省，做到全年家里不断粮，确保婆婆每天都有米下肚。于是一年到头，秋凤家每天早晚两餐以吃稀饭为主，随四季作物生长，早上吃南瓜粥、番薯粥、萝卜粥，晚上吃萝卜粉糊、青菜玉米粉糊、芥菜荞麦粉糊。中午一餐吃干饭，但也常用番薯丝、萝卜丝、南瓜干拌在米中一起煮饭，很少吃白米饭。三餐吃饭时，都另外烧一碗白米粥给婆婆吃。因为洪太太近年来双脚常犯风湿病，行动不方便，每餐吃饭时都是儿孙们把白米粥盛好以后捧到她坐的椅子边来吃，所以很长一段时间来，她总以为全家人餐餐都有大米吃。直到有一天，看到孙女水珍吃萝卜缨糊时，才问秋凤其他人吃什么，秋凤说年轻人喜欢吃这些杂七杂八的东西，常吃大米容易倒胃口。洪太太不相信，细问了水坤、水生，才知为了把有限的大米留给她吃，儿孙们常年吃菜糊。她拉了秋凤的手，又是摇又是捏，好久不说话，眼泪像断线珠子一样。

"秋凤，你为什么这样做？这么多年了，你难道还看不透我的心吗？"洪太太扁起嘴，话语中有明显的哭音。

"妈，你吃了一辈子苦，我们想让你能吃口粥也是做儿孙的一点孝心，你就别在意了。"秋凤也两眼发红了。

"水坤三兄妹正在发育长身体，把他们饿坏了，可对不起永耕，对不起羊家祖宗啊！"

听完婆婆的话，秋凤低头一声不响，突然抱住婆婆的肩膀哭出声来，洪太太轻轻拍着秋凤，秋凤慢慢止住哭声，婆媳俩一声不响，可心里都一时难以平静。此后吃饭，洪太太都自己盛，她专挑菜帮子、薯皮，把稍微好入口一点的留在饭钵里。

秋冬季节，野菜的叶子杆子都不能吃了，秋凤天天带着水坤、水生上山挖郎鸡根。上午挖回来，下午洗干净，再放在石臼里捣碎捣细，然后用做豆腐的包覆布把捣细的郎鸡根包起来进行过滤，过滤后沉淀下来的就是郎鸡粉，也叫山粉。秋凤用郎鸡粉与萝卜缨、青菜叶等拌在一起做成圆子放汤里煮熟吃，或者把郎鸡粉揉到有韧性了做馃吃。开始几餐好像元宵吃汤团，清明吃清明馃，水生说"天天像过节"，一家人吃得高高兴兴。可是由于没有大米等主粮吃，又很少吃荤腥油类，几天后，大家都便秘了。郎鸡粉性干燥，吃多了，火气重，容易便秘。秋凤就去后山湾拔来一篮子鱼腥草，洗干净，切成段，加点盐，煮了一锅子汤，让大家喝，除了水珍闻不来鱼腥草气息，水坤、水生和洪太太都说"很好吃"。第二天，大家都不便秘了。从此，秋凤带领子女们，又挖郎鸡根，又采鱼腥草，把两样东西烧在一起，或用鱼腥草做馅，包汤团、包馃吃，或把两样东西掺和在一起烧糊吃。

早年，永耕曾在马家埠教过书，那里有很多他的学生。有个名叫何根焕的学生听说永耕家里没有粮食吃，就和几个同学商量，大家捐助了五十多斤米、二十多斤菜油、十多斤肉，由何根焕和另一个同学，在元旦那天送到秋凤家来，秋凤和洪太太不肯收。

秋凤说："这几年，大家粮食都困难，你们拿回家自己吃。"

洪太太说："快过年了，你们家里也有老有小，拿回家去过年吃，我们这点小困难自己能克服。"

何根焕两人一定要把东西留下，秋凤婆媳怎么也不肯收，人高马大的何根焕突然双膝跪在洪太太面前，激动得泪水潸潸说：

"我有今天全靠先生搭救，永耕先生就是我的再生父母。你们不收下，我就跪着不起来！"

洪太太立即起身扶起何根焕说："好好好，我收下。"

何根焕说，他十岁那年，永耕在他村里教书，由于父亲病重，他没有上学。不久，他父亲病故，母亲改嫁，成了孤儿。永耕认识了他以后，觉得他特别聪明，不读书太可惜，就免费把他招进学堂，又给他买了学习用品，还带着他一起轮流到管饭的学生家里去吃饭，晚上两人睡一起。后来，永耕又劝导何根焕的伯父收留侄儿，照顾侄儿生活。何根焕读了两年私塾，第三年到洋学堂读高小五年级，开始学不会数学常识，可不到两个月就赶上同班同学，高小毕业时考得第一名。一九四九年后进初中读了一年，后来因伯父过世而失学，不久被村里推荐到乡政府帮忙做宣传工作，现在是乡政府的正式宣传干部。洪太太、秋凤听完他的介绍，都为他高兴。临走时，他对秋凤说：

"我没有父母，没有兄弟姐妹，羊先生是我的父亲，师母你就是我的母亲。今后，你有什么困难，寄个口信给我，我马上就来。"

秋凤感动得与他挥泪而别。

秋凤用何根焕送来的米和肉，烧了一顿晚饭，全家人吃得比过年还高兴，剩下的四十多斤米、油和肉打算过年吃。第二天全家继续吃山粉野菜，连续吃了七八天，洪太太便秘变得越来越严重。水生听奶奶"啊唷啊唷"叫声不断，就搬了一张凳子来到洪太太身前说：

"奶奶，你坐凳子上，我帮你把大便抠出来。"

"啊？你用手抠？"

"是的，我试试看。"水生边说边卷起袖子。

"这，水生，别……"洪太太实在不愿如此为难孙子，却是疼痛难忍，也想试试。

水生拉着她坐在凳子上，然后蹲在她身后，一股难闻的气息直冲鼻子，可水生一点不在乎，弯着食指伸进肛门，只觉得有一个坚硬又戳手的干土块样的东西紧紧地堵在那儿。他用力地抠，使劲地戳，终于掰下蚕豆瓣样大的一块，抠了七八分钟，又抠出了两块。洪太太见他如此这般，早就不忍心了，便说：

"好了好了，不痛了。"

便起身拉起裤子。水生早已满头是汗，听奶奶说"不痛了"，心里一阵高兴。站起来，洗完手，走到了窗前，见奶奶躺在那里满脸泪水，急忙问：

"奶奶还很痛吗？"

"不，奶奶不是肚子痛，是心里难过。"

"啊？"

"你为奶奶吃这样的苦头，奶奶心里会好过的吗？"洪太太说话声有些颤抖。

"奶奶，我一点也不吃力，一点也不苦。"

晚饭后，奶奶激动地把这件事告诉秋凤，大家都称赞水生做得对，并被水生的行为深深感动。

可到了第二天早上，洪太太的肚子仍然胀得厉害，不时"咳唷咳唷"地哼着。秋凤见了紧锁双眉，忧心忡忡，

"该怎么办呢？"

水坤、水生都说只有去请医生来看，水珍流着泪轻声哭泣，秋凤到钊根家，准备请钊根和小毛抬婆婆到金滩镇上医院去看。钊根母亲刚吃过早饭，她说早年她公公因家里长期没油吃，也便秘过，厉害时几天几夜拉不出来，后来喝了两瓢匙桐油，就拉空了。郎中说，吃桐油很危险，最好是豆油，没有豆油，吃菜油也可以，嘴巴里吞下一些以后，再想办法把猪油煎熬成的熟油，从肛门里塞进去，待到有屁放了就通了，很快就会好。秋凤高兴地回到家里，心想得多谢永耕那个学生，刚送来猪肉和菜油。她立即拿来猪肉，切下肥油部分，烧起锅子煎熬，顿时，满厨房飘着猪油的香味，水坤兄妹馋得不停地咽口水。熬好后，秋凤将滚烫的熟油舀进洋铁罐里，再放到脸盆里，倒上冷水，加速冷却。秋凤先舀了一瓢匙菜油让婆婆喝下。过了个把时辰，熟油冷却，凝冻成白色的油膏。怎样把油膏塞进洪太太肛门里去呢？水生说他昨天帮奶奶抠过，让他来塞。秋凤说，小孩子做这种事情做不来的，还是让她塞。

水生说："妈，你的手太大，伸不进去的，我手小，已经试过，我会塞。"

"你这孩子呀！"秋凤爱抚地摸了摸水生的头，眼睛潮湿起来，水生咧开嘴，快乐地笑了起来。秋凤，一手拿着熟油罐子，一手拉着水生上楼到婆婆房间里去，叫水坤、水珍不要上楼去看。

同昨天一样，水生搬了张凳子叫奶奶坐上，然后蹲下来，用手伸进肛门掏了好一会，抠下一小块，又使劲戳了几下，突然发出"咕噜噜"的响声。

"放屁了！"顾不得透出的一阵臭气，水生高兴地喊出声。他再用手指掏了一会儿，抠下鸡蛋那么大的一块。秋凤赶忙把手上掺点面粉搓成粉笔状的一节油膏递给水生，水生接过来塞进肛门口，再用食指把它一直顶进去，"咕噜咕噜"发出一连串的响声。

"好了，好了！"奶奶高兴地说。

秋凤拉水生站起来说："肚子通了，一会儿就能顺畅地拉出来了。"

"水生，你这个乖孙子，是羊家祖宗几代人吃素念经修来的呀！"洪太太感动得泪水又流了下来。

秋凤把婆婆扶上床说："妈，你别多想，孙子孝敬奶奶是应该的，家里出了贤良后代，是我们的福气，快躺下休息。"

母子俩下楼来，水生满脸开心地说："奶奶的便秘该会好了！"秋凤心潮澎湃，她为水生竟会成了自己的儿子，又稀奇，又幸运，又自豪。可惜永耕没看到。"你早日回来呀，看看这么优秀的儿子就够幸福了！"她心里自说自听地下了楼。

洪太太便秘好了，又能吃能拉了，笼罩这个家庭的阴云消散了。

可那个令人讨厌又害怕的阿标又来了。那天上午，阿标和农会的一个民兵走进家来，阿标翻开本子对秋凤说：

"你家今年卖余粮的任务还没有完成，还差八十五斤，现在已到年底了，三天内挑粮到粮管所去卖！"

秋凤说："家里一颗粮食都没有，卖什么呀？"

洪太太央求阿标说："你做做好事，把我们免了吧！这一家子，五张嘴，天天要吃，这过年米还没着落呢！"

阿标听了两个女人诉苦求饶，很不耐烦，打起官腔对秋凤说："卖余粮是支持国家建设的政治任务，你若藏粮不卖，是要依法处理的。"

"我吃都不够，哪有粮食藏？"

"好了，'家有黄金，外有戥秤'，你家有多少粮食，大家都知道的。"

"你说我家有多少粮食，难道我自己都不清楚吗？"

"卖粮的数额，是按收多少、吃多少、剩下多少，一笔一笔清清楚楚算出来的，不是你说没有就没有的！"

秋凤、阿标对口不息，洪太太忍不住地说道："不信，你们来搜好了。"

阿标也不耐烦了，凶巴巴地说："搜出来，你们怎么说？"

"由你们处理！"秋凤口气斩钉截铁。

阿标对秋凤家的房子非常熟悉，叫民兵阿荣先到厨房柴火间去搜。

"这里有一袋番薯丝。"

阿荣在柴火间一捆柴火底下找到一个布袋，打开一看，是番薯丝。

"怎么说？你说一点也没有的！"

当时规定，两斤番薯丝作一斤稻谷，可抵余粮卖给粮管所。面对阿标得意的奸笑，秋凤知道是阿标搞鬼便仍旧斩钉截铁地说：

"不是我们家的。"

"放在你家的东西怎么不是你家的？"阿标收住笑脸问。

秋凤坦然地说："可以派人来调查，事情会弄清楚的。"

"你不要嘴硬！"

阿标带阿荣向后堂前走去，他们看见天井沿柱子上挂着一刀肉，在搭厢房里有半小笋筐米。

"这些又不是你家的东西？白米、鲜肉，你们的日子真惬意啊！"

秋凤还是口咬断铁钉似的回答："不是我们的！是永耕的学生刚送来的。"

洪太太补充说："他看我们一粒粮食都没有，特意送给我们的。"

"有这么好的学生？"阿标反问。

"你去查好了！"

"我怎么去查？"

"那我去叫他来对证！"

"明天就去叫来！"

"好！"

面对阿标逼问，秋凤一点不怕。

第二天，秋凤到马家埠找永耕学生何根焕，他正在开会，秋凤在他办公室里等了一会儿，何根焕开完了会，秋凤把自己家卖余粮的事以及阿标当了干部的所作所为，仔仔细细向何根焕讲了一遍。何根焕认为，不少农村干部由于缺少文化、不善于学习，思想水平低，当了农村干部就以为自己是当地的土皇帝，执行党的政策具有随意性，要怎么说就怎么说，想怎么做就怎么做。个别道德意识差的人假公济私、公报私仇、胡作非为，严重损害了党和政府在老百姓心中的形象。此类情况，上级必须了解，进行整顿，否则，长此以往，必将后患无穷。

他对秋凤说："这些情况，这种人，别的地方也有，尽管是极少数，但带来的后果很严重，我会向上级反映，以后会得到解决。至于你家昨天发生的事，上级知道后马上会来调查清楚的。"

秋凤听了何根焕的话，心里舒坦多了，就起身要回家去。何根焕领她到自己家里，又送她两刀猪肉，让她拿回家过年。秋凤临走时，何根焕又再三嘱咐，有困难要及时告诉他。

秋凤回家第三天，上级派了工作队来沙湾村进行调查。经过访问座谈、实际勘察、了解情况，按照政策实事求是做出处理。工作队对秋凤家老小五口人，没有一个男劳动力，只耕种八亩农田却有六千斤粮食定产确实怀疑。他们来到田头一丘一丘地踏勘，发现秋凤家的四丘田虽坐落在田畈中心，除了阳光充足之外，没有更多优势。因地处田畈中心，灌水的水路比别的田块长，缺水季节，有限的水量要被别人先灌足才能流到她家田里，而雨季却又难以把积水排出去。另外运肥、挑担要绕过别人田块很长的路，很不方便。还有，田畈里发生虫害，总是她家这几丘田最严重。可在定产时，阿标说是"火腿心"，将她家的四丘田定为一级。有些干部想提出反对意见，但阿标说对于秋凤家的土地他最了解，同时怕被别人说"为反动派家属说话"，也避嫌"帮寡妇办事"，多一事不如少一事，"最后一致通过"。终于，在周围都是二级产粮田的中间，唯有秋凤家的四丘田定为一级。工作队认为很不合理，报请有关部门改为二级。

对于阿标催余粮时在秋凤家擅自搜查，还搜出一袋番薯丝的事情，工作队寻访了沙湾坞的很多人。几个稍懂政策的人都说，没有执法部门同意，随便到老百姓家里搜查是不允许的，阿标的行为已经触犯法律。至于那袋番薯丝，大家都认为秋凤不可能会把粮食放到柴火堆里去，

"秋凤和婆婆做事情都是很细心的人，那一点番薯丝放柜里、瓮里，哪里不好放，偏偏要放柴火间里？鬼相信！"

"柴火间里到处有老鼠，怎么袋子都没有被咬破？我看这里头有鬼。"

"肯定有人栽赃，是刚放到那里去的！"

被工作队寻访的人，虽然说法不一样，可中心意思基本相同：秋凤家的人不会这样做，肯定是有人陷害。

一天中午，工作队的两位干部，从秋凤家柴火间里走出来，有个二三十岁

一脸傻气的半哑女人，把右手食指含在嘴里看着他们笑。

其中一个干部说："你笑什么？"

那半哑女人说："×××！"听她发出那三个字的声音，像是"我放的"。

工作队干部于是装着听懂似的问她："什么东西你放的？"

半哑女仰起头笑了一阵子，然后又说出三字："×××。"

像是"不晓得""不是我""啥东西"之类意思，工作队干部只得又问一句："你讲什么？"

半哑女没有笑，用手拉着他走进柴火间，指着放过番薯丝袋的地方，边"伊里哇啦"说边用手指指柴火又指指自己，再用双手模仿一只口袋又背上肩的样子。工作队干部懂得了大概的意思：那袋番薯丝是她放到这儿的。为了弄清楚事情真相，他们找来她的妹妹，再叫她同妹妹一起到柴火间去讲一遍。

半哑女的妹妹说："我姐说有个身材细细样子很好的男人，给她一袋子番薯丝叫她放到柴火下，不要让人看见。"

工作队的怀疑逐渐明晰，他们立即赶到农会，找到阿标。

"那袋番薯丝是你叫那哑巴女放进去的，是吧？"

工作队干部单刀直入，一句话把阿标说得脸发红、颈骨断，耷拉着脑袋一句话也说不出。

"幸好，还没闹出什么严重的后果，不然你轻则身败名裂，重则不知道会有怎样的下场。"工作队干部说了两句，阿标仍没有开口。

"我们知道，你的工作责任心很强，想要完成年度余粮征购任务，但不能用这种卑劣的手段。你和羊家有夙嫌，可不能时时积郁在心，遇事必报，今后要想把事情做好，必须先端正态度。"见阿标始终不抬起头来，工作队干部说了句结束语，就站起身想走。

阿标马上抬起头来，显出满脸悲楚的表情说："我错了！我辜负了党的教导！辜负了领导的培养！今天，两位同志对我的教育，我一定牢记在心，今后要从错误中吸取教训，加倍努力地工作，弥补过去给党造成的损失。"

"这样就好。"两位工作队干部说完转身离开农会。

工作队调查结束后，向上级写了一份调查报告，对沙湾村贯彻粮食"三定"政策中存在的诸多问题进行了曝光分析，并提出了整改的意见。对阿标的所作所为提出了批评，对其在农会今后任职的留或去提出了建议。春节后，农会召开村干部会议，宣布对沙湾坞申屠秋凤家、沙湾岭方兴和家等几处农田定产标准作了调整，免去阿标——仇志明农会治安委员职务。

农会村干部会议消息传到秋凤家，知道粮食定产数额要降低两千多斤，减少卖余粮任务两千多斤，全年粮食就基本上够吃了。又听说阿标被撤职了，这个给他们带来麻烦的人以后也不会来骚扰了。洪太太扬起脸，合上双掌，激动地说：

"谢天谢地，谢天谢地！早年我就听永耕讲过，共产党打天下是为了给老百姓带来好处的，怎么能像阿标那样弄权祸害人呢！"

秋凤高兴得眼含泪水说："好了，今后日子好过了。"

水坤、水生、水珍三人手拉手边跳边唱起刚在学校里学会的歌："解放区的天是明朗的天……"家里歌声笑声一片欢腾。

到后来参加农业社，生产集体化，水坤、水生也能挣工分了。虽然集体化收入不多，粮食也少，但秋凤家省吃俭用成习惯，日子过得平安顺利。只是常在想，永耕突然"从天而降"的奇迹，不知什么时候会出现？

七　千里寻夫到南昌

终于传来了一点有关永耕的消息。

水生十五岁那年中秋边，沙湾岭在全国各地流动养蜂的刘正良回家说他好像见到了永耕。秋凤马上赶到沙湾岭，正良告诉秋凤说，八月初，他在江西南昌郊外养蜂，一天下午，他到供销社里去卖蜂蜜，在街路上看到有一个很像永耕的人。

"我想认个清楚，就向那个人走去。"正良仔细回忆起来说，"那个人也往前走，我加快脚步，快赶到时越看越像，我就用土腔大声喊了一句'你是永耕吗'，那人想回头看我，突然被身边的女人拉进了旁边一爿店里，我马上跟了进去，店内人多拥挤，我一时找不到他，踮起脚抬头看了好久，突然看他朝商店门口走了出去，我赶忙到边门跟出去，外面是一条铺石子路的小弄堂，我不知他朝弄堂的哪一头走的。我先向店的大门这头走，走了一段看不见他的身影。我马上回头，朝弄堂另一头跑，那弄堂很长，弯来弯去，不知转了几个弯，我看到前头有一颗白果树，树下走着一男一女，那男的就是他，我立刻又大声喊'永耕，永耕'，他好像听见了，头转过来朝我看。我还没有认清楚，那女的就把他推进一扇黑漆的大门，'咣当'一声把门关上。我站门口又喊了一会儿，没有应声。我又用手拍了几下门板，再贴耳听听，里面一点声音都没有，估计这是一扇院子的墙门，里面可能住着好多人家呢！"

秋凤听得很认真，脑子里出现了一条大街、一爿店、一条长弄堂、一棵白果树、一扇黑漆门的画面，她记住这个画面，想立即到南昌去找永耕。心想正良两次叫永耕，他都听见了掉转头看，这还会有错？

"难怪这么多年不回家也不写封信来，原来外面有女人了！这个没良心的东西！"她心里满怀怨愤地轻声骂着。

晚上回到家，她对婆婆说："妈，我要到南昌去找永耕！"然后，把正良说的那番话详细地告诉婆婆，说着说着，她气愤得低声哭诉起来：

"他要这样负心，我也不会对他在意。我要带着三个孩子，像秦香莲一样去告他，现在一定还有包文拯那样的清官的！"

"秋凤你别难过，"婆婆说，"听说看到永耕，我很高兴，说他外面有女人，我也很气愤。不过，我怀疑正良看错了。永耕真要在南昌早回家了，不能回家，信早就来了，他怎能丢得下这个家？至于另找女人，我做妈的人最了解，他绝对不会做那种辱没祖宗的缺德事。"

秋凤也相信永耕绝不是那种拈花惹草的人。只因思念永耕心切，恨不能瞬间飞到他身边，听正良说叫他两次，他都回头，不可能同名的人相貌也相似。她去意已决，即便不是自己丈夫，也要找到那个人看清楚才心甘。洪太太对儿子也是日思夜想，随着年纪增加，体力衰减，经常生病，只怕就此终生难以再见儿子一面。现在能听到一点消息，心里稍得安慰，不管儿子是否变心，能亲眼见到一下也是好的。所以秋凤坚决要去，她也不阻拦。

第二天，秋凤带着儿子水生又到沙湾岭，想再找正良多了解些情况。

正良挠挠头为难地说："哪个方向我也说不大清楚，那么大的城市，走到哪儿都差不多的。"

"最大，最能让人看到的特别的记号呢？"

"特别记号么，我只晓得肯定是郊区，因为走出不远就能看到田畈，郊区附近总是田畈。南昌的西面是一条大河，比新安江还大！"

"那你看到永耕的地方离大河远不远？"

"很远很远，走路半天也走不到！"

"那，这是东面。"

"可能是东面！"

停了一下，正良拍了一下脑袋说："噢，我想起来了，那地方离火车站不远！"

"好的，听到火车叫声就不难找到火车站。"秋凤说。

"妈，不知道那里有几个火车站？"水生插问了一句。

"对呀，正良，你知道南昌有几个火车站？"

"这个，我也不大清楚。"

问了老半天，秋凤只知道在火车站附近，南昌有几个火车站，到火车上问一下就能知道，但愿就是火车坐到南昌的那个站。

回家后，秋凤对婆婆说，她准备明天就起身，把水生带着做伴，这孩子脑子灵活，也有点文化，出门是个好帮手。洪太太叮嘱秋凤，见到永耕，如果他身边真有女人，两人千万别争吵，叫他赶快回家。

"妈，他真有女人，能叫得回来吗！这么多年了，要回来早回来了。"

"他不回来，你就说我生重病，要死了！"洪太太面带愠色地说。

秋凤赶紧说："妈，你快别说这不吉利的话。找到他，我拖也把他拖回来。"

第二天一大早，秋凤母子俩带上盘缠行李，翻山走小路，到浦江火车站买了当天中午的火车票，到达南昌火车站已是后半夜。秋凤拉着水生在候车大厅角落的一张木条椅上，水生躺着睡觉，她自己坐着，背靠椅背闭目养神。

昨天火车上的人说，南昌只有一个火车站，天亮后，吃过早餐，他们准备在火车站旁边找一家最便宜的宿店住下来。

早晨的大街上尽是匆匆忙忙赶路的人。秋凤母子在一条小弄堂里找到一家小旅馆，一打听，最便宜的大通铺，每铺三角钱一晚。秋凤说她们是母子俩，想晚上睡一张床，店里人说规定一床一人，秋凤把自己出外寻夫，家里困难的情况说了一遍，那个店员颇有同情心，请示了一下领导后便同意了。秋凤拿出县里开的证明、介绍信，叫水生在住宿登记簿上填表登记，再把行李挂在床边的挂钩上，然后向店员打听，附近哪里有弯来弯去的长弄堂，哪里有白果树。店员叫来一个本地的同事，那同事说，白果树有几棵，但离这里有点远，步行要个把小时才能到达，弯弄堂很难找，大多小弄堂都转弯的。秋凤听说一个小时就能走到白果树边，不算远，一个上午能找两三个地方，在这里住三四个晚上就能走遍了，母子俩休息了一会儿，就到外面开始寻找白果树。

他们沿着弄堂外的大路走了两三里路，在很远的前方有一棵树荫浓浓的大树。水生大着胆子问路边的人那棵是不是白果树，那人说是，地图上叫银杏树。母子俩高兴地向白果树的方向快步走去。太阳转到头顶，人影踩在脚下，秋凤怕儿子饿，赶忙到路旁一家饮食店里叫了两碗面，一碗肉丝面给水生吃，自己吃光面。水生要吃光面，秋凤说小孩子不经饿，要吃好点，两人推来推去，最后，水生把肉丝浇头夹了一半到母亲碗里，才捧起碗来吃，秋凤眼圈发红，闷声不响，水生边吃边乐"真好吃"。吃饱肚子，两人继续朝白果树走去，快到树边，他们围着大树沿房子墙角走了好几圈，却怎么也走不到树底下去，原来这棵树是长在一个院子里的，不是正良讲的在一条弯弄堂里的那棵。

路上碰到一个老公公，秋凤问他附近哪里还有白果树，老公公指点说沿大街再往前走一段路，有个小公园，爬到公园的小山上朝南看有棵白果树。秋凤、水生按着老公公的指点，找到那棵树，长在一个小池塘岸边，也不是正良讲的那一棵。太阳转到西边，人影拉得比人长，母子俩赶紧回头，穿过大小街道，进了弄堂，回到了宿店。

吃过晚饭，秋凤母子坐在床上，一个女店员走过来，问他们怎么两人睡一张铺，秋凤把自己的情况一五一十说给她听。这个店员像是个小领导，待人态度和善，十分同情秋凤的遭遇，她告诉秋凤，城市里各家的房子都有具体街道、弄堂名称和门牌号，只凭弯弄堂、白果树怎么能找得到，即使找到位置了，也不一定有人在家。只能看运气了。

"还有个办法，你可以把要找的人姓名、性别、年龄、籍贯、职业等情况告诉派出所、公安局，叫他们在全市范围内查一查，帮助寻找。"

秋凤感谢她的指点，但为难地说："我们不知道派出所、公安局在哪里，这里又没有熟人。"

女店员顿了顿，说道："这样吧，我有个表哥在公安局上班，你们把情况写在纸上，我拿去找表哥帮帮忙。"

秋凤激动得双手合掌作个揖说："真太谢谢你了！我们马上就写。"

女店员拿来笔和纸，水生很快地就写好了。女店员看了看，折起来放进了口袋。秋凤问找人要付多少钱，女店员说，公安局为人民办事不收钱的，秋凤母子俩千恩万谢。女店员离开后，秋凤水生洗漱罢，经过一天劳累后，上床睡觉，一夜安眠。

第二天早上，母子俩很迟才起床。这天是星期天，按照昨晚女店员指点，他们不再去找白果树，而是到市内各种公共场所去游荡，希望能够遇到那个"万分之一"的运气，就像在家中盼望的"喜从天降"的奇迹会突然出现。然而，那个偶然的"奇迹"并没有出现。

就这样，他们连续走了四天，差不多把整个南昌城的大街、公园、广场都走遍了，仍然是徒劳无功。

那天下午，秋凤、水生从街上回到宿店。那个女店员来对他们说，她表哥到公安局户籍管理处查询过，南昌叫"永根"的人有几百个，写成"永耕"的也有几个，但都不姓羊。姓羊的人在南昌也不多，名字叫"永耕"又姓羊的一个也没有。

"可能他因为什么原因，改名换姓了，那样就难找了！"女店员爱莫能助地说。

秋凤在街上白走了四五天，早已身心疲惫，听了女店员的话，更是愁上加愁。

水生说："妈，我们明天还是去找白果树下的弯弄堂好了。"

"是的！"秋凤说，"不找到那个像你爸的人，问个清楚，总不甘心。"

第二天早晨天刚亮，秋凤娘儿俩就起床了。他们在街边买了几个包子，边吃边走，水生看到有幢楼的房门上挂着"供销合作社"字样的牌子，秋凤兴奋地说：

"我去问问看，是不是正良卖蜂蜜的那个供销社。"

她找到供销社大门，门还没开，他们在门口等了一会儿，终于等到上班时间了，秋凤问店员这里是否收购蜂蜜？那店员说这里是总社，收购蜂蜜在东郊分社。秋凤问他东郊在哪里，他指给秋凤看说：

"东郊在东面，沿着前面那条街，一直走，走出头，向顺手面转弯那里有条小河，河岸边就是。"

根据那人指引的方向，秋凤和水生不紧不慢地走了两个多钟头到达了小河边，找到了东郊分社，可在附近看不到有白果树。秋凤问供销社的人，周边哪儿有白果树。一个十八九岁的姑娘带他们走过了一幢五六层楼的高房子，在墙角指给秋凤看：

"那不是白果树？"

原来高房子挡住了视线，白果树就在供销社后边不远的地方。

他们看准了白果树方位，在高房子旁边找到一条宽阔的弄堂，弄堂口正对着白果树，他们就大步走进弄堂，快到弄堂底，看似前面已无道路，可就在弄堂底右手边有个小口子，过了小口转个弯，又是一条又长又宽的小弄堂，在弄堂里拐了几个弯，前面豁然开朗，弄堂尽头就是白果树。来到白果树下，水生发现右边是一个小弄堂口，左边有一扇黑漆的大门虚掩着，水生大着胆子把门推开，里面是一个院子，住着很多人家。

"就是这里了。"秋凤高兴地说，她把门仍旧虚掩着，与水生一起坐在树下的石头上。不一会有一个老太太买菜回来，见水生母子坐在那里一直朝她张望，她很不自在地推开门，还自言自语：

"什么人，坐到这里来！"

进了门，"哐当"一声，把大门重重地关上。秋凤感到坐在门边讨人嫌，就同水生站起来，走到了离白果树二十来米的公共厕所门口。这里往外看，能看到弄堂的转角，往里看，能把进院子大门的人看得清清楚楚。两人在厕所门前来回踱步，像是过路，又像是上厕所，不会碍人眼。

过了几分钟，秋凤要去上厕所，她叫水生眼睛盯牢，不要错过每一个进门的人。

秋凤进了厕所，水生脸朝墙门，站在路边。突然，从白果树右边弄堂口闪过两个人影，水生走到路中间一看，那男的像是他父亲。

"爸爸！爸爸！"水生高兴地叫喊着，跑上前去。

正在开门的男子扭过头来，后面的女人转身问："你叫谁爸爸？"

女人身子正好把男人挡住，水生看不大清楚，便用手指着她身后的男人，小声地说：

"喊他！"

那男人转过身来。

"啊？"水生一脸茫然。

那男的说："喊我？你认错人了吧！"水生一听声音回头就走。

秋凤在厕所里听见水生喊"爸爸"，马上站起来，洗完手，走出厕所见水生往回跑，立刻迎上去。

这时前头传来那女人的声音："你今天一定要给我说清楚。"

秋凤听水生讲不是爸爸，就拉起水生的手想离开。

那女人忙说："别走！"

走上前朝秋凤一看：外貌气质端庄、秀丽，顿感自惭形秽。"难怪，私生子都这么大了！原来情人是西施！"

"谁是我的私生子？你弄弄清楚再讲好不好！"

"好，你把他们叫回来！"

那男的马上追出去，秋凤、水生已经走出小弄堂。

那男人赶上秋凤说："请你们先不要走，我老婆说这孩子是我儿子，你帮我说说清楚再走。"

秋凤见这男人，后背看去，确实像永耕，前面看一点也不像。因为水生错喊了两声"爸爸"，引起这对夫妻吵架，确是冤枉，自己是要向他们把事情说清楚才好走。不一会儿，那女人也赶过来了。

秋凤、水生和那对夫妻四个人，站在弄堂里的一个屋檐下边。

"这位大哥大嫂，对不起！因为我儿子认错人，害你们发生口角，我向你们赔不是！"

秋凤说着向他们鞠了一个躬。然后轻声细语地告诉他们自己是浙江新安江边人，到南昌来寻找孩子的父亲，又把事情的来龙去脉说给他们听。说起在南昌寻人的过程，秋凤止不住泪水涟涟：

"为了省钱，我们母子睡一张最便宜的铺，每天出门全是走路。五六天来，差不多走遍南昌城，没有坐过一次公共汽车，一日三餐只到实在饿得不行了才买点包子之类的填填肚子。我们天天找，人影也没看见，有好心人帮我们到公安局去查也查不到他的名字。"说着说着哭出了声，"公安局的人说可能……改名……换姓了，那就找……不……到了！"这时水生也"哇哇"地哭了起来。

秋凤的如泣如诉，打动了那女人心头最柔软的地方，眼圈早就红了，见母子俩哭得可怜，也禁不住啜泣声声。

过了一会儿，那女的看了一下手表说："快十二点了，我们先到旁边饭店里吃点饭，再想想办法帮你们。"

"对，肚子饿了，吃了饭再说。"男的也说。

秋凤再三推辞，那女人说："吃了饭，再把好办法告诉你。"说完拉着秋凤到饭店里去。

饭桌上，那女人告诉秋凤，她丈夫是新闻记者，可以把永耕的情况写篇文章在报纸上登一下，让那些认识永耕的人看到报纸，马上跟她丈夫联系，他们再把情况告诉秋凤。秋凤担心永耕改名换姓了，人家不知道。那男人——新闻记者说，报纸上会把具体情况说清楚，改名换姓与这没有关系，只要有认识永耕的人看到报纸上的文章，一定会来反映的。秋凤母子对那夫妻俩深表感谢，连说："谢谢！谢谢！"

秋凤母子继续住在宿店里。过了两天，那对夫妻拎着两袋饼干来到旅馆，对秋凤说，有一个在南昌工作的上饶人，那年也被国民党军队抓去，与羊永耕编在同一个连队。在解放军渡江南下后，他们的连队日夜向福建方向逃窜，有一天在一个山村宿营，他和永耕两人商量当晚乘人不备时逃走。在几个士兵的帮助下，他俩逃到村后的一座小山上。第二天天亮后，部队撤走，他俩赶忙往江西方向逃走，因为公路上过往部队不断，他们只得翻山越岭走小路。一天傍晚，他们到一个小镇上投宿，刚睡下不久，当地乡长带领部队人员来搜查逃兵，这个上饶人动作迅速，马上从楼上窗户跳到屋后菜地里逃走，不知永耕是动作慢，还是胆小，不敢跳窗，终于又被抓去。此后，两人就分开了，后来听说永耕被抓后连夜去台湾了。听完记者的话，秋凤又陷于绝望，记者妻子劝秋凤，去台湾人总还在，台湾一定会解放，总有一天会回来的。记者夫妇把两袋饼干送给秋凤就回去了。

第二天，秋凤母子乘火车到浦江再走路回家。

过了重阳节，有一个到沙湾村来卖红糖的义乌人说，蒋介石想反攻大陆了。最近一段时间来，铁路上有很多装着大炮的火车，一直往福建方向开；南京到杭州的公路上也常看到拉着大炮的吉普车，连成几里路长的队伍日夜往南赶路。最近一段日子，台湾常派人到福建沿海侦探，被解放军抓住很多，他们大多是福建、广东人，浙江的也有。被解放军抓住的，经过教育，都不愿再回台湾，愿意当兵的就留在部队当解放军，不想当兵要求回大陆老家的就回家。秋凤听了卖糖人的话，又想到福建沿海去寻找永耕。洪太太担心福建两兵相接，常有战事，很不安全，而且山海相连，地域广阔，到那里找个人比海里捞针还难。

钊根听说秋凤想去福建，也来劝阻。

钊根说："秋凤千里寻夫，抵过孟姜女了。不要再去寻了，那卖糖的义乌人也是听人家传说的，真会有那么多的台湾军人被抓来了吗？我同永耕从小一起长大，我了解永耕，他一定是很想家的，能有一点机会，他都会想办法回来，说他在外面找女人，那是绝对不可能的。"

"那羊家列祖列宗的魂灵也会把他抓回来！"洪太太插了一句。

水生也说："爸爸肯定有难处，听说蒋介石军队对大陆去的人管得非常严格，抓到逃兵就直接打死，不准写信，也不准发电报，所以一点消息也没有。"

"不过大家不要难过，"钊根见秋凤一家老小人人愁思百结，就说了几句安慰的话，"现在可以肯定，永耕肯定在台湾当兵，身体很健康。逃跑的机会虽然很少，但也不是说没有。早几年就听说有个名字叫张毅的台湾军人逃回来，后来在杭州一所大学图书馆工作。我想永耕一定知道张毅的事，他一定随时随刻都在找机会的。再说，要不了几年台湾一定会解放的。我想，离永耕回家的日子越来越近了。"

听了钊根的话，一家人心里轻松了许多，望永耕回家，继续翘首以盼。

八　水生打工遇林吉

随着水坤、水生、水珍长大，参加生产队劳动，秋凤家的生活逐渐改善。只是生产队分红太低，十分工只有三四毛钱。三兄妹都还不是正劳力，一天只七八分底分，三人干一天都没有一块钱，所以家里用钱常常捉襟见肘。

一天，永耕的叔伯大姐回来告诉秋凤，永耕姐夫单位要增加几名油漆工，叫水坤去做，每天工资一元二角。永耕姐夫是木工师傅，人称阿明师，东阳人，早在水电站建造之初就在一个建筑公司当木工班长。电站造好后，多数建筑工程单位撤走，只留下阿明师所在的公司作为维修工程队，长期驻留。随着工程维修业务的扩展，前几天招了几个木工、泥水工，现在要招油漆工。阿明师认为油漆技术较简单，一般人一看就会，就告诉妻子找个亲戚家的年轻人去。水坤来到维修工程队，做了三天，脸上发红，手发痒，就回家对秋凤说他犯漆，要姑父换别人去。水生说让他去做，秋凤说水生才十六岁，只怕工程队不要。水生说他身高一米六十八，谁还会说他人小，秋凤就答应让水生去试试看。阿明师对领导说，水生家经济困难，缺少整劳力，水生个子高，留下他做几天试试看，领导同意了。

水生跟着师傅涂了三天油漆，身上没有发现红块，也不痒，不犯漆，非常高兴。做了几天，师傅说水生干活肯出力，手脚勤快，油漆涂得均匀，质量同师傅差不多。

师傅问水生："你以前学过油漆工吗？"

水生说："从来没有学过。"

"你读书读到什么程度？"

"小学毕业。"

"会写毛笔字吗？"

"练过几年。"

师傅找来毛笔、墨汁和几张旧报纸对水生说："你写几个'核桃字'给我看看。"

核桃字就是像核桃那样大的字。水生提起笔写下"建筑维修工程队"七个字，师傅连说：

"不错！不错！再写几个对联那么大的字试试看。"

水生将毛笔在墨汁里压了一下，吸饱了墨水，在另一张报纸上写下"迎春接福"四个大字。

师傅高兴地说："好，你一定能成为一个好油漆工。"

工程队正要招一名有培养前途的年轻人为正式油漆工学徒，师傅认为水生正合适。师傅带着水生写的字，向队长推荐了水生，队长听了油漆师傅的赞扬，又仔细看了水生写的毛笔字也认为可以，只是有关情况要了解一下，然后才能决定。

水生在工程队干活，做一天算一天工资钱，为了多赚钱，水生连续干三十天才回家一次，他把赚来的二十五元钱交给母亲，秋风接过这么大一笔钱又惊又喜：

"你才做了一个月，怎么能有这么多钱？"

水生说："我三十天没有休息，工资一共三十六元，每天伙食费平均五角，共十五元，零用花了一元正好还余下这些。"

秋风留下十元钱，把其余十五元还给水生说："水生，你在外面做工很辛苦，全靠自己照顾自己，家里一个月有十块钱添进来足够用了，这十五块钱，你放在身边下个月用。"

水生说什么也不要，说："妈，下个月，又有工资发的。在工程队里做工，饭吃饱了也没有别的开支，钱放身上很不方便。"

母子俩推来让去，最后水生放袋里五元钱，回工程队去了。

水生和十一个临时工同住在一个工棚里。晚上睡上下两层的双人床，水生睡下铺，睡他上铺的小伙子名叫仇林吉，身高一米七十多，样子很帅气，待人很有礼貌，善于言谈。他第一次见到水生时，问水生叫什么名字，水生回答叫羊水生，仇林吉笑道：

"好名字。我叫仇林吉，姓qiu，不读chou，我们睡上下铺也是一种缘分，今后我们要好好合作。"又对室内其他人说，"我们十二个人睡在一起，就是有缘分，我们同是一个大家庭里的人，大家要团结和睦。"

水生坐在床上看报纸，一声不响，其他人听仇林吉说完话，都说"是的"。仇林吉侧过身子脸朝下问水生是哪里人，水生说沙湾大队。

仇林吉又大声笑着说："真巧，我也是沙湾大队的，巴沙埠生产队。"

接着又问了其他一些人。

一天晚上，工程队的管理人员来组织大家推选宿舍负责人，大家一致选仇林吉。

仇林吉说："谢谢大家信任，其实大家都比我更适合当负责人，既然大家推选了我，我一定要虚心向大家学习，希望大家多多批评指导，共同把我们这个大家庭搞好！"

短短的"就职演讲"掩盖不住他内心的喜悦，睡在下铺的几个人都摇摇头，搛着鼻子，做起鬼脸，管理人员看见了心领神会，也感到好笑，觉得这个姓仇的有点小题大做。

仇林吉讲完话后，眼睛扫了大家一下，觉得大家的反应远远没有达到他想象中的热烈，心里便有些失意，还特地低下头看了一下他下铺的这位同大队伙伴，见他目不转睛地看着报纸，一脸冷傲的表情，心里便有一种无数蚂蚁在爬动的感觉。他想，虽然宿舍负责人实在算不上什么领导，但在安排宿舍里人该怎么做不该怎么做，以及在向上级汇报谁表现好谁表现不好方面比别人更有话语权。

"现在你们还没把我放在眼里，没关系，以后日子还长着呢！"他心里自说自话，然后两手枕头仰卧在床，两眼看着天花板，轻轻地哼起歌。

每天晚上，宿舍里的十二个人，有四个在打老K，有三四个在下象棋，水生则把工程队的报夹子拿到宿舍里来看，因为电灯装在天花板上，坐在下铺床上看不清字，水生都是站起来在中间电灯底下看。仇林吉一会儿坐到打老K的几个人中间，看看这个人的牌，看看那个人的牌，不时随声附和几句"好牌""臭牌""这张打得好""这张真不该打"，谁赢谁输毫不关心。一会儿走到下象棋的地方，只听他一下子喊"好棋"，一下子叫"这一炮打得好"，其实他对象棋的基本规则都不大懂，这一点宿舍里的人都知道。因此他看了一会儿，喊了几句，觉得太没趣，只得向在聊闲天的人靠近。可他对人家闲聊的话题不感兴趣，有时硬要插上几句，别人当作没听见，只接对方原来的话茬说下去，他只好无声无息地走开，慢慢地与水生站在一起朝报纸上看。有时，他会对着一个标题读出声音来，有时会对一幅图片说一两句"这个老头子笑得好看""这个小姑娘漂亮"，却不知道人家心里在说"你这个家伙真讨厌"。他每天晚上如此重复着，消磨两个多钟头的时光，直到有一晚，同水生在一起看报纸时，突然有了一个新发现，并由此生出一条锦囊妙计。"嗨嗨"，他为自己的聪明而高兴，带着笑容睡了一个晚上。

第二天傍晚，每晚例行的下棋、打扑克等活动刚要开始，一位工程队管理人员突然走进宿舍，对大家说：

"其他活动停一下，我们先开个会。"

大家马上坐到自己的床铺上去。

那位管理人员说："是这样，仇林吉同志今天在宿舍遗失了一个皮夹子，里面有五元钱现金，还有刚买的十几元饭票，请大家帮助寻找一下。"然后对仇林吉说，"小仇，你把具体情况讲给大家听听。"

仇林吉说："中午吃过饭后，我看离上工时间还早，就到床上躺了一会儿，由于昨晚睡得不太好，一躺下就睡着了。醒来时，见大家都去上班了，我立即从床上下来，匆匆忙忙赶到了工地，差一点迟到。吃晚饭时，发现放在裤袋里的皮夹子不见了，我在房间里、工地上、路上到处找都没找到，才向办公室领导借了半斤饭票吃了晚饭。领导叫我不要急，晚上到宿舍问问大家看。真是不好意思，这点小事还麻烦领导又打扰大家。"

听了仇林吉一番话，睡在仇林吉头前脚后的两个人抢着说："我们下班回宿舍，没看见他床上有皮夹，枕头放在被子上，蛮整齐的。"

接着有人说他下班后就去食堂排队买饭，到现在才进宿舍，有两个人说下午上班他们来宿舍换鞋子没注意仇林吉是否还躺在床上……大家争着发言，强调自己下午没有单独来过宿舍，生怕自己被人怀疑。唯有水生躺在床上一言不发，那个管理人员问水生："你睡在他下铺，也没注意钱包有没有掉下来，落在你床上？"

水生笑着摇摇头说："没注意到！"

管理人员话中带刺地说："这就奇怪了，难道皮夹自己生脚逃走不成！"

这下子，室内寂静无声，大家你看看我，我看看你，连空气都紧张起来。

停了一下，仇林吉朝管理人员说："好了好了，这点小事过去算了！那点损失，我生活中稍为紧手一点就过去了。我们十二个人是大家庭，大家都是好兄弟，我们之间的友谊比什么都珍贵，以后大家要团结在一起，和睦相处。我这件事，今后就不要再提了。"仇林吉把管理人员要说的话都讲掉了。

管理人员笑了笑说："小仇讲得很全面，我不再说了，会议到此结束，大家继续自由活动。"

大家哪里还有"自由活动"的兴趣，都各自刷牙、洗脚、铺被子睡觉了。仇林吉想找人闲聊几句，没有人与他搭话，也只好洗脸睡觉。

第三天晚边下班时，仇林吉高兴地跑去对管理人员说："皮夹找到了，刚才我到宿舍拿碗买饭，突然看见皮夹在我的枕头边。"

"啊，那好，昨天开了会，那人害怕起来了，今天拿来还了，这是好事！等下我再到你们宿舍里，跟大家说几句。"管理人员边说边离开办公室。

晚上，大家正要开始玩象棋、扑克，看到管理人员走进房间来，就停下来。管理人员看看十二人全在，就对大家说："告诉大家个好消息，小仇的皮夹找到了，他下班回来，看见皮夹在枕头边，饭票、钞票一分不少。"

"对不起各位了，给大家添麻烦了。"仇林吉向众人道歉。

"怎么在枕头边，昨天都没看见的？"有人想不通。

"难道这皮夹真的有脚，自己会走？"有人猜不透。

"啊？难道真的有人会……"有人似乎明白了什么，下半句说不出口。

仇林吉马上接口说道："好了，什么都别说了，皮夹找到就好了！"

水生躺在床上，听大家七嘴八舌议论，没头没脑地轻声说了一句："自己昨天就明白的！"

管理人员说："大家明白就好了，就不要再说下去了，讨论结束，自由活动吧！"说着站起来走了，大家也没有再玩，都准备睡觉了。

仇林吉躺在床上，翻来覆去睡不着，他在想着今天晚上几个人说的话。先表示搞不懂的两个人脑子简单，第三个那人说了半句头，以为弄明白却不说出下半句的人，肯定是想有人偷了皮夹，开了会害怕了，又偷偷把皮夹放回去。这样想的恐怕有好几个，这正符合他设想的要求，让十一个人互相怀疑是谁偷的皮夹。水生说话声音轻，他却听得很清楚，这家伙很厉害，可能他已经看穿自己的用意：让大家和领导都认为自己气量大能谦让人、与人为善能团结人，让其他十一个人相互怀疑，离间感情，唯有自己才是人人都拥护的人。以后对他要特别小心提防。还有管理员说得明白就好，究竟是什么意思，是明白有人偷皮夹经过开会认识错误才放回去，还是明白他玩弄的阴谋。如果是前者正合他意，若是后者，自己岂不是搬起石头砸自己的脚，以后怎么能在这里混下去。他琢磨来琢磨去，总是琢磨不透。"对，明天去试探试探。"别的床上传来各种各样的打鼾声，他却辗转反侧，难以入眠。

一天下午，仇林吉在工地上听人说，工程队打算招水生为正式学徒工，心里愤愤不平，当了正式工就能转户口，从农业户变为居民户，工作固定了，每月拿工资，吃国家商品粮，每月发粮票、油票、肉票、肥皂票、糖票等，这是他一直梦寐以求的，这样的好事怎么会落到水生头上去？他仇林吉是宿舍负责人，大小也算个干部，怎么就轮不到他呢？他越想越气，还没下班，就跑到办公室去找管理人员。他流着眼泪说：

"我负责管理宿舍，比别人睡得迟，受人家骂受人家气，这么长时间来，没有功劳总有苦劳，领导总要把我考虑考虑的。"

办公室管理人员说："关于招正式学徒工，只是工程队的一个计划，还没有报有关部门批准。以后如真要招收，领导会全面考虑的，你不要着急，我把你记在心里就是。不过，要经过考试、政审等许多具体的步骤，你先安心把目前的工作做好再说。"

晚上，他又睡不着了，他把自己和水生两人的条件反复进行比较：两人文化程度差不多，只是水生的字写得比较好，油漆师傅经常叫他去给床铺、菜橱等家具商品写字。但是政治条件水生可不如他，他是贫农成分，共青团员，民兵干部。而水生呢，听说他父亲在台湾是国民党军官，家庭成分是富裕中农，政审肯定过不了关，政审不合格，本事再好，人家也不敢要。"对了，我明天去告诉管理人员有关水生的家庭政治状况，提醒他们政审时千万不要疏忽了。"这样一想，他放心了，才渐渐进入梦乡。

一个星期六上午，水生跟师傅在工地上做油漆，师傅叫水生回宿舍拿墨汁、毛笔，给一批木椅子写上序号。水生一步跨进房间，见仇林吉慌乱地把一个瓶状的东西塞进背包里。

"水生，你怎么没上班啊？"

"我回来拿墨汁。"

"这两天我休息，宿舍里的事你多关照一下，我后天就回来。"

"你放心，这里没事的。"

这个星期天，仇林吉休息回家，他已经有五六个星期没回家了。水生拿了墨汁急匆匆赶回工地，仇林吉关好宿舍门回家去了。

下午，油漆组的组长说少了一瓶生漆，到处找都没有找到。当时，市场上生漆严重缺货，建筑单位按工程计划配购，也常供应不上，个人需要生漆是绝对买不到的。油漆组长说，他到仓库领来五瓶生漆，用了三瓶，还有两瓶随手放在工具箱里，下午去拿只剩下一瓶，不知谁拿去用掉一瓶了。他问了组里油漆工，大家都说没用过，又问木工组的工人，木工师傅老游说，前几天他听仇林吉讲起他家做了一张新办公桌，想找油漆找不到，会不会他拿去了，油漆组长立即向办公室汇报。第二天，工程队黄副队长赶到仇林吉家。

"黄队长，你……你怎么来了？"平时能说会道的仇林吉见黄队长找到家里来，不禁口吃起来。

黄副队长说："你今天休息在家？"

"哎，是的是的。"

"你自己油漆桌子？"

"随便乱涂涂的。"

"你真本事，这生漆怎么买得到？"

"这……"

第二天，他被开除了。

回家后，仇林吉怒火中烧，咬牙切齿地说："这个羊水生，我与他前世无仇、今世无怨，为什么这样对我？这个仇我一定要报！"仇林吉想，那天拿漆回家只是被水生看到一眼，其他任何人都不知道，肯定是水生去告的状。其实那天水生到宿舍，来也匆匆，去也匆匆，只看见他往包里放东西，并没有看清楚是什么东西，过后也很快忘记了，仇林吉说是水生告的状，倒确实冤枉了水生。毕竟是自己偷了公家的东西，仇林吉不好当面骂水生，只能把仇恨记在心里："害得我想当正式工的梦想落空，连想多做几天临时工都做不成。有朝一日，落在我手里，非整死他不可！"

仇林吉回家了，宿舍里十一个人，像羊圈里驱走一只狼，顿时欢腾起来。打扑克的人，下象棋的人，聊闲天的人，都无拘无束地大喊大叫、你争我抢、骂人骂鬼。开心地玩，大声地笑，尽情地闹，时间很快就过去了。

两年半以后，工程队承包的任务完成了，泥工、木工、油漆工都没什么活干，关于招收正式学徒工也没有人再提起。一天傍晚，水生在叔伯姑父阿明师那里，提起招学徒的事，阿明师说，计划的工程已完成，上级也没有新的任务下来，并说工程队要撤掉，只留几个老师傅成立一个小组，拼入留守处的综合厂。果然，一个月以后，工程队所有临时工都辞退了，水生也回家了。

水生到工程队一共做了两年零七个月，每个月交二十多元给秋凤，一共给家里挣了六百来元钱，除了家里两年多的临时生活开销，秋凤家积攒起了两百多元钱，是十多年积存现金最多的一次，家里生活大大地改善了。

一天晚上，水坤、水生、水珍正在读唐诗，秋凤、洪太太在聊天。突然钊根走进家里来，他对秋凤说，大队要叫水生补交两年零七个月的副业工分。钊根是沙湾坞生产队的会计，这天他到大队去开会，大队会计给他一张关于水生补交副业工分的通知。说大队规定，每个公社社员应按大队计划安排打工搞副业，并向生产队交副业工分，否则生产队就不给该户分配口粮。水生去工程队做工没有通过大队，事后又不向大队汇报，违反社员守则，应及时补交副业工分款，否则要做严肃处理。钊根的话像当头泼来一盆冷水，一家人心里才有的一点暖意顿时消失。

秋凤问钊根："那要补交多少呢？"

钊根说："我向大队会计说明，水生刚去工程队做工时还只有十五岁，劳动底分才五分，生产队里没有他的定工任务，按我们生产队的习惯，没有定工任务的人是不用记副业工分的。大队会计也说有好些队里也是这样的，但大队领导说'地富反'的家庭绝对不能照顾，必须一分不少地补足。"

钊根无可奈何地停了一下说，"副业工分按一元钱记十分工分，而生产队年终分红是三四角一天，我们队算好的，去年分五角一天，每十分也要少得一半钱。水生是半劳力，每天记五工分，两年多一共要记工分四千五百来分，要交四百五十多元。按十分工分五角，要损失二百二三十元，真是太吃亏了。"

水坤说："我到大队里去，同大队唐书记说说看，问他这个事情知不知道，唐书记人很好，是个很讲道理的人。"

钊根说："大队会计讲过，这件事是大队党支部集体决定的，任何人都推翻不了的。我看瞒公不瞒私，要不把水生做工的日子少算一些，也可减少一点损失。"

"那算多少呢？"秋凤问。

"我看按一年半时间算怎么样？"

"好的，那难为你了，大队不会找你麻烦吧？"

"我不怕。"

年终预分方案造好后，报给大队，大队通过审核发现，羊水生所补交的副业工分款严重隐瞒，经过调查核实少交十三个月，除了补足应交的副业工分款以外，应扣除羊水生一年零一个月的口粮。生产队分的粮食本来就不够充裕，秋凤家五口人，再扣除一个人的口粮，那明年粮食又不够吃了。十年前，因卖余粮饿肚子的苦日子让洪太太便秘差点没了命，所以一听说大队要少给她家一个人的口粮，洪太太气急得当场昏过去，在床上躺了四五天才能起身走动。不过，从此她饭量日渐减少，一天天消瘦下去。秋凤给婆婆到金滩街上抓了几帖中药回来，煎好吃了，也不见有所好转，一家人又发起愁来。

九　故人西去众人送

农历九月，生产队忙于收割晚稻。一天早上，秋凤起床后，上楼去看婆婆，洪太太也已下床。

"我今天感觉身体蛮舒服，这几天队里很忙，你们都出工干活，我也早点起来吧！"

"妈，你还劳心生产队里的干啥？身子好点早上多睡一下。"

"我下楼去，去灶门前烧烧火，暖和点。"

秋凤扶洪太太一同下楼，两个人一个在灶台前忙，一个在灶门上点火烧锅，很快就烧好了早饭。

吃过早饭，水坤、水生、水珍三人到队里割稻子，秋凤晒稻草，母子四人都早早地出门去。洪奶奶洗过碗，刷了锅，在椅子里躺了一会儿，看见地上有些脏，用芒花扫帚扫起地来。她从后堂前扫起，扫完里堂前，再扫外堂前，最后扫厨房。扫着扫着，突然感到一阵眩晕，她马上放下扫帚，躺到藤椅里去，然后头痛起来，痛得像要裂开来似的，先是"哎哟哎哟"一声声地叫喊，后来连叫喊的力气也没了。

这时，水坤挑一担稻谷到仓库门口来晒，顺便回家喝茶。他推门喊"奶奶"，无人应答，进门见奶奶躺在椅子里，怕是奶奶睡着了，便轻脚轻手地到灶下喝了一大碗凉茶，又用竹茶筒灌了一筒，带到田边去喝。他提着茶筒来到堂前，见奶奶还是一动不动地躺在那里，他口里喊着"奶奶"，走到椅子边，奶奶还是没有动静。他害怕地将手放在奶奶鼻子下试了试，失声叫喊起来：

"奶奶没气了！我奶奶没气了！"

刚从菜地摘菜回来路过门口的钊根母亲听到水坤恐惧的叫喊声，马上走进门来，水坤立即大哭起来。钊根母亲在洪太太手上摸了摸，已经不太有热度，眼泪立刻流了下来，她边擦眼泪边找来了一块被单，把洪奶奶从头到脚都盖了起来。左邻右舍几个老人都走过来看，水坤飞一样跑到田头叫妈妈和弟弟妹妹回家，一家人跪倒在椅子边呼天抢地地痛哭起来。

"好了，别哭了，老太太修得好的，没有生过病，没有受过临终痛苦，就像睡着一样走了，修得好！这也是你们孝顺老人带来的福气，不要哭，人活一百岁，也总要走这一步的，你们把眼泪擦干，赶快去叫阿福、老麻子他们来料理一下。"

钊根母亲流着眼泪叫大家不要哭，叫秋凤快去把村里服侍死人的"行总"请来，给洪太太换衣服"落床"。

不一会儿，阿福、老麻子等四个"行总"来了，他们用门板在里堂前搭起床铺，把洪太太尸体抬到"床上"，在"床前"摆起供桌，点起香烛，布置成临时灵堂。然后，秋凤又叫来水坤、水生，到村里去请做坟墓、烧饭、报信等各种帮忙的人。当天晚上，共有两桌帮忙的人来吃晚饭。

第二天，秋凤先到隔壁县严林埠去请叶道士择时辰日子，定坟墓朝向。叶道士是洪太太丈夫生前最看重的得意门生，他把道士先生看得比亲生父亲还重。他用心熟读道学经书，专心学艺，成了邻县有名的道士，追崇他的道士遍布各地。秋凤请他选定吉日良辰，盖棺定位入殓，超度亡灵升天。叶道士随秋凤来到沙湾，对照死者生殁时辰、翻阅经书，择定农历九月廿三早上七点发丧出殡，九点蹲穴盖土，廿二夜晚约五位道友为师母超度。叶道士又到度北山先生坟茔实地踏勘，先生墓碑上留有师母名位位置，墓府左侧另有空穴，待师母安眠。他摆弄罗盘定位定向，指点建造坟墓的人按要求修筑。

定好了出殡时辰后，秋凤给报信的人每人一把雨伞，安排各位所要奔赴报信的地点。当地风俗，报死信的人，不管天晴下雨都要手拿一把雨伞，到了所报的亲友人家，要把雨伞放在门槛外。第三天，羊家至亲及朋友，陆续登门哭丧。

第三天夜晚起，叶道士先后叫子孙、亲戚、朋友会聚灵堂边进行口述"哀启"，启发生者回忆死者生前崇高德行。第一批是亲人"哀启"，秋凤带着三个子女披麻戴孝，坐守在奶奶身边。叶道士先叫秋凤点三炷香站灵旁，秋凤见婆婆双眼紧闭，神色安详，不禁叫声"妈！"止不住眼泪扑簌而下。秋凤边哭边回忆："我婆婆出生在天目溪畔南水村，家里父亲和两个兄长都是学箍桶的手艺人。他们家除父兄出门箍桶挣钱，还在村头开了一爿卖木桶家具的小店，婆婆从小就陪妈妈在店里卖木桶。她聪明伶俐，会说话会算账，人又长得好看，大家都称她为'九斤姑娘'。与公公成婚来到羊家，她孝敬长辈、和睦待人、勤俭治家、创建家业，使羊家从只有两亩六分田地，到后来有了八亩八分田。公公常年在外做功德，家事农事全由婆婆安排。她相夫教子，支持公公为别人做好事。她培养儿子读了十几年书……培养永耕……成为……教书先生……"她止不住"哇"的一声哭了起来，"妈，今天，在你登仙之时，永耕……不……孝，未在你身边，我和三个孙子、孙女代他为你尽孝，你在天之灵，保佑永耕……早日……平安……回家！"说着，双手拉着水坤三兄妹，一起跪在灵前，在场人也眼含热泪。叶道士双手拿钹，轻声叩拍，和着节奏，口中念念有词。

接着水坤也点了三炷香，站在奶奶身旁，深情地说："奶奶教我们，做人要良心好，对别人要多做好事，别做坏事。一次，她在剖一个老南瓜，用刀背把南瓜蒂敲了下来，我捡起来一看，蒂上有一节寸把长的柄，拿起柄来，底部是一块圆圆的南瓜肉，整个就像一个公章。我拿着柄，在手掌心做了一个盖公章的动作。奶奶阻止说，不能这样玩，这南瓜蒂是瘟猪鬼的印章，搭在猪身上，猪就要生瘟病死掉。我听了吓一跳，马上把它丢到窗门外边的草地里去。奶奶说不能丢，丢了害人，被瘟猪鬼捡去，就要害死好多的猪，赶快去捡回来。我赶到草地里找来找去找不到，奶奶也来帮助找，后来发现被搁在窗门前的棕榈树上。我想爬上去拿，奶奶拿来一根晾衣竹竿把它拨了下来，然后拿回去，用刀把这南瓜蒂切破，切一刀口里还念一句'千刀万剐瘟猪鬼'。奶奶说做人全靠良心好，绝对不能害别人。她还给我讲了一个故事：有个屠夫，杀了多年的猪。一天，他在杀猪回家的路上，深感自己罪孽深重，决心改行不再杀猪，便把一副杀猪刀具丢进身边一个池塘里。待他离开池塘走了四五里路，突然想到，那杀猪工具全是大小刀剪，丢在水中，倘若有人下水踩到刀口，岂不害了人家？他越想越可怕，便马上转身，快步走回四五里路，来到池塘边。当时是杀过年猪的时候，天气寒冷，他咬紧牙关，爬下冰冷的池塘，摸了老半天，才把那副刀具捞了上来，他虽然嘴唇发紫，全身发抖，心里却很高兴，他把杀猪刀具送给打铁店老板后继续赶路回去。他走到一个凉亭里，看见墙上贴着京里招武状元的告示，他去应试，竟然中榜了。所以奶奶说一个人的善良在他内心深处，好心有好报，人一定要有良心。

奶奶，你讲的话我永远记住。"说完，水坤也哭了起来。

　　然后轮到了水生，他也像母亲和水坤那样点了香，站在灵旁诉说道："从小奶奶就教我要做好人，对任何东西要先分清好坏，做好事，不做坏事。有一次在奶奶房间里，我看到墙洞里有一只老鼠，我想用一块布把洞堵住，打死它。奶奶马上阻止我说，老鼠虽然偷吃东西，但老鼠的良心不坏，它巴不得家家谷满仓、米满缸，这样它才不会饿肚子。我们经常看到老鼠会蹲在房梁上，举起前面两只脚不停地上下摆动，这是老鼠在拜五谷神，保佑我们家五谷丰登。只因老鼠好心办坏事，总是讨人恨。蜘蛛是心肠最坏的东西，它躲在角落里窥探，总希望人家倒灶，穷得家里一点东西都没有，连人也走光，这样它就可以在房子里任何地方织起蜘蛛网来。所以人们在打扫房子时，总是先把蜘蛛网弄干净。树要根好，人要心好。奶奶，你教给我的道理，我一辈子也不会忘记！"

　　轮到水珍了，她忍不住先哭了一阵子，然后也点起香守在奶奶身旁。她流着眼泪带着哭声回忆往事："奶奶在世，总是教我为人一世要时刻想着为别人做好事，帮助别人克服困难，渡过难关，常说'救人一命，胜造七级浮屠'，人有难处要尽力帮忙。有一次晚上天气炎热，我和奶奶坐在门口乘凉，我仰起脸，看着天空中满天星斗。突然，天空中划过一道闪亮的弧线，我立即叫喊'流星！'奶奶用手拍我一下说，傻丫头，不要叫。我说为什么不能叫，奶奶说天上一颗星，地上一个人，天上每颗星星都对应人间一个人。流星在飞，是他在逃难，人间和星对应的那个人必定碰到灾难，所以看见流星不能叫，一叫，他就逃不掉了，要伸出手去托他一下，让他逃得更快些。我们举手之劳，可能救活一条人命呢！奶奶，我……一定……要……照你的……话去做！"水珍满怀哀戚地说完话又熬不住呜咽起来。

　　每个亲人"哀启"完后，灵前都有人哭泣，夹着叶道士轻轻合击铜钹的声音，厅堂里充满了一片凄婉之声。后面两个晚上是亲戚朋友轮流给死者"关灯"，送死者亡灵"登仙"。

　　出殡前一天晚上，即九月廿二日夜里，叶道士到严林埠去叫来了五位道友，他们也都是水坤爷爷道士先生的门生，今晚要为师母亡灵免费演一场功德。附近村庄的人们听说外县道士来做道场，都纷纷赶来观看。演功德之前，阿福、老麻子等"行总"，给死者熏香沐浴，穿上寿衣，装入棺材，再把灵柩移到堂前正中。然后叶道士与其他道友一起布置道场。

　　观看功德的人陆续到来，突然秋凤看见一张熟悉的面孔跨进门槛，定睛一看，是阿标。十多年没见面，阿标显然老了，头上已有不少白头发，东一搭，西一搭，像污坑鸟拉粪在头上。秋凤叫人给他泡去一杯茶，同阿标一起来的还有位小伙子，秋凤也泡了杯茶给他。阿标喝了口茶，抬头看秋凤，除了脸上加了几道抬头纹，没什么变化。秋凤见阿标手捧茶杯，跷起二郎腿，像要张口说话却又不说，就转身自顾忙去了。

阿标自那年因催卖余粮搞栽赃陷害后，被上级削职为民。在家里，他原来就十分讨厌妻子，现在他把自己受到撤职处分全都怪到妻子头上。

"你整天一副棺材脸，说起话来带哭腔，家里还会有好运？"他一看到妻子就骂。

"当初你不是自觉自愿把我娶进门的？"他妻子操着安徽腔学本地话说。

"当初，当初，我悔不该有当初！要不是我当初心软了一下，你十个讨饭婆都饿死了！"阿标满腔怒火，不怕说话难听。

"你骂我讨饭婆，我情愿去讨饭，跟谁过日子都比你强！"他妻子不肯让步。

"好！你跟别人去，我们把婚离掉，你愿去哪就去哪！"

"离就离，我还怕你！"

阿标被撤职未满一个月，就同妻子离婚。他妻子其他什么都不要，只求法院判阿标付给她一百五十块钱，让她回安徽去。

阿标不是一个耐得住寂寞的人。几天后，他在巴沙湾渡口过渡到金滩镇去，恰好渡船刚开走，这时，有一艘汽车渡船要开动，他就一步跳上汽车渡船。上船后走到汽车前边，一个撑船的女工给他一条小凳子坐，他朝那女人一看，心里顿时打起鼓来：这女人身材高挑，细皮白肉，要相貌有相貌，要气质有气质。他目不转睛地看着她划桨，腰身一伸一屈，臀部一高一低，还不时地抬头看他一眼，笑一笑。阿标禁不住拿了小凳坐到她的身边，两人便聊起来，原来她是汽车渡船工老姜师傅的妻子，名字叫袁思芳，人们叫她"阿芳"。老姜比阿芳大十七岁，是个嗜酒如命的老酒鬼，家住岸边的一个小茅棚里，家里除了空酒瓶，就是四面毛竹片做的墙壁。一天晚上，老姜喝酒喝得叫不出自己名字，黎明时分被赶起来送汽车过渡，汽车船划到岸时，他突然手脚失控，一个倒栽葱，直到江底，天亮时浮起来已泡得像只小皮筏。船到埠头，阿标告别阿芳。上岸后，他按捺不住心头的喜悦，吹着口哨走进金滩镇。傍晚回家，他又想乘汽车渡船，却有一艘渡船刚好要开，他只好上船回家。第二天，阿标又到巴沙湾渡口，看不到汽车渡船，他在埠头上来回走了很久，仍未看见有汽车过渡。他就乘渡船到了对岸，正要向金滩镇走去，突然在一个茅棚边遇上了阿芳。阿芳说，这茅棚就是她的家，阿标随她进了茅棚，一个十来岁的孩子坐在凳子上吃饭。阿芳说这是她儿子，阿标看那孩子条杆儿好，皮肤白，一表人才，便夸奖说："你儿子真像你，样子好。"阿芳斜着眼看着阿标，露出雪白的牙齿笑了笑。阿标在茅棚里站了一会儿，没有坐下来，就说要走，慢慢地退了出来，阿芳送阿标走了好长一段路，两人才分手。

就这样，阿标经常在巴沙湾与金滩埠之间来来去去，十多天后，两人结婚了。阿芳住进了阿标那宽敞的土改房屋，阿芳十一岁的儿子也随母亲进了阿标的家。阿芳教儿子叫阿标"爸爸"，并随阿标的姓。阿标喜出望外，他说自己姓仇名志明，就将儿子取名仇林吉。阿芳从此不再住茅棚，也不去撑汽车船，同阿标一起种田地，后来参加生产队做工分。仇林吉到了对岸金滩镇读书，一家三口日子蛮好过，当年撤职处分的阴云，也在心头渐渐散去。现在见到秋凤，他心里想："我的日子比你过得好，我的老婆跟你也有一比，我儿子比你儿子还大，哈哈！"他怕人家看到他失态发笑，便低头喝茶。

"阿爸，我们进去看看！"

仇林吉和阿标从外堂前走到里堂前。道场已布置完毕，五位道士坐在桌前，翻阅前三天"哀启"记录，准备晚上功德演出。仇林吉见堂前中间是灵柩，右边是几个道士合做的灵屋，左边铺着地毯，准备表演用。灵柩前摆供桌，现场气氛肃穆、庄严。水生头戴白帽身穿孝服，看到仇林吉走到他身边，仇林吉没有认出水生，直到水生站在他身边轻声说：

"你也来了。"

仇林吉认出水生，鼻孔里"哼"了一下，看也不看水生一眼。阿标、仇林吉站了一会儿，走到外堂前找到秋凤，阿标指着仇林吉对秋凤说：

"这是我儿子，是大队副支书，唐书记的接班人，他想跟你说几句。"

秋凤点头说："好的。"

仇林吉说："你们这样做，违反上级精神。赶快把现场撤掉，人员散走，不然，后果责任只怕你负不起。"

秋凤深知来者不善，善者不来，但是她不害怕，自己没有触犯哪条法律，且有外县道友支持，儿女们也都长大了。

她昂起头对仇林吉说："你去向里面道士先生们说吧！"

仇林吉听秋凤语气，知道这女人不是好欺负的。他和阿标又来到了后堂前。

"这是我们大队的支部书记,他要向大家讲几句话。"

阿标故意把"支部书记"前的"副"字省去。道士先生们朝仇林吉看着,仇林吉打起官腔说:

"当前,国内阶级斗争形势很复杂,你们做的功德,是为什么阶级歌功颂德?这是封建主义文化回潮,资本主义思想复辟,是要坚决反对的。你们还是不要演好,不然出了问题,你们担当不起。"

"什么话!你这里共产党管,我们那里也是共产党领导,我们做功德是怀念死者,宣传珍惜生命,孝敬先辈,不反党不犯法,不要你多担心!"一个五大三粗的道士带着浓重的外乡口音怒气冲冲地说。

叶道士接下去说:"仇书记,我们这些人都是这里道士先生的学生,我们来做功德完全是出于对先生、师母的孝敬,不收一分钱,完全是免费服务的,你还是不要阻拦好。道教信仰是国家同意的,道学文化是国家传统文化之一。早在一九五五年,我就被省城群众义化艺术馆邀请去,演奏并演唱道场功德的几首音乐曲子,并灌制成唱片,长期保存,省城领导都做了肯定。今晚我们演唱,欢迎你在这里观看,如果你寻找出哪个内容是反动的、违法的,你去叫法院来罚我!"

来观看功德的人都往里堂前拥,人越来越多,听了叶道士一番话,大家都鼓起掌来。

阿标靠在天井边的柱子后面,听了仇林吉讲话,原以为领导讲话别人会听,却引来外地道士当场反对。两位道士先生的讲话,受到了大家的鼓掌欢迎。看来不了解人家的背景是不能轻易得罪的,那个五大三粗的道士讲话时撸脚撸手,看样子有点功夫,若与他硬来,恐怕自己要吃眼前亏。叶道士很有水平,还参加过省城的演出,可能他有亲戚或朋友在上面当大干部,与他作对那就好比鸡蛋碰石头。想到这里,阿标走到仇林吉身边轻轻地说:"我们走吧!"仇林吉见大家对叶道士的讲话那么热情鼓掌,而自己说的那些却遭到他们的反对,深感自己势孤力单,如果再阻止道士演出必然要引起大家的反对。可要留在这里和大家一起看功德,那必定会被众人冷落,他的支部书记接班人的面子、威信将丧失殆尽。众怒难犯,好汉不吃眼前亏,还不如早点儿走了好,治他们的机会以后多的是。仇林吉移步跟随阿标身后,未走几步,想到应在众人面前挽回一点面子,便掉转头向大家说:

"你们在这里看,大队里有点事,我先走了,晚上大家要注意安全。"说完大步走出门去。

众人议论纷纷："放狗屁，注意安全，他在这里才不安全！"

"大队里有事，讲鬼听。"

"没当上书记，就一口书记的官腔。"

"大队唐书记还年轻，他这个接班人是否当得成还很难说。"

水生看仇林吉走出大门，背影消失在黑夜中。他想起自己在工程队做工回来，大队领导罚他记副业工分的事。

"原来大队里一而再再而三强调一定要补足副业款，是仇林吉这个'大队领导'！他在工程队偷生漆的事，以为是我向领导讲的。其实我那天到宿舍慌慌张张的，什么也没有看清楚，他自己做鬼疑心别人也是鬼，所以就来报复我了。"

水生对母亲说："妈，叫我交副业工分款的就是这个仇林吉。钊根叔讲，'大队领导'逼着要记副业工分，讲的就是他，他为什么恨我，是因为他偷东西以为被我看见，后来被开除，以为是我去告状的，其实我没有看见，完全是冤枉的。他是未来大队第一把手，不向他解释清楚，以后他还会陷害我们的。"

"水生，你真是糊涂，这种事情他都会承认的吗？他偷东西被开除是应该的，他怎么好开口讲别人汇报是错的呢？你要是真看见了向领导汇报是对的，他怎么敢怪你呢？这些问题都是一些讲不出口的事，也是他心里明白可无人知道，他可以完全不承认的事，这样的事你越讲他越恨你。多记一些副业工分，多吃了一点亏算不了什么，千万不要再提起。"

听了母亲的分析，水生觉得有道理："妈说的对，以后多提防着他就是。"

"不过，你爸常说的，为人不做亏心事，半夜敲门心不惊，我们老老实实做人，不偷不抢不犯法，也就没有什么好怕人家的。"

礼堂前响起了锣鼓声，开始做功德了。赶来观看的人堂前站不下，都挤在天井里石板上，一些上了年纪的人，从前看过了很多场功德，知道道士的表演并不怎么好看，但唱起来很好听，唱词内容也很有意义，胡琴、唢呐、笛子等合奏起来很响，所以他们都在外堂前围着火炉静静地听。秋凤带着三个子女，披麻戴孝跪在地毯上，随着道士指令不时地向灵柩拜祭。表演开始是武场功德，几个道士戴着面具这边进，那边出，走过来，走过去，全场没有一句唱词，锣鼓唢呐声响成一片。多数人看不懂，听有人解释，说那是阎罗王派小鬼到人间捉拿坏人，然后根据罪恶程度押到阴曹地府去处以割舌头、下油锅、上刀山等刑罚。接着由一个道士带着水生、水珍扮的金童玉女，拜地狱、拜十殿、过金桥、过银桥，走走唱唱，跪跪拜拜。配着五六种乐器合奏以及道士们独唱合唱的声音，大家不时地拍手赞扬说好看又好听。

上半场结束，休息一下，按照本县道士的习惯，演一下，歇一歇，弄点点心吃吃再接着演。沙湾村人说，道士行业真有味道，一天到晚有的吃，那道士锣鼓"咚咚起""咚咚起"就是"动动吃""动动吃"，锣鼓一响，酒菜就上。秋凤在厨房叫人烧好了一钵年糕汤，正准备捧里堂前去，锣鼓响了，也不知是外县道士没有"动动吃"的规矩，还是这些道士们怜悯师母家生活困难免吃点心，歇了一会儿，下半场就开始了。

下半场功德根据死者是女性长辈，演唱母亲生儿育女的艰辛，奉劝世人要孝敬父母长辈。演出以唱念为主，这五位道士先生，人人会演奏好多种乐器，而且个个嗓音不错，念白时口齿清楚，唱起来响亮动听。先唱第一曲叫《十月怀胎》，本地人把女人怀孕叫"病妹妹"或"病孩子"，意思就是女人肚子里一旦有了孩子就像生了病一样，这种病就称"病妹妹"——当地人叫小孩为"妹妹"，这一"病"从开始到结束长达十个月，可见其艰辛程度。道士先生用"浙江普通话"说唱让观众听得清楚明白：

> 正月怀胎梅奉春，春姑送儿到娘身。
> 年餐美味不思量，一念吾儿快长成。
> 二月怀胎龙抬头，儿在娘身形如球。
> 为娘不思茶饭味，只想青梅润我喉。
> ……
> 九月怀胎菊黄冠，为娘移步如移山。
> 思忖即将见儿面，移山跨海不是难。
> 十月怀胎将分娩，顺生难产半风险。
> 但听儿啼一声响，万苦千辛皆消散。
> 《十月怀胎》劝世人，为人首德孝双亲。
> 乌鸦反哺羊跪乳，处世"非孝"难立身。

唱曲时，锣鼓不敲，音乐不响，全场寂静，只听唱曲的道士先生，两手把铜钹合在胸前，"噗噗"地敲着节奏，每唱完一个月四句词，锣鼓、音乐一起响起来，同时大家把最后一句合唱一遍。因为那曲调缠绵凄楚、哀婉悠扬，演奏时音量不大，虽是合奏，也能听得出各种乐器的声音。那唢呐声如泣如诉，箫笛声如哭如呼，把现场的气氛渲染得悲酸凄凉，秋凤一家人不停地哭泣，观众们也都眼睛发涩，有的还不时地在抹泪水。稍停片刻，锣鼓声又响起来，接着唱的是《养儿十怕》，仍然由一人独唱大家和，配以悠扬的音乐：

> 怀胎十月儿落地，祖孙长少皆欢喜。
> 且听养儿十怕曲，为人儿女要牢记。
> 一怕孩儿受寒暑，二怕孩儿腹中饥，
> 三怕孩儿起步晚，四怕孩儿学语迟，
> 五怕孩儿戏水火，六怕孩儿上高低，
> 七怕孩儿患病痛，八怕孩儿被人欺，
> 九怕孩儿读书笨，十怕孩儿远家离。
> 嚇筋嚇脉儿长大，为娘白首黄肤肌。
> 树欲静而风不止，尽孝莫待日沉西。

这一曲唱完，秋凤与儿女们嗓子都已哭哑，在场的青年男女有的用手帕不停地擦眼泪，几个姑娘都成了泪人儿。

时钟指向十二点半，功德全部做完。观众们在天空下弦月的照映下，在回家的路上议论纷纷，都说这些道士演唱得好！

"《十月怀胎》的曲调真好听，只是太悲了一些。"

"这种场面当然要悲，谁还高兴得起来！"

"那几句《养儿十怕》，真的是一句一句都说到人的心里去了。"

"它是教育人们要孝敬父母，我看这种宣传比喊口号的效果，不知道要好多少倍。"

一直到了各家门口，大家散去，议论才结束。

第二天早上，六点半钟起柩出殡，帮忙烧饭的人，四点钟就起床，把八十斤米的"老人饭"烧好。当地风俗认为，给花甲以上老人送殡是很吉利的事，凡送殡的人都要来吃"老人饭"，那天早上死者家里烧的早饭叫"老人饭"。这"老人饭"几十斤米烧一大锅，又香又硬。说小孩子吃了聪明会读书；年轻人吃了脚骨硬，爬山走路不吃力；老年人吃了健康长寿不生病。秋凤估计烧八十斤差不多了。可昨天晚上来看功德的人有百把个，预计送殡人会更多。早上起来，见帮忙烧饭的人已把饭烧好，盛在五只大木桶内，只怕不够吃，她又畚来一畚斗米，放在灶台上，万一不够时，再烧一锅。

阿福、老麻子等"行总"，天亮前就把灵柩搬到出殡起点祠堂门口，吃过"老人饭"的人都到祠堂门口等着。六点半，出殡时辰到，叶道士左手举着白纸招魂幡，右手拿起一把菜刀在灵柩上一拍，口中念了一会儿，然后连拍三下，"行总"们抬起灵柩，跟着领路人向墓地出发。灵柩后面按家人、亲戚、朋友顺序走着一百来个送殡人。途中，"行总"要换肩歇力，送殡队伍停下来等待。这样走走停停，才里把路的路程，要个把钟头才能送殡结束。到了墓地，"行总"们按时辰把灵柩推入墓穴，然后在坟前焚烧灵屋，送殡的人摘下头上的白布在熊熊大火中挥舞一下。送殡礼仪全部结束，大家各回各家。

仇林吉早上六点钟就起来了，他不是来送殡，是来看送殡的，但他怕别人看到他。他走到沙湾坞村口，爬到度北山坟地对面的小山坡上，坐在一棵小松树下面。他坐在这里，居高临下，能看到送殡的全部路程，别人看不见他。他看到从起灵柩到入穴过程的每个细节，"这样明目张胆地大搞迷信活动，难道不犯法？"他自言自语，还拿笔记本记在本子上。他看见沙湾的生产队的队长、会计、出纳、记账员等全部生产队干部都在出殡队伍中，尤其羊钊根一家，老老少少都参加了。"这些干部觉悟这么低！怎么行？"他边想边记。尤其看见水生、水坤二人披麻戴孝，捧着灵牌，沿途休息时，还跪在灵柩前叩头拜揖，到了墓地又跪在坟碑前面，久久不站起来，他记在本子上，狠狠地说："总有一天，我要叫你跪着，一天起不来！"

突然他听到身后柴草里传来"窸窸窣窣"的响声，站起来回头一看，是沙湾坞生产队的阿祥伯，他刚送过殡回家上山来割垫猪栏的茅草。他问仇林吉来这里干什么，仇林吉支支吾吾说来看看有没有人来偷砍树木。

阿祥伯说："今天大家都去送殡了，还有谁会来偷树？"接着对仇林吉说，"羊家老太太真是个好人，前几年，家里卖余粮，粮食不够吃，她总对几个孙子说，越是家里困难，越是要守规矩，别人家田地里的南瓜、番薯、苞萝等一点都不能要。没有得吃，可以挑野菜、挖山粉、采果子来充饥，活人总不会饿死的。直到吃山粉吃到全家人拉不出大便，也不顺手拿别人一点东西。所以她死了，有这么多人来给她送殡。她家的媳妇、孙子、孙女都非常孝顺老太太。只可惜她儿子永耕被国民党抓去，这么多年都没有回来，恐怕到台湾去了，到台湾只要一条命还留着也好的，以后可以回家的，只怕命不在那可就太悲惨了。"

仇林吉听阿祥伯没完没了地帮秋凤家说好话，早就非常厌烦了，他催阿祥伯快去割茅草，自己要回家了。

仇林吉走到山下，又朝山坡上水生奶奶的新坟看了看，水生、水坤等人在打扫坟堂等做最后的收拾。想起水生平时对他的态度，所作所为，又想起还有像阿祥伯这样的人帮水生家说好话，他心里愤愤地把牙咬得"咯咯"响，"总有一天，我要叫你哭干眼泪，吃尽苦头！"说完鼻孔里重重地"哼"了一声，一副"君子报仇，十年不晚"的架势。

十 水生放炮出事故

不是十年，君子报仇十年不晚，小人报仇就在眼前。

第二年盛夏。一天早上，仇林吉带着一帮人说是要清除旧文化，先是将村里的祠堂打砸了一番，然后来到秋凤家，也是打砸了一番，搬走了很多东西，连当年救起水生的那个摇篮也搬走了，临走时还把水生爷爷留下的一个珍贵的茶杯给砸碎了。

自从那天受到惊吓，水坤一直抖动不止，后来用金滩镇诸葛先生的方子吃了七八帖药才完全康复。水坤经不起折腾，就想以后到乳娘阿义嫂家去，做乳娘家的儿子，自己就可以成为贫农。秋凤找到阿义嫂，把水坤的想法一说，水坤从小在阿义嫂家长大，一直把阿义嫂当亲生母亲看待，还认了亲娘，阿义嫂满口答应，还让水坤不改口、不改姓，最后还说定让水坤和女儿阿贞结为夫妇，秋凤心里乐开了花，回家路上几次忍不住笑起来。秋凤问水生是否愿意到双河口亲爷昌高家去做儿子，水生激动地拒绝了。

"哔哔……"

"放炮了，放炮了！请等一下再过来！"

阿龙吹着哨子把几个行人拦住，水生点着了导火索，飞快地向山坡上跑去。

农田千亩的沙湾畈，水源短，不经旱。已造好的三个水库全靠天上的雨水，经过一冬一春，才蓄了一半。天气连晴几日，稻田旱象就抬头。大队决定沿

098

田畈山脚，挖一条盘山渠道，在巴沙埠建一个抽水机站，从新安江里抽水到渠道，把江水引入沙湾畈。经过去年冬天全民"辟山开渠"的"淮海战役"，十多里长的盘山渠道已见雏形，只是在沙湾岭村口有一段三百多米长的山崖，全是坚硬的岩石，必须凿石放炮开挖。大队组织了一个攻坚突击队，由十一个生产队各派两名劳力共二十二人组成。突击队按四至五人一组分为五组，在全段五个作业面上同时打孔放炮。沙湾坞生产队安排水生、阿龙两人参加，他们同另外两人一组，在村口前面第一个作业面上开凿。三百米山崖工地上，竖起十块木牌子，上面分别写着十个大字："突击五十天，江水上沙湾"。突击队员每天早晨天一亮上工地，在各个作业面开始打炮眼。山崖下"叮叮当当"的锤击声一直响到傍晚边，各组都打好了两个炮眼，然后装上炸药，放完炮，收拾了现场，已是黄昏，突击队员才收工回家。从清明日算起，已经连续奋战了一个多月，各个工作面之间还没有连通，看来"五十天完成"的口号要落空，"确保夏收夏种通水"的目标难以实现。

"轰！"

一声巨响，第一炮响了，阿龙喊了一声："还有一炮！"叫大家再等一下。内行人一听炮响就知道这一炮炸药安装的技术好，炮响的声音像闷在瓮里发出来似的，炸药的力量都用在爆破土石上，从炮口喷飞出来的石块很少，这样既不浪费炸药又确保安全。阿龙说这一炮是水生装的，第二炮是他们两人装的，大家都说装得好。

等在路上的人多起来了。五秒钟过去了，第二炮没有爆炸，十秒钟过去了，第二炮还是没响。有些性急的人等不住想走，阿龙拦住他们，请大家再等一下。二十秒、三十秒又过去了，还是没炸响。等在路上的人开始发牢骚了，阿龙心里也非常焦急，想去看一看究竟是什么情况，就立即往山上跑去，水生也从坡上飞快地奔向炮孔。到了炮孔边，水生谨慎地将覆盖在炮孔上的树枝柴草等遮盖物掀开，阿龙此时也赶到炮口，正要伸手去帮水生拨开柴草，突然看见几片树叶下有烟冒出来，还有几颗火星往上跳。

"危险！快……"

"逃"字还未叫出声，炮"轰！"的一声炸响了。

"啊呀！"

"天哪！"

一声巨响，人们吓得失声惊叫。只见烟尘里一块箩筐一样大的石头滚落下来，沙土碎石飞溅到田里、路上，以及旁边的一间间茅屋上。硝烟散去，大家看不见水生、阿龙的身影，都拼命地往山上跑去，边跑边喊。最先赶到的人们，看见炮口位置下边的石壁脚横躺着一个人，满脸是血。他们立即把那人抱着从地上坐起来，揩掉脸上的血一看是水生。水生睁开眼，嘴唇合拢，向上方一噘，发出细微的一声"阿龙"，便昏了过去。一个人坐地上抱着水生，其他人立即按水生指的方向去找阿龙，可那里只有被爆炸掀翻起来的一些泥土，没看见阿龙。有人把露在泥土外的一枝小竹棍一拉，带出一丛野竹鞭，就在这刹那间，有人看见那掀起的竹鞭下有一双脚。大家赶快用手扒开泥土，撬掉盖在阿龙身上的一块像被子一样大、由无数竹鞭纵横交织板结而成的地皮。阿龙躺在地上不省人事，身上都是细沙黄土，大家清除了阿龙身上的沙土，把阿龙的头托起来，见呼吸还正常，心里都放宽了一些。大家一起动手，把阿龙、水生抬下山来。路上，正好有几个沙湾岭的社员拉着空双轮车回家。大家马上把他们抬上车，迅速赶往县人民医院。

在收工回家的路上，水坤听说水生放炮出了事故已经去医院抢救，便一口气跑回家里。秋凤、水珍立即同水坤三人火速赶到医院，水生正躺在床上挂吊针，见母亲兄妹三人走进病房便马上坐了起来。只见水生头上缠着纱布，左手臂用纱布吊着挂在脖子上。

"水生哥！"

水珍忍不住哭了出来，一步跨到病床边，看着水生受伤的样子，眼泪扑簌簌地掉了下来。

秋凤、水坤也红着眼圈站在旁边，秋凤哽噎地问道："伤得怎么样？"

水生咧开嘴笑着说："左边颧骨上擦破了一块指甲大的皮，左手腕有点骨折，只是一点小伤。医生见我满脸是血，样子很吓人，便把我头包起来，手挂起来，别人看了，不知道伤得有多厉害了。其实我自己感觉并不怎么痛，你们尽管放心就是。"

见水生脸带笑容讲话轻松，秋凤说道："你呀，总是说些让人宽心的话。我知道你有忍性，痛苦熬得住。小时候，手跌脱臼也不像别的孩子那样哭得厉害。可这次是破皮出血，伤筋动骨，你可不要强熬过头，一定要听从医生的安排。"

听了母亲的话，水生眼含热泪，重重地点了一下头。水坤问起阿龙的情况，水生说阿龙伤势较重，住在隔壁房间，叫他们去看看。

秋凤、水坤、水珍三人走进阿龙病房。钊根夫妻俩正坐在阿龙床前，钊根说，自进了医院到现在，阿龙一直躺在床上昏迷不醒。医生对他全身作了全面细致的检查，除了右手背有几条血痕，全身各部位均未受伤，呼吸、血压、脉搏等，一切体征都正常。只是一直昏迷不醒，医生判断是被撞击引起脑震荡，估计要睡一两天才会醒来。钊根妻子拉着儿子的手，悲咽地说：

"一个多月来，早上天一亮出门，晚边满天星回家，一天都没歇过，是铁也要烊掉了。现在，还出了这样伤性命的事故，究竟为什么要这样！"

秋凤想不出用什么话来安慰她好，只不时用手抹着眼泪。

水珍轻声说道："阿龙妈，别难过，相信医生的话，阿龙睡几天就会好的。"

水坤弯下腰，靠近阿龙耳朵旁，轻轻地喊着："阿龙，阿龙，我是水坤。"

只见阿龙眉毛动了一下，两只眼皮慢慢地掀起，露出眼珠，睁开了一下又合上。

"阿龙！"

床边五个人一起激动地喊了起来。

钊根凑近阿龙耳边说："阿龙，水坤、水珍和老姆（伯母）来看你了！"

大家睁大眼睛注视着阿龙，阿龙和先前一样昏睡着，钊根又把上面的话重复了一遍。过了一会儿，只见阿龙抿起嘴，口角向两边延伸，钊根再把那句话说了一遍，阿龙嘴角边肌肉向上挤去，眉毛和眼皮微微上扬。

"阿龙想讲话。"

床前五个人一起高兴起来。这时一位医生走进病房，钊根告诉医生，阿龙眼睛张开了。医生说这是好现象，叫大家不要打扰他，让他静静地睡。

回到水生病房，已经八点半了，水生叫母亲他们早点回家休息。水珍看水生的吊针还没挂好，要留下来陪护水生，水生说医院有护士照管，水珍说换药水要喊医生，自己留下来总方便些，母亲和水坤也说水珍留这里好，水生只好同意了。

第二天早晨，突击队的青年社员出工后，先把那五人一组的两个组各减一个人到第一作业面去，这样每组都四个人，仍然五个作业面同时开始打炮眼。

"叮当叮当"的锤击声同前些日子一样在沙湾岭下一天从早响到晚。

上午十点钟光景，驻队干部老徐和唐书记、仇林吉等五六个大队干部来到第一作业面，对昨天的事故进行现场调查。仇林吉叫昨天在这个作业面打炮眼的两个突击队员，把昨天发生事故的具体情况说给大家听一下。其中一个小伙子指着具体位置向大家仔仔细细地说了一遍，老徐边听边记录着，大家在现场各自查看了一会儿后，正要下山，离放炮位置四五十米远的一间茅屋前，有个妇女在大喊，叫大队干部到她那里去看看。大家走过去，都认得她，是沙湾岭村照贵的妻子。她说，昨天放炮时，一块足球样大的石头飞过来，落在她家猪栏屋茅棚上，穿过棚顶，砸在一头猪的屁股上，这只猪今天都站不起来了。她要求大队赔偿损失，还说，这头猪是她家今年的任务猪，准备养起来卖给国家的，到时候养不好，达不到公家要求的标准怎么办。大队干部们听了十分头痛，事故原因还没有弄清楚，又出现了这样一件难处理的事。仇林吉回答她，待大队里商量好了处理意见再告诉她，叫她放心，大队不会让她吃亏的。随后，大队干部们到各个打炮孔的作业面上去看了一下，叫大家注意安全，鼓把劲，加油干。

下午，大队干部们在会议室讨论事故的原因以及处理办法。唐书记、仇林吉等几位干部发言后，驻队干部老徐针对几个问题与大家商讨分析。早上他刚到大队，就听人说起昨天发生的这场事故，了解了是谁放的炮，什么人受伤住院，通过实地调查和以上干部的发言，他问唐书记，参加突击队的人员是怎样选定的？唐书记说是由各生产队推荐的。老徐又问对突击队成员的要求是什么？唐书记说会打炮、劳力强。

老徐严肃地站起来问："其他要求呢？"

唐书记回答："其他要求没有提。"

"名单报上来，你们审查过没有？"

"没有。"

"为什么不审查？"

"我们相信各生产队，同时对本大队的社员基本上了解。"

"那怎么会出事故呢？"

"这个……大家来分析讨论么！"

"用什么办法分析？"

"这个……"唐书记无言以对。

仇林吉回答一句："用阶级分析方法分析！"

"对呀，老唐同志呀，你是怎么搞的！"老徐满脸不高兴地坐下来，严肃地说，"无论搞革命还是搞生产，人是第一要素，而决定人思想的因素是阶级，所以用阶级的方法分析各种事物都能迎刃而解。选派开石放炮突击队员这样重要的事情，不考虑人员的阶级出身简直是犯罪啊！"老徐停下发言，会议室鸦雀无声。

不久，仇林吉开始发言，他先作自我检讨说："对此，我也不够重视，报上来的突击队员名单，我没看过，直到出了事故，我才知道，昨天放炮点火的竟然是反动派家属羊水生。此人会打炮、劳力强，符合这次推荐的要求。对于这个要求，事先我也不了解究竟是怎样确定的。羊水生这个人，平时伪装得很好，欺骗了我们不少群众。这次事故就是他一手造成的，我们要对他进行深入的调查。"

对仇林吉的发言，许多干部有不同意见。有的说水生做事一向认真仔细，从开始到现在，他一直都在安装炮孔，点火放炮，每只炮都爆炸得很成功，就是在昨天先放的那一炮，有人还在夸奖放得好。这第二炮出事是否有其他的原因？有的说，照规定，大队已做了安全保卫工作，炸药放在炸药仓库里，雷管由大队领导干部保管，每天下午三点钟由两位基干民兵到炸药仓库领来炸药，再到大队办公室仇书记那里去领雷管，然后由基干民兵送到工地，再发到每个工作面的装炮人手上。这中间会出什么差错呢？有的人说，突击队员都是责任心强、有一定觉悟的人，不可能会有意制造事故。还有人说，对水生和阿龙两个人，多数人知道是两个做人诚实、做事踏实的好青年，说他们会干坏事，大家还不大相信。

"听了以上同志的发言，我要强调几句，"驻队干部老徐又从座位上站了起来，严肃地说，"大家的一双眼睛不要被表面现象蒙蔽了，我这里得到一个消息。昨天那个哑炮刚要响时，两个放炮的人同时跑到炮孔边，在炮响的一瞬间，水生将阿龙一把推倒在地上，导致阿龙昏死过去。你们看这不就是你死我活的阶级斗争吗！"

大家听了十分惊讶，议论纷纷，许多人摇头不信，说水生不可能会做这样的事。他与阿龙是叔伯兄弟，两人从小一起长大，非常要好，从来没有发生过争吵，这是有人故意制造谣言陷害水生。再说，炮响时一片烟雾弥漫，别人怎么能看得见现场的情形？

唐书记说："大家不要多说，这事我们还要去问过阿龙和水生他们本人，调查确实后再下结论。现在他俩还在医院里，阿龙还在昏迷当中，待他清醒过来就明白了。"大家都点头称是。

最后，老徐提醒大家说："阶级斗争，一抓就灵，不管这话是真是假，我们头脑中阶级斗争这根弦要时刻绷得紧紧的，不然就要犯错误。事实搞清楚了以后，我们再商议处理的意见。"

散会了，老徐叫唐书记、仇林吉两人明天上午同他一起到医院去找羊水生好好谈一次话。

第二天上午，三人如约而至。来到水生的病房，护士告诉他们，羊水生昨天傍晚边出院回家了。老徐说他本来就没有什么伤，是该早回家了。仇林吉建议三个人马上到沙湾坞他家里去和他谈谈。唐书记说既然来到医院就先去看看阿龙的情况，老徐说也行。

三个人走进阿龙病房，阿龙母亲正在喂儿子吃稀饭。

唐书记高兴地说："阿龙会吃饭了，什么时候开始吃的？能吃多少？"

阿龙母亲告诉他们，阿龙住进医院，睡了两天两夜，直到昨天晚上，他张开嘴巴，像要吃东西的样子，给他喂了小半碗牛奶。今天早上到现在，他已吃了一小碗薄粥了。

老徐问道："他能说话了吗？"

阿龙妈说他今天早上开口能发出一两个字的声音了，别人讲话他能听得到了。

"那好，我们想问他一件事，他说得出来吗？"

阿龙妈叫他们试试看。这时，阿龙眼睛睁开看了一下就合上了。脸上肌肉动了一下，像是要讲话。老徐嘴巴贴近阿龙耳朵叫着阿龙的名字，阿龙眼皮眨了一下，

老徐说："阿龙，我讲话你听得见吗？"

阿龙口里"哎"了一声。

老徐又说："那天炮响，你被人推倒了是吗？"

阿龙闭着双眼，眉毛蠕动着，然后嘴唇艰难地微微张开，舌头慢慢动了一下，发出很轻的两个声音。

"你说什么？能响一点吗？"

阿龙口形又同样地动了一下。

"阿龙妈，你能听懂吗？"

阿龙母亲说她听不清楚，叫老徐停一下再问。

医生来查房了，唐书记向医生了解阿龙的病情，医生说阿龙头上被土块撞击，造成了轻微的脑震荡，脑血管里有一些瘀血，挂了一天两夜的针，瘀血减轻，神智慢慢恢复，再挂几天药水，就能康复。老徐问医生羊水生怎么就出院了呢？医生说水生脸上破了皮，只要不发炎，肿消退掉就不要紧了，倒是他那只手骨折，要完全康复总得一两个月。昨天，他自己要求出院，说既然已经不挂针了，只在这里等时间给手臂换换药，不如回家去，到时间自己来换药就是，住在医院里要花费生产队的钱。那个小伙子真不错，自己受伤，还为集体着想。医

生走了，仇林吉撇了一下嘴"哼"了一声，说这个羊水生真会迷惑人。老徐也说这个医生只看表面现象，不分敌我随意夸奖人。唐书记一声不响，对他们两人的话，姑妄听之。

阿龙吊针瓶里的药水快滴完了，唐书记叫护士来换上一瓶。老徐又走到了阿龙身边，轻轻地问阿龙：

"阿龙，你听见我讲话了吗？"

阿龙眨了一下眼睛。

"炮响时，你被人推了一把是吗？"

阿龙嘴巴挤出一个"水"字，

老徐兴奋地说："羊水生，是吗？"

阿龙两边颧骨上的肌肉微微颤抖，眼睛里滚出两颗泪珠，嘴巴里轻轻地一声"是"。

"好了！"老徐站直了身子，对唐书记、仇林吉说，"我们三个人都听到了，说明我得到的那个消息不是谣言，完全是事实，这是多么残酷的现实！"

三个人离开阿龙母子，走出医院，唐书记提出是否要到水生家去问一问水生，阿龙头脑还没完全清醒，讲话语不成句，事情到底是怎么样的，我们还没弄清楚。

老徐不耐烦地说："怎么这还不清楚！老唐同志，你自己思想上先弄弄清楚吧！"说完，他拉了一下仇林吉的手说，"我们到公社里去，向党委汇报一下，听听领导怎么说。"停了一下，又说，"老唐也去，必须去！"三人来到了公社里，听说公社书记到县里开会去了，三天后才回家，老徐说等书记回来再请示他吧。三人各自回家去了。

唐书记回家吃了中饭，就到沙湾坞去看水生。水生脸上贴着半个口罩样大的纱布，左手挂在吊带上，坐在堂前看报纸，见唐书记进来，便放下报纸，迎上前去。唐书记问了他的受伤情况后告诉他，上午他们去医院看了阿龙，老徐从阿龙那了解到炮响时，他推阿龙的事。

"什么，阿龙醒过来会讲话了？好好好！"

水生高兴得连声叫好，并说要马上去看阿龙。他昨晚出院时见阿龙还在昏睡中，不吃不喝，人都瘦下去了，心里很难过。回家后，心里还一直想着阿龙。现在唐书记说阿龙竟然会说话了，他心里怎能不高兴。

唐书记纠正他的话说："阿龙还不大会讲话，只能轻轻发出一两个字的声音，是老徐凑近他耳朵一句一句问出来的。讲到你名字时，听不清楚，老徐问是水生吗，他脸上一动，流出两滴眼泪，口里说是，老徐就说是你把阿龙推倒，他才负了重伤。"

水生说："是我用力推了他一把，是否将他推倒我不知道，因为当时一块大石头滚下来，我被碰了一下，摔到下面的石壁脚晕过去了。"

"噢？那你是怕他被大石头压倒才推他的？"

"是呀，当时他站在我的前上方，脸朝着我，我看到石头从他身后滚下来，就立即推了他一把。"

"你被石头碰到便和石头一起往下滚，是吧？"

"可能是吧！因为我昏过去了，什么都不知道了！"

"真危险！"

"至于阿龙怎样受伤，我一点也不知道。"

"老徐说你陷害阿龙，完全是胡扯！"

水生笑着说："等阿龙恢复神智会讲话就清清楚楚了。"

唐书记担心地说："阿龙不要信口开河就好。"

水生坦然地说："阿龙不是那样的人，他绝对不会乱说。"

"那就好！"唐书记说完放心离开水生家，又转到阿龙家去。

钊根夫妻俩都在医院照管儿子，钊根母亲脚痛，坐在堂前剥竹棍笋。她泪眼婆娑地告诉唐书记，孙子住院后，媳妇日夜守在阿龙身边，钊根早上一早就去医院，晚上很晚才能回来，她一个人在家里，茶也倒不来给客人喝。唐书记说不喝茶，安慰她别难过，孙子伤势已好转，过几天就可以回来。

老太太口里念道："谢天谢地，阿弥陀佛！"

唐书记告别钊根母亲，向打炮场地走去。在一片"叮叮当当"的响声中，唐书记到每个作业面都去看了一下。从清明到立夏，这段水渠还是五个打炮开石的作业场地，渠道的样子都还没显现出来。但唐书记心里不着急，他叫大家慢慢干，注意休息。每天一组打不出两个炮孔，傍晚只放一炮也行，不一定要抢在五十天内完成，已经过去三十多天了，凿石放炮都没结束，怎么可能按期完成？他强调不一定在夏收夏种前实现渠道全线通水的目标，要从实际出发，什么时候完成都行。他叫大家一定要注意安全，防止任何事故发生，劳逸结合，量力而行，能干多少就干多少。

三天后，公社书记开完会回到了公社，沙湾大队驻队干部老徐和大队副书记仇林吉一起去请示了公社书记后，回来召集大队干部开会，讨论对放炮事故的处理意见。

老徐先说："请示过公社领导对放炮事故的处理意见，叫我们先商议一个初步意见，再报公社审核。事故发生的原因大家都去现场勘查过，我已同唐书记、仇副书记一起到当事人那里调查过，现在可以断定这是一起阶级报复事件。下面先由小仇同志将情况向大家简要地说一下。"

仇林吉拿起一张纸读了起来："由于我们大队少数同志思想麻痹，让反动派家属羊水生混进凿石放炮突击队。羊水生假装积极，骗取了革命群众的信任，在五月五日晚边安装炸药时动了手脚，导致成了哑炮，可是后来又响了。在哑炮爆炸的瞬间，他将共青团员羊阿龙推倒在地，致羊阿龙昏迷至今，或有生命危险。爆炸飞石砸破了社员房子，砸伤了群众饲养起来准备出售给国家的爱国任务猪，给本大队生产和群众生命财产造成巨大的损失。"

仇林吉读完后提示大家以阶级斗争观念发表处理的意见。大家沉默了一会儿，老徐说："关于羊水生把羊阿龙推倒的事，我们问过阿龙，是他自己亲口说的，我和老唐、小仇以及阿龙母亲都亲耳听见的。有些人也许还不相信，当时我们听了也很吃惊，可事后一想也很自然。我们轰轰烈烈搞社会主义革命和建设，阶级敌人心里怀着刻骨的仇恨，千方百计地进行破坏，他即使势孤力单，不能彻底把你破坏掉，也想办法搞出点事故来干扰一下，妨碍革命事业的进程，他们也是高兴的。所以对这个事故的处理，必须从严从重，大家发表意见。"会场静默，没有人发言。老徐提醒唐书记谈谈看。

唐书记说："我们那天到医院问阿龙，阿龙还在昏迷状态中。老徐同志问他，他只能回答一两个字的声音，而且很轻，听不大清楚。不过，他被水生用手推倒的意思我们听出来了，这是真的。"

唐书记讲话刚停一下，就有人说了："阿龙在昏迷当中，脑子还未清醒，只凭一两个字的声音就下结论他被水生陷害，恐怕不太合适。"

也有人说："在那样紧急危险的时候，水生推了他一把可能是救了他呢！从他们两人平常的关系来看，水生不会害他的。"

还有人说："等阿龙身体好，把事情弄清楚再作决定吧。随便处理人家可不能搞儿戏。"

唐书记又说道："大家既然有不同意见，干脆就去问问羊水生看，他是当事人。"

"我说老唐同志呀，阿龙的话你都不信，还要去相信羊水生的话，这是什么立场啊！这个严重的事故已经发生好多天了，还没有向上级领导详细汇报过，这是我们的失职。其实，大家现场已详细查看过，对受害者也已具体调查过。所以，大家的意见必须统一起来，我已作了初步打算：一是马上把羊水生带到大队里来，由大队基干民兵监督他，让他把犯罪事实交代清楚，写出检查，深刻反省，等待处理；二是因事故受伤的两个人住院治疗的费用由羊水生支付；三是照贵家猪栏砸破以及任务猪被伤的损失由羊水生赔偿。以上三条意见大家通过，我们马上向上级领导汇报。"老徐不耐烦地说。

会场里又是鸦雀无声。虽然多数人认为处理太重，甚至不该处理水生，但大家都不敢说出口，因为帮阶级敌人说话是严重的立场问题，是要惹祸上身的，谁还愿意自讨苦吃。

突然唐书记站起来说："我看处理意见可以先写下来，但暂不要表决、形成决议。等阿龙出院以后，弄清楚了事实真相再决定实行。"

"对，同意唐书记的意见！"一半多人异口同声说。

老徐满脸不高兴，可大多数人这么说，他也不好发火。但对阶级敌人，宁可严格过头，也不能有丝毫原谅。

他说："大家既然同意唐书记的意见，就先搁着。但羊水生已经出院好几天了，我们要赶快把他带到这里来写检查，再迟了，上级要批评处理我们了。小仇，散会后你马上安排一下。"

散会了，两个基干民兵来沙湾坞带水生，一家人正在吃晚饭。

秋凤说："什么事情这么急，明天去不行吗？水生从医院里出来才几天，他的伤还没好呢！"

一个民兵说："叫他去把放炮事故说说清楚，再写个检查。大队里讲过的，一定要现在就去！"

水珍说："又是那个仇林吉叫你们来的吗？不要去，就是不去，看他能把我们怎么样！"

仍是那个民兵说："我们是受别人支派，不去不好交代，家里也在等我们吃晚饭呢！"

"妈，水珍，你们不要阻拦，我去就是。"

水生想起那天唐书记讲的老徐从阿龙口中套问出来的那句话，就猜测他们要找他麻烦了。不过他相信阿龙，只要阿龙清醒过来，会讲话了，事情的真相就会明明白白。

他微笑着对母亲和妹妹说："你们放心，我自己心里最清楚，绝对不会有事的。我晚饭吃得饱饱的，今晚可能要在那里过夜了，明后天很快就会回来的。"说完他坦然地跟着两个民兵走出家门。

秋凤母女一夜没睡着觉。

第二天早上，水珍刚吃完早饭，正要给关在大队民兵室的水生送早饭，钊根突然来找水生。秋凤告诉他，水生昨天傍晚被两个民兵带大队里去了。

"什么？"钊根吃惊地问。

水珍说："叫他去写关于事故的检查。"

钊根说："这事故又不是水生造成的，水生有什么错要检查？他救了我家阿龙的命。昨天半夜，阿龙清醒过来了，第一句话就是'水生为了救我被石块压死了'，说完就'哇啦哇啦'哭起来。我们开始还以为他在说胡话，可他却说，'我头脑清醒得很。炮响时，水生见我要被石头压到了，将我推到旁边，他自己却被石头一碰，同石头一起向下面滚去。那石头像箩筐样大，水生还会有命活的吗？'我告诉他水生只受了点轻伤，已经出院回家了，他说我骗他，医生也说水生没死，已经回家去了，可他总是不相信。今天早上，他又口里念着水生，哭个不停。我们讲水生在家里，他爬起来，要回家来看，医生说他还不能起来，要再住两天才可以出院。他待不住，说要见到水生才相信。所以我来叫水生到医院去。"

水珍说："我们赶快到大队里去。"

走进大队，得知水生在民兵室，水珍赶忙把早饭拿去给他吃。钊根到党支部办公室，见仇林吉坐在那里。

钊根问道："你们把水生叫大队来干什么？放炮事故怎么能怪他？"

仇林吉说："他陷害阿龙，炮响时推倒了他。"

"是谁说的？"

"那天在医院阿龙自己说的。当时你没在医院，阿龙妈在场。我和老徐、唐书记三人全都亲耳听到的。"

"阿龙昨天晚上才清醒过来，那天他在昏迷中被你们套出来几个含糊的字音，你们就作为证据！"

"那他眼里还流出了眼泪，是因为水生把他害苦的吧？"

"水生不是害他，是救了他的命，他流泪是以为水生为救他死了！"

钊根气愤地把昨夜今晨阿龙要看水生的事说一遍，仇林吉听了目瞪口呆，钊根马上到民兵室去。

水生边吃早饭边听水珍把阿龙醒来要见他的事说清楚，他笑着对水珍说："我早就料到会这样的。"

钊根进来叫水生一起去医院，水生不敢走。他说看管他的民兵不在，他走了，民兵要挨骂的。这时唐书记来了，他听说阿龙清醒过来非常高兴，得知阿龙要见水生，便叫水生快同钊根一起去。仇林吉走了进来，也附和唐书记的话说："水生，没关系的，你快去就是。"

驻队干部老徐来了，仇林吉把情况和他说了一遍，老徐听了，身上像毛毛虫爬过似的痒起来。他挠挠头又搓搓手，在办公室里踱了一会儿，对仇林吉说："反正昨天干部会议还未形成决议，也没有向上级汇报过，就别提我们议论水生的事好了。但是对事故原因的追查分析总是要做的，还必须进行下去。"

仇林吉连说："对对对，叫唐书记一起来研究一下好了。"

三人商量时，老徐和仇林吉还是强调要以阶级斗争观念来寻找原因，唐书记说应把前两天对水生怀疑的事先向到会的干部说清楚，以消除人们对水生的误会，然后根据事实情况查找原因，双方意见一直没有统一。

在去医院的路上，水生告诉钊根，千万不要把老徐他们诬枉他的事告诉阿龙，以免让阿龙生气，不利于身体康复。钊根赞扬水生肚量大又关心人，让他又高兴又感动。走进病房，阿龙见到水生一下子从床上爬起来，一把抱住水生，又是哭又是笑。钊根叫阿龙当心点，水生手上上骨折还未好。医生说房间里还有个空床位，叫水生住下来陪阿龙，阿龙心情好会早点康复，水生在医院换药也方便。阿龙高兴地说和水生在一起住一夜，明天就能出院。

钊根同妻子一起说："好好好！"

阿龙叫爸妈回家去，他和水生两人住院，不要别人陪护了。两人在医院住了两个晚上，医生为他们做了全面细致的检查，阿龙大脑血管瘀血排除干净，已经完全康复，可以出院了。水生伤势减轻，换了一次药，手臂再挂几天就不用吊挂了，医生给他开了半个月的口服药回家服用。

两人办完出院手续，上午就回家了。

秋凤站在大门口，老远就看到田畈里水生、阿龙两人走来，她赶忙把热在锅子里的两只砂锅捧出来。昨天下午水珍到医院回来说水生、阿龙今天上午要出院，今天一早起来，秋凤就把两只大阉鸡杀了，炖在两只砂锅里。新鸡快熟，早就好吃了，秋凤把鸡放在锅子里热着等他们。她把两只砂锅放在桌上，走到门边，水生、阿龙正来到门前，秋凤拉着阿龙跟水生一起进屋。

"赶快，趁热吃掉再回去。"秋凤高兴地说。

阿龙说："这么一砂锅怎么吃得完？"

"吃不完捧回去，当午饭吃，下午也好吃。"

两个年轻人边吃边笑。

下午三点多钟，阿龙来叫水生一起到打炮工地去看看。突击队的队员们看到水生、阿龙两人回来非常高兴，第一作业面上的四个人问他们什么时候可以来工地打石头，阿龙说水生骨折还未全好，要过一段时间才能抡得动铁锤。水生说打炮眼不会打，装炮孔现在就能做了。

这时，两个基干民兵送炸药雷管来了。阿龙看见用报纸包着的雷管，若有所思地从基干民兵装炸药的篮子里拿出雷管包，解开报纸，把十只雷管一只一只都拿到鼻子边闻过，大家都感到奇怪。

他对大家说："上次安装出事故的那只炮时，我感到雷管湿气蛮重，放到鼻子下一闻，有一股像尿水一样难闻的气味，当时我脑子就打了一个疙瘩，但还是接到炸药上去了，终于延迟爆炸出了事故。我不知道这雷管是放在什么地方，怎么贮藏的。"

说完，他又仔细地闻着雷管。

"喏，你们闻闻看！"

他拿起一只雷管，凑近别人的鼻子下，叫大家闻闻看。两个民兵说闻不出来，四个打炮眼的突击队员说是有一股臭气，水生说有点尿腥气。

阿龙又闻了几只，突然说："这只气味浓。"

他送到两个民兵鼻子底下，他们说闻到了，是有气味。这时，唐书记刚好走来，阿龙叫他闻了闻，唐书记说：

"怎么搞的，会有这样的气味，是不是坏了，还有用吗？"

阿龙告诉他，上次出事故的那只雷管也是有这样的气味。唐书记马上叫阿龙仔细检查一下，把有气味的挑出来拿去换，然后同两个民兵及水生、阿龙一起到大队里去查看其他存放着的雷管。

大队里的雷管由仇林吉保管，每天下午，两个基干民兵到仇林吉办公室领出来用。唐书记等五人来到大队门口，碰到仇林吉，对他说是来调换雷管。仇林吉和大家走进办公室，打开办公桌靠墙那个抽屉，里面两个纸盒子放着雷管，唐书记拿出一盒，随即闻到一股先前在雷管上闻到的气味。一个民兵弯下腰，在拿掉盒子的地方发现两颗小黑豆，捡起来一看不是豆，是老鼠粪。

"这里面有老鼠？"

唐书记双手把抽屉拉出来，捧到桌子上，看见抽屉最里面有一堆花生壳。

"你这里面老鼠做窝了！"唐书记不高兴地说。

原来是"五一"劳动节，几个社员给仇林吉送来一些结婚喜糖，仇林吉把一包花生放在抽斗里，却忘了吃。抽屉顶部的那块板与桌面板之间有两指宽的缝，老鼠闻到花生气味儿就从缝里钻进去了。仇林吉把抽屉里的东西都拿了出来，放雷管的盒子边有好几块黑色的印迹，是老鼠粪尿形成的。

"该死的老鼠怎么会进来的？"

仇林吉当众不好意思地边骂老鼠边把抽屉翻过来拍打干净，然后用废纸擦老鼠粪尿印迹。

唐书记严肃地对仇林吉说："上次那一炮就是用了老鼠尿浸湿的雷管而发生事故的！把这样重要的危险品，如此随便地保管，简直是拿生命开玩笑！"

唐书记叫两个民兵去工地把炸药雷管拿回来，今天的炮不要放了，并叫仇林吉把这些雷管全部拿到上级有关部门检验。

一个多月来，每天傍晚，全大队社员都听到"轰轰"的放炮声，这天晚上没炮声了，大家都不知道为什么。突击队员回家把情况一说，全大队的人都知道为什么了，心里想骂人，但口上只能无奈地说：

"原来是这么回事！"

第二天，突击队员没有上工地，"叮叮当当"的锤击声听不见了。下午，唐书记叫钊根等几个老党员到工地去研究渠道开挖的事，水生和阿龙两人到那天出事的地方去看那块箩筐样的大石头滚过的路线。看见唐书记他们为这段难打的岩石发愁，讨论是否要继续坚持打下去，水生突然想起去年在《浙江日报》上看到的有关丽水市架渡槽引水的事。想到这段石山脚，一边靠山做墙面，另一边砌一些石墩子当脚，架起墙面，这样就可造起沿山半边渡槽，把江水引过来。他把这想法讲给阿龙听，阿龙连说：

"好主意！好主意！"

两人赶忙跑去讲给大家听。

唐书记听了高兴地说："这个办法很好，这一个多月打下来的石头做渡槽桥墩尽够用了。挖泥土、扛石头、浇水泥，男女老少都会干，大家一起动手，比几个人在岩石上打炮挖渠要快得多。"

几个党员也都赞成这么干。唐书记马上召集大队干部、生产队长开会，大家一致同意，都说早这么干，都要造好了。晚上唐书记向上级领导汇报了建造沿山渡槽的设想，上级称赞这个方案好。

第二天，全大队十一个生产队，沿着山脚各队建造一段，把整个山脚连了起来。经过一个月零五天的连续奋战，一座三百多米长、两米高的沿山半边渡槽全部建造完工。

夏收夏种开始了，新安江水通过两级抽水机站，抽进渠道，流进沙湾畈。唐书记心里明白，建造渡槽水渠，羊水生做了不小贡献，但他没有表扬水生，水生也不喜欢别人表扬他。

十一　水生母亲只有妈

　　为庆祝党的十大召开，沙湾大队举办了"革命成果展"。展览会设在大队办公室西侧的大会厅里，展期从十大召开之日起直到元旦。本大队的社员群众可随时自由参观，外地群众需凭介绍信集体参观。

　　夏收夏种结束后，生产队有了一段不忙的日子。一天午后，太阳晒得知了叫得不成曲调，只有声嘶力竭地喊"热"。巴沙埠生产队的许多社员，到宽敞通风的展览会大厅里来乘凉，坐下休息一会儿后，大家便都去看展览。仇林吉母亲阿芳在参观时突然像是被磁铁吸住，一动不动，别人都离开了，她还一直站在那里。

　　阿芳被一只摇篮吸引住了。

　　"那是我家的摇篮啊，那架子、顶篷、床边，制作的材料完全一样，篮身两边"福""囍"两个字、摇篮底四个棕榈轮子也都一样，还有那里有一块黑斑，是我不小心用蜡烛烧焦的。"

　　她把摇篮上下、前后、里外，抬起来，翻过去，倒转来，看个仔仔细细。

　　"天呐！二十五年了，我的儿子还在吗？他在哪儿呀？"她轻轻地自言自语，眼里噙着泪水。

　　这摇篮是出嫁时娘家送给她的嫁妆，大儿子睡过后又给小儿子睡。二十多五前，端午节，天空连续下大雨，她带着大儿子，冒雨给娘家送端午节礼品去。丈夫守着睡在摇篮里出世才几个月还未取正式名字的小儿子，在家里洗洋芋、煮咸鸭蛋。雨越下越大，新安江里发洪水了。她到娘家把礼品交给父母后，立即往家赶，一路上山溪满田畈流。她家单门独户，住在山脚下，她拼命赶回去一看，立刻号啕大哭起来：屋后的山坡倒下来，柴木石头堆在房基上，房子影迹无踪。凶猛的山洪夹着泥沙，把房屋门口的几棵香抛树、枇杷树全都冲刷得一干二净。丈夫和小儿子究竟是被洪水冲走了，还是逃到别的地方去了，无处寻找，也找不到人问。

"天呐！怎么活得下去啊？！"

她想和四岁的大儿子一起跳进泥水中，一死了事。可看着儿子，下不了狠心。哭了一会后，她想到这儿离大江不到一里路，江里的水平缓一些，房子和人被冲去恐怕还在江边浮着。丈夫又是个很会水的人，说不定在江边上岸。她边哭边搀着儿子站在江边一块高地举目四望，只见江水平岸，江面整体向东平移，江上飘浮着树木、房架、家具，上游人家遭大灾了。她仰天呼喊丈夫的名字，却只有一片"哗哗"的水流声。她几次绝望地拉着儿子想跳，都被儿子喊"妈"的声音拦住。嗓子哭哑了，肚子也饿了，茫茫水面，四顾无人。突然，她抱起儿子往回走：

"我们回去，到外婆家去吃饭吃肉吃糕。"

她发疯似的大步奔跑，赶往娘家。娘家离这里三里多路，在大江边的小溪源口，三间泥瓦房坐落在两山夹峙的隘口上。她背着儿子一口气跑了三里多路，跑到一看，双腿一跪，痛喊一声：

"天呀！"

汹涌的洪水已把房子冲走只留下墙脚，房基里满是混浊的泥浆。

"爸呀，妈呀，你们在哪儿呀？！"

她父母只生她一个女儿，二老同年，今年正好五十岁。阿芳今年多养了几只大阉鸡，准备下半年给父母做五十大寿。

"老天呀！你为什么要这样啊！"

原来上午她给父母送来端午节礼品回家去时，山源里的一座水库垮塌，洪水瞬间没过他们家门顶，三间泥瓦房顷刻被冲毁。

三天后，天晴水退。阿芳由近而远四处寻找丈夫、儿子和父母。先在本村本乡周围寻问，没找到人，也没问到信，然后循江往下游一路查问到富阳，未见人、未见尸，没有一点消息。家毁人亡，何处栖身？她带着儿子，到处流浪讨饭度日。中秋边来到金滩镇，撑汽车渡船的老姜师傅收留了她母子，后来与阿标组成家庭，儿子随阿标姓仇。年长日久，此事也已淡忘，今天竟在这里看见这只摇篮。阿芳问在展厅服务的社员，这只摇篮是哪里拿来的，是否可以拿到自己家里去用一用再还？社员回答说：

"展品不好拿出去的。摇篮是哪里拿来的可以去问问仇书记，他可能还记得，如果他忘记了，到账本上一查就知道。"

阿芳来到仇林吉办公室问儿子："展会上的那些东西是哪里拿来，你还记得吗？"

仇林吉说："都六七年过去了，谁还记得那些乱七八糟的东西。"

"我说那里有一只摇篮，好像是我们老家的。"

"妈你说什么呢，你老家的摇篮怎么会到这里来。"

"你去看一看这摇篮是从哪里弄来的？"

母子俩到了展厅，阿芳指给儿子看，仇林吉看了看说：

"好像是沙湾坞拿来的，让我去看一下账本。"

仇林吉查过账本对母亲说："不错，是沙湾坞的秋凤家搜来的。"

坐在办公室里，阿芳把二十五年前遭受水灾的事告诉儿子。仇林吉听着听着心里紧张起来。如果真是那只摇篮，摇篮里的孩子没有死的话，秋凤家的两个儿子有一个是自己的亲弟弟……好在水坤已经到乳娘家去了，可如果是水生，那是他仇人，已被他害过好多回。如果他成了反动派子女的兄长，那他的一生前途不就毁了吗？他这个支部书记接班人的位置还保得牢吗？他越想越害怕。

"妈！你不要乱猜乱说。那么大的洪水把房子、树木都冲走，人还会有活命的吗！要是还活着，这么多年来，离我们这样近，还不早就碰到他们吗！"

"我估计，你父亲可能当时就在洪水里淹死了，而你弟弟睡摇篮里，漂浮在水面上，被好心人救起来了。"

"不管怎么样，你不要去他家问，弄得两家都不安宁。"

"当年，我带着你寻找他们吃了那么多苦头，后来以为他们不在人世了，不找了，可我心里总把这件事记挂着，有时夜里做梦都在想，我一定要亲自到他家去认仔细。"

"你不要把摇篮带去，惊动别人。你去看一下，如果不是，马上回家，就像没有这回事一样；如果是，也不要声张，不要让别人知道。"

"我空手去，空手回。你弟弟右边耳朵皮后遮住的地方有一颗很小的黑痣，人家都没有看到过，只有我一个人知道。我去看一下就回来，别人不会知道的。"

"那你要小心点，要做到万无一失才好。"

第二天午后，天气正热，路上行人很少，阿芳戴着麦秆凉帽，从小路来到了秋凤家。水生、水珍都出工去生产队耘田，秋凤一人在家，见门外来了一个长个子女人，以为是走错门的人。

"这里是水珍姑娘家吗？"

阿芳在儿子办公室见过水珍，儿子好几次提到水珍名字，被她记住了。

"是啊，你是？"

秋凤狐疑地看着阿芳，心里想这个女人皮肤雪白，是快活惯了的人，她来做什么？

阿芳说："我是巴沙埠阿标家里人，你是水珍妈妈吧？"

这个阿标倒真有本事，骗到这么好看的老婆，秋凤心里想着随口回应：

"我是水珍妈，你找她什么事？"

阿芳看到秋凤个子比自己矮一点，正是中等身材，面容比自己好看，回答说：

"我不找水珍，是有一件事要同你商量。"

秋凤叫阿芳坐下，阿芳把在大队展览馆看到摇篮和当年洪水中丈夫、儿子失踪的事，从头到尾说个清清楚楚。秋凤全神贯注听着，开始时感到惊愕，当年四处奔走为水生找亲人，今日亲人上门来，世间竟有这样的巧事。接着听她讲寻夫寻子吃尽苦头的过程，跟自己同病相怜，心里也隐隐作痛。而阿芳流畅地忆说往事，像在讲别人的故事，脸上没有太多痛苦表情。

阿芳讲完了，轻松地说："等下孩子回来，让我看一下他右耳朵上那颗痣就回家。"

秋凤听了后，心情十分沉重地回答说："好的。"

生产队收工了，水生、水珍回到家中，把农具放进柴火间，来到堂前。

水生叫了一声："妈，缸里水不多了吧，我去挑。"

见家里坐着个陌生人，礼貌地笑了一下，便到厨房挑起水桶出门去。

秋凤大声说："水生少挑两担，妈有事要你做。"

阿芳看见水生，因当时才几个月，早就忘了小时候的样子，只是面相同大儿子有点近似，但个子要小一点，路上碰到肯定是一点都认不出来。水珍那年在大队办公室见过一面，知道是仇林吉母亲，微笑着点点头，便到厨房去烧锅做晚饭。

水生挑了两担水，秋凤把他叫到堂前来。

"水生，这个阿姨想看一看你耳朵边那颗痣，一个朋友叫她来找人。你让她看一下吧！"

水生拗起脖子，觉得莫名其妙，看痣干什么。便说："这有什么好看！"

说着向里堂前走，秋凤立即把他拉回来：

"看一下有什么关系，你听话，让她看。"

水生很不情愿地把头转过去，阿芳仔细看了一下，瞬间双手捂住嘴，忍住没有马上哭出来，一句话没说就跑出大门。

水珍把饭菜端上桌，开始吃晚饭。水生见母亲一脸愁容，问：

"妈，那个女人刚才到我们家干什么？"

秋凤说："先吃饭，吃了晚饭再跟你们讲。"

晚饭后，关上大门。母子三人坐在后堂前，秋凤把下午阿芳来认水生的事讲了一遍。

水珍忍不住说："骗子，肯定是骗人的。水生的亲生父母不是早就死了吗？奶奶跟我讲过好多次，妈你也说过。爸爸和那个阿标当年到他们那里去找过，当地人说一块大山倒下来，把整个村坊压在下面，挖出来好多死人。"

"是啊，当时我们都以为，水生就是那个地方的人。实际上，像那样的山村是很多的。"

"那她就是水生哥的亲生母亲？"

"她看过水生耳朵后面的痣，我看她当时就想哭，忍不住就跑回去了，肯定是认准了。"

水生突然从凳子上站起来，情绪激愤地说："不管他怎么说，我都不是她的儿子，她的儿子早就被大水淹死了。我是水生，是妈妈在水里生我养我的。"说着"扑通"一声，双膝跪在秋凤面前，"妈，她不是我母亲，我不会认她是母亲，水生母亲只有妈。"说着，像六七岁的小孩子似的，扑到秋凤怀里呜咽起来。秋凤双手抚摸着水生，潸潸落泪，水珍也伏在母亲肩上抽抽搭搭。

"不过，我们不要难过，水生找到了亲生母亲应该是好事。这是当年我和你爸还有奶奶都想做的事，我们应该高兴才是。"

"那我是坚决不认她的。"水生还是跪着，说话时把头高高抬起。

"好，你不认！"秋凤把水生扶起来，"都是大男子汉了，还像小孩子一样，跪地上，动不动就流眼泪。"

水生看母亲的眼睛也是红红的。

"至于认与不认，只是个名分而已，实际生活中，我们是一家人，我们在一起过日子，是永远不会拆散的。"

"对对对，妈说得对！"水珍拍起手说，"她有她的家，有自己的儿子，有自己的家人，和我们完全不搭界。"

水生又补充了一句："她的儿子和丈夫，都是当过官的，专门欺侮老百姓。妈妈和我都吃过他们的苦头，好在国家有政策，不准他们乱来。"

"好，洗脸洗脚睡觉，明天还是这样过日子。"

秋凤站起来，到灶台中心暖锅里舀热水。

阿芳走出秋凤家大门就一阵号啕大哭，她把麦秆凉帽拉下来，遮住脸孔，低着头，从小路快速回家。阿标问她下午去哪里了，她一五一十都告诉了阿标。阿标一听十分吃惊：

"还有这么巧的事？那年涨大水，是我和秋凤丈夫永耕两人撑着小船在沙湾埠大水里把小孩救起来的。为了寻找孩子父母，在沙湾埠头贴了好多寻人启事，后来我又同永耕沿江到上游去寻找，一直找到安徽交界的很多地方。怎么到现在你才提起这事，还让你找到了呢？"

"我是在大队展览会上看见那只摇篮才找到的。"

"那你打算怎么办？把他叫回来住？"

"叫回来住，我看没那么容易，那孩子很懂事，对母亲很孝顺，母亲怎么说，他怎么依，我想叫他回来他也一定不肯回来。不过，我也不一定要他回来，我只要知道儿子还活在世上，让我找到了，还离我很近，能够经常看到他，这就很满足了。"

"那你的前夫，孩子的爸爸也找到了吗？"

"他当时就被水淹死了！"

"你怎么知道？"

"要还活着，二十多年过去了，还会一点消息都没有？"

"你儿子不也是现在才知道！"

"孩子人小，才出生几个月，长大了就是天天在身边也不认识。你怎么连这点道理都不懂，真是笨蛋！"

仇林吉下班回家，一路上牵挂着母亲去沙湾坞认儿子的事。进了家门，见

阿芳在烧晚饭，

"妈，你下午去过了吗？"

"我去看过了，那孩子确实是你弟弟。"

"名字叫水坤，还是水生？"

"水生。"

"妈呀，我让你害苦了！"

"怎么说话的！找到弟弟，还不高兴？"

仇林吉把水生出身不好会影响他当党支部书记接班人的关系讲给母亲听。阿芳听懂儿子的话后想，这也是的，认了小儿子，害了大儿子，太不划算了。有没有两全其美的办法呢？她想去跟阿标商量。可她从平时阿标讲话中知道，阿标从前在羊家做过长工，后来不知怎么会产生过节。直到如今，一提起羊家，阿标总没有好言好语。吃了晚饭，阿芳同仇林吉商量：

"阿林，我找到儿子，总不能不认，你想想办法，怎么做才能认了他又不影响你？"

"妈，你先别急，让我明天请示一下老徐，他的理论水平很高，他是全公社威信最高的领导之一。"

"好的，你去请教一下他。"

第二天，仇林吉请教老徐，老徐告诉他，水生的成分不会影响他今后职位晋升。仇林吉怀着轻松愉快的心情告诉母亲，可以放心去认弟弟。

天气转凉后的一天下午，阿芳买来做两套衣服的布料，对巴沙埠村的社员说，他出生九个月的小儿子，失散二十多年后找到了，今天要去看小儿子了。她高高兴兴地拿着衣服布料，像模像样地来到沙湾坞秋凤家。自那天阿芳来认水生后，秋凤知道阿芳马上就要再来的。谁知道等了一个星期，直到今天才来。前几天晚上，大儿子水坤来商量过，水坤认为这是改变水生命运的好机会，水生聪明能干，有文化，跟亲生母亲回去，落户他家，就是贫农成分，以后会很有前途，而他的亲生父亲已不在，仍旧可以姓羊；他的那个哥哥仇林吉也不是与亲生父亲同姓，而是跟阿标姓仇；也可以不改口，把那长婆娘叫"亲娘"，叫起来是干娘，写起来像亲生母亲，场面上、道理上都通得过。水珍认为这个办法还可以，今后还可以用什么名义仍旧回家来。秋凤听了不置可否，这里去巴沙埠有那么几里路，不像水坤，就在家门口，三天两头回家来，她一天没看见水生，心里就空落落的；再说那个阿标，是个不太好相处的人，讲起话来阴阳搭界，似真似假，做起事来，口不从心，水生去他家，定要吃不少的亏。若为水生今后出路着想，去他家改了成分，今后就不会永远抬不起头，不会受那么多无缘无故的气了。可是水生却坚决地说：

"妈是我唯一的母亲，我把别人叫过亲娘、乳娘、干娘、亲爷、大爷、干爹，但称得上做我母亲的人只有妈，称得上做我父亲的人只有爸。我永远不会改变是羊家的子孙后代，我在奶奶坟前也这样说过。"然后又跪到了秋凤跟前说，"妈，水生母亲只有妈！"全家人闻声落泪。

秋凤说："水生是羊家的贤孝子孙。水坤也是不改羊姓。"

水珍说："我也不改羊姓，羊有跪乳之恩，羊字善的头，我们是善良孝顺的羊家人。"

水坤自然地接上一句："所以改变成分不改姓，水生还是考虑去她家好。"

听子女议论未决，秋凤拿捏不定，想起婆婆生前一句信佛的话："凡事随缘，百事无怨。"今天，阿芳送来衣料布，她收下了。阿芳说，要同水生讲讲话，秋凤说等水生收工回家再说。

乘阿芳在家等水生，秋凤带阿芳到家里各处走走。

阿芳不停地称赞："你们家房子真大，家具农具这么齐全，水生这孩子真有福气。"

不久水生收工回家，秋凤把他叫到堂前说："水生，你亲娘给你买来两套衣服的新布料。喏，你看看喜欢不？"

水生看了一眼阿芳，低下了头。

"坐这里来，你亲娘要和你说说话。"

秋凤移条凳子到阿芳身边，叫水生坐下。水生坐下后，屁股挪动着凳子转了个方向，脸朝天井。

"水生，你的命真好。有福气住在这么好的房子里，遇到这么好的爸妈兄妹，我真的为你高兴。你到我家去玩玩好吗？"

水生摇摇头不响。秋凤插话说："水生，亲娘在问你，你讲话呀！"

水生只抿着嘴笑笑却不开口。

"水生今年二十五岁了吧？"

水生点了点头，低声说："是！""

水生陪我出去走走好吗？"水生仍然摇摇头不响。

"那我回家了，下次再来看你。"

阿芳站起身，秋凤不好意思地说："这孩子平时也不大喜欢说话。"然后对水生说，"亲娘要回家了，她送你那么好的衣料，你不说声谢谢？"

水生对着阿芳微笑着从牙缝里挤出两个字："谢谢！"

阿芳高兴地说："不谢不谢，过几天再来看你。"

秋凤陪阿芳走到门口，目送阿芳走到田畈机耕道上。

从此，阿芳今天给水生买来了一双解放鞋，明天又拿来了两个西瓜，不是送用的就是送吃的，三天两头到沙湾坞来看水生。渐渐地水生跟她亲近起来，从开始不讲话到一见面就"水生""亲娘"相互叫唤，谈起话来，水生口叫"亲娘"就像叫双河口亲爷昌高一样顺畅。阿芳到沙湾才十多年，当地习惯叫亲娘就是干娘，她却以为是"亲生娘"，所以也不想水生叫她一声"妈"。

经常往来，能见见面，谈谈天，她就满心欢喜了。

十二　兄弟并家人丁旺

自阿芳认了水生后，阿标一直害怕阿芳与秋凤往来，会让阿芳知道自己的往日丑事，想找机会拆散她们。加深仇林吉与水生之间的矛盾，是离间两个女人关系的好办法。

七月底，阿标借着大队派水生和知识青年丁嫣写标语的机会，通过涂改标语陷害水生，谁知被丁嫣识破，派出所通过细查细访，很快就查出是阿标干的。阿标搬起石头砸自己的脚，被派出所拘留了十五天。水生和丁嫣则是患难之交结鸾俦，在农历十二月登记结婚了。

"妈，妈！快开门，快开门！"是水坤在叫门。

"来了，来了！"

秋凤一骨碌从床上起来，边答应边穿好衣服。

打开门，水坤进来把背上五岁的女儿放下。

"妈，不好了，我家房子被雪压倒了，乳娘伤得很厉害，阿贞现在在看着，我把琼琼放这里，赶快回去想办法，把乳娘送医院去。"

"哥，我去帮你！"

水生听到水坤的叫喊声也很快起床。兄弟俩冒着大雪，直奔水坤家。

秋凤揽着孙女望着天井里纷纷扬扬的雪花，脸上被寒风吹得像刀割一样。天还没大亮，她赶快和孙女睡到被窝里去。睡在床上，秋凤脑海里翻腾不息：老辈人说闰八月的年庚不大好，难道是真的？年前，过了冬至，天气一直反常。江南难得下雪，可今年立春过了半个来月了，还下这么大的雪。冬雪下得多是好的，可下春雪对农业生产是没有好处的，水坤家房子本是旧泥墙，是容易被雪压倒的。房子倒就倒了，干脆回家来住，家里房子这么大，那么多房间空着。只是他的乳娘被压伤了，天保佑她没事就好。

孙女睡着了，天也大亮了，秋凤起来烧早饭。媳妇丁嫣正月初一早上生了一个又白又胖的小孙子，还在月子里，她先烧了一碗鸡蛋桂圆汤送到媳妇房里去。丁嫣刚喂好奶，见婆婆进来，立即爬起来：

"妈，你这么早就烧好了。我在床上，好像听见大哥叫喊，水生就起床出去了，发生了什么事情？"

秋凤就把水坤家房子被雪压倒，乳娘受伤的事说给媳妇听，丁嫣听了心里十分难过。

"快凉了，你先吃吧！"

秋凤把桂圆蛋汤捧到媳妇手上，丁嫣吃了一口说：

"妈，我们家房子这么大，我看叫大哥一家回来住吧！两家并起来才八九个人，大家住一起，家里热闹一点多好！"

"是的，我也这么想。"

这时水珍推门进房来。自从丁嫣生下儿子后，水珍每天早上都要来看一会儿，她说这孩子太像水生哥了，她越看越欢喜，一天没见心里就像有一件事没做完。听说水坤家里遭了雪灾，也很痛心，她说吃了早饭也到水坤家去，总帮得上些忙的。

正在吃早饭时，水生回家了。

秋凤急忙问："乳娘怎么样了？"

水生哭着说："没用了！"

"啊？"

秋凤、水珍放下饭碗，眼泪止不住往下流。水生吃过早饭，用钢精锅盛了饭和菜拿去给水坤夫妻俩吃，水珍也跟水生一起去。

水坤那年入户乳娘家后，乳娘与丈夫阿义及女儿阿贞一家三人非常高兴，他们把水坤看作家里的顶梁柱。有了水坤、阿贞和阿义三个人在生产队挣工分，他家近年来的生活逐步改善，想再过几年积点钱，把家里泥墙茅屋拆掉改建成砖瓦房，谁知人算不如天算，阿贞生下女儿不到半年，父亲阿义在自留地上收苞萝，不小心跌下山崖，头部受重伤，双腿骨折，四处求医用完了家里多年来的积蓄，最后还是撒手西去。水坤夫妇扶老携幼度过了那段艰难的日子，还未到考虑修建房屋的时候，乳娘竟命绝于雪压房塌的悲剧之中，怎能不让人叹惋悲切！

天上乌云渐退，雪渐渐小了。水生和水珍走到水坤家，水珍捧出饭菜叫哥哥嫂嫂吃，水坤只吃了几口，阿贞一点儿吃不下。水生和水珍帮水坤扒掉屋顶上的积雪，用木头把倾倒的顶棚撑起来，用木板把泥墙倒塌的缺口拦起来，把没有压坏的家具收拾好，把压坏了的东西搬到屋后菜园地里，再把屋子里打扫干净。中午边，四个"行总"来了，他们把水坤乳娘尸体安放在一个不透风较暖和的角落里。水珍帮阿贞烧好了中饭。"行总"们说今年闰八月，没有人祸必有天灾。有人说最近要下一个星期的雪，现在天空开"雪眼"，在准备下后一场雪，所以要抓紧在开"雪眼"的时候，把要做的事做好。水坤乳娘夫妻是外地逃难来到这里的，除了水坤家没有什么亲戚，报信也不用报了。这么冷的天，做功德、制灵屋就省省了，所以就不用道士。出殡、送葬、入墓等这些事"行总"们都很熟悉的，坟墓是安在阿贞父亲旁边，早就做好了的。关于出殡时辰就随天气情况决定，"拣日不如撞日"，水坤、阿贞都同意"行总"们的意见。

下午，天气放晴，太阳在云缝里穿行。"行总"们和帮忙的人来到坟地，铲除积雪，打开墓穴，挑好砖头，拌好泥浆，把一切准备工作做好。水坤到沙岩脚请来三个木匠，用家里一些旧木板和木料做了一副简易的棺材，再用红油漆涂了一遍。

水坤问一位"行总"："这个棺材可将就着用吗？"

这位"行总"说："怎么讲'将就'，已经是很好了，阿贞妈还算是福气好的。现在有多少人死后能睡棺材？国家要实行火葬了，有些地方实行得早的，死了人不能用棺材造坟墓土葬，一律火葬。有些偷偷摸摸搞土葬，查到了要处罚，我们这儿恐怕也要马上实行了。"

吃过晚饭，"行总"们把新做的棺材抬到对向大门的后墙脚，然后给死者沐浴更衣、落棺入殓。再在棺材前摆上桌子放几件供品，插上香烛，布置成一个灵堂。

晚上，水坤、水生、阿贞三人坐守在灵堂到天亮。

第二天早上，也是个不刮风不下雪的好天气。"行总"们和帮忙的人一早就来了。阿贞在水珍的帮助下，烧了些"老人饭"，准备给送殡的人吃。虽然没有报信，没有做功德，本村坊里也有许多人知道阿贞妈去世了。只是因为下雪后有积雪，很多人没有雨鞋，或怕冷不来送殡，可也有二十来个人，跟在灵柩后面。秋凤家里水生、水珍、丁嫣都来了。丁嫣生了孩子还未满月，秋凤叫她不要去。

丁嫣说："大嫂的妈妈是我们的至亲，我儿子叫她外婆的，儿子太小，稍微大点，我都会抱他一起去的。天气冷我不怕，多穿点就没事了。"

秋凤见她有这一点心愿，就不再劝阻她了。

坟地在度北山上。灵柩要经过沙湾坞村前的大路，路边的人家都在自己家门口烧起一堆火。老辈人传下来说，烧堆火是送死者去阴间路上一路平安，同时也为各家各户避灾祛邪。送殡队伍跟着灵柩，走在最前面的是水坤、阿贞、女儿琼琼，而后是水生、水珍、丁嫣，再后面是村里人。由于没有道士敲锣打鼓念经，哭灵的人又少，只有阿贞一人从头哭到脚，所以送殡场面比较冷清。

正因为场面不热闹，哭殡人少，阿贞啼哭的声音特别清楚，哭的句子就能听得明白了。当地有句古话：花钱听算命，不如听哭殡。意为瞎子算命，唱的都是一些模棱两可的活络话，没有一句是可信的。而哭殡人哭喊的句子都是出自内心的真情话，能打动听者的心灵。出殡队伍经过村前大路时，大家都站在家门口听。阿贞平时嘻嘻哈哈，像个没心没肺的人，可她脑子灵，肚子里还是有货的。在冷清的出殡队伍中，阿贞以响亮的喉咙哭喊，哭殡词让路边的人听了无不为之动容。

人们目送逝者上山。

按照秋凤的安排，水坤一家要搬回家住，水坤、阿贞先把他们和女儿穿的衣服以及灶头上用的锅碗瓢盆搬过去，那些笨重的农具和橱柜缸瓮之类的东西，水生帮他们抬到一间还未被压坏的房间里堆着。这些东西一下不会坏，也没有人会来偷，放在这里，以后用得着时再回来拿。第二天早上，水坤、水生起床后就把被子铺盖卷好，全部带走回到家里来。秋凤已经烧好了早饭。

吃早饭时，秋凤想到了一个问题，她对大家说：

"水坤一家三口，以后就和我们住在一起了，合起来正好八口人，坐满一张八仙桌，我们家又兴旺起来了。有个问题，我考虑了很久。水坤到乳娘家去落户已改成贫农成分，所以在我们内部，全家人一起住、一起吃，可对外还是两户人家。为了不让别人说闲话，我想把柴火间整理一下，把靠我们灶屋下的柴火和杂物堆到关猪的那间去，把这里粉刷一下，砌一个锅灶，作为水坤家的厨房。楼上有两大一小三个房间，从前在我们家做长工的人住过，把这些房间打扫干净，把床铺家具摆进去，水坤一家就住那里。至于生活上，现在都是靠做工分吃饭，生产队里记账分红还是按原来一样不变。这样别人就不会知道我们合为一家了。"

"妈这个主意我也想过，"水生说，"只是哥哥嫂嫂你们不要以为这是分家分房子，柴火间分给你们，主楼房分给我们。我们兄弟什么都没分开，不是分家。老祖宗留给我们的房屋，年数久很破旧了，今后有了钱，我们拆掉重新建一座新式洋房起来。"

秋凤着急地插话："水生说得对，不是分家，水坤想睡这边楼上也是可以的，只是柴火房楼上要摆出个样子而已。"

水坤同意母亲意见，阿贞高兴地说："我出世住茅棚起一直到昨天晚上，现在能住进楼房，我睡梦里都要笑起来。"

"好，就按妈的决定办。"儿子儿媳异口同声。

秋凤自嫁到羊家起，家里都没有达到八个人一桌吃饭，看着这一大家子人丁，心中很高兴。如今，两个儿子两房儿媳妇齐全，孙子孙女也有了，她手上要办的大事只剩下水珍还没有嫁出去。婆婆在世时，曾经当着永耕、秋凤的面讲过，水生、水珍从小一起长大，是天生一对，一定要让他们配成夫妻。秋凤也这样想过，水生、水珍虽兄妹相称，可水生是水中救起来的，两个人不同父母，毫无血缘关系，水生、水珍结合一起是天赐良缘。他俩随着年龄增长，渐渐感悟到大人想他们终生结伴的意愿，相互之间更加友爱，眉眼间能看出对方的情意，话语里能听出对方的心声。两人干活办事、出行来往，心口如一，毫无猜忌，秋凤看在眼里，乐在心头，心想只要年龄一到，时机成熟就可让他们同房成婚。自丁嫣来到沙湾大队插队后，与水生相识相知，尤其是丁嫣像古代女豪杰，讲大义、伸正气，见水生受欺侮便为他抱不平挺身相助，丁嫣真是水生的救命恩人。后来，这个美丽高贵的"上海小姐"竟会下嫁水生，秋凤连做梦也想象不到，真是缘分啊！女儿水珍只有另选佳偶了。

水珍见水生受苦，只能恨不得自己去代替，而没有能力去拯救他。那天见丁嫣那样正气凛然地为水生争辩，终于保护了水生，她当时真想跪到丁嫣面前叩头谢恩。不久水生、丁嫣相爱，水珍想水生对来自救命恩人的爱是无法拒绝的。至于自己，自古就有"有缘千里能相会，无缘对面不相逢"，这话像是针对她和水生哥、丁嫣三人说的，一切随缘吧。丁嫣嫁进门来以后，水珍十分敬佩嫂子，喜欢嫂子。丁嫣漂亮聪明、待人和气、善解人意，水珍对她十分亲近。水珍虽没读几年书，没有多少文化，却很爱看故事书、连环画，丁嫣知道后，便经常跟水珍讲古代的、现代的、外国的各种各样的故事，水珍听得入迷，常常忘掉手中要做的事，她对丁嫣佩服得五体投地。有一次，水珍和丁嫣在菜园地里拔草，丁嫣向水珍讲《静静的顿河》中葛利高里和阿克西妮亚的爱情故事，讲他们为了自己的幸福怎样努力奋斗，如何尽情享受生活，水珍听着听着错把菜苗拔掉，把草留下，逗得两人哈哈大笑。丁嫣怀孕后，水珍更是高兴万分，看见嫂子肚子一天一天大起来，她总忍不住欣喜。

她对丁嫣说："要做妈妈了，想想看给孩子取一个什么名字好？"

丁嫣问她水坤女儿叫什么？水珍说叫羊琼。

丁嫣说："叔伯兄弟姐妹，取名字应有共同的特点，所以不管生男生女，取一个单名，写起来简单，叫起来再重叠一下，好听。这个字要王字偏旁的，与玉石意义相关，既珍贵，又蕴涵人生意义。"

水珍听了心想毕竟是有文化的人，取个名字竟能讲出这么多道理来。今年正月初一，孩子生下来了，是个儿子，水珍每天都要去看一次，就像自己生的那样喜欢。

她笑着对丁嫣说："嫂子真本事，挑选了这么一个好日子生儿子，有什么技术吗？"丁嫣只笑笑。

"三朝"日，丁嫣给孩子取名"羊琳"，全家都说这个名字好！水珍把名字的意义说了一下。水生讲她脑子真会想，水珍说："嫂子教我的。"

秋凤见水珍与丁嫣姑嫂之间如此友好亲热，心里喜不自胜。其实她对这个上海大城市来的儿媳妇又何尝不是疼爱有加呢？丁嫣初到羊家时，虽然下农村来已有好几年时间，但大队里常安排她出黑板报、写通信报道、写标语、查账目等等杂事，真正下地干农活的日子很少。一次生产队给小麦田施栏粪肥，男劳力挑栏粪到田，女劳力负责摊栏粪。丁嫣见栏粪又脏又臭，问一个女社员摊栏粪有手套吗，女社员说没有手套，戴上手套干不好活。丁嫣只好跟着农村姑娘抓起栏粪摊在麦田里。收工时，大家在溪坑里洗手，丁嫣学那些姑娘的样，抓起一把沙子在手上又搓又擦，洗了老半天，把手放到鼻子边一闻，还是一股猪粪臭，别人洗好早走了，她还洗了半天还是臭的。

"迭个莫斯，老臭！"她轻声自言自语。

见一女社员在吃甘蔗，就问她是怎么洗干净的，那个女社员把手伸到丁嫣鼻子下，

"哇！"

丁嫣一下子叫了起来，心想乡下人真不讲卫生，这么脏的手竟会拿东西吃。晚上回家，她用香皂洗了好几遍才好了一点。

秋凤知道丁嫣没干过农活，只要大队没安排她去做杂事，都叫她不要出工，在家里做家务。一天上午，秋凤带她到自家菜园地里去挖芋艿。秋凤挖了两蓬芋头，丁嫣马上把芋艿一个个扒下来，拿到水里去洗，洗了几下，马上喊起来：

"迭个莫斯有毒，手上老痒！"

秋凤连忙说："你不要去洗，芋艿是发痒的！"

见丁嫣双手发红，秋凤自责地说："都怪我没同你讲清楚，不过不要紧，过一下就不痒了。没有毒的，有的人不犯痒，有的人厉害些。以后当心，把芋艿连泥土放在畚箕里，拿回去，等泥土和芋头干了，再用刀刮芋皮，就不会痒了。"

过了一会儿，不痒了，丁嫣说："这里面蛮有学问的。"

秋凤说："以后见得多了，就会知道的。"

可是，有些事，秋凤要向她请教。水生、丁嫣结婚时，夫妻俩到上海丁嫣父母坟上祭拜，回家时带来了一些海鲜和藕粉等食品。秋凤见那海蜇头又厚又嫩，心想这东西肯定好吃，中午烧点吃吃看，便从水里捞出一块洗洗干净，切成小块，放进油锅里去炒，可是炒了好久，没有熟，又用水煮了一会，只见那肉越来越小，夹块尝一下，还是咬不动，只好铲起来盛到碗里。中午，大家回来吃饭了，水生夹起一咬，又咸又硬：

"妈，这是什么东西？"

"这是你们从上海带回来的菜。"秋凤说着，把没有烧的一些海蜇头拿来给水生看。

刚从厨房里洗手过来的丁嫣一看说："妈，这是海蜇头，不好放锅里炒的，只要放清水中浸一天，把它盐分除掉，变淡了，切成丝，就好吃了。"

她从盐水里捞出两块浸到清水里，下午又换了两三次水，晚饭时切成丝，放点酱油、麻油、醋拌一下，捧上桌，大家都说好吃。秋凤惭愧地说乡下人见识少，是要好好学学。又有一次，秋凤问丁嫣藕粉怎么吃，丁嫣说用水泡泡吃。秋凤从瓶子里倒出一汤匙到碗里，再把刚烧好的开水冲进碗里，只见碗里浮起一个个汤圆似的小白球，过一会儿，秋凤舀起一瓢倒进嘴里，全是雪白的藕粉，还是生的。她想起本地的番薯粉和山粉，应该先用凉开水把粉打湿再用开水泡，再试了一次，果然能吃了。晚上秋凤对丁嫣讲起这事，丁嫣说加点白糖冲起来更好吃，然后她给秋凤泡了一碗，秋凤说真好吃。

自从丁嫣生了儿子后，秋凤日夜服侍媳妇，叫她不要到风里去，不要下冷水，不要吃冷的、硬的、生的、太咸的、太辣的东西。每天早上起来，先给她烧一碗桂圆鸡蛋，再用文火炖一碗白米粥，拌红糖给她吃。到了半午前，又给她炖一小碗红枣汤，作为上午点心给她吃。中午，想尽办法轮换着烧些新鲜蔬菜给她当下饭菜，半午后，又要烧一碗荔枝汤之类的当下午点心吃。晚饭与中午一样更换新鲜菜。有时，睡觉前还要烧点夜宵。

丁嫣说："妈，不要烧那么多东西给我吃，我只要同大家一样，三餐粥饭吃饱就好了。吃得太多太好，身体要发胖的。"

"不，生了小孩，身体虚弱，是要补一补。小孩子要吃奶，你是要把两个人的食物吃下去，不然，小孩和你都缺少营养怎么行。"

满月之内，秋凤天天这样提供媳妇的饮食。另外，还精心照料小孩子，给他及时换洗尿布、擦洗身子，一听到哭声就把他抱起来。丁嫣见婆婆如此忙忙碌碌，心里真不好受。

"妈，你这样辛苦照料我和孩子，我心里过意不去。你少做点，你做得越多，我心里越难过，对我身体也有影响的。"

"啊？真的？你怎么会这样想的？"

媳妇的感恩体贴，让秋凤非常感动。

丁嫣"坐月子"满月了，二月初一晚上，全家人在桌上吃满月酒。水珍把出世一个月的小羊琳也抱上桌子，刚好八个人，坐满一桌。水坤看着小宝宝，说：

"真像水生，是个人见人爱的小家伙。"说完递过去一个红包。

丁嫣说："自己人不要这个礼！"

水坤说："我是做大伯的，高兴！"

水珍用筷子头在蛋花汤里蘸了一下，放到孩子嘴边，孩子舔了三四回舌头，把大家逗乐了。

阿贞到婆婆身旁，把嘴巴凑到婆婆耳边，轻声地说：

"妈，我有了。"

"啊？"

"快两个月了！"

"哈哈哈！"秋凤开怀大笑。

饭桌上一片欢笑声。

十三　兄杀弟媳当何罪

自两年前水生写标语遭诬陷事件后，仇林吉像泄了气的皮球——蹦不起来了，他怪阿标不该去做粉刷字迹那样低能的手脚。对于这个阿标，当初随他姓喊他爸时，总以为他曾经是农会干部，对自己的政治生命成长会有所帮助。可是在阻止羊家做道场以及这次写标语等几次关系到个人前途的政治活动中，他都给自己出了馊主意，帮了倒忙。于是，仇林吉心里逐渐萌发了同母亲一起离开阿标的念头。可顾及阿标一贯来关心自己、关爱母亲、待人和气，也还勤劳，心想还是维持原状为好。况且他已年老，以后少听他一些就是，离开的念头逐渐打消。

阿芳那次亲眼看见了兄弟相斗的场面，知道大儿子所为出于"公事公办"，小儿子吃苦受累于家庭出身。幸好半路杀出个丁嫣，化解了一场兄弟相残的危局。后来更产生了喜剧性的结局，丁嫣竟与小儿子结为伉俪，心中暗自窃喜。水生结婚时，她送了礼金。丁嫣生孩子后，她也去了，给刚出世的宝宝递了个大红包。看着秋凤家两个儿子都已经娶了媳妇，有了孙儿孙女，阿芳又欢喜又羡慕，大儿子已经三十岁，至今还没有娶妻成家，这让她日夜操心。她常到羊家看水生，水生对她不再像以前那么冷淡，但两人见面也只是礼节性地讲几句客套话，倒是遇到水珍还有几句共同语言。她喜欢水珍样子好，笑面好，讲话好听，做事文气，就想能不能托人把她介绍给自己做媳妇。

端午节，阿芳提着两包绿豆糕和十多个粽子到水生家，秋凤正给孙子喂奶粉，她待冲好的奶粉凉了以后，将奶瓶嘴试着给孙子吃，孩子刚含住奶嘴就哭了起来。

"这孩子要吃凉的，稍微有点热就不吃！"

"琳琳，亲奶奶抱一下！"

阿芳伸开双手把孩子抱起来，孩子睁开眼一看，"哇啦哇啦"哭得更响了。

"这孩子认生。"秋凤说着把孩子抱了回来。

阿芳尴尬地说："才五个月，就这么老气！"

奶水凉了，一小瓶就很快喝完了。阿芳想再去冲一瓶，秋凤说：

"已经喝了两瓶了，不能再喝了。这孩子胃口蛮好，吃起来不晓得饥饱。"

然后抱在怀里，用手轻轻拍着，哄他睡觉。

家里其他人都出去了，堂前只有秋凤抱着孙子陪着阿芳坐着。

阿芳小心而又艰难地开口说道："水珍妈，很不好意思，我想问一下，你家水珍有人家了吗？"

秋凤说："没有。按说年龄也不小了，一谈起这事，她总是说还不想出门。"

"女大当嫁哟，怎好讲不想出门？"停了一下，阿芳继续说，"现在年轻人，真不知道怎么想的！我家阿林，都三十了，一年到头在大队里忙这忙那，就是不为自己的婚事想想。我常对他说，碰到有好的姑娘，谈谈看，合得来的就定下来，他总是不把我的话当一回事。"

她又停了下来，朝秋凤看着。秋凤看着孙子，脸上没有什么反应。阿芳想提水珍，但估计还没有到火候上。孩子睡着了，秋凤抱着孙子到房间里去，把孩子放进被窝，阿芳也跟进房间，怕把孩子吵醒，不敢开口说话，坐了一会儿，便告辞回去。

吃中饭时，阿芳把去羊家的事告诉仇林吉，仇林吉听了十分欢喜。几次政治活动中的失利，让仇林吉的热情大为降低，定他为大队党支部书记接班人的事已有七八年了，至今还只停留在人们的口头上。老书记唐析森，前些年对他很放手的，好像马上就要把班子交给他了，大队的社员和干部似乎也尊他为书记，有些还叫他仇书记，他自己也答应了。可这几年来，唐书记又负责全面工作了，上面有事都找唐书记商量，干部群众有重要事情都要请示唐书记，自己在干部社员心目中的位置已不那么重要了，当然也听不到有人叫他仇书记了。

"这究竟是怎么回事？"仇林吉不止一次自言自语，"革命革好了？"他用阿Q的语气反问自己，却没有答案。当然他不是阿Q，他是头脑灵活的仇林吉，他也该为自己考虑了。自己都三十岁了，终身大事都没办成，应该是不能再等了。

母亲现在重提水珍，他催母亲抓紧去谈。母亲知道他过去与羊家结怨很深，要去羊家提亲实在有些难开口，便叫仇林吉多到羊家去几次，套套近乎、讲讲好话，以拉近距离，实现从仇人到亲人的转变。

端午节后的半个月内，仇林吉到水珍家去了三四次，开始是以母亲去看孙子的名义，他跟母亲去玩。那天傍晚，阿芳拿了两罐奶粉去，羊家母子见了阿芳后面跟着仇林吉都有点诧异：

"他怎么也来了？"

仇林吉也觉察到大家不欢迎他的到来，但没办法，为了自己的大事，他不得不屈尊，低三下四地向大家赔着笑脸，并且没话找话说，哪怕别人不理他，他也要又笑又说。秋凤正抱着孙子在天井边看水珍洗衣服，他走到她面前看着孩子说：

"这孩子真有样子，额头高，四方脸，真像水生！"

秋凤笑笑，看了他一眼。阿芳在一旁，插了一句："水生比你小好几岁，都做爸爸了。"

他又对水珍说："刚收工就回家洗这么多衣服，真勤劳。"水珍朝他看一下，没说话。

他向厨房走去，丁嫣正在给孩子烧洗澡水，他走到灶台前，用手摸摸锅盖，对丁嫣说：

"快热了，孩子洗澡要烧到几度才好？"

丁嫣白了他一眼："不知道！"

这时水生挑来一担水，他见水缸盖未开，连忙跑过去把缸盖掀开，水生说声"谢谢"，他说："这里挑水很近的吧？"水生没理他，把水桶放好。

水坤、阿贞从菜园里铲草回家，把锄头放到柴火间，仇林吉跟他去，见门边有一个锅灶，问水坤：

"这是你家住的？"

水坤告诉他，乳娘家房子塌了以后就来这里住了。

仇林吉说："家里房子塌了，你怎么没有向大队提出困难补助？你写个申请来，我和大家商量下，给你们一点补贴。"

自水坤落户乳娘家成为贫农成分以后，仇林吉改变了以前的看法，不把他当成反动派家属了，水坤也不再认为仇林吉多么可怕可恨了。今日见他到家里，还以为他是为自己房子塌了申请困难补助来的。仇林吉还跟水坤到楼上看了房间，两人聊了很久，直到阿芳喊他回家才下楼。

后来仇林吉又随母亲去了两次，渐渐地，与水坤兄妹及秋凤婆媳们的关系亲近了起来。可是阿芳还是没有提出儿子要向水珍求婚的事，她觉得先多走动几次，让水珍、秋凤等一家人领会阿芳母子的用意，观察他们的态度，再去提亲，那样成功的把握会大一些。

阿芳从前在老家常为年轻人说媒，是十里八乡有名的媒婆。她给别人说成了无数对夫妻，现在要给自己儿子说媒，儿子曾是女方家的仇人，要让仇家女儿变成儿子的妻子，困难可想而知。虽然正式提亲之前已经做了充分准备，可要成功还是没有多大把握，她还要做一些试探。

秋凤是长辈，总想为女儿选择一个最理想的女婿，同时婆家生活水平要在平均线以上，不过她性格随和，只要女儿同意她不会反对。水生虽非秋凤亲生，却是全家的主心骨，他很关心妹妹的婚事，水珍也往往会听他的。不过水生毕竟是仇林吉的亲兄弟，过去虽有仇恨，可近期渐渐消除，估计他在终身大事这样的重大问题上不会不顾及同胞手足之情。水珍乐观开朗，成天笑口常开，看似没有心肝肺，心中却很有主见。与一般姑娘找对象不一样的是，除了看对方的容貌外还特别注重对方的气质人品，她最看不起的是出口就打官腔唱高调，把别人低看三分的人，仇林吉以前就有这个特点。最近接触，仇林吉有意识地放低身段，水珍的厌恶感稍有减退，但要她同意嫁仇林吉难度不小。水坤是水珍的大哥，他胆子小，人老实，自从改变家庭成分以后，同仇林吉关系很好，是仇林吉可以借助的力量。还有水生的妻子丁嫣，刚来沙湾大队，对仇林吉的印象就不太好，认为他为人不正派，她肯定会叫水珍不要嫁仇林吉的。

还有一点，阿芳母子也觉察到了，阿标从前在羊家做过长工，与羊家有些芥蒂。他当过农会干部，对羊家做过一些恶事，生怕阿芳知道，总是阻止阿芳同羊家往来，反对和羊家攀亲。所以阿芳母子到羊家去，都尽量避开阿标。所以，阿芳母子要向水珍提亲，事先都不能让他知道。

农历六月廿八，是水生出生的日子。阿芳买了一些糕饼、素面和一块布料去给水生做生日，仇林吉没有同去。中午，秋凤留了阿芳在家吃饭，饭后趁全家都在时，阿芳把仇林吉想娶水珍的事小心地提了出来，她说：

"一家养女百家求，是自古传下来的规矩；男大当婚，女大当嫁，是人生的必然规律。水珍和阿林都已超出国家婚姻法规定的年龄，水珍是百里挑一的好姑娘，不知道我家阿林同她是不是有姻缘。我今天借给水生做生日的机会跟大家说一下，你们全家人都在这里，我回家后，你们随时都好商量。过两天，我再来讨个准信，然后再选择日子定亲。"

听完阿芳的话，水珍低着头快步走进自己的房间关上房门，丁嫂抱着孩子也回房去，口里还大声念道：

"快走！快走！赶快走！"

阿芳听得出，这话是对自己说的，便知趣地站起来与秋凤告别。

第三天，阿芳如约而至。秋凤告诉她，水珍说的，要等过了七月初七，再作决定。原来，水珍小时候听奶奶说过，七月初七是女孩子的节日。姑娘长大了，想找婆家，要想知道自己跟什么人有缘分，可以在七月初七的夜里，在南瓜棚下，摆一张方凳，凳上摆一碗清水，点三炷香，轻轻地许个愿，把香插在凳子旁边，然后自己蹲在瓜棚下，从南瓜叶子的缝隙间看着天上的牛郎织女星。如果一个时辰内，没有看到这块范围的天空里有流星飞过，那男女之间有缘分，可与心中许愿过的人成婚配；如有流星飞过，就没有缘分，不能成婚。阿芳夸水珍真孝顺，听奶奶的话，便与秋凤约定，初八再过来商量。

为庆祝"八一"建军节，省军区歌舞团定于八月二日晚上在金滩镇影剧院演出，票子按单位分配，沙湾大队分到十张。七月三十日，仇林吉到影剧院领来票子后，想同水珍一起去看，挑了两张座位最好的票子，吃过午饭，给水珍送去。

近几天，全大队男女老少正全力以赴为实现"双抢不过立秋关"，投入割稻插秧劳动。沙湾大队田畈里，到处是热火朝天的劳动场面，仇林吉一路上不断遇到来来往往挑谷子、挑秧苗的人，不时同路边田中割稻插秧的人打招呼。来到水珍家门口，见大门虚掩着，他朝屋里轻轻叫了两声"水珍妈"，无人答应。他慢慢推开门，走进屋子，又轻轻喊了两声，还是没有答应声。他从外堂前，轻轻地走进里堂前，又压低喉咙叫了两声，还是没有人。堂前很阴凉，他索性在天井边矮凳上坐下来乘凉歇息。

坐了一会儿，身上的汗干了。他站起来，似乎听到有声音，他走到搭厢房门口，从门缝里看，看见床上躺着一个人，他屏声息气，轻轻地用一个手指头把房门向前一推，"啊！是丁嫂！""双抢"期间，水坤、水生、水珍、阿贞四人天天下田割稻子，丁嫂田地活不会干，生产队安排她晒稻谷。这几天，稻谷收得多，晒谷任务也很重，午饭后，她在晒场上翻耙谷子连续干了一个多小时，感觉很疲倦，回来躺上床就睡着了。仇林吉看她上身穿着汗背心，两臂膀袒露着，胸前露出半个乳房，下身只穿着一条短裤，一双大腿微微弯曲，全身肌肤白里透红，嫩得手指一弹就破，他的心顿时"扑通扑通"剧烈地跳了起来，连忙将房门关成原来那样留一条缝。

他回到堂前，想故意很大声地咳嗽几声把她吵醒，又怕她醒来后只见他一个人会说他另有图谋，于是便轻轻地走到外堂前，到了大门边，朝门外看看，太阳似火，房前屋后无人走动，四周寂静无声。他把大门关紧一些，心仍在剧烈地跳动，眼睛里被丁嫣那雪白匀称的裸体占据着，怎么也抹不去，便双脚不由自主地又走回到搭厢房门前，轻轻推开门朝床上看，看着看着心跳加快，脸上热了起来，他右手伸过去慢慢将丁嫣短裤往下拉，顿时全身欲火焚烧，兽性大发，手脚失去了控制，像一头恶狼张牙舞爪地扑向羔羊。

丁嫣受袭睁眼一看，身子一扭，想用双手去推开，无奈被重重地压住，便使出全身力气，将凑近嘴边的嘴唇一口咬住，死死不放，仇林吉痛得叫不出声。丁嫣再用全身力气拼命一咬，仇林吉人中下面的上唇被咬下一块肉来，鲜血像雨天屋檐水滴似的往下滴，他忍痛爬起身，双手包住嘴朝屋后山脚下跑，沿着小路逃回家。

丁嫣坐在床上，抱住头发疯似的痛哭。突然间，她止住哭声，穿好衣服，洗了脸，梳好了头，从抽屉里拿起笔摊开纸，把仇林吉强暴自己的事写成诉状，并用纸把仇林吉被咬下来的上唇包好，和诉状一起放在一个信封里，再把信封放在抽屉里；又把要对水生说的话写成纸条放在桌子上，然后到柴火间里倒出一浅碗农药水，毫不犹豫地喝了下去，走回到堂前天井边，一会儿工夫便倒在地上。

秋凤抱在怀里的孙子琳琳睡着了，想把他放到床铺上去睡。她下午抱着孙子和一班人在生产队仓库里，听电台里广播唐山大地震的新闻，许多人听得流下眼泪。她走到大门前，怕把怀中孙子吵醒，轻手轻脚地打开门，走到外堂前，一股浓重的农药味儿刺进鼻子，走到里堂前一看，媳妇丁嫣躺在地上，口吐白沫，顿时两眼昏暗，一阵眩晕，因怀抱孙子强撑着未跌倒。她跌跌撞撞将孙子抱到床上，迅速到堂前扶丁嫣，却怎么也拉不起来，就赶快叫邻舍一个十来岁的孩子去把水生、水坤叫回来，水生到家先把丁嫣抱起来，呼天抢地地哭着，水坤装好双轮车，兄弟俩立即把丁嫣拉到公社卫生院。医生一检查说晚了，抢救不回来了。水生跪下来求医生再想想办法：

"她不能死，只要把她救起来，我倾家荡产都无所谓。"

许多医生围过来，又是灌肠，又是按压肚子，打了最贵的针，喂了最好的药，折腾到天黑，还是没有把丁嫣抢救回来，兄弟俩只得把她拉回家来。

水珍、阿贞收工回家，听母亲一讲，两人就急忙往医院赶去。半路里遇水生、水坤拉着丁嫣，大家一起号啕大哭起来。秋凤烧好了晚饭，却见拉回的丁嫣冰冷的尸体，忍不住大声哭喊：

"我的好儿媳妇啊，你究竟为了什么事要吃药水呀？有家有儿子，怎么能走这条路！"

水生走到搭厢房，看到了丁嫣写给他的字条，拉开抽屉，拆开信封，看完诉状，满腔的悲痛顿时被一腔愤怒所代替。他把丁嫣写的一切告诉全家人后，人人都愤恨得咬牙切齿。

"去！马上到公安局去！不能让这只恶狼逃走！"

怒不可遏的水生，把丁嫣给他的诉状和罪证包好，叫水坤陪他立即赶往公安局。这时小孙子羊琳醒了，大哭起来，水珍见母亲抱起孩子哭得快撑不住了，便双手把孩子抱了过来，孩子哭声立即就止住了。

水珍哭着对孩子说："琳琳，你知道吗？你还没有叫一声妈，她却被别人害死了，你的命，怎么这样苦啊！"

阿贞手里拉着女儿琼琼，哭得特别响，琼琼知道婶娘死了，也非常悲伤，她不敢看婶娘尸身，只低着头跟在母亲身后不停地哭。左邻右舍听羊家有哭声，都赶过来，看见堂前丁嫣的尸体，心软的人也哭了起来。水生、水坤回家来了，水坤把丁嫣被仇林吉所害、他们已向公安局报案的事向邻居们讲了一遍，大家都十分气愤。钊根劝秋凤别伤心，要保重身体，一家大小还要过日子，要带领儿孙们坚强起来，坏人一定会有恶报的。秋凤揩干了眼泪，其他人也渐渐止住了哭泣。大家都在愤怒地骂着仇林吉，一时间，羊家屋里一片怒骂声。

"呜啦，呜啦！"一辆警车开到巴沙埠阿标家门口停了下来，车上走下四个民警。

"这是仇林吉家吗？"

正在吃晚饭的阿标、阿芳立即站了起来，

"我是他妈！"阿芳放下手中碗筷说。

"仇林吉犯了命案，这是拘留证，他人在哪儿？"

仇林吉在房间里听到警察说话声，从床上爬起来。

他不知道丁嫣死了，没想到后果这么严重，所以逃回家，用毛巾捂住嘴一直没起来。现在听说犯了命案，心里吃了一惊："难道她自杀了？"他迅速走出房间，双手包着嘴上的毛巾。

警察走到他身边问："你就是仇林吉？"

他点了点头。

"在拘留证上签个字！"

他左手按着脸上毛巾，右手写下了自己的名字。

另一名警察把他包在嘴上的毛巾拿下来一看说："这块肉是你嘴上掉下来的。"

民警抬起手，把一个纸包送到他眼前。仇林吉鼻子下面一片血红，是一张合不拢的血盆大口。他没说话，只流着眼泪。另两位民警拿出手铐铐住仇林吉双手，把他带上警车。村里人听到警车响时就集中到阿标家门口了，沙湾坞也有好多年轻人跑步赶过来看，他们对围观的巴沙埠人说，水生老婆丁嬷被仇林吉害死了，大家都很气愤。警察押着仇林吉从家里出来上车，人们"轰"的一声围过来，见仇林吉张开血盆大口，十分吓人，有人以为是被警察打的。

"打得好，不打这样的人打谁！"

知情的沙湾坞人说："不是警察打的，是丁嬷把他的嘴唇咬下来了！"

众人异口同声地称赞："咬得好！咬得好！"

阿芳和阿标晚饭没吃完，两人战战兢兢地看儿子双手包着嘴从房间里走出来签了名，警察掀开他脸上的毛巾，一张血盆大口吓得阿芳昏了过去，靠在了阿标身上。下午，阿芳从溪坑里洗好衣服回家来，见儿子睡在床上，放下帐子，以为他病了。阿芳问他哪里不舒服，是不是天气太热，在太阳下时间长，闭到痧了。仇林吉双手捂住嘴巴上的毛巾，痛得要命，一句也没有回应母亲，当然他也不会说话。阿芳想，兴许儿子累了，让他睡一睡就好。烧好晚饭叫儿子来吃，仍然叫不应，没起来。阿芳只有同阿标先吃了。谁知吃了一半，竟然……是这样的事！

"啊呀呀，我那早死的阿林爸，"阿芳哭给前夫——仇林吉的亲生父亲听，他早在二十多年前被洪水冲走，"你的儿子犯法被抓走了！我以后靠谁啊？你的在天之灵，保佑他平安无事，早日回家来吧！"

阿标听她哭前夫，心里很不是滋味。

"不要哭，光哭有屁用！"阿标一口不高兴的口气，"这事怪不得别人，怪来怪去只怪他自己。"

阿芳渐渐止住了哭声，心里反复在想：这儿子怎么会这样？他父亲是个很正派的人，她和他做了五六年夫妻，从没有听说过他做过让人指着脊梁骨骂的事。想不到如今儿子竟做出如此缺德丑事。

"怎么儿子会不像父亲呢？"阿芳轻声地自言自语。

阿标没好气地说："父亲父亲，他父亲有多好呀？"

阿芳听阿标贬抑前夫，心中非常气愤。他知道阿标从前在秋凤面前有过一些举止轻佻的表现，就脱口骂道：

"你好？帮人家做做长工就想占人家便宜，结果连饭碗都出脱。"

阿标听阿芳揭自己的旧疮疤，心里更加恼火，也死不认输地说："你有多少光彩？嫁了一个又换了一个，算你嫁的老公多是吗？"

"你还比我少！"

阿芳正拿着茶杯喝茶，想把茶杯连水都摔过去，却舍不得一只茶杯，举手之间倒了自己一身茶水。

阿标看了心中好笑，便让一步说："好了好了！我们都这把年纪了。以后无儿无女的，我们相依为命，好好过日子吧。"

阿芳也不想再吵下去，便不再回嘴。从此以后，两人都在冷一句热一句、你一枪我一箭的争吵中度过春夏秋冬。

在秋凤主持下，羊家按上代长辈规格安葬媳妇丁嫣。水坤请来木匠做棺材，水生请风水先生在度北山羊家祖先墓葬群间选好了坟茔，再叫"行总"和村里人帮忙做好了坟墓，还请道士先生制作了灵屋。羊家料理年轻媳妇后事的庄重行为被村坊上百姓所称道。

在举办丧事的日子里，人们议论最多的话题是仇林吉会得到怎样的惩罚。

"一命抵一命，应该枪毙他，这样的恶人不杀不足以平民愤。"

"仇林吉只是犯了强奸罪，女方是自己喝农药死的，不可能会判处死刑。"

"罪犯强暴是导致女方自杀的直接原因，仇林吉与杀人犯没什么区别，不判死刑，起码要判无期徒刑。"

"仇林吉和水生是同父母生的亲兄弟，这是一桩亲兄长害死弟媳妇的案子，要是包文拯来审，肯定是用虎头铡斩首。"

"行总"阿福说到最后一句，还用手做了个按铡刀的动作。

兄长害死弟媳妇，该如何处置，公安部门将根据案情的实际情况做出公正的判决。

十四　兄妹完婚如祖愿

重阳节第二天的傍晚，水生收工回家，看见堂前桌上压着一张字条：

> 妈、哥，我心里好苦，想离家出去几天，你们不要去找我，到时候，我会自己回来的。水珍，九月初十。

"啊？！"水生立即大声喊，"妈，妈！"

秋凤正在房间里哄孙子睡觉，赶忙走出房来。

"轻点声，琳琳正要睡觉。"

水生把字条递给母亲，秋凤一看，不禁悲从中来：

"她怎么会这样傻呢？"

原来是前天上午，公安局传来消息，仇林吉是因为给水珍送戏票才去的他们家。水珍听了非常愤怒和悔恨，当初阿芳来提亲时，自己明明是不愿意的，可没有当场拒绝，却想要过了"七巧"日在瓜棚下问过天公才决定，这给了那只恶狼可乘之机，来送戏票，害死了丁嫣。

"我对不起哥哥，对不起这个家。"

这两天，她因此负疚自责，成天忧悒恍惚。家里刚煮熟的重阳粽子，本是她最爱吃的，也不想尝一尝。秋凤已经发现女儿这两天有些不正常，但没想到竟会离家出走。

水坤、阿贞回来听说水珍离家出走，心里也十分难过。

"都是那个挨千刀的仇林吉害的，公安局把他枪毙了就好！"阿贞说完，突然想起什么，"她会不会到五凤山上去？去年丁嫣刚嫁到我们家来时，我和水珍一起在田里铲草，大家谈起五凤山，都说又热闹起来了，她当时就说想去看一看。"

五凤山在隔壁县，离沙湾村五十多里，山上有个尼姑庵，一直以来，收留了一些年轻女子，她们因婚姻、家庭等问题，一时想不开而进庵吃斋念经，通过一段日子息心静思，想通了以后便又回家。

水生说："大嫂的话有道理，明天我去五凤山看看。"

第二天，水生先乘汽车到邻县的县城，又走五六里路就到了五凤山。五凤山不高，但范围很广。水生问好路，从江边一条陡峭的石阶爬上去，上面山势平坦，地域广阔，庵堂坐落在一个山湾里，四面古木参天、流水潺潺，庵门上方写着"栖凤庵"三个大字。他走进庵堂，真的找到了水珍，两人来到一棵大树下。

"水生哥，你怎么来了？"水珍哀怨地说。

"不看到你，一家人能放心吗？"水生心疼地看着她。

"我不是写得很明白吗？"

"你真傻，那只恶狼干的坏事和你一点关系也没有！"

"他是来给我送票的……"

"这是他的事，你连有没有这回事都不知道，完全是瞎子讲话聋子听——两不相干呀！"

"我心里好难过啊！"水珍忍不住流下了眼泪。

"我知道。可是，我不难过吗？"水生也红了双眼。

"让我在这里待一段日子再回去！"

"好的，静静心也好，过年前我来接你！"水珍点了点头，转身回庵堂去，走了几步，又回头看了水生一眼，水生向她挥了挥手，叫她放心去。

水生回到家，把水珍的情况告诉大家，大家都宽心了些。

秋凤带着琳琳，还要烧饭，整天忙忙碌碌，每天都很辛苦。自丁嫣过世后，琳琳晚上一直由水珍带着睡觉，白天也很乖。水珍离家后，水生带儿子睡，每晚哭闹不止。秋凤怕琳琳吵得水生睡不好，就自己带孙子睡，哭闹少一些了，可总没有跟水珍睡那样乖。过了个把月，秋凤就苍老了很多。秋凤叫水生陪她一起到五凤山去叫水珍回家。

这天天气晴好，已经入冬了，虽有阳光，但还是有点冷。秋凤给琳琳穿上棉袄，又用小被单包着，叫水生抱了孩子，三个人一起去五凤山。汽车到站后，水生抱着琳琳，陪母亲慢慢地上了五凤山。走到栖凤庵前，见庵堂里面坐着二三十个姑娘，一个年长的师太在给大家讲话，声音很低，门外听不清，这时，从门前小路上走来两位穿着僧衣的尼姑，其中一位说：

"堂上正在讲经文，还要四五十分钟才结束，请你们先到休息室去坐坐。"

水生抱着琳琳和母亲一起来到休息室，那尼姑问秋凤是来找什么人，秋凤告诉她要叫女儿水珍回家。

尼姑看水生抱着孩子，便问："你是孩子的爸爸吧？"水生点点头。

"古书讲得好，百世修来同船渡，千世修来共枕眠。今生做夫妻是多么的不容易。人生只一世，千年只一回，这机会多么难得。年轻人一定要珍惜啊！"水生听她误会了，赶忙想纠正，秋凤想继续听尼姑说下去，立即阻止水生，不让他开口。

过了不久，庵堂讲经结束，听讲的人纷纷走出门来晒太阳。水生看见了水珍，喊了一声，水珍就跑了过来。

"妈，这么冷的天，你怎么爬到这山上来了？"

"你知道我怕冷，吃不消爬山，为什么要离家到这里来！"

"我出来静静心，就回去的嘛！"

"你看妈头上，这两个月，白头发增加了多少啊？琳琳不肯跟水生睡，我带着睡也要闹。我这样白天忙、晚上忙，吃得消吗？乖女儿，跟我们回去，算我求你了！"说着说着，秋凤眼圈发红了。

"妈，真辛苦你了，是我不好，我这就跟你们回家。"水珍哽咽地说，并伸手从水生手上接过孩子，"琳琳乖，我抱抱。"琳琳笑着钻进水珍怀里。

秋凤和水生随水珍来到住的地方。收拾好行李，水珍抱着琳琳，水生一手拎着行李，一手搀着母亲，和庵里的师太挥手道别，一位师太送水珍母子走出大门说："命途遥远，不可轻忽，珍惜人生，幸福无边。祝你们一路平安，阿弥陀佛！"水珍怀抱琳琳，向她鞠躬作揖辞谢告别。下山陡坡，路不好走，水生把行李袋挂在肩上，双手扶着母亲一个石阶一个石阶地往下走。

142　　　走到了大路上，秋凤对水珍说："刚才那个师太讲的话真有道理，你们一定要牢记。庵里那些姑娘，一个个都遇到过各种各样不幸的事，可她们都是善良的人，只是自己的命不好。你们虽然也遭遇过不幸，与她们比起来却还是幸运的。以后的日子还很长，遇事不可轻忽，要慎重，要珍惜现有的一切。"

"妈，我懂了，以后我再也不鲁莽行事了。"水珍向母亲保证。

到了车站，买票回家，太阳快下山时，终于到家了。

四个人走进家门，水坤正在灶门口烧锅。

"水坤烧晚饭了，我来烧吧。"

"妈，不是烧饭，是烧水，阿贞要生了！"

"啊！好，好！那接生娘叫来没有？"

"来了，大队赤脚医生，在楼上陪着阿贞。"

"大嫂怎么不到医院去生？"水珍说。

"来不及了，肚子一痛就流羊水了。"

"没事的，过去我生你们几个，都是自己村里接生娘接的，不是一个个都很好吗？医院在城里，有谁到那么远的地方去生孩子！"

"我们大队这个接生的赤脚医生技术蛮好的，接生过很多小孩了，经验很丰富的。"

"哇！哇！"楼上传来小孩哭声。

"生了生了！生下来了！"水珍叫喊着，"快，水捧去！"

"裙子拿去！"

"小被子拿去！"

"天冷，火炉捧去！"一家人手忙脚乱。

"恭喜恭喜，生了个金元宝！"赤脚医生高声喊着。

秋凤高兴地捧着一碗桂圆汤上楼去，

"阿贞，趁热吃下去，接接力。"

"妈，我力气足得很，接什么力。"

"不，要吃下去的，你现在力气还扛在这里，等下你就感到吃力了！"

阿贞接过碗，一下子就吃完了。

秋凤笑着说："阿贞真厉害，生个孩子像没事似的。"

阿贞说："是的，我生下琼琼时，我妈脚痛不会走，我自己去冲红糖开水喝！第二天就会烧饭了，生个小孩，还不是同上厕所差不多。"

逗得大家哈哈大笑。

果然，阿贞生完儿子第三天就下楼了。吃"三朝酒"时，大家叫水生给小孩取名字，水生说："就叫'羊琦'好了。"大家都说这个名字好。

下午阿贞像平时一样手勤脚勤，洗尿布、烧开水、扫地，什么活都干。

秋凤说："产妇月子里要养得好、吃得好，大人小孩才会健康。月子里不养好，以后各种小毛病都会有。现在，家里的事，我和水珍两个人都不够做，你就清清闲闲休息一个月吧。"

"噢，我听妈的。"阿贞嘴上这么说，一双手却闲不住，让秋凤省心又省力。

在一家人的呵护中，羊琦一天天长大。

六月，一个炎热的夜里，秋凤做了一个梦：洪太太坐在堂前椅子上对秋凤说，水生、水珍两人年纪都不小了，好给他们成婚圆房了。秋凤说，永耕还没回家，等他回来再说吧！洪太太发脾气了，要是永耕一辈子回不来，你就不让他们结婚吗？秋凤醒来后一身是汗。第二天吃晚饭时，秋凤把梦境说给大家听，然后又把二十多年前，洪太太叫秋凤夫妻将来要给水生、水珍配婚的话说了一下。

"早年，同村人配亲的很少，因为都是父母托媒人、亲友到外村讨来的。现在你们这一代人，一年到头在生产队集体劳动，平日接触的都是本村人，又实行婚姻自由，所以同村男女结婚的人很多。像我们沙湾坞，差不多有一半光景的男人是在村里讨老婆的，最早的几对在农业合作社时期结婚的，现在五十多岁了。人民公社化二十来年中结婚的就更多了，算算看，恐怕有十五六对。"

"我和水坤也是家里配婚的。"阿贞忍不住插了一句。

"是的。水生是从水里救的，亲生父母都找不到，还是这两年才见到母亲。所以，水生、水珍成婚是天意，是前世定的姻缘。"

"妈，水生、水珍完婚要不要等爸回来呢？等了这么多年都没有音信。"水坤是个慢性子，对这件事他也急了。

秋凤说："我看不要让爸爸耽搁了你们的事。这样吧，水生、水珍定个日子到公社里办好结婚登记手续，这样就是合法夫妻了。至于举行婚礼摆酒席，等爸爸回来再补办。你们说好不好？"

大家都说好！水生、水珍也同意了。阿贞脑子里却又生出了一个问题，"如果爸……"

"他不回来就不摆酒了！"

由于心情不好，秋凤说这句话时语气较重，脸色也不太好看。好在阿贞肠子直，没有听出来。

由于水珍白天割稻累了，当晚就让秋凤带着琳琳睡。第二天早上，琳琳发现睡在奶奶床上，就哭着不肯穿衣起床，秋凤无奈，水生也没办法。水珍过来给他穿好衣服，他才破涕而笑，以后只得由水珍带着他睡。一天早上，他醒来不见水珍，哭着哭着喊出一声"妈"。

"琳琳会说话了！"全家欢喜，秋凤去抱他仍然哭个不停，水珍去抱才止住，并连喊两声"妈"。水珍不好意思应声，秋凤叫她快答应，水珍才连应两声"哎"。

"让水生、水珍完婚，不能再等了。"秋凤心里做了决断。

再过十天，又是七月初七，水珍要定这个日子去登记。

秋凤说："去年七月初七想去瓜下问天，结果日子未到就出事，今年又选这个日子，好不好？"

水珍说："有什么不好，去年凶，今年吉，逢凶化吉多好。"

水生说："年年有七月初七，如果每到这个日子想起那桩凶事心中多么难过，化吉了以后就没有'凶'了，我也赞成定这一天。"

秋凤说："嗯，有道理！七月初七是女人节，你们结婚登记，逢凶化吉，好日子！"

阿贞对抱在怀里的儿子琦琦说："我们琦琦要有小弟弟了！"说得水珍脸红了起来。

"七巧"之夜，天南海北，几多少女，对月穿针，祈求得巧。多少姑娘，瓜棚拜月，以遂心愿。白居易在《七夕》诗中赞曰：

烟霄微月澹长空，
银汉秋期万古同。
几许欢情与离恨，
年年并在此宵中。

十五　水珍产后病痊愈

水生、水珍完婚遂了祖愿，也让秋凤完成了一件大事。古话"不孝有三，无后为大"，两儿一女都已经结婚了，水坤、水生都有子息，让她心头整天喜滋滋的，现在她心中唯一的期许就是水珍早点生个孩子。琳琳这孩子聪明乖巧，人见人爱，水珍视他如同己出，两人不是亲生，胜似亲生。可是秋凤内心深处总有一丝丝遗憾，水珍与琳琳之间同自己与水生一样，虽同亲生没有差别，但母子之间没有血缘关系。若是水珍能生个儿子，那就一切完美了。

水生、水珍结婚两年多了，水珍还是没有怀上孩子。大媳妇阿贞三天两头带着儿子琦琦来说笑："琦琦的小弟弟什么时候生？"琳琳早就会走会讲了，在大妈妈阿贞的引逗下，也常在秋凤、水珍面前说："妈妈快把小弟弟生下来吧！我带他去山上摘地莓、树莓吃，到坑里抓小虾公玩。"

秋凤、水珍都很着急。听说离家不远的狮坪村，有个仙姑洞，那里有个仙姑很灵的。秋凤独自赶去问仙姑，仙姑说水珍命里有两个儿子一个女儿，只是来得较迟，要耐心等待。秋凤将仙姑的话转告水珍、水生，水珍心中暗自高兴，水生却说，这都是骗人的说法，听起来好像看得见说得准，实际上是些活络话。生儿生女，早生迟生，不是哪个人能事先安排的，反正是男是女都一样，早生迟生无所谓，用不着发愁。

心中不急事偏成。水生、水珍"乞巧"结婚后的第三个年头，过完元宵后的一天傍晚，水珍偷偷对母亲说，自己身子已经两个月没"来红"了，秋凤问有没有恶心想吃酸的感觉，水珍说还不很明显。秋凤心里一阵高兴，到香火楼上婆婆遗像前点了三炷香。以后每天细心照料女儿一日三餐的饮食，叫女儿不要干重活，不要洗冷水澡，不要奔跑跳跃，保养好自己的身体，一定要把胎儿保好、养好。

随着日子一天天过去，水珍肚子越来越大。过了端午，秋凤就把琳琳带来跟自己睡。琳琳一开始不肯跟奶奶睡，说：

"妈妈要生小弟弟了，我要同小弟弟玩。"

秋凤告诉孙子："妈妈肚子里养小弟弟非常辛苦，你同妈妈睡，妈妈又要照顾你，小弟弟受到影响，一下子生不下来怎么办？"琳琳听了，懂事地眨了眨眼睛，就同意跟奶奶一起睡了。

十月初八，天气不冷不热。水珍吃过早饭后，肚子里有点痛，她对水生说恐怕要生了。自过了重阳节，水珍就不出工了。肚子大了，白天走路感到气急，晚上睡觉翻身都困难。最近三四天，她一直感觉胎儿在肚子里频繁活动。秋凤到水珍房间，摸摸水珍肚子，胎儿好像在挥手蹬腿，一刻都闲不下来，水珍不时地感到阵阵疼痛，估计要生了。秋凤叫水生去把大队赤脚医生叫来。医生用听诊器仔细听了一会儿说，胎儿很正常，这孩子很好动，一时静不下来。可水珍说越来越痛，一阵连着一阵，疼痛密度加大了。秋凤说，可能就要下来了，一边叫水珍熬住痛，一边用手抚摸着水珍的肚子，医生用被子把水珍身子垫高。过了一会儿，水珍感到肚子里不痛了，胎儿好像玩儿累了，睡着了。秋凤叫水珍躺下放松，抓住机会好好休息一会儿。水生在厨房烧水，秋凤拿来鸡蛋红糖，在小锅子里烧了一碗糖水鸡蛋，用碗盖着，待水珍睡一会儿后再吃。"啊呦呦！"水珍肚子又痛了起来，胎儿又在动了。水珍感到屁股底下湿了，医生一看，说出羊水了，就要生了。可是等了一会儿，又没动静了，秋凤马上叫女儿把鸡蛋吃下去。

过了中午，水珍肚子痛一阵，停一阵，下午三点了，还是痛痛歇歇老样子。

水生又急又愁："怎么办？要不要到医院去？那里设备好一些。"

医生说："都这个样子了，还怎么到医院去？要去医院，开始就去，这跟设备没有关系。"秋凤也说，当年自己生孩子，几十分钟就好的。今天，从早上起到现在六七个钟头了，怎么会这么难生下来。都说女人生孩子，一只脚在棺材里，一只脚在棺材外，再生不下来可怎么办？她双手合拢，口里念叨：

"祖宗保佑！"

"啊呦喂，妈呀！痛，好痛！"突然水珍大声叫起来。

医生说"生门开了"，随着羊水流出，胎儿往下坠，医生右手伸进生门。

"啊呦，痛死我了！"水珍大声叫喊着，水生听着只能眼泪直流。

"咦？怎么胎儿头上光光的，怎么没长胎发？"医生手托着胎儿说，"啊？这孩子头这么大的，肯定聪明！"

"水珍，把嘴巴闭住，闷一口大气，用力往下压。"秋凤用自己的经验对女儿说。

水珍照母亲的话，闷了一口气，又闷一口气，折腾了老半天，全身力气都快用完了，突然"哇"的一声，婴儿落地了。

"啊？是屁股坐下来的！"医生吃了一惊，"真危险！"孩子出生一般都是头先下来的。

"难怪我说没长头发，头很大，原来摸到的是屁股。屁股先出来，小孩容易闷在里面，有生命危险，大人也特别痛，还算好，母子平安！"医生一边清洗婴儿一边说，庆幸今天没有出事故。

"恭喜，恭喜，是一个大胖小子！"

秋凤、水生高兴地伸长脖子去看，水珍忘记了痛和累抬头也想看，秋凤按住她躺着休息。

水坤、阿贞收工一回家，就到水珍房门口来。听说生了个儿子，阿贞哈哈笑着说："真让我猜对了！琦琦、琳琳天天说小弟弟，真让他们给叫出来了，以后三兄弟更有帮手了。"

吃"三朝酒"时，大家商议着给孩子取名字。琳琳咬着奶奶夹进他口里一块肉说"jun jun"。水生查了一下字典说："珺，读音为jun，意思是玉石，和哥哥、姐姐是同一类宝物。"大家齐声赞扬琳琳聪明。

水珍生孩子时，虽然婴儿坐胎下地，痛得要命，总还没有伤着哪里，一阵剧烈疼痛以后，休息一下，痛也就过去了。产前保养得好，虽然经过七八个钟头的折腾，水珍也不会感觉很虚弱，当天晚饭就吃了很多东西。第二天，胃口也不错，就给孩子喂奶了，奶水很充足，孩子吃得饱饱的。几天后，水珍就可以走出房间到堂前来走走了。秋凤叫她小心点，不要经风，月子里把身体搞垮了是很难恢复的，有好多人得了产后病，一辈子都拖在身上。水珍自以为身体强壮，生孩子时都没有被搞垮，养月子只会越养越强壮，为了减轻母亲的工作量，许多事她都抢着自己做。

谁知半个月以后，天气突然转冷，水珍不小心感冒了，先是鼻塞打喷嚏，后来咳嗽不止。秋凤煎紫苏、冬瓜根给她吃也止不住，水生开了一大堆药，吃了半个来月，咳嗽渐渐止住了，可水珍总感到浑身没力气，吃饭没胃口，晚上常做噩梦，睡不着觉。医生说，可能是产后体虚，需要好好休养一段时间。

虽然医院检查说没有什么大毛病，可水珍长期吃不下、睡不着，浑身没力气，像是得了传说中的"产后病"，这是一种恶病，要说它是病，又不是伤寒、肺痨之类的大病，说它不是病，可长期拖下去，铁打金刚都会被拖垮。怎么办？秋凤想起了水生的干爹昌高，他当郎中多年，见多识广，应该又办法。昌高给水珍搭了脉——确实是"产后病"，这种病，一般医院里用西医的方法是治不好的。听说邻县太昌有个祖传医"产后病"的老先生，但具体叫什么名字，住什么地方昌高不大清楚。

"这样吧，"昌高说，"明天，我到太昌去找找看，找到了就把他请来，如果年纪大来不了，我们想办法上门去请他看，'产后病'不医好，一生一世要吃苦头的。"

第二天一早，水生和昌高坐火车到了太昌。昌高先带水生到当地一个姓金的朋友家去，在他家吃了午饭，再带他们到看"产后病"的老先生家去。老先生复姓诸葛名坤元，人称诸葛先生，今年六十八岁，戴着眼镜，看人时要把身子弯过去，扑到人家脸上看。他已经有好多年不出门给人看病了，都是病人到他家里来。他家里房子大，有好几张客床，如果病人路远当天回不了家，可以在他家住夜。找到了老医生，水生就想马上回家明天陪水珍来看病。昌高向朋友辞行，与水生一起回家，路上对水生说："你金叔叔人很好，气量大，有啥困难尽管找他。"

第二天一大早，水坤用双轮车送水生、水珍到火车站乘车，水生叫水坤下午五点钟到车站来接他们。

火车到太昌时正是吃早饭的时间，水生、水珍在站前小店买了几个包子，吃完就走。水生扶着水珍从机耕路往太昌镇走，由于路在田畈中间，路基原本就是田，所以路上又黏又湿，尽是很深的车辙印，坑坑洼洼，很不好走。水珍没走几步，就感到全身往下坠，两条腿沉重得提不起来。

"来，我背你！"水生弯下腰，水珍无可奈何地趴在水生背上。

水珍说："背几步，我就下来走。"

"怎么？你怕我背不动？我每天都挑两百多斤重的担子，你这才一百来斤重，我背着你来回走两趟都不用歇力的。"

路的中间有很多水凼，为了防止踩到水里，水生常常要迈开大步跳过去，虽然年轻，可也累得大汗淋漓。水珍伏在肩上看水生跨出每一步，心里都像被刀尖戳着，看着看着，一滴眼泪滴在水生头颈里。

"怎么了？我步子太大，把你的腰震痛了是吗？那我走小步点，慢一点。"水生喘着粗气说。

"哪里，是风从路边树上吹过来的一滴水。"

"别骗我了，路边没有树，我知道是你的泪水，一定是什么地方被我弄痛了。前面田角上有个稻草棚，是种田人歇凉的地方，我们在这里坐一下再走。"

进了草棚，水生在棚里找来一把稻草，两人在稻草上坐了下来。水生见水珍两眼红红的，就问道：

"怎么样，哪里还痛？"

"我看你背着我为了避泥坑，跳一步，跨一步，累得满头大汗，还装作轻松的样子，心里像刀戳一样。"

"哎呀，你真傻！你是我老婆，你生病，我心里也痛的，你早点好了，我也可以少痛点。"

"来，走吧！"水生蹲下，等水珍趴上来。

"你搀我慢慢走吧，时间还早。"

水珍拉着水生站起身。前面这段路是老路加宽的，路面比较平整，水凼很少。两人走到太昌街上，当地生产队社员，刚好出工下地。

诸葛先生起得很早，天一亮，就有人来看病，看完两个病人，他才去吃早餐，吃完后就来给水珍搭脉。

"好像没有什么大毛病。"诸葛先生说着，又给水珍另一只手搭脉。然后叫水珍张开口，他扑过身子来，仔细地看了看水珍的舌头，问水珍："口里很淡，不想吃东西是吧？"

"是的，一点胃口都没有。"水珍说。

"还有，全身没有力气，手掌心每天微微发烧，热度不退！"水生补充说。

诸葛先生伸过手来摸了摸水珍两只手掌，轻声说："是有点热！"停了一下，他从抽屉里拿出一张纸摊开，再拿起毛笔，对水生、水珍说："是体虚，没有什么其他症状。"

水珍说："怀孕期间妈妈给我吃得很好的，究竟什么原因会体虚的呢？"

"你刚生了小孩，流了那么多血。小孩在肚子里时，全靠你给他提供养料，生下来后，又要给他喂奶，都要从你的身体里获取营养。你生孩子时又是难产，你的身体当然要被掏空的了。"

水生又插问了一句："生了小孩后的那几天身体都很好的，大约半个月以后就一天比一天虚弱了。这是什么缘故？"

诸葛先生说："这方面的原因很多，很难说得准。一般身体好的人，在经受一场体力的消耗以后，或许仍然余勇可嘉，还扛着一股劲，待这股劲过去后就扛不牢了。反正是体虚，吃一段时间药，慢慢地会好的，放心好了。"

他开好了药方，递给了他女儿，他女儿按方子抓好了十帖药，诸葛先生把药交给水生说："服药期间不要吃腥气的东西，不要喝酒，要多休息，这十帖药吃完后，再来看一看，转个方子。"水生付了钱，扶着水珍，走出店门。

十帖药服完，水珍手心的微烧已经基本上退了，只是口里还是淡而无味，不想吃东西，全身还是不太有力气。

邻居钊根母亲说："产后毛病是很讨厌的，短时间内几帖药是很难见效的。身体难过的表现多种多样，医生只能一样一样地医，除了一样再除一样。手掌心低烧是很难除的，早年春义母亲也是生了孩子后十来天得的病，两只手心有一点点烧热，自己吃了好多土草药都不见效，以为这一点烧热不要紧的，不用去看医生了，结果拖了两年，孩子没带大就走掉了。"

秋风对儿子、女儿说："吃了十来帖药，手心不发烧了，说明这个方子是对路的，再去转个方子吃个十来帖，其他症状再除掉就会好了。"

第二天，又是水坤用双轮车送水珍、水生到火车站。由于前几天下了一场雪，雪化了，路上积水更多了。天气寒冷、道路泥泞，水生扶着水珍高一脚，低一脚，一步一歇，身上越来越冷。

"来，让我暖和暖和。"水生蹲下身子，叫水珍快趴到背上来。水生背起水珍放开步子，走了一会儿，身上就暖乎乎的。

"那样走，要走出感冒来的，现在多舒服，一点儿也不会冷了。"水生高兴地说。

"再过一下，你可要出汗了。"水珍趴在水生背上也不觉得冷了，她担心水生出了汗，汗衫要弄湿，再歇下来风一吹，那真要感冒的。她叫水生尽量走慢点，到路面干燥的地方就下来自己走。水生轻松地说，背着水珍走，就像捧着一个火炉，再冷也不怕，只要不走得太快，稍微出点汗，衣服不会湿的。水生埋头

151

大步往前走，不觉又到了上次歇脚的那个草棚，两人又到棚里坐了一会儿。走出草棚，水生挽着水珍继续往前走，突然看见前头有十多米长的路淹在水里了。原来下雪以后，公路边沟里的水满出沟岸，漫到了路上。走上前去，水生看到右边田塍上有一条小路，只是小路很窄，两人并排不能走，又因为是田塍路，路面还特别滑。

"怎么走啊？"水珍眉头打结。

"不要紧，我背你！"水生又蹲了下来。

水珍更发愁了："路这么滑，空手走都要跌倒，你背着我多危险！"

水生说："你不知道，一个人走，脚上着力轻，容易滑去，我背你走，脚上着力重，踩得更稳。你放心，趴上来。"

水珍看着路面，心里直犯怵，这么小的路，两人并排脚都放不下，可自己一个人，走平路脚都发抖，走这样的路肯定不行，别无选择，只能由水生背了。水生背起水珍，一步一步踩稳，快上马路时有几步斜坡，突然，左脚一滑，身子一晃，水生想稳住，用左手使劲挽住水珍脚腕，向前扑去，右手向地上撑着。水珍"啊呀"一声，伏在水生背上一动不动。真危险，旁边就是深水沟！水生弯着腰，让水珍慢慢地从背上爬下来站稳，刚站起来，顿时觉得右手掌很痛，张开手掌，发现虎口戳着一枚铁钉，他忍痛拔出钉子，鲜血直流，他迅速用左手将创口按住。

水珍赶忙用手帕帮他包扎起来，流着眼泪心疼地说："都是为了我！"

水生笑着说："我也怕跌倒！好了，血止住了，不痛了。"他将手帕解下来，装得没事似的，水珍却一时难以释怀。

到了诊所，诸葛先生给水珍检查了一遍，见水珍手心烧热已退，脸色开始好转，便自信地说："不错吧？就是身体亏虚！给你换个方子，再吃十帖，定会大有好转的。"

抓好药，付了钱，水生问诸葛先生："这十帖吃完，还要来转方吗？"

"这十帖吃完，病状基本除掉了，但要完全康复，还要再来转一次方。"

"好的。噢？再过十天是正月初四，你开门看病了？"

"给人治病还要挑日子的？三十夜，大年初一，有病人来，我照样要看。"

"好的，那我们初五来。"

回家吃了五帖药后，水珍口里不再淡而无味了，吃东西也有胃口了。吃年夜饭，除了酒不喝、鱼虾不吃，其他美食吃了个痛快。到了正月初四，身体基本上恢复到了产前那个样子。

正月初五，水生准备再到太昌去，水珍说不去算了，基本上好了，以后再吃得有营养点，身体就会好起来的。

秋凤说："你不要逞强，你还要给珺珺喂奶，一个人要管两个人的营养。病不彻底医好，再多的营养品吃下去也没用。刚起病时全家人愁都愁煞，求神拜佛都没用。好不容易找到了这样一个好医生，给你看一次好一次，你还没彻底好清，怎么能不去看？不要错过好机会，要是医生说不用再去转方了，才算好清，才可以不用去看了！"

"好！妈，我听你的话，去！"水珍难得在母亲面前撒娇，边说边做了个鬼脸。

两人来到诊所，诸葛先生很客气地抱起双拳，行了个古礼："恭喜新年好！"水珍坐下后，诸葛先生看了一下水珍说："好，气色很好，感觉怎么样？"水珍告诉他口里不淡了，吃东西有味道了，饭量基本同以前一样，全身力气也有了。诸葛先生看舌苔、摸手心、搭脉息，仔仔细细地给水珍检查了一遍。然后说，病情基本上好了，为了巩固疗效，防止复发，必须固本强基，使身体强壮起来，增强抵抗力，因此须再换一个方子，再服十帖药。他提笔写好药方，递给女儿抓好十贴药，算好价钱共四十元。

"要四十元？"

水生愣住了。诸葛先生解释说，这次的药以补养身体为主，有几味药来自云南、西藏，十分珍贵，价格比较高。水生连忙说不是嫌药贵，而是自己的钱带少了。前两次十帖药都十五元左右，所以今天连路费一起只带了二十五元，除了路费零用，只剩二十三元，留三元路上用，还差二十元。怎么办？水珍说就不开药或少抓五帖好了。

水生提高嗓门说："你在开玩笑，药都好随便减的吗？"

"那怎么办？"水珍也发愁了。

"对，到金叔叔那里去借。"

水生拉着水珍，走过两三个弄堂，找到金叔叔家，说明来意，金叔叔很快去楼上拿了三十元钱给水生，水生说只要二十元钱就够了。

金叔叔说："你是昌高的儿子，我是昌高的好朋友，我和你是亲戚，你有困难尽管来找我就是。"

水生说："所以今天是来找你了。这二十元钱是帮我克服了大困难了，以后若有困难再来求你。"说完硬把十元钱塞还他。

金叔叔要留他们吃午饭，水生说还要赶回家给孩子喂奶，金叔叔便不再强留了。

水生、水珍回到诊所，付清了药费。诸葛先生把药给了水生，同时将一个红纸包递给水珍。

水生、水珍惊讶地说："这是怎么了？"

诸葛先生说："你请我看病，我们就有缘分，就是朋友。一点小意思，不成敬意。"

水珍硬要把红包退还，诸葛先生告诉水生夫妇，病人是医家的衣食父母，病人来求医，是看得起医生，病治好了，医家要向病友敬送红包，这是他家祖传礼仪，他不能坏了祖先的规矩。

回家后，他们把这件事说给母亲听。秋凤感叹，诸葛先生的家风真好。

吃完十帖药，正好是元宵节，水珍的"产后病"痊愈了，身体比以前更强壮了。第二天，水生准备了两份礼品，和水珍一起又到太昌。先把一份礼品送给诸葛先生，另一份送给金叔叔，同时还他二十元钱。

十六　三月将尽快插秧

三月将尽，春意阑珊，谷雨立夏，插秧种田。

"好天公！"

秋凤双手合掌，朝东方天空看着。天就要亮了，猴坪山顶的星星已渐渐淡去，直至了无踪影。山顶上那几棵大树的轮廓越来越清楚，树缝里像嵌了灰色玻璃的窗。今天是水生家插秧的日子，"小孩望过年，大人望种田"，秋凤今天起得特别早。

前年，沙湾大队落实了农村土地承包责任制，每人平均六分田。秋凤家按两个户头分承包田，水坤户头四个人，分到二亩四分田；水生户头包括秋凤，共计五口人，刚好分到三亩田。各家承包田自己耕种，农户之间农具、耕牛、人力等，互相轮流，互助合作。前天，水坤夫妇和水生夫妇，四个人已经把水坤那二亩四分田种好了。今天，四个人要完成水生那三亩田的插秧任务，时间比较紧，只得早点起来。

早饭快好了，秋凤就把四个人叫了起来。吃过早饭，天蒙蒙亮了，四人拿了秧凳出发下田去。种田这一天要吃五餐，上午下午都要吃点心。儿子媳妇下田去了，孙子孙女还没起来，秋凤就为上午的点心忙开了。上午点心是团子，当地叫八月米粿。每年农历八月，把刚收的糯谷碾出糯米，再把糯米放石臼里捣得雪白，然后浸到水里。"八月米"一般在八月里做，七月天气太热，糯米浸水时间长了会烂掉。六月之前新米还未出，八月天气不冷不热，制作"八月米"正当时。八月里把米在水里浸八天，若九月天气转凉，要浸九天，十月要浸十天，十一月和十二月就要浸十一、十二天。浸水时间够了，把糯米滤出放太阳下去晒，最好当天太阳猛，一天就晒干，那样磨成粉制成的汤团口感特别细腻香糯。去年秋凤家收了一百多斤糯谷，秋凤在中秋边就把二十多斤"八月米"晒好了。昨天晚边水珍已经把"八月米"磨好放在钢精锅里，秋凤把猪肉腌菜切碎剁细，然后叫孙女琼琼到沙湾埠买来两块豆腐，拌在猪肉腌菜里作汤团馅。待孙子们起来吃完粥、涮了碗，就开始做八月米馃了。阳光照进大门的时候秋凤已经做好了六十多只团子，一个个团子就像桃子，摆满了一砧板。她先煮了一小锅，给四个孙儿每人盛了一小碗。

阳光快移到门槛边了，秋凤把煮好的八月米馃盛在钢精锅里，装进竹篓，然后用篮子装了四副碗筷和一壶茶。她挑着竹篓和篮子，叫琼琼牵着小孙子珺珺，带上琳琳，祖孙五人给田里干活的儿子媳妇送点心去。

正是农历三月下旬，天上有一层均匀如细纱似的薄云，阳光淡淡的，一点不耀眼，晒在身上，有一点温暖的感觉。空气里有一点微风，只能摇动细长的茅草和树上轻盈干燥的枯叶，吹到脸上不冷不热。祖孙五人，沿小溪坑向村外走去。琦琦发现溪坑的水洼里有一群辣椒般大的鱼，琳琳凑过去看，珺珺也要去看，琼琼拉住他，不让他走到坑沿上去，秋凤叫大家小心点不要去看。琳琳捧起一块碗样大的石头丢进水里，"扑通"一声，溅得琳琳一脸水珠。

"哈哈哈，我咬到鱼了。"

秋凤立即把篮子里盖在碗上的毛巾递给琳琳，"快揩干！别着凉了！"

琳琳不要毛巾，笑着说："好舒服，一点也不冷。"还把沾湿的手抹到珺珺脸上，珺珺也觉得舒服，说："再抹一下。"

溪坑那边是山，上半山松树多，一片藏青色，几处没松树的石塔皮周围是开得正艳的映山红。下半山楮树很多，树梢尽是鹅黄的嫩叶，在阳光下反射出强烈的亮光，使山下田野都明亮起来。山脚平缓的地方是各家的菜地，豆荚、黄瓜藤绕在高高的架子上，开着白花、黄花，挂着绿色的月牙形、羊角形的果实；茄子、辣椒盛开紫色、白色的小花，长着紫色、青色的果；碧绿的空心菜、红色的苋菜像彩色的地毯铺在地面上。沿着山脚，高高低低、错落有致，一片五彩缤纷。道路右边是七八分大的水田，因为离家近，各家都把这些家门口的田作秧田。有些人家秧已插好，秧苗已拔完，田里暂时空着；有些人家还没有开秧门，田里是绿油油的秧苗；有些人家，正在田里拔秧。春义儿子家四五个人正在田里拔秧，春义给他们送点心来，看见秋凤挑着担子带了孙儿们送点心，开玩笑地说：

"凤奶奶带着'羊（杨）家将'出阵了。"

秋凤说："春义叔家也是今天种田？你点心送得这么早。"

"是呀，我早送来了，他们说再拔一会儿秧来吃。八月米馃都要凉了。"

"不要紧，这种日子，热点冷点都好吃的。"

水生家的秧田在山垄口。秋凤和四个孙儿来到秧田边，水生说再拔几把秧，把今天要种的秧苗都拔够了再吃点心。秋凤把汤团碗筷在田角上放好，和四个孙儿坐在田塍上休息。前头就是沙湾村上千亩的大田畈，今天有很多人家种田。田畈里，有人在耖田平水，有人在抛秧下田，有人在弯腰插秧，一派繁忙景象。田野里，绿的一块，黑的一块。绿的是已经插好秧的，黑的是还没插的。整个沙湾田畈都是水稻田，十几天后，这里将是一望无际的绿色海洋。

天空中不时地有一两只白鹭从田畈这头飞向那头。一群群燕子停在电线上，看着下边的人们插秧。田头地角道的柏子树上停满了麻雀、污缸鸟、石灰鸟，叽叽喳喳，叫声一片，分不清是哪种鸟的声音。突然，山湾里传来"早种早莳"的叫声，那声音响亮清晰，好像就在头顶，却看不见鸟的踪影，好像在很远的地方，却听得很清楚。

琼琼第一个听到"早种早莳"的叫声，"你们听，这声音真好听！"大家都竖起了耳朵，"早种早莳"一声又一声，不停地叫着。

"奶奶，这是什么鸟？"

"这是布谷鸟的一种。从前有一个农夫，他心地善良，乐于助人。他整天帮人耕田、插秧、耘禾、莳水。直到六月里，人家田里稻子快收割了，他才有空把自己家里的田种下去，结果耽误了农时，他家的稻田没有收成。他死后，变成了一只鸟，整天飞来飞去，叫喊着'早种早莳'，劝人们不要误过了农时。"

秧拔得差不多了，大家上田塍休息吃八月米馃。这时"早种早莳"的声音没有了，沙湾坞里传来另一种鸟叫声。

"奶奶，你听，这是什么声音？"琼琼问。

大家仔细听了一下，像是在说一句话。接着叫声越来越近，好像就在头顶。

琳琳说："奶奶你快讲这是什么鸟？"

秋凤想了想，笑着说："这是媳妇鸟，它的叫声也是一句话——摘桑果去。从前有个媳妇很孝顺婆婆，他们家里养了很多蚕，媳妇每天要出去采桑叶。桑树上有桑果，成熟了紫得发亮，比枇杷还好吃。媳妇每次采桑叶看到桑果时，都要摘些回家给婆婆吃，婆婆很感激，每天晚上烧一个鸡蛋给媳妇吃。后来婆婆生了一种怪病，医生看了后说要医好这种病必须每天吃半斤桑果。媳妇说这很容易，自己每天出去采桑叶时带半斤桑果回来就是。可是过了五黄六月，桑树不长果了。媳妇找遍了都找不到一颗桑果。怎么办？她在桑树下悲伤地哭了起来，哭着哭着靠在桑树上睡着了，做了一个梦，在梦里她碰到一个神仙，那神仙告诉她，南山坡上有株几百年的老桑树，每天都长桑果。梦醒以后，媳妇赶到南山坡，找到了那棵老桑树，果然长满了又多又好的桑果。她很快采满了一篮子桑果，回到家里，婆婆却早已去世，坟头树都很大了。媳妇捧着一篮桑果在婆婆坟前哭了七天七夜变成了一只鸟，这只鸟每天叫喊'摘桑果去'。"

水生、水坤把一捆捆稻秧装进畚箕里，每人挑一担，和水珍、阿贞两人一起到水田里去插秧。

秋凤正要叫孙儿们回家，琼琼在田塍上发现三四棵野葱，说："奶奶，这里有野葱，我们拔些回家。"说完便蹲下去拔，一用力"啪"的一下断了，葱蒲头没拔出来，几张叶子散掉了。琳琳、琦琦也来拔，都拔断了。

"哇，真香！"琳琳把一瓣碧绿的葱叶子放在鼻子边闻着。

琦琦用手揉了一下再闻，说："这样更香。"

珺珺说："哥哥，快让我闻闻看。"

秋凤想，下午点心做小麦馃，馅里放点野葱会更好吃，但一定要连蒲头都拔出来。田头路边泥土太结实，葱蒲头拔不出来，溪坑那边山脚菜地旁的泥土很松，能把蒲头拔起来。于是，就带着孙儿们从前面的石拱桥走到山脚菜地边。那菜畦的沟边长着很多野葱，一条条葱叶子披着摊了一地，大家一起动手拔了起来。琼琼教弟弟们拔的时候，用大拇指和食指，挖到土里去，最好摸到葱蒲头再拔就不会断。秋凤在菜畦沟里教珺珺拔，珺珺连蒲头拔起一根，骄傲地给大家看：

"我这根多好呀，我真想咬一口。"

秋凤赶快阻住他，对大家说："过了清明节，野葱叶子一定要多洗几次，洗干净了烧熟了才能吃。野葱虽香，只能当当香料，不能多吃，吃多了会糊眼睛的。"

琼琼站起来说："不要拔了，你们看，我拔了这么一大把，手上都抓不住了。"琳琳、琦琦也拔了不少。

秋凤说："尽够了，把葱都放到篮子里来，快到沟里去洗手。"

琼琼洗手时，看见旁边有几株苍翠欲滴的水芹菜。那青得发白的杆子，绿得发亮的叶子，用指甲一磕，又嫩又脆。

琼琼拔了两株，说："奶奶，这水芹菜真好，我拔回去吃好不好？"

秋凤说："不要，不要拔，吃不得的！"

琼琼不拔了，但手上两株舍不得丢掉，疑惑地问道："为什么呢？奶奶，你看这水芹菜多么嫩。"

秋凤说："过了清明，水芹菜要开花结籽了，叶子上有蛇吐在上面的口水和粪便，虽然看起来长得好，但又苦又有毒。听说从前有个皇帝带文武百官到江南来玩，一些官员吃了水芹菜，回去肚子胀得像怀胎八九个月的孕妇。"孙儿们听了都笑起来。

可琼琼说："我们学校的苗老师，天天吃水芹菜，她有高血压病，说是多吃水芹菜能把血压降下来。"

秋凤说："清明以前的水芹菜不苦，可以吃。但现在谷雨都过了，不能吃了！"

琦琦一把夺过琼琼手里的水芹菜，丢到水沟里去，说："奶奶说不要吃就赶快丢掉。"

琼琼又问："奶奶，那其他的野菜能吃吗？"

"野菜种类多得很，山上有朗鸡头、黄藤花、竹棍笋，田地里有荠荠菜、马兰头、茼蒿草，等等，都是。"秋凤接着说，"我们的山上地里，一年到头都长着好吃的东西，各种野菜野果，什么时候好吃，什么时候不能吃，哪些是可以吃的，哪些是不可以吃的，都有讲究，我们不能乱吃的。"

"奶奶，现在好吃的还有哪些？"

秋凤说："这几天妙（野草莓）正成熟，可以吃了。"

"那我们去摘妙吃吧。"孩子们纷纷说。

秋凤说："现在回家烧饭要紧，你们爸爸妈妈要回家吃午饭了，下午我们送点心的时候，再到那边去摘妙。"

"好！"孙儿们高兴得跳起来。

吃过中饭，秋凤问水坤他们今天能不能完成。水坤说，上午快种完一半了，下午如果顺利的话，到傍晚边就能全部种好。

"如果我们都能像大嫂插得那么快的话，点心后就可以完成。"

水生夸阿贞是插秧能手，插秧插得又快又好。插秧可是技术活，插秧人要能做到长时间弯腰不酸痛，插秧时，弯腰不高不低，恰好到位。两脚分开两蓬稻距离，稍有先后。踩在泥中脚掌不要乱动，以免脚印大了多了，稻苗种不牢，浮起来。左手拿秧苗，贴近水面，不能把胳膊搁在左脚膝盖上，手指头分秧要快而不乱，右手从左手分来一蓬稻的秧苗靠在虎口里，小指无名指弯曲起来托住秧苗，食指中指夹住秧根，伸直插进烂泥。插的深度要适中，太浅了秧苗要浮掉，太深了，根系吸收不到刚施下去的"催苗肥"，稻苗短时间不会返青。

　　水坤兄弟俩，重担子挑得多，弯腰久了又酸又痛，插秧速度自然快不起来，不过他俩拔秧技术很好。这里人拔秧有秧凳，上面一块凳板，凳板中间凿个孔装上一段小木头作凳脚。拔秧时，把这独脚秧凳往田中一拄，就可坐了。坐着拔秧腰不痛，每到种田时，水坤、水生总是拔秧活干得多。他们拔得又快又好，人坐秧凳上，左右手同时拔秧，一手拔半把，拔够了，双手"哗哗哗"在水中上下一提一按一甩，两手一合，稻草一扎，一把秧就拔好了。他们拔起来的秧，秧根整齐，秧杆秧叶挺直不会扭曲，捆秧打活结，抛在田中不会散，拿来栽种时容易解。解开后秧苗就像一副牌，整整齐齐，一根是一根。这样子，插秧人左手分秧分得快，右手容易插。阿贞、水珍拔起来的秧，烂污泥洗不干净，拔秧时，一下左一下右，秧苗排不直，左右手有快慢，一把秧分两半有多有少，她们拔的秧，插起来就会影响速度。所以，他们四个人配合种田，经常是拔好一些秧就先让她们俩下水田去栽插，水生、水坤坐在秧田里直到把秧全部拔够了才去插。今天早上四个人一起下田去拔秧，直到上午点心吃完才去插，估计三亩稻田的秧苗已经差不多够了。午饭后，四个人继续去插秧。

　　吃过中饭涮了碗，秋凤就为做下午的点心小麦馃做准备了，她把芝麻洗好炒熟放石臼里去捣，顿时，满屋充满了芝麻香。刚从外面玩完回来的琳琳三兄弟，一踏进门槛，就有一股香气扑鼻而来。

　　"哇，奶奶，什么东西这么香！"

　　"我在捣芝麻，等下做馃给你们吃。"

　　三个孙儿围在石臼边，珺珺忍不住鼻子被香气冲袭说："先给我一点尝尝看，好吗？"

　　"这不好吃，等下捣细后拌了红糖，给你们每人尝一汤匙。"

　　"好，有芝麻糖吃喽！"

　　三个人高兴得直拍手，秋凤把拌好糖的芝麻粉盛在洋铁罐里，分给孙儿们尝。

　　琦琦说："我先不吃，这是甜馃馅，等会做成小麦馃了我再吃。"

"我也等会儿再吃。"琳琳也没尝。

珺珺尝了一口还想吃。

"珺珺乖，不要吃了，吃多了肚子痛，等下吃馃好了。"

接着，秋凤开始准备咸馃的馅，她把干萝卜丝在水中浸了一下捞起，然后拌上瓶菜、猪肉，一起放在砧板上剁细。儿孙们在旁边看奶奶剁菜馅，闻着很香，馋得口水都流下来了，珺珺在砧板上捡起一根萝卜丝塞进嘴里，边嚼边说：

"真鲜！"

琳琳说："生的不能吃，等下烧熟才能吃。"

馃馅准备好了，秋凤在钢精锅里拌好了麦粉，揉了好久，揉到麦粉很有韧性了，倒在刀板上，分成一团一团的，再把粉团碾成薄片，包馅进去，小麦馃就做成了。秋凤叫琼琼把锅子烧旺，往锅子里撒上菜油，然后把又薄又软的小麦馃放进锅子，"吱"的一声，冒出一股香气，翻个面，接着又放了一个，"吱"下锅了。第一个馃熟了铲起来，接着做第三个。半个小时光景，秋凤做好了三十个咸馃、十个甜馃。秋凤叫孙儿们先趁热一人吃一个，琼琼说她不喜欢吃麦粉食品，就没吃。

秋凤把咸馃、甜馃分别放进两只钢精锅，用篮子装好，带着孙儿们给田头送点心去。

"妈送点心来了，我们把这丘插好再上去吃。"水坤站在田里说。四个人已经退到了田中央，就快插好了。他们都是在生产队集体劳动时学会插秧的，那时大队里教大家科学种田，实行密植稻苗，间距不得超过五寸。为了使稻苗之间能通风透气，稻秧要一行一行种得笔直。所以每次插秧，各个生产队都准备了很多插秧绳，由两个社员拉着绳子站在水田的两头，二三十人，手拿秧苗站绳子边。拉绳子的人按距离尺寸，把绳子拉直了以后大喊一声"好了"，大家在身前一起贴着绳子插上秧苗，动作快的人插四五蓬，动作慢的人插一两蓬。整条绳上插好，大家后退一步，拉绳子的人量好尺寸，拉紧了又大喊一声，大家又连忙插起来。从早忙到晚，一个生产队插好三百田。晚边，生产队队长检查完后，密植程度达到标准了，高兴地说："今天的田种得又快又好。插秧功夫很重要，晚上计工分每人加两分。"可是，由于那么多人挤在一丘田里站成一排插秧，水田里都是人踩的脚印，风一吹，秧都浮起来了。第二天，生产队里只好再安排人下田捡浮稻，把漂在水面的秧苗种下去，有的漂远了找不到了再补插一蓬。

实行生产承包责任制以后，农户们都按自己的方法种田。水坤和水生仿效钏根、春义等老农祖传的方法，开始先将一把一把的秧均匀地抛到田里。如果田面大的稻田，先在排水中沟位置上拉一根绳子，将田一分为二；面积小的田不用种中沟，无须拉中沟线。插秧时确定从一个田角下田，开始沿着田的田塍田坎一步步往后退，从外到内，一个圈一个圈地往田中心靠近。像纳鞋底一样，纳到最后一针，正是鞋底中心，插好最后一蓬稻秧正是这丘田的中心。一般田面不大，插秧速度快的人，从田角下田，到插到田中心整丘田插好，再走上田塍，中途都不上下田，田里脚印很少，浮秧很少见。从前种田种得稀，间距一尺四左右，插秧快的一天能插三亩多。水生、水坤他们四个人插秧没有从前那么稀，也不像生产队那么密，规定稻苗间距为一尺左右，所以四个人种三亩田不会很辛苦，到下午吃点心时只剩下一个八分丘的田没种。

大家吃着咸的、甜的小麦馃，都说好吃。

水生说："我吃来吃去，没有哪个能做得像妈做的馃这么好吃。"

阿贞说："妈做的馃，薄得像一张纸，软得像一块绸，吃到嘴里又酥又软。热的时候好吃，冷了也好吃。"

秋凤说："那大家多吃点。"

水珍说："做得太多了，怎么吃得完。"

水坤拿了一个芝麻馅的甜馃叫琼琼来吃："我家琼琼只喜欢吃粥吃饭，不喜欢吃麦粉面食。琼琼，你吃吃看，奶奶做的这个馃比什么都好吃。"

"我不要。我只喜欢吃大米，大米是五谷之王。要不然怎么一日三餐都叫吃饭，早上即使吃玉米糊也叫吃早饭，中午吃面包也叫吃午饭，晚上吃面条也叫吃晚饭。中国人见面就问'饭吃过了吗'，而不问'面吃过了吗'。"

大家听了哈哈大笑。水珍夸奖说："究竟是读书人，讲起话来还很有道理。"

"咳，你们家真热闹！"春义手拿一把草刀走过来。

秋凤从篮子里拿了一个咸馃给他吃，春义咬了一口连声称赞："真好吃，真好吃！你们家的人真是有口福。"

吃完后水生又要给他一个，他说刚才在家里吃过点心，吃不下了。他问水生快种好了没有，要不要"打个滩"（村里称帮助人家插秧为"打滩"）。水生说还有一个八分丘未种，四个人下田去，不要一个钟头就能完成。

水坤他们到八分丘去插秧，秋凤带着孙儿们准备回家。

琳琳记性好，他说："奶奶早上说过去摘妙吃的，我们要去摘妙。"

琦琦、珺珺齐声附和："对对对，去摘妙吃。"

"好好好，去摘妙，你们这几只馋猫，就只记牢吃。"

秋凤带着孙儿，琼琼拿小钢精锅，大家一起走过水坤、水生插秧的田边，爬上山。

水珍在田里大声说："你们摘妙朝里头山湾里去摘，外边垄上别人上午摘过了。"

他们走进一个小山湾，只见山沟两旁的草地上东一片西一块长满了鲜红的妙，珺珺看见叫着要吃，琳琳几步就跑过去摘。

琼琼说："不要把蛇妙摘来吃，吃不得的！"

"我认得的，不会摘错！"

琦琦还认不出什么是蛇妙，他叫奶奶教他怎么识别吃不得的妙。琳琳已摘了七八颗妙，捧来给奶奶看。秋凤看见其中一颗妙里有一条白色的细虫子，便说：

"琳琳摘来的妙都是草妙，没有蛇妙。草妙长在草丛里，像一顶小平顶帽，中间空，虫子很喜欢吃草妙，你们看琳琳采来的这些妙当中就有一颗里面有虫子。"

她拿起那颗给四个人看，见那颗红得发乌的妙里有一只细白的虫子在蠕动。

"啊？差点让我吃下去。"琳琳吐着口水说。

"所以摘妙时要看仔细，不要摘来就往口里塞，摘一颗要先看一看，放在口边吹一下再吃。"

接着秋凤在身后草地上看见几颗蛇妙，她告诉琦琦、珺珺："蛇妙和草妙很像，但蛇妙是实心的，不像帽子。红的发白，不发紫，不要用手去碰，有毒。"

说完，大家散开各自去摘草妙。琼琼带着珺珺，摘一颗吹一下给珺珺吃，琳琳、琦琦自己摘自己吹自己吃。

"噗！""噗！"山湾里不时传出吹气的声音。

琼琼看见斜坡上一株牛奶妙，赶忙爬上去摘了一捧给珺珺吃，琦琦、琳琳也跑过来吃了几颗说："牛奶妙比草妙好吃。"

秋凤说："牛奶妙生在柴篷树上，比草妙干净，没有小虫子，但常有打屁虫飞到上面，摘的时候要当心。手抓到打屁虫时，它会放出屁来烫你的手，还有一股臭气。"

"咿呀！"

珺珺因此不喜欢牛奶妙，可奶奶说，牛奶妙甜，比草妙好吃，摘妙时打屁虫见有人来会飞走的。琦琦、琳琳跟姐姐爬到山坡上去摘牛奶妙，珺珺跟奶奶在山湾里找草妙吃。只过了五六分钟，琼琼就捧着半钢精锅牛奶妙和两个弟弟从坡上下来了。珺珺抓起牛奶妙，吃得不肯歇口。

太阳离西山岗只丈把远了，秋凤带着孙儿们下山，路过八分丘稻田时，见四个人都已退到田中央，就快插好了。她叫阿贞、水珍两人一起回去帮烧晚饭，留下的一点田让水坤兄弟俩种。回到家，阿贞烧锅，水珍淘米煮饭，秋凤把中午就切好的菜，一样接一样地，或炒、或煎、或煸，都烧好了，共十二道菜，刚好把八仙桌摆满。一会儿工夫，水坤、水生也种好田回家来了。

吃晚饭时，秋凤把一钢精锅热乎乎的米酒捧到桌上。

"老底子种田，夜里要吃种田酒，不管会吃不会吃，每个人都要吃点。"

她用长柄勺子给每个人碗里都舀了一勺。

琼琼和三个弟弟各抿了一口酒，"啊呀，介不好吃的。"便纷纷把自己碗里的酒倒给爸爸妈妈吃。

阿贞不会喝酒，她也试着用舌头舔了一下，很甜，就喝了一大口说："妈这个酒做得好。我从来不喝酒的人也要喝一碗下去。"

"你傻呀，这酒吃起来甜又香，可力道是很足的。你喝一碗下去，大家要看你做戏了。"水坤怕妻子喝醉，先吓唬吓唬她。

水珍也不会喝酒，可今天在水田里干了一天的活，她要喝几口解解湿气。水生平时会喝点酒，但酒量也不大，他说喝一碗吃饭刚好。水坤喜欢喝酒，酒量比较大，他说今晚的酒不喝三碗不过瘾。九个人一桌，大人喝酒，小孩吃菜，吃着、说着、笑着，其乐融融。

琦琦、琳琳和珺珺菜吃够了、饭吃饱了，琼琼带着他们到门口去看星星。这时，钊根手里拿着报纸走进门来。

"钊根叔，快来吃饭。"

"我早吃过了。"

"吃过饭了，就吃酒！"

水生赶忙拿来一副碗筷，给钊根倒上满满一碗酒。水坤拉钊根坐在凳子上。

"你们两兄弟的田都种好了？"钊根喝了一口酒问。

"都种下去了！"水生说，"今年大家都抓得紧。今天是四月初五，谷雨过了才一个星期，我们沙湾坞村各家都快完成插秧任务了，要比去年提前一个星期。"

"是呀，去年刚把田分到户，来不及做准备工作，日子就拖长了。"

"想想前几年生产队里那么多人种那么几亩田，年年到立夏过了都还没完成任务。"

"责任承包后，每个人都有责任了，大家都想早点种下去。"

钊根点点头说："以后肯定能越来越好的。"

钊根喝好了酒，拿出一张报纸说："我今天在大队开会，看到这张报纸。去年九月三十日，叶剑英提出了台湾回归祖国、实行和平统一的九条方针政策。国共要第三次合作，台湾和大陆可以通邮、通商、通航、探亲、旅游了。看来，你爸不久就会有消息了。"

水生说："国家的政策越来越好了，前年下半年就把成分帽子摘掉了，压在我们头上的千斤石没有了。允许百姓劳动致富、搞经济活动，不再戴'弃农经商''投机倒把'的帽子了，今后日子更好过了。"

听了钊根、水生谈话，秋凤似乎感觉昨夜梦中的美好情景今早起来正在亲身经历。

"谢天谢地，终于有盼头了！"

十七　异地贩卖小商品

乌飞兔走，日月相催。

秋收冬种后，进入农闲期。

一天早上，水生与母亲商量："妈，我想趁现在农闲，身边还有二三十元钱，到义乌去看看，进点小商品来卖卖。"

"不要紧吗？"

"没关系的，国家鼓励老百姓赚钱先富。只要守法守规，国家会保护的。"

"那好，去试试看。叫水坤一起去，两个人好有个商量。"

"哥哥会去，那就更好了。"

"我叫他去，会去的。"

水生和水坤吃了早饭就乘火车赶到义乌。市场上到处摆满了各式各样的小百货。生活中你想象不到的东西，在这里都能看到，比如防烫夹碗器、老人穿线架、多功能娃娃袋、多功能刀具等等。市场上人山人海，行人往来摩肩接踵，叫卖声响成一片，面对面讲话也要大声叫喊才听得清。

水生、水坤挤得一身汗。他们看什么都新鲜，都想买。他们想买家乡市场上没有，却很实用又不贵的东西，拿回去很快能卖掉赚到钱。但这样的东西实在太多了，要想挑好很不容易。一棵大树下摆满了一些冬天取暖的东西，有各种各样的手套、脚套、热水袋；有充电后可以暖手暖被窝的形如圆饼的"暖宝"；有袋子里装水，袋口里装小型电池，打开开关就发热的"水宝"；还有布袋里充气，把带子捆在腰上就热起来暖乎乎的"气宝"。

"哥，我看就买这些取暖用的东西吧？"水生说。

"好的，马上就是冬天了，这些东西人人都用得着，价格也不贵。"水坤摸摸口袋又说，"可惜我们带的钱太少了，不然可以多买些。"

"有多少赚头还很难说，不知道价钱怎么样。"

"不管怎么说，他天上开价，我们地上还价，能多砍尽量多砍。"

"嗯，我们要表现出不在乎的样子。"

兄弟俩从这个摊走到那个摊，摊主不断介绍着自己的产品，可水生、水坤总是笑笑，或者说一句："我们随便看看。"

在一个四五十岁妇女摊前，他们看到一款手套，外面黑色，像是皮做的，手感很柔软，内里有一层白色的细绒毛，手伸进去一下就暖和起来。每个指套，前半段可以往后翻开，把手指尖露出来，如果干手工活，需要用哪个指头，只要往后一翻就行了。

水生拿起手套问："老板，这手套怎么卖？"

"你买多少？"

"先买一双用用看。"

"一两双不卖的。"

"那要几双才肯卖。"

"十双一捆。"

"买一捆多少钱？"

"最便宜三块。"

"多买一点呢？"

"看你要多少，买得越多越便宜！"

水生用家乡话对水坤说："我看见金滩镇上百货公司里八毛钱一双的手套还没这个好！"

"那我们就买这个手套，回去也卖八毛一双。"

"我带了三十块钱，可以买十捆，你呢？"

"我有四十五块。"

"我们合一起买，还会再便宜一点。"

"那我们还她一块五一捆。"

"好！"两人装着要离开。

女老板问："你们商量好了没？不买了是吧？"

"你再便宜点，最低卖多少钱一捆？"

"我是两块进的货，按成本价卖给你们好了。"

"一块五吧？我们多买些。"

"让我贴老本卖给你总不可能吧！"

水坤想两块钱一捆，就是两毛钱一双，拿回去有五六毛一双好赚，就催水生定下来。两兄弟共买了三十五捆，分装成两袋，一人扛起一袋走了。没走几步，一个三十来岁的男子赶上来说：

"两位先生，还要吗？我这里一块五一捆给你们。"

"啊？"水生张大嘴，一副难以置信的样子，转过身对那男子说，"去看看你的货。"

两人来到男子摊前，仔细一看，与自己买来的完全一样。水坤说："我们拿去退掉！"

两人回到那妇女摊前，水坤放下袋子说："我们来退货！"

"为什么？"

"那边卖一块五一捆，你卖两块！我们不要了！"

"老师傅，一分钞票一分货，他的货同我不一样的！"

"我情愿要他那个差点的货，你的货还给你好了。"

"没有这么便当的，老师傅。票子都开掉了，税费都算掉了，改不过来的。"

水坤还想说，水生拉了他一下说："算了，哥！争不过他们的。下次来我们就知道了，要多问几个地方。还好今天买的不多，亏不了多少，回去我们还是有得赚的。"水坤只得忍气吞声，背起袋子同水生一起乘火车回家。

晚上，水坤兄弟把手套拿到金滩镇夜市上去卖，阿贞、水珍两人也去帮忙。为了快点卖出去，水坤、阿贞在夜市东头卖，水生、水珍到西头去卖。阿贞常挑菜到街上卖，做生意有点经验，摆好地摊后就大声叫卖起来。

"快来看！快来买！皮手套八毛一双，又软又暖和，今天不买，明天要后悔！"

一对年轻夫妇走过来，妻子拿起手套捏了捏，试了试，对丈夫说她白天到百货公司看见人造革手套一双都要八毛。于是，她一下买了三双。

做成了第一单，阿贞信心大增，又大声叫卖起来："不怕不识货，只怕货比货！百货公司人造革手套卖八毛一双，这里真皮手套也八毛一双！刚才那位姑娘一下就买了三双！快来买，不后悔！"

逛夜市的人越来越多，拥到阿贞摊位的人也越来越多，大家都抢着来买。水坤递手套，阿贞收钞票，不到九点钟就卖完了。还有些人为没买到感到遗憾，水坤跟他们说到夜市西头去买，那里还有。水坤拿着空袋子，和阿贞一起向水生的摊位走去。

水生、水珍在一个大宾馆门口摆摊，宾馆里很多人进进出出。水珍脸皮薄，不太会叫卖，一群北方的游客见水珍不装不扮，皮肤雪白，面带笑容，亭亭玉立，都向摊位边挤来。

一位半老头游客轻声地跟旁边同伴说："南方水土好，姑娘都长得漂亮些，怪不得西施就出在这里。"

几个年轻人干脆开玩笑地称水珍"手套西施"，有个小伙子摸出四块钱，买了五双，接着，其他人也纷纷响应，

"手套西施，我买一双。"

"我买两双，手套西施。"

"我也买……"

一下子卖了十多捆。水坤、阿贞两人到时，只剩下五六双了，再过一会儿也全卖完了。一天时间，水生和水坤每人赚了一百三十多块钱。

第一次做生意，尝到了甜头，水生切身体会到了当下"无商不富"的深刻含义。

农历十一月，快冬至了。水生对母亲说，他和水坤想再去一次义乌，到远一点的地方去卖，赚点钱过年用。秋凤想，现在政策好，相信两个儿子遵纪守法，不会出乱子，就放心让他们去了。

水生、水坤各带了一百多元钱到了义乌。吸取上次的教训，在市场上多走些摊位，多看看，多问问，反复比较，反复砍价，以免买了后悔。他们看中了一款钥匙串，那钥匙串是铁合金材质，白色的像银制，黄色的像金打，串上可以挂钥匙、小剪刀、指甲剪、开瓶器等等，常出门的人买一个挂在腰带上很方便。他们问了价格就走开了，又先后看了四家，也都问了价格。他们对比了一下，确定这四家是从同一个厂家进的货，然后挑了一家报价最低的，买了八百只钥匙串，约四十来斤重，又在市场上买了两百多条领带。他们决定坐火车直达泰山脚下的泰安市去卖，那里是旅游风景点，游客众多。两人连夜买了去泰安的火车票，从义乌上车，第二天天亮到了泰安。

　　他们想找一家靠近上下泰山路口的旅馆，找了许久，终于在山脚下岱庙近旁的一家便宜旅馆住了下来。下午，他们装了几百只钥匙串、百把条领带出去找市场摆摊。看见大街上每隔一段路就有人在路边摆摊，他们就在岱庙大门不远处的一个路口铺开塑料布，把东西摆出来卖。不久，从岱庙里走出一个导游，举着小旗子，后面跟着一大班人，来到水生摊前，

　　"卖啥子的？"一个操着四川口音的游客，拿起一只钥匙串，看了看说，"这东西好，小巧、精致、实用，好多钱一只？"水生告诉他后，他顺手抓起一大把，数了数有九个。

　　"凑整数，好算点。"水生又给他添了一个，他买了十个，装进袋子。

　　"你买这么多啥子用？"同行的一位女游客问他。

　　他说："小东西实用又不贵，回家后给娃子们一人一个作纪念。"

　　经他这么一说，大家都想千里迢迢出来一趟，回去总要给亲戚朋友送点小礼物。于是，这个要十只，那个要八只，一下就卖掉了一多半。

　　水坤的地摊离水生十来米远，有位游客拿起一条红格子的领带，仔细看了看，又试戴了一下，问了价格，对水坤说，他酒店里有七八十个员工，准备给每个员工发一条，如果价格能再便宜一点，他准备买一百条。水坤给他每条减了一毛钱，他付了钱，把一百条领带塞进旅行箱。水坤乐滋滋地想："照这样的速度，这两百条领带，今天就能卖完。早知道多采购些来。"他朝水生那边看，又有一批游客过来了，可那批游客在水生那儿站了一下就走了，经过水坤摊位时，站都没有站一下。街上行人来来往往，大多是本地人，他们或行色匆匆，或边走路边说话，地摊就在他们脚边，却没有人关注。直到晚边，泰山游人陆续下山，才又零零落落地卖掉了一些。天黑了，他们就收摊回旅馆了。

　　吃过晚饭，旅馆服务员告诉他们，夜市人多，可以去试试看。兄弟俩立即回到房间，拎着货直奔夜市。由于来得迟了，那些人流大、交通方便的地段都被别人占了，他俩只得在一个厕所旁边的空地上摆了下来。这儿是条断头路，只有一些上厕所的人会看见他们。在摊边守了个把小时，一件也没有卖掉。水生想起家乡金滩镇有个卖麻糍的人，天天把麻糍摆在竹匾里，然后手捧竹匾在街上边走边喊："麻糍噢，麻糍噢。"生意可好了，现在自己也应该主动出击。于是，他俩收拾起地摊，水生把钥匙串装进袋子，拉好拉链，把塑料布折叠成正方形，摊在袋子上，再在塑料布上放十来只钥匙串，然后双手抱起袋子就能边走边卖了；水坤把装着领带的袋子挂在左手腕里，再在左手臂、肩膀上挂几条不同颜色的领

带，右手拿着两条领带，边走边喊："卖领带唷！"两兄弟从夜市这头走到那头，来回叫卖，不到十一点钟，两人的货都卖完了。

第二天，他们继续采取"走卖"的办法。吃过早饭，兄弟俩把剩下的货全部装进袋子，到市中心最热闹的大街上，到火车站的候车室、广场上，到农贸市场、菜市场等市区人气最旺的地方，边走边喊边卖。到天黑路灯亮时，两个人的货都卖完了。他们赶回旅馆结了账，乘当晚火车，回到家正好赶上第二天吃午饭。

出门三天，每人赚了近五百块钱。

说起在泰安"走卖"的事，水珍说："平时，叫你们在大家面前说句话都怕难为情，现在那样成千上万人面前一天叫到晚都不怕？"

水生说："自由买卖，合法守法，国家保护的，怕什么？有些人还羡慕我们呢！在农贸市场，我碰到一对卖菜的夫妻，他们问我这些小百货是哪里采购的，我告诉他们在浙江义乌。他们说卖菜赚不到多少钱，不如卖我们这些货好，也想到义乌来买些货去试试看。"

"你这个人真是缺心眼。"水珍说，"大家都来卖你们的货了，你们的生意还会好吗？"

水生说："我们国家那么大，哪里不好去，还在乎多这么几个人做生意？你真是多担心！"

阿贞说："下次，我也跟你们去。"

水坤说："那苦头你们吃不消的。出门三天，我们两个晚上在火车上过夜，基本上没有睡觉。找旅馆，找夜市，赶火车，一天到晚，双脚不停，你们女人家这种生活是做不来的。"

水生说："家里的事情很多，也要有人照管的。你们把田地里的事、小孩子的事、家里生活上的事都做好了，我们才能安心到外面去赚钞票。"

水生说的话，母亲很赞同，她说："你们都出去了，家里一老四小，这日子怎么过呢？！"

琳琳说："等我们长大了也出去赚钱。"

水珍说："等你们长大了，还是这样赚钱吗？你们用心读书，考上大学，大学毕业了，当工程师，当科学家，给国家创造财富，赚大钱！"

水珍一句"赚大钱"，言者无心，听者有意，水生想，前两次生意虽然兄弟俩只花了两三天的时间，却挣得比往日生产队里一年劳动工分的收入还多，让全家惊喜不已。可两人挣的钱加在一起也不到千元，现在有些地方"万元户"都有了，当地政府还把他们树为榜样，号召人们向他们学习。要达到"万元户"，只靠做几次小买卖是不够的，他们肯定是经过一段时间努力的。其实国家实行搞活经济，鼓励百姓致富政策已经好几年了，那些响应政府号召的人，走致富道路起步早、行动快，自然先富起来了。而他自己，想走致富路却不知怎样起步。通过两次做生意，赚到了一点小钱，如果多搞几次就能积少成多，有了更多的资本，就能有"赚大钱"的机会了，他决定再去义乌进点货。

清明节前，银滩镇举办物资交流大会，天南海北的商品挤满了镇上唯一的一条街，摆得满路满田畈都是。水生、水坤在各种摊位上转了好几天。一天，水生遇到当年在建筑工程队打工的一位伙伴，他告诉水生，前几年他当兵在宁夏待过一段时间，那里风沙大，有些地方常年都得戴墨镜。也是言者无心、听者有意，回家后，水生当晚就和水坤商量，决定去宁夏卖墨镜。

秋凤听说儿子要去宁夏，立即阻止说："那里很荒凉，路又那么远，你们不要去！"

水坤说："我们是到城里做买卖，怎么会荒凉？"

"我跟你们说，我们这里曾经有人去支援宁夏，最后好多人都没有回家来。水生亲爷那个村里就有一个人，到宁夏只生活了两年多时间，就生了一种医不好的病。家里知道后，父亲去看他，刚赶到，人就没用了。沙林坞和深堂坞的两个人，到宁夏不久就回家来了，他们说那边太苦，待不下去了。"

"妈，你真是老眼光看新事物，宁夏现在已经建设得很好了。三十多年前，我们这里不也是很穷很苦的吗？"水生说，还举了很多例子来说服母亲，阿贞、水珍二人也帮水生兄弟劝母亲。

"妈，你尽管放心，我和哥哥已经去过两次义乌，一切都很顺利。第二次到山东，路也是很远的，赚的钞票还多些。我们两人都是三十几岁的大男人，正是天不怕地不怕的时候，我们不趁这个好机会出去闯闯，以后要后悔的。妈，相信我和哥哥，一定会很顺利的。"拗不过子女们的再三劝说，秋凤只好同意了。

到了义乌，水生、水坤先采购了一千副墨镜，装进袋子拎了拎，觉得分量不重，又买了五百只钥匙串，他们直接买票上了火车，坐了两天两夜，到宁夏银川站下了火车。进入市区，宽阔的大街上车水马龙，街道两旁高楼大厦鳞次栉比，高档宾馆、饭店、服装店、杂货店等等，一家连着一家。

水坤说："妈还讲这里荒凉，我看和我们那边大城市没什么两样。"

水生说："是啊，这里向来被称为'塞北江南'的。国家实行改革开放了，哪个城市都发展繁荣起来了。"他们在大街上走着，想找个便宜的旅馆住宿。

"哥，那边有个小弄堂，我们过去看看。"

他们过了马路，进入弄堂，弄堂的尽头是一条狭小的步行街。在步行街上没走几步，看到一块供销社招待所的牌子，他们进去一问，有空床位，价格也不高，就办了入住手续。从服务员那里得知，这儿离自由市场很近。休息了一会儿，他俩斜挂着背包，每人带着一百副墨镜和一百只钥匙串，按服务员指点的方向前往自由市场。步行街两旁店面不大，以餐饮店为主，空气里飘着一股羊肉香味，他们在一家"西安特色小吃羊肉泡馍"的小店内每人买了一碗，服务员捧上来一只像小钵头一样大的碗，碗上覆盖着一只比碗还大的馒头。

水坤说："这么大的一碗，馒头也做得这么大，一个人一碗恐怕都吃不下。"

水生笑笑说："从来没吃过，尝尝看。"

他用筷子一戳，那馒头皮就像一张水里浸透了的白纸破开了，下面是稀烊的面疙瘩，用筷子很难夹得起来。他拿瓢匙舀起一勺尝了尝，就像棉花糖似的，上下唇一抿，口里就空空的了，除了满口的羊膻味，感觉不到有什么东西被吃进肚子。碗里的是羊肉汤，里头有几片羊肉，也是一入嘴就化开，只剩下羊膻气。

"啐！原以为一碗吃不下，结果吃三碗五碗都像没吃过，这就是这个小吃的特色！"

水生真想大骂一声"骗子"，可出门在外，还是忍着点好。水坤不习惯闻羊膻气，放下碗以后，喉咙头连着打嗝，感觉有点恶心，他赶快要了一杯水喝。然后，两人出门买了几个包子充饥，从此不敢再碰这"西北美食"。他们继续沿步行街往前，转了一道弯，自由市场到了。

这个市场很大，他们沿着拥挤的摊位过道转悠了一阵子，在最边缘的围墙脚摆开了地摊。学着别人的样子，他们在塑料布上把墨镜、钥匙串摆放成了图案。周围大多是卖西北特产的摊位，冲进鼻孔的是一股浓浓的牛羊肉气息。一个卖葡萄干的摊主走了过来，问墨镜多少钱一副。水生告诉他价格，他回到自己摊位边，同几个人说着什么，像是说"这个好"。过了一会儿，他又走过来问水生能否便宜点。

水生说："我们今天能遇到一起做生意是缘分，就给你一副便宜一毛钱。"

葡萄干摊主大拇指一竖："好，够朋友，给我十副。"

接着，距离稍远的一些摊主也来买了。你五副，他三副，一下子销掉了五十多副。

水坤轻声说："卖得太便宜了，提一点吧？"

水生说："薄利多销，要提也要明天再说，这里人蛮直爽的。"

接着走过来一个头戴花帽、身穿长袍的白胡子老人，说着别人听不大懂的普通话，问钥匙串多少钱，边说还边做着手势。水生给他说了价格，他摊开双手问："共有多少只？"水坤拍拍背包说还有很多。他笑着又问具体数字多少只，水生问他要买多少。

"我是新疆人，我们新疆是个好地方，我要把你们的这个好东西带去给新疆人，所以你有多少，我全要。"

他边说边跳起舞，双手举起来在原地转了个圈，原来他也是个做小商品生意的。

水坤高兴地说："就按这个价，我们有五百只，全给你！"

"亚克西！"他喊了起来。

水生、水坤收起地摊，和这个新疆老人一起回到招待所，把五百只钥匙串全卖给了他。

水坤兴奋地说："我本来担心钥匙串难卖，却是一笔生意就卖掉了。墨镜卖了七十多副，也只是那几个摆摊的人自己用的，如果到市场里兜一圈下来，可能也很快就能卖完的。这地方生意看来比泰山脚下还好做。"

水生说："买钥匙串的是新疆少数民族，看那样子，他做生意已经有好多年了，可惜刚才没和他多聊聊。"

水坤说："是呀，是该好好向他请教的。晚上我们到外面走走看，可能还会遇见他呢！"

他们休息了一会儿，早早吃过晚饭，各带了五十副墨镜逛到大街上，太阳在遥远的西边地平线上搁着，像一个快要煎好的鸡蛋。街上比他们刚到时冷清多了，路灯亮起来了，很多店门却关了，听不到市声喧哗了。

水坤对水生说："这里人大概晚上不做生意的吧！我们金滩镇上夜里也比这里热闹！"

"是呀，我们再走几分钟也回招待所吧。"

转过大街，来到一条小街，路上人更少了，水生问迎面走过来的一位年轻人，这里的夜市在什么地方。那年轻人告诉他，在火车站后面的一条街上，晚上有很多人在那里做生意，但那里人多秩序比较乱，到那里去要特别注意安全。

兄弟俩回头朝火车站方向走去。找到了夜市那条街，他们把背包挂在胸前，把衣服裤子口袋里的东西全部放进背包里，然后双手抱着背包，慢慢地在拥挤的人群中前行。水生发现街道右边地摊上有人卖墨镜，便拉着水坤走过去看。摊主是一个四十多岁的汉子，皮肤黝黑，右脸颊上有颗痣，痣上有几根毛。这时，两对青年男女手拉手走过来，拿起墨镜，仔细端详，"长毛痣"摊主说："这是法国进口货，戴起来美容护眼，低价优质，不买可惜！"四个人每人买了一副，又拉着手走了。水生仔细看过那货色，造型没有自己的好，做工也不如自己的，可价格比自己卖的贵二元。他们再站了一会儿，又有几个人买去了几副。

"我说这两位，""长毛痣"指着水生兄弟俩说，"你们不是市管会的吧？在这里监督我做生意，没事请走开好不好？"

"看一下怎么啦！"水生说。

水坤赶紧拉着水生走开，"长毛痣"想回应又忍住了。

水生、水坤再沿街向前走，行人渐渐稀少，路上不拥挤了。他们从背包里摸出几副墨镜开始沿街叫卖起来，一对年轻夫妻觉得这墨镜好，一下子买了几副，兄弟二人转身回头快到"长毛痣"的摊位时，一群人拥了过来，大家一下子把背包里的墨镜全买完了。原来，那对年轻夫妻戴上刚买的墨镜一路走着，许多人见了都问他们是哪里买的，年轻夫妻手往后指着，大家就纷纷来抢购水生他俩的墨镜了。"长毛痣"眼睁睁地看着到手的生意被人抢走，气得痣毛直竖。一看卖家竟是刚才在自己摊位前观望很久的那两个人，就怒气冲天地跑过来，一把抓住水生的衣领说：

"你小子，竟敢抢我碗里的菜！"

四周瞬间围过来了很多人。水坤挽住弟弟的手臂直发抖，水生面对众人，不慌不忙地说：

"请大家看牢，我双手没动，是他拉住我衣服。这里是市场，买卖双方愿买愿卖，完全是自由的，谁也不能强迫谁。这位摊主先生说我抢他碗里的菜是没有道理的！"

大家纷纷说："说得对！"

有个老人家说："喜欢买谁的货，是顾客自己的权利。"

"所以，请这位先生放开手！"水生微微笑着说。

"长毛痣"无可奈何地缩回了手，灰溜溜地回到自己的摊位。

那些刚买了水生、水坤墨镜的人，对水生的表现都佩服得五体投地。

第二天，水生、水坤一早就来到附近的自由市场，在一根水泥电杆下摆好地摊。他俩共拿来了五百副墨镜，想在上午卖完。西北早春的清晨，白霜蒙地，寒气砭骨，市场上才摆开几个摊，一个顾客也没有。他们俩搓着双手，蹬着双脚，在摊位边来回走动。太阳升起来了，无力怕冷的阳光像刚点着了火，慢慢地红起来，暖起来。摆摊的人口里呵着白气从四面八方来到市场，顾客从无到有，从少到多，聚集了过来。过了半个来时辰，街路及两旁人又挤满了。由于天冷，人们戴着手套，一早来买墨镜的人很少。水生、水坤两人分立地摊左右两端，搓着手、呵口气，微笑地看着过往的行人。许多人朝地摊上看看，像是想买，又怕伸出手冻着，晃了晃脑袋，像是说"等下再买吧"，然后就走了。

这时，走过来两个穿皮袄的人。一个男的，年纪很轻，另一个女的，已是半老徐娘。那男的蹲下身子拿起一副墨镜，水生以为他想买，也蹲在他身边。

皮袄男轻声地说："我们是市管办的，来检查一下你们的证件，请把你们当地政府开的销售许可证明拿给我们看看。"

水生说："自由市场自由买卖是国家允许的，还需要谁的证明？我只有购货发票，你要看吗？"

"那就对不起了，把东西收起来，跟我们走一趟。"皮袄男严肃地说，声音仍然很轻。

皮袄女朝旁边看了一下，立即有两位壮汉走过来，要动手收摊，水生说："我们自己会收。"

水坤早已吓得胆战心惊，问道："去哪里？"说话声音都在发抖。水生叫他别怕，跟他们到办公室去会说清楚的。

两人跟着"市管办"的四个人，走出拥挤的街道，穿过一条弯弯曲曲的弄堂，进入一幢三层楼房的一楼"办公室"。皮袄男把他们带到"主任室"，一个戴眼镜的中年男子坐在办公桌前，皮袄男向那戴眼镜男子汇报了水生他们"无证摆摊"的情况，然后对水生、水坤说："这是我们的鲁主任，你们同主任谈吧！"然后走出办公室。

"两位请坐吧！""鲁主任"态度和蔼地说，"是这样，最近这里发生一个案子，有一家眼镜店被盗，失窃了几千副墨镜。上面通知我们，对销售墨镜的商贩加强管理，发现可疑现象，查细查实，将窃贼缉拿归案，请你们将所有的墨镜交给我们，待上面审查后，如果确实是你们的东西，一件不少都会归还你们。两位请配合一下吧。"

水坤说："我们是从义乌买来的，有发票。"

"对，我也相信是你们自己的。但公事公办，不经过调查，肯定通不过！"

"那要几天才能查清楚？"

"我估计明后天就能结束，你们后天上午再到这里来一下，是你们的就归还你们。"

水生想了一下，说："那请给我开一个收据，我们后天凭收据向你要回。"

"对，等下把商品过完数，我是要写个收据给你的。"水生、水坤把背包里的墨镜全倒出来。旅馆里拿来五百副，仍是五百副，早晨一副都还没卖掉。

"鲁主任"开了一张收据给水生，水生看了看，说："请盖上公章。"

"好，小伙子做事情蛮老道的。""鲁主任"伸手到抽屉里拿出一枚公章盖了一个印。

水生、水坤走出办公室，穿皮袄的那对男女和另外两位壮汉在门口晒太阳，等水生他俩走远了，四个人都进了屋子。

回到旅馆，水生越想越不对劲，回忆起皮袄男讲话神态和动作，感觉这些人可能是假扮市场管理人员进行敲诈勒索的——讲话怕被隔壁摊位的人听见，收摊时手脚很快，眼睛不时左顾右盼，哪像是管理人员的作为？兄弟俩回到了办公室，除了一张桌子，其他东西都不见了，再仔细看看收据上的公章，上面的字也不规范。

"哥，我怀疑他们不是市场管理人员。我们赶快回市场上去打听一下，把真正的市管会找到，然后赶快报警！"

"我们人生地不熟的，他们会听我们的吗？"

"打击违法犯罪是公安部门的职责，我们去报案也是在帮他们，全国法律是一样的，无论熟悉不熟悉，都要按法律办事。我们不用怕！"

经人指引，他们在自由市场前面的一条小街上找到了工商管理局，传达室的门卫把他们带到三楼局长办公室，水生把事情经过向局长详细地汇报了一下。

局长马上拿起电话："姚主任吗？快上我这里来一下。"

不一会儿，一人走人局长办公室，他就是市场管理办公室的姚主任，局长说："他们两位反映的情况和你昨天讲的案子似乎很吻合，分析一下，如果是的话，并案处理，立即行动，把他们一网打尽。"

原来，最近几个不法分子，纠集了社会上一些闲散人员组成一个集诈骗、盗窃、销赃、暴力等违法行为成一体的犯罪团伙，破坏市场经济秩序，危害百姓财产生命安全，有关部门正组织力量进行严厉打击。姚主任马上安排保安组长小吕带领保安队员，陪同水生他们一起赶到那个"鲁主任"办公室，进行现场勘查。

到了屋外，小吕大声喊着："屋里有人吗？"

一个六七十岁的老太太从楼上下来，她是房屋的主人，小吕问她一楼房间里的人哪去了。她说租住一楼房间的共有六个人，四男二女，他们有时白天在家，晚上出去，有时住一个晚上就退房，有时退掉了，半夜里又回来，今天中午六个人都退房走了，不知去哪里了。

水生把昨天晚上兄弟俩在火车站旁的夜市碰到的那个"长毛痣"的情况告诉小吕。

"那人个子高吗？"

"挺高大的！"

"皮肤黑吗？"

"黑！"水生又说，"他用手抓住我，感觉他手劲很大。除了脸上有颗黑痣，左边嘴角上还有一条蛆虫样的疤痕。"

"是他，这家伙非常凶残，也是一个主要头目，我们现在到那边去看看。"

他们来到火车站边的小街上，白天没有晚上那么热闹，但设摊做小生意的人还是很多。由于昨晚在这里待的时间不长，也没有留意环境特点，所以水生他们一下子找不准昨天的位置。突然，水生看见前面有个卖墨镜的地摊，为防止打草惊蛇，水生叫小吕他们转身往回走，由他一个人先过去查看。他低着头从街道左边走到右边，假装偶然逛到墨镜摊边，蹲下身子一看，顿时惊呆了，这是他们的东西！架子、镜片、颜色、粗细，他都认得清清楚楚。他按捺住激动的心情，装着没事似地站起来，随意地走向别处，然后迅速回来和小吕商量。小吕叫他们俩到地摊上去，他自己和其他五个保安队员各自散开，向摊位四周靠近，监视目标，见机行事。

水生、水坤来到墨镜摊前，水坤拿起眼镜看了看，也确定就是他们的东西。他问摊主：

"老板，这墨镜多少钱一副？"

"十元。"

"开价比我们贵了二元。"水坤心里说。

摊主是个瘦小的半老头，讲完价又补充一句："多买可以便宜点给你，卖完早点回家。"

水生看了老头一眼问："你家在哪里？"

"小林庄，离这里十五里地。"

"你这货是从哪里进的？"

"我不知道，是我儿子叫我来卖的。"

"你儿子呢？"

"他忙死了，一天到晚东奔西走，没得空。"

"你家里还有多少这样的货？"

"卖完就没了，我家里又不是做买卖的。"

"做买卖好呀，无商不富嘛！"

"富个屁！我那儿子和一帮人东买西卖，混了好几年了，除了自己吃用，什么也没赚到。"

水坤拿起这副，放下那副，像是在挑选自己最中意的。

瘦老头说："师傅要真心想买的话，一副给你降两毛。别只看不买，把眼镜摆乱了。"

说着，他把眼镜挪来挪去，摆放得整整齐齐。水生也蹲在地上，他手拿墨镜却心不在焉，两眼斜着往上看摊边来往的人。突然间，一个记忆中的人影在身后晃了过去，

"皮袄女！"

他差点叫出了声。为了不让对方发现自己，他换了一个角度蹲着。水生仔细看了一会皮袄女的背影，确定是她，然后移到水坤身边，压低声音叫水坤看他身后的人，水坤一眼就认出皮袄女，水生示意他别轻举妄动。

这时，小吕和一个保安队员从两个方向一同走到皮袄女身边。原来，春节前，小吕在自由市场处理一次香菇买卖纠纷中，也见过这个女人，她当时要强行压价，把一个福建商贩八十多斤香菇全买走。那福建商贩不肯卖，她就叫来一帮人连抢带夺，刚要拿走时，小吕与同事们及时出现，这女人十分嚣张，四位保安队员一起出手，才将她制服，今天听水生说才知道，她也是那个"鲁主任"团伙中的骨干之一。现在小吕和另一名保安队员，两人一左一右站到她的身边，她看到小吕，悚然一惊，想从旁边溜走，被另一名保安一把抓住，两人立即把她带走。水生、水坤在其余几位保安队员陪同下继续在市场上监视。

不一会儿，小吕他们回到市场，叫大家迅速上车。根据那个女人交代，今天团伙的大部分人员在两个地点活动：一个是本市东郊农贸物资批发市场，一个

是东边相邻县自由市场。现在姚主任带着十多个民警，押着那个女人到东郊批发市场去突然袭击；小吕的任务是率领六名保安队员和水生兄弟赶往邻县自由市场实施抓捕。大约一个多钟头后，他们进入县城，把车子停在离自由市场里把路外，然后两三个人一起，从外面几个方向走进市场。市场范围很大，卖蔬菜鱼肉的高峰期已过，摊位边已很少有人走动，人们都集中在卖水果、干货和小百货的摊位前。

水生兄弟跟着小吕往小百货摊位走去，听到前边一堆人在吵架："真是岂有此理，你假货卖给我都不好退？"

"你胡说，我这正宗厂家出产的皮带，怎么是假货？！"

"我试过了，用火烧起来一点皮臭没有，是塑料，伪劣产品！"

"你不要诬陷人，这么多皮带，大家来看一看，有一条是塑料的，我全部送给你。"

"好，叫那边市管会的人来……"

小吕听了倏然一惊："谁暴露身份了？"

突然那边传来答话声："我们过来看看。"

"啊？"

水生惊诧不已，这声音好熟悉，抬头一看，正是那个"鲁主任"。

水生迅速拉住小吕轻声说："那个就是没收我们货的'鲁主任'。"

小吕轻声自语："李逵碰上李鬼了。"立即警觉起来，叫大家小心隐蔽。

只见"鲁主任"手拿公文包，后面跟着三四个人。

"这样吧，""鲁主任"开口说话，轻声细语的，"这些皮带全部拿到我们办公室去检验一下，如果确实没问题就还你们。"几个随从马上动手。

小吕手一招，六位保安队员和水生兄弟一共九人围了上去，大家一起把"鲁主任"等五人一起带到工商局。这时，姚主任他们正好也从东郊批发市场回来，抓获了十二人，水生看见"长毛痣"最后一个下车。

第二天，市管办联合公安等有关部门对这个团伙进行审讯，先把他们从商贩那里抢夺来的货物归还货主。小吕把一大袋墨镜还给水生、水坤，叫他们清点一下，少了多少，待案子处理结束再如数补足。然后叫水生兄弟写下详细通信地址，过几天处理好再把损失补偿费汇寄过去。水生写好字据交给小吕，对自己挽回损失千恩万谢，小吕也说感谢兄弟俩协助破案。水生、水坤把手头所有的墨镜拿到离招待所最近的自由市场摆摊销售，从白天卖到晚上九点钟，全部销完，准备第二天乘早班火车回家。

两天后，水生兄弟安全到家。宁夏之行，共十二天，每人赚回五千多元钱。

听了兄弟俩谈起这次宁夏之行，秋凤说："远处畚金畚银，不如在家畚土畚泥。到那么远的地方去做生意，没有熟人，不懂行情，还容易碰到一些坏人，不要说赚多少钱回家，只要你们两个人安全回来，我就谢天谢地了。自从你们出门，这么长的日子，我天天晚上都没睡好觉，以后再也不要到那些地方去了！"

水生听母亲话语中余悸未消，心心念念，全在儿身，很是感动："妈，别担心，我们没事的，以后不出远门就是了。"

阿贞说："出远门辛苦，总没有以前饿肚子苦。我倒想跟你们出去见识见识，那边的城市大不大？山头高不高？那边的人和我们是不是长得一样？待陌生人是不是和气？那个什么羊肉……泡馒头，我恐怕会吃呢！"

水珍说："我说只要那边钱好赚、赚得多，路远没什么好怕的。现在国家开放，到处都一样的。政府保护老百姓，什么地方都安全的，坏人总是少数。打击坏人，保护好人，哪里都是一样的。只要出门的人守法守纪，家里尽管放心。"

琼琼、琳琳四个人喜欢听爸爸讲他们陪保安队员抓坏人的故事。

清明后的一天傍晚，秋凤一家人刚吃过晚饭，县邮局邮递员老陶师傅送来一封挂号信，还有一个小邮包。水生签了字后收下邮件打开一看，信中说，水生、水坤损失的七十副墨镜折合七百元，两人陪同破案工资四百元，两人破案立功，各奖现金二百元，赠锦旗一面。面对一千五百元的汇款单和锦旗，一家人既感动又高兴。

秋凤摸摸锦旗，自言自语："像做梦一样。"

水珍也说："像电影里一样。"

琼琼双手把锦旗拉开高高举起，想挂起来，随口唱起了歌："我们都有一个家，名字叫中国……"

十八　水生创办家具厂

又到秋收冬种后的农闲季节。

从现在到明年春耕之前这六七个月，水生在家里实在闲不住，问水坤想不想一起再到义乌去跑几趟。水坤告诉他，阿贞父亲在世时，在房前屋后栽种的枇杷树都碗口样粗了，这几年已经开始结果了。由于地里荒漫，果子长大都被鸟兽吃光了，毫无收入，他准备趁农闲去料理一下，把杂树杂柴劈干净，地面全部挖一遍。屋基里自从房子倒塌后就空着，野树柴草长到一人多高，他想翻耕一下，也种上枇杷树。还有自己承包山上，分产到户那年，他就种下了两百多棵枇杷树，已经快成林了，他也要在春耕之前把山地整理一下。一共有四百来棵枇杷树，都要长果了，管理得好，每年会有一些收入。即使没管好，枇杷生得不多，那些枇杷树，一棵棵都是一段三四米长的好木料，不能荒废了。

一天，水生、水珍带着儿子珺珺上街买冬衣，在百货公司门口，碰到了许久未见的姑父阿明师傅。

水生上前惊喜而亲热地叫道："姑父，你也在这儿，好久没见着姑父，今天真难得。你现在退休在家休息吧？"

"那还去哪里，早几年村里造房子的人很多，可我是做小木出身的，做大木不大适应，就到我女儿家去住。我女儿住城里，城里人房子都要装潢过的，我天天给人家装修房子。一个人忙不过来，我又叫了个徒弟去帮忙。前一段得了高血压，上医院住了一个多月，出院后就回家了，儿女们说有高血压的人要休息，不好太疲劳。休息了这么久，我觉得自己早就康复了，想找点事做。现在还做得动，在家闲不住的。"

"是啊，姑父从小勤劳惯了，怎么闲得住！身体还这么硬朗，做手面上的生活，着实还能做好多年呢！"水生说。

"我也是这么想的。"阿明师傅继续说，"现在政策这么好，只要有条件，人人都可以开公司办工厂，我们村有好几个年轻人自己什么都不会做，还办木工厂、办装修公司、办汽车修理厂，等等。我如果年轻十岁，这次可能也办起厂了。"

水生问道："怎么回事？"

阿明说："我那几年在城里做过装潢，好多人知道我的手艺。上星期有个老板，经人介绍找到我女儿，想叫我三个月内给他做二百张五斗橱，每张橱卖给他三百元。当时我正想答应下来，可一想，两百张橱的木料到哪里去找？还要有个四五个人干活的地方，开头就要有万把块钱买木材，这我哪能吃得消呀？所以没敢答应。真是可惜，六万块钱的生意呢！"

水生听了随口应答："确实是可惜的。"

水珍带着珺珺拿着新买的衣服走过来。

"姑父在这儿。"水珍说着教珺珺喊"姑爷爷"，珺珺很有礼貌地说："姑爷爷好。"阿明师傅高兴地夸珺珺"真乖"，然后与水生一家告别。

回家的路上，水生向水珍说起做两百张五斗橱的事，兴奋地说："我想索性乘此机会办个木材家具厂。我听钊根叔说，那年小队想做稻桶、风车、水车，砍下来许多木头。后来分田到户，集体农具没有做，那些木料还搁在仓库楼上。沙湾大队好多小队的集体财产都处理掉了，我们小队上个月也提出要拿来卖，只是一直没人要。我们回去同钊根叔讲一下，把仓库及木料都买下来，再让姑父请四五个木工师傅到这里来，把这批五斗橱做好卖出去，我们就能把工厂办起来了。你看怎么样？"

"这个计划很好，不知道买仓库和木料要多少钱？再加上请木工，我们的钱够不够？"

"回家问下钊根叔，再去请教一下姑父就有数了。去年以来做了几次生意我们已经存了八千多元，叫水坤哥帮忙凑一点，就能解决钱的问题了。"

"没问题的话要赶快动手，迟了生意就被别人接走了，三个月内完成，已经过去几天了，必须抓紧时间才行。"水生马上背起珺珺，两人加快脚步赶回家。

回家后，水珍告诉母亲想办厂的事，水生马上去找钊根。钊根告诉水生，生产队里早就商量好了，仓库及晒谷场地基一共折价一千八百元，仓库里的木料折合一千五百元，共三千三百元。如果是本生产队社员买，还可以去掉零头，卖三千元。决定下来已经一个多月了，至今还没有人来提过。如今卖给水生，全队社员都会一致赞成，还会表示感谢呢。

水生回家高兴地告诉母亲和水珍，仓库和材料已经买定了，他马上要到姑父家去。水珍把饭菜捧上桌，秋凤到楼上拿来两包桂圆、十几个鸡蛋一同放在篮子里，叫水生送给姑妈。水生狼吞虎咽地吃完中饭，提了篮子，推出自行车，向姑妈家飞速骑去。

"姑父！姑妈！"水生一踏进门槛就响亮地叫着。

"噢，水生来啦，快来吃饭。"正在吃饭的姑妈赶忙拿来碗筷。

"姑妈，我吃过了。"

"这么早的饭，来玩一下就是，拿这么多东西做什么？"

"妈说长久没来看你们了，她很想你们。"

"啊，你妈身体还好吧？"

"还好，一天到晚没得空，我叫她休息，她说做点事更好。"

阿明师傅说："你妈说得对，老年人干点活对身体有好处。"

"对，姑父，那我来请你干活好不好？"

阿明紧接水生的话说："好呀，只要用得着我。"

阿明师傅六十三岁，儿子女儿都在城里安了家。儿女多次叫父母到城里住，阿明夫妇说家里老房子没人住容易坏，门前菜园地不种要荒掉，说什么也不肯进城去。水生请他帮忙，他真是巴不得。

"姑父，我今天特意来同你商量。我想拜托表姐帮忙把做五斗橱的那笔生意接过来，不知道被别人接了没有？"

"好，水生，我支持你，肯定还没有人接。只是木料和场地你能解决吗？"

"我已经把生产队的木料和仓库买下来了，木料和场地都有了，只是工人师傅还没请到，想请姑父当技术指导，物色木匠师傅。"

"你真会办事，木匠师傅我帮你找，以前和我一起在建筑工程队做过的那些人大多比我年轻，现在都在家闲着，我去叫他们来，他们会高兴死呢！"

"那太好了，姑父你说一共要请几个人？"

"两百张橱三个月完成，六七个人够了。"

"姑父，我想这批五斗橱做好后，就起步办个木材家具厂。沙湾村山上的树木乌沉沉的，都已长大成材了，办家具厂的原料尽够用。家里那点承包田的农活只消几天就干完了，一年到头没事做，日子很难过的，办个厂起来村里男女劳动力就不会太闲了。"

"你这个想法很好，那我多叫几个木匠来，早点把这批货做好。"

"好的，那就辛苦姑父了。"

停了一会，水生又问："姑父，那承包做二百张五斗橱还要办什么手续吗？"

阿明师傅说："老板把合同放我女儿那儿了，我明天去拿来，一式三份，你签个字就行。"

"又是辛苦姑父去跑一趟了！"

当天晚上，水生高兴地与秋凤、水珍商量，决定明天就把生产队仓库整理起来作为木工厂，把自家柴火间打扫干净，粉刷一下，给木匠师傅暂时住宿。

秋凤自水生提出办厂，心里想了很多，她忧心忡忡地说："水生，你仔细想过没有，我们村从来都没有人办过工厂，你是第一个办厂的人，只能是试试看，能办就办，不能办就停下来。"

"妈，你放心，我不是乱来的人，我也是想试试看，不过我和水珍都仔细考虑过了，在我们这里办个木材家具厂有利条件很多的，应该不大会失败。"

水生仔细讲给母亲听。原材料充足是办厂的首要条件。木材家具的原材料就是木头，沙湾村四周上万亩山头上都是又粗又高的树木。那年撤队改村时，大队在里金坞砍下一千多株杉树，卖不出去，现在还堆在山上，有的都已经烂了。而里金坞里面的风跑坞、杉树湾等大片杉木林都是早年集体化时期种的，二三十年了，一株株都是好木材。猴坪山到小坞底几千亩山头是杂木林，有黄檀树、木禾树、椰树、莲丁树等，不少人做家具喜欢用杂木，那一大片山头上的杂木都是好材料。所以，办个家具厂，材料来源是不用愁的。现在正是更新换代时期，早年祖上传下来的家具大多已经破旧了，一九四九年后做的也用了三十来年，都需要更新了。而且现在的人更喜欢新样式的家具。所以，做木材家具是不愁销路的。

水生说："妈，原料足、销路广，办厂就不用怕了。"

水珍补充说："我们住在江边，有人来订货，用船装运很方便。农村分田到户，劳动力多余，招收工人只要自己村里的人就足够的。木工技术，开始阶段姑父会叫一班老师傅来，以后年轻人很快就会学起来的。"

秋凤听了水生、水珍的一番话，思想上的顾虑基本消除，对儿女办木材家具厂也有了信心。

第二天，水生、水珍先动手整理为木工师傅安排住宿的地方。他们把自己家柴火间打扫干净，再用石灰水将墙壁刷了一遍，房间里顿时显得又白又亮了。水生用脚步大致测量了一下，可以铺四张床。楼上还有四个房间，可以睡八个人，估计开始阶段够睡了。这时阿明师傅来了，他上午进城把三份合同拿来了，水生立即跑下楼。

水生高兴地说："姑父动作真快。这样，明天就可以开工了。"

阿明说："我已经同八位木匠师傅讲定了，明天就有六个人挑着铺盖和工具到这里来住了。我也想早点动手，保证三个月内完成任务。第一批货很重要，保质保量按时完成，就会受到客户的信任，以后人家就愿意把订单交给你做了。"

"姑父说得对，重合同守信用，这是办厂最起码的要求。"水生在合同上签了字，自己留一份，另两份交姑父带回去给他女儿。

"姐夫，来吃点心。"秋凤从厨房捧出一碗热腾腾的酒酿鸡蛋。

"我刚吃了中饭还不到一个时辰，你点心又烧来了。"阿明师傅客气地用一只空碗倒了小半碗说，"我吃这些尽够了。"

秋凤搬了凳子坐到阿明身边说："水生办这个厂，全靠姑父帮忙。现在还没动手，就让你辛苦了，今后还要又忙又吃力，我们心里过意不去。"

"刚开始跑来跑去的，以后办好了，就天天在家做工不会很累的。"

"姐夫，以后主要活都由人家去做，你就是手艺上指导指导，力气活尽量少干。"

"妈讲得对，以后我请姑父当技术指导。"水生在旁边插话说。

"我看这样吧，水生，你让姑父在厂里指导，把姑妈也请到我们家来住，我们楼上空房间很多，姑妈来了，我们好聊聊天，省得我一个人在家太冷清。"

"妈这个主意好，姑父你说怎样？"

"你姑妈离不开她自家那个窝，儿子女儿家都有年把没去了。"

"这里路近，想家了回去一下，两头住住，我也有个伴，家里也顾得牢。"

"那我同她说说看。"

阿明师傅吃完点心就回去了。水生又上楼去，把房间整理好，然后同水珍两人用木板条凳子搭好床铺，做好一切准备工作。

次日，阿明师傅和另外六个木匠一早就到了水生家。大家放下铺盖，水生就陪他们一起到仓库里去。仓库很大，一排六开间，泥土墙，木框架。

师傅们高兴地说："真宽敞，比原来工厂的车间好多了。"

水生又领大家看堆在最左边开间里的木板、木料，大多是木工最喜欢做的杉木。

"大家休息一下，我回去拿几壶开水和茶杯来，先喝杯茶、聊聊天，帮我出出主意。"

不一会儿，水生拎着开水壶，水珍拿着茶杯、茶叶来到仓库，未进门就听见"嘶啦嘶啦"锯子锯木头的声音，木匠师傅们已经开始动手干活了。

"老师傅们不要急，先歇一会儿。"

水生把开水放在仓库右开间。

"都歇了十来年了，熬了这样长的木工瘾，巴不得早一分钟动手才好。"那位爱说笑的朱师傅这么一说，别人都笑了起来。

阿明师傅说："他们要先锯几段松木下来做几个'三脚马'，才好做木工活。"

水珍见大家积极性很高，非常高兴，叫水生骑车上街买些好菜回来，中午准备烧一顿丰盛的午餐款待大家。

吃中饭时，木工师傅们边吃边聊。

一位师傅说："我们都是做小木出身的，造房子我们插不上手，现在建房也不用多少木头。我们做做小家具还是可以的，所以水生早点去把执照办下来，把家具厂的牌子挂起来。我们都是六十来岁的人，做到七十岁，还可以再干近十年。"

大家都说："是是是！"催水生早点把办厂执照去批来。

另一位师傅说，他有一个亲戚在一所中学当总务主任，学校里计划明年九月开学之前更新一千套课桌凳，没有人敢接这个单子。

"我也听说各乡镇以及许多村都要办幼儿园，就是找不到木匠做桌凳。"

水生说："办厂申请昨天已经送上去了，估计很快就会批下来。大家都这么关心这个厂，我一定要努力把它办起来，而且一定要把它办好。现在这批五斗橱按合同是元旦前交货，明天我准备在村里招一批年轻人来做学徒，跟各位师傅学做木工活，请大家考察一下，每个师傅选一个徒弟，把你们的手艺传给下一代。"

"对，这个办法好。现在年轻人不肯学手艺，都想包工程，吃快活饭，自己一点真本事都没有。"

"我叫我儿子跟我学木匠，他说还不如去讨饭。"

"我儿子也是这样，初中毕业考不上高中，叫他跟我学木匠，他说情愿背锄头。"

大家七嘴八舌讲歇后，阿明师傅说："以后大家在这里多带几个徒弟，培养出几个有名师傅，让我们厂的木匠手艺在全县创出名气，那我们厂就要大发展了。"

那个爱说笑的朱师傅说："不是吹牛，我们这些人，本来就是县建筑公司木工班的骨干，我们不做第一谁做第一。"

吃完午饭，大家边说边走向仓库，各自拿起工具干起活来。

一天上午，水生正和阿明师傅几个人商量招油漆工的事，沙湾村党支部书记唐析淼和乡政府工办主任一起来到仓库，唐书记对水生说："办厂执照已经批下来了。"边说边把批文和执照交给水生，"上级领导很关心你办的这个厂，乡里工办领导特地来给你鼓劲。"

工办主任握着水生的手说："万事开头难，你这个头已开始了，以后要放开胆子，跨开步子，甩开膀子，干得越快越好，钱赚得越多越好，不要怕，有国家政策保护，有各级政府支持，你先致富，然后带动大家富起来。"

水生连说："谢谢关心！谢谢关心！"

唐书记说："你是我们沙湾村第一个办企业的人，村里会全力支持你的。山上的木料，你要什么样的树木，要多少，什么时候用，你尽管提出来，一切都会满足你的。"

水生说："有唐书记支持，我就更有底了。当务之急是需要大量干燥的杉木料，原先各生产队可能都有一些木料存放着，如果他们自己不用，请村里协调各队把干木料卖给我们。村民户头上有闲置的木料希望也能卖给我，价格就按市场价。"

"好，这件事包在我身上，我明天就在村委会会议上布置下去。"唐书记握了握水生的手，和工办主任一起走出仓库。

几天后，许多以前生产队存放的木头陆续都运来卖给水生了，一些村民闲置的木料也都运来卖给水生办厂了。水生在仓库门前晒谷场上搭了个大棚，把木料堆存在棚子里。从本村招来的第一批十二个工人也到位了，都是二十岁左右的小伙子，他们先帮忙削树皮、锯木头，学习劈木料、凿孔子等。经过两个月的紧张作业，到十一月中旬，两百张五斗橱已经完成了三分之二，元旦前交货肯定不成问题。

水生、水珍整天忙着收购木料、招工人、谈订单计划、筹办开厂挂牌典礼、准备建造新厂房、办工厂食堂、建立工厂组织班子，忙得天天起早落夜赶时间，三餐吃饭无定时。

一天晚上，秋凤带琳琳、珺珺睡着了，水生、水珍才回家吃晚饭。

"妈，这段日子你辛苦了。"水生边吃边说，"待工厂正式挂牌生产了，我们就不会这样忙了。"

秋凤说："这我知道，做准备工作总是有点忙的，有件事情，我昨天就想告诉你们。我听钊根叔讲，巴沙埠你亲娘和阿标二老吵架，闹得很厉害，据说是为了把木头卖给你们引起的。"

"我没看到他们把木头运来啊？"

见水生不了解情况，水珍说："巴沙埠运来一拖拉机杉木，是我经手的，数量有不少，好像是好几户人家并一起送来的，说不定那里面有他们家的木头。我给他们当面算清账目、付清钞票的，不会有什么问题的。"

"也不知是什么原因，听说你亲娘要来找你帮忙。"

"帮什么忙？他们家的事和我们一点关系也没有。"

"妈，我和水生两人自己的事都忙不过来，哪有工夫管他们的事？明天来找，别理她就是。"

第二天，秋凤正在灶前洗锅子准备烧中饭，阿芳喊着水生名字走进家来，秋凤连忙停了手上的活，迎上前去。

"水生亲娘什么事？水生夫妻俩一早就出门了。"

"水生妈，我有一件要紧事想跟水生商量。"

"听水生讲，他今天要到一个学校谈做课桌凳的事，不晓得什么时候才能回来，你告诉我什么事，晚上水生回家，我跟他讲。"

"好的，那就麻烦你了。"

"来，我要烧饭了，我边做事边聊。"

"好的。"

阿芳接过秋凤端来的一杯茶喝了一口，凄切地诉说起来。自从那年儿子仇林吉判刑入狱后，阿标与她形同陌路。他常用"你与前夫生了个好儿子"之类的话讽刺她，全然不顾她的感受。人也变得好吃懒做，每天吃过早饭就出门到埠头的茶馆喝茶聊天、下棋打牌，到晚上才回家。后来，还染上赌博的恶习，常常夜不归宿。回家来也总是嫌这嫌那，三天两头与她吵架。前几天，他和几个包工头赌博，一手就输掉一千多元，那几个人逼他要钱，他说回家来拿，家里买油盐的钱都没有，哪里有钞票还赌债！赢钱的包工头紧逼不放，要他限期还债。正逢大队通知各户，可以把存放的木材卖给水生办厂，他乘她不在家，把她早年买来的一副老屋（棺材）料夹在别人家的木头中间卖掉了。于是，两人大吵一架，她大哭了一场。

"我的命真苦啊，水生妈！"阿芳揩着眼泪，无助地看着秋凤。

"这个狠心的家伙，把我的棺材本都拿去输掉了，让我怎么活啊……"说着说着，她不禁悲咽起来。

秋凤听了阿芳的泣诉，也很心酸："别难过，水生亲娘，你要跟水生商量什么事告诉我。你放心，再难过的日子都会过去的。"

阿芳说："是这样，我的那副老屋木料，如果没有被木匠用了，我还是想拿来做一具寿材的，如果已经用完了，我就另外想办法。要是用掉了几根，其余的退还我，木料钱我会还他的。不知他会不会同意？"

秋凤说："他肯定会同意的。"

阿芳见秋凤煮饭炒菜忙忙碌碌，就告辞回家了。

晚上，秋凤把阿芳的事告诉水生、水珍。

水珍说："巴沙埠买来的那一车木头，原封不动堆在那里，她的木料让她全部拿回去好了。"

水生说："现在国家提倡火葬，禁止土葬，还做棺材干啥？棺材匠都改做木工了，找谁去做棺材？"

秋凤说："上了年纪的人，老脑筋一下转不过弯来。加上阿标对她不好，瞒着她把木料卖掉，钱也全部被他拿去还赌债了。她家现在经济困难，手头没有钱用，两人经常吵架，她说都不想活了。"

水生说："实行火葬，卫生节俭，保护土地，这是国策，谁也不能违抗。"

水珍说："没钱还想把木头取回去，还想做棺材？"

"就是，没钱就去赌，想把别人的钱赢来，真是想得美！"水生说。

水珍鄙视地说："这种人，讨饭到门前都不要理他。"

水生说："是的！这种人倾家荡产、饿死、冻死，活该！"

"你们讲话好听点。"秋凤说，"少讲他就是了，可是水生亲娘让他害惨了。我同你们说，她毕竟是水生亲生母亲，她有困难，你们要帮她一下的。"

水珍说："凭我们现在的条件是可以帮她一下的，可是怎么帮呢？"

水生说："这样吧，妈，你说怎么样就怎么样，我和水珍都听你的。"

秋凤说："我想过了，她的木料已经卖给我们了，拿回去做棺材是不可能的，那只会让她更困难，所以我们先要动员她放弃做棺材的念头，再把她的木料存放起来，她如果有更重要的用途可以退还给她。生活上的困难，可以先给她五百块钱应应急。这样好吗？"

水生和水珍都同意了。

秋凤说："那明天她来了，我就这样告诉她！"

在大家的劝导下，阿芳不再想做棺材了。秋凤又给了她五百元钞票，她感激万分。

冬至前一天，两百张五斗橱全部做好了，上好油漆，水生决定冬至休息两天。过了冬至，水生派人把五斗橱送到客户手上，客户验收后很满意，表示以后业务都给水生做。交了货，收了款，结了账，这批业务，水生赚了一万二千元。

经过几个月的筹备，离元旦举行开厂挂牌仪式的日子越来越近了，各项准备工作正在有序地推进。建造在晒谷场上两千五百平方米的厂房，墙体已经结顶，元旦落成不成问题；由阿明师傅出面新聘的十五位木工师傅、五位油漆师傅也已经落实；在沙湾村招收二十位工人的计划，各自然村也已经把推荐名单报上来了；工厂食堂的炊事员也已经物色好人选。至于厂里的领导管理机构，水生也作了初步打算，自己当厂长，负责全面工作；阿明师傅当副厂长，负责木工技术指导监督工作；水珍当会计，负责厂里的财务工作；水坤胆子小，但做事踏实认真又勤劳，安排他负责厂里的后勤工作，当总务主任；其他管理方面的事情，待日后事业发展需要再设岗安排。此外，为了协调工厂和村里的关系，还聘请了村党支部书记唐析森担任总顾问，聘请钊根为厂外指导员。

这天是一九八五年元旦，农历十一月十一日。早上，天低云重，风静气沉，广播里说今天会下雪。九点钟要举行工厂挂牌仪式，秋凤一家起了个大早，吃过早饭就都到厂里忙去了。打扫卫生、布置会场、摆设桌凳，经过一个多小时的忙碌，一切准备就绪。沙湾坞二十来年的生产队仓库及晒谷场，呈现出了全新的面貌。水生计划以后在仓库地基上建一座综合楼,目前暂且将仓库楼上作为工人住宿,楼下左边三间作为办公室,右边三间作为厨房食堂。晒场的北边一半,新建的两千多平方米的厂房刚落成,大门顶上悬挂着"沙湾木材家具厂挂牌仪式"的横幅,厂房大门左右各插着八面彩旗。开厂挂牌仪式就在新厂房门前半个晒场上举行。八点半刚过,来参加仪式的人员陆续到来,沙湾村唐书记和镇工办主任来了,水生正和他们寒暄着,突然,唐书记看见县乡镇企业局的邵局长也站在新厂房门口,三人便一起迎上前去。

"邵局长,欢迎你!真抱歉,我这点小事,也麻烦你跑来。"

"这可不是小事,我们县里农民自己办厂,你是起步最早的人之一,我看你这个厂房规模比他们几个人的都大,很不错。"

"请邵局长以后多多指导。"

"指导谈不上,但局里会大力支持你的。"

水生很有礼貌地对邵局长、工办主任、唐书记等人说:"谢谢领导关心!"

按村里通知,沙湾村的各个村民小组长都要参加仪式,快九点了,还有几个小组长没到。农村习俗,凡喜事开场要先放火炮,制造气氛。水生、水坤到仓库里捧出三个大烟花、两筒爆竹、一串万子鞭,顿时,噼噼啪啪一片响声震动了乡村山谷,一些迟到的村民小组长一路小跑迅速赶来。仪式由厂外指导员钊根主持,邵局长授牌,唐书记和水生接牌挂到厂门上方。

一阵热烈的掌声过后,唐书记先代表村"两委"讲话,他说:"改革开放,发展经济是重大国策,羊水生办厂创业,带动农民走上致富路,是大家学习的榜样。今后大家都要开动脑筋,发展多种经营,使我们村走上富裕道路,让大家都过上小康生活。"

接着是镇工办主任讲话,他代表镇政府向水生办厂表示祝贺。然后,水生讲话,他感谢上级领导关心,感谢各方支持帮助,决心要把厂办好,不辜负大家期望。最后唐书记建议,请县领导邵局长讲几句。邵局长号召大家,认清形势,解放思想,创业致富,奔向小康,他表示乡镇企业局要做广大农民发家致富的坚强后盾。仪式简短、隆重,不到半小时就结束了。此时,天上飘起零星的雪花,人们赶紧各自回家。

秋凤见下雪了,赶紧招呼人收拾场地,把桌子、椅子、彩旗等在室外的东西都搬进办公室。工人上班后,有许多人要在仓库楼上住宿,水生、水珍又到楼上查看了一番。大家正在忙，突然办公室门外有人喊水生，水生出去一看，竟是阿标。他头上戴着东北大头帽，双手拱在袖子里，弓着腰，可怜兮兮的样子，让人想起《智取威虎山》中的小炉匠。

两人进了办公室，水生问："你来干什么？"

阿标低声下气地说："我早就来了，看你一直在忙，不敢打扰你。我家里困难，你羊厂长是知道的，我想请羊厂长让我到厂里来做事。我知道，我以前做了很多对不起你的事，你们不会欢迎我，但念我从前就帮你家做过长工，我老太婆又是你的亲生母亲，我们自己人来帮你打工是真心诚意的。虽然年纪大了一点，但有些事我还是会做的，坐传达室搞收收发发、扫扫地，厨房里烧锅、烧开水、给客人倒茶等零落活儿我会做的，工资拿多拿少我都不在乎，只要把我招进来，我就感谢不尽。"

秋凤、水珍在门口，听阿标讲完了就走进门来。

水生开口说："这事我做不了主，你去问唐书记。"

阿标把目光移向秋凤母女，秋凤转过脸看都不朝他看。

水珍开口说："讲完了，你好走了。"

阿标自觉没趣，低头退出办公室，和唐书记、钊根撞了个满怀。

唐书记问："你来干什么？"

阿标就像狐狸被主人赶出鸡舍，落荒而逃。

水生告诉唐书记阿标的事，唐书记说："别理他，也别怕他。他要怎么样，你尽管跟我讲。"

唐书记、钊根是水生的入党介绍人。今天趁着参加挂牌仪式，两位介绍人拿入党志愿表来给水生填，水生接过志愿书，唐书记、钊根和水生谈了几句话就走了，水生送他们出门。天空大雪纷飞，水生手捧入党志愿书，目送两位介绍人在大路上冒雪前行。

远处不知是谁大喊："瑞雪兆丰年！"

十九　阿标纵火被判刑

农历六月六，鸡蛋也晒熟。

近来天气一直晴好，天空中一丝云都没有，太阳每天都像个大火球。田野上热浪忽闪忽闪，到处都像在冒烟。路上不见行人，空中没有飞鸟，连水中的鱼虾都躲进石洞里去了，一直叫喊"热呀热呀"的知了也不叫了，池塘里几只蛤蟆不变节奏的"呱嗒呱嗒"声也听不见了，只有家具厂发出的"嘶啦啦嘶啦啦"的声音给山村带来一点生机。这是水生清明边购买的锯板机，同时买来的还有一台刨木机，工作时发出"呼啦呼啦"的声音，水生准备下半年再买两台木工机器来。开厂半年来，订货的客户络绎不绝，但生产能力有限，许多订单只能忍痛婉拒，要扩大业务只有增加和改良设施设备。已是阳历七月下旬了，下半年开学前要完成一千五百套课桌凳，任务十分艰巨，在这高温热天，本该停工休息一两天，但木工师傅们为了能按时交货，早上提前到，中午不休息，晚上还加班。为了防暑抗热，水生在车间里装了五只吊扇，叫冷饮店每天送三箱棒冰，食堂每天烧两大缸绿豆汤。水珍和阿贞两人又到医药公司配来人丹、风油精、藿香正气水等夏令防暑的常规用药。

"职工们积极性越高，工厂就越加要关心职工生活。"水生常这样说。

下午三点光景，水泥地上火烫火烫的，走在上面，塑料鞋底都要变形。阿贞扫完厨房地面，拎着一畚箕垃圾去倒，顺便到厂房旁边做油漆的小木棚外，装一畚箕刨花回来点火烧开水。快走到油漆工棚时，阿贞突然发现刨花堆边在冒烟，她赶忙跑去，"轰"的一下，刨花着火了。

"救火呀！"

她扯开嗓门大声叫喊，用畚箕去扑火苗，但火势迅速蔓延，向油漆工棚烧去。阿贞一步跳到工棚墙边，不顾一切地脱下衬衫，用衣服扑打火苗，迫使火势转向，离开工棚。可墙脚又有一柱小火苗燃了起来，阿贞立即往后一退，情急之下，一屁股坐在火苗上，"啊哟"一声，火苗被压住了。赶来救火的六七个工人扑灭了余火，铲除了余烬，见阿贞还坐着，赶忙去搀扶，阿贞却不站起来，原来她屁股上的裤子被烧破了，水珍马上脱下自己的裙子，只穿一条短裤，把裙子从阿贞头上套下去。再扶阿贞，阿贞直喊痛，不能站起来。水珍从身后抱住阿贞，另两人拉着左右手，将阿贞托住，再由一人抱住脚，把阿贞抬进办公室。水珍把阿贞翻过身一看，屁股上全是一个个水泡，还有几处烧焦了，当时就哭了起来。

"赶快去医院！"

"这里有一个放大镜。"

木工朱师傅在着火的烟灰边，看到一个一尺多高的四脚架，架子顶上用细铁丝缠着一块有手柄的放大镜。

"有人搞破坏，故意纵火！"

天气再热，刨花也不会自己燃烧，这放大镜有聚光功能，太阳光透过镜片，聚成焦点，过一会儿就会把易燃物体烧起来。他用一点刨花放在镜片下，叫大家来看，不一会儿刨花就起烟着火了。

"不过，"朱师傅继续说，"这镜片贴着物体却烧不起来，必须有一定的距离才能产生焦点烧得着。把镜片缠绕在这个尺把高的架子上，正好可以着火。我们把现场保持好，马上报警。"

"呜啦！呜啦！"

沙湾大道上传来警笛声，不一会儿，一辆三轮摩托车来到厂门口。原来水生正在镇工办开会，听说厂里出事，马上报告派出所，派出所立即派两位民警带上他一起赶回来。民警查看了现场，审视了那个放大镜和架子，判断这是一起纵火案。

"首先点火的位置是油漆车间旁边，油漆易燃易爆，刨花着火就会烧起工棚，引起工棚内那几桶油漆爆炸，幸亏及时扑灭，否则后果不堪设想。再看放大镜和架子，可见纵火者老谋深算，对这里的情况比较熟悉。还有羊厂长说这堆刨花，晚上都清除掉的，可见嫌犯当天来过这里，总之纵火犯很快就能被抓到的。"

厂里职工要高度警惕，协助警方早日破案。"

这时，水珍他们送阿贞去医院回来了。

水珍说："阿贞烧伤比较严重，屁股上有几处肌肉烧焦，如果不及时抢救，可能以后要落下残疾。"

水珍回来拿换洗衣物要马上回医院，水生也一同到了医院。阿贞躺在重症监护室病床上，不断发出"啊唷啊唷"的呻吟声。

水生哽咽着说："大嫂，这次是你救下了工厂，放火的人很快会被抓起来。大哥今天到杭州去给厂里订购工作服、安全帽，晚边回家就叫他来医院和水珍一起在这里陪你。你熬住痛，医生会用最好的药给你医治，你安心在医院治疗，待完全恢复再回家。家里的一切事我会做好的，你放心就是。"

水生回家后一会儿，水坤也回来了。水生把阿贞救火负伤住院的事告诉水坤，水坤收拾了衣服用具，叫琼琼随他去医院服侍妈妈。水生说水珍在医院陪护就行了，琼琼明年要考初中，趁暑假在家多看点书。琼琼说书本和作业可以带医院去，她要去陪母亲。水坤说水珍厂里的事很多，在家又好帮母亲做家务，让她回来好了。就这样，水坤和琼琼到医院去陪护阿贞，水珍回家了。

晚上，在天井石板上乘凉。秋凤叹了一口气，对水生、水珍说："我总以为那几年卖小商品，去这么远的地方不大安全，想不到在家办厂也会出事情的。老天保佑阿贞没事就好。"

水珍说："这次真是全靠大嫂啊！如果那堆刨花全部烧着的话，油漆棚会马上着火，那几桶油漆会立即爆炸，新厂房一定会被炸毁，里面的工人就危险了，新安装的机器都会毁于一旦。想想真可怕！"

"就是啊。"水生说，"大嫂平时心直口快，整天乐哈哈。到了关键时刻能用自己的身体保护工厂，真是了不起啊！"

"木工生活，都是干燥的木材、油漆之类容易着火的东西，加上天气炎热，很容易引起火灾，真是要加倍小心啊。"秋凤很不放心地再三叮嘱。

水生说："木工厂应该是相对比较安全的地方，这次事故是因为有人搞破坏。派出所民警根据现场分析说，这个案子不难破，很快就会抓到放火的人。"

"这究竟是什么人干的呢？"水珍沉思了一会儿说，"谁和我们有这么深的仇恨呢？而且这个人和我们住的不远，和我们很熟悉，今天白天还到厂里来过。太可怕了，坏人就住在我们身边！真的是只看见头和面，看不见心肝肺，知人知面不知心呀！"

秋凤突然如梦初醒地说："我想起今年元旦工厂成立时，阿标来找水生，想到厂里做工，水生没有答应，我和水珍也没有好脸色待他，临走时又被唐书记怼了他一句，会不会是他怀恨在心来报复了？"

"妈和我想到一起了。"水生说，"早年，他就想陷害我们，可一次次都没有得逞。他元旦想进厂，我没答应，仇恨越加深了，这次可能就是他想报复。"

"你们分析得都不错，我猜也是这样，要不明天就向派出所汇报去吧？"水珍说。

"你真傻。"水生接着说，"公安部门办案是重证据、轻口供，没有人证物证，光靠怀疑是不能下结论的。"

秋凤说："水生说得对。刚才的话只是在我们三个人之间说说的，别人面前不好随便讲的。阿标这个人，从前可能受过什么刺激，神经不大正常，早年在我们家做长工就时好时坏。可我和你们爸、奶奶，从来没有在别人面前讲过他的坏话。现在我们这样猜猜就好，没有根据的情况下，不要随便出去说。"

夜渐渐深了，天井里吹来一丝丝的凉风，热度稍稍退去，三人回房睡觉去了。

第二天还是大热天。上午，水生在厂房里对新装的机器、电风扇、电线线路、木料、油漆等材料都查看一遍，确认各处都无异常，然后把阿明师傅和油漆工小柳叫到办公室商量安全生产的事，下午水生要去消防队请专业人员来厂里协助建立安全生产措施规章，请阿明、小柳先考虑提些建议。三人商量了个把小时，水生把他们的意见记在本子上，又同水珍商议了一会儿资金安排的问题，安装消防栓、购买灭火器等设备需要不少钱，水生担心周转不过来。水珍告诉他资金周转不成问题。水生高兴地说："那我就放心了，发展生产，安全第一，在这个问题上多花点钱是值得的。下午到消防队去，凡是必要的设备，不管价格多贵，都要想办法配齐。"水珍连连点头称是。

吃过中饭，秋凤要带琦琦去看阿贞，水生要去消防队，便陪母亲一同先去医院。经过诊治，阿贞已经好多了，见到秋凤、水生和琦琦，阿贞说：

"妈，我没事的，医生技术真好，打了几针，敷上了药就好了。现在就是下半身还有点痛，过几天就会好，你看。"她伸出双手把琦琦拉到床前，"我双手什么事都能做了。琦琦，在家里要听奶奶的话，作业要按时做好，妈过几天就回家的。"

阿贞一连串讲了很多话，秋凤怕她累了，叫她把头放平睡好，说："阿贞，这次你舍身救了工厂，大家都讲你心好，羊家祖宗都会保佑你的。不过，你要保护好自己的身体，以后碰到这种危险的事情不要用命去拼，身体是自己的，事情是大家做的。"

这时琼琼到开水房打开水走进来，"奶奶，叔叔，你们来了。爸爸买热水壶去了，每张床前只配一只壶，我们三个人不够用。"

"琼琼懂事了，会服侍妈妈了。"秋凤夸奖琼琼。

见琼琼放下热水瓶，就拿起书来看，秋凤高兴地说："把书带来了，真好，空下来就可以复习功课。明年要考初中了，是要用心一点。"

"呜啦！呜啦！"救护车叫声由远而近，不一会儿进了医院。

急救室里一阵骚动后，只听见一个女护士低声说："喝农药寻死，这种人是用不着抢救的。"

男医生低声道："听说是个犯罪分子，他放火烧工厂，民警去抓他，他就想自杀。"

女护士说："这种人死十个也不多。"

男医生说："公安部门办案，要问口供的，不能让他死。"

水生听了后说："肯定是阿标，妈你在这里坐一会儿，我去看看。"

水生去了不到几分钟就回来了，后面还跟进来一位民警，水生向秋凤、阿贞介绍说："这是派出所王所长，他听说大嫂住这里，妈也来了，他一定要来看看你们。"

王所长问了阿贞身体情况后对秋凤说："你这个媳妇了不起，是个英雄。感谢她用自己的身体扑灭了一场火灾，救了大家，挽回了巨大损失，我们写了一篇文章表扬她，明天报纸上就要登出来了。"

他把目光转向阿贞，庄重地敬了一个礼，说："向你致敬！"

接着王所长把抓捕阿标的经过说了一下。原来，阿标一直怀恨在心，总想找机会陷害水生。最近天气炎热干燥，他发现家具厂门边堆着刨花，就想设法引燃刨花，把油漆车间烧着，让油漆桶爆炸，摧毁新厂房，叫这个家具厂办不成。他绞尽脑汁，设想各种引火方法，最终决定用放大镜引燃。工厂西面四五十米远的山脚下有一口水塘，那天天气炎热，上午十点多钟，路上就很少行人了，他装作钓鱼的样子坐到塘边树荫下，钓鱼竿放身边，两眼直盯着工厂房前屋后，一动不动。大约过去了个把小时，如火的阳光下，不见有人走动。午饭时间到了，工人们跑步躲着阳光到食堂，吃完饭都在厂房吊扇下面休息。阿标摸出带来的干粮吃下肚，妙计涌上了心头。一点钟光景，车间里又开工了。半个来小时后，木工房里陆续运出五六箩筐刨花，倒在油漆工棚外，堆得有一人多高。此后，厂房外空无一人，烈日下，鸡犬都没有一只。两点半钟左右，正是一天中最热的时候，他收拾好东西，从池塘出口走进溪坑，蹲下身子沿溪沟来到油漆棚外，迅速跳出溪沟，将放大镜置于刨花堆边，然后迅步走到大路上。田野空旷无人，他大模大样地吹着口哨回到家中。

然而，若要人不知，除非己莫为。当民警怀疑到阿标，来到巴沙埠棋牌室调查那个每天必到的阿标"六月六"是否来打过牌时，老板说那天一天都没见着他的身影。却有一位牌友说，他在三点钟左右，上厕所时从玻璃窗看见阿标从沙湾畈大路上走回家去。第二天上午，民警把现场找到的放大镜给阿芳看时，她说这是她用来穿针线的，找了好几天了，问民警是在哪里找到的。民警强调不要认错了，"确实是你的就还给你"。民警走后不久，阿标回家，阿芳拿出放大镜数落阿标："你把我放大镜拿去，掉在外面，幸亏让警察拾去，拿来还我。"阿标全身毛骨悚然，不寒而栗，勉强回到房间，喝下了半碗农药。阿芳及时发现赶紧报警，警车开到门前，民警进屋，闻到刺鼻的农药味，迅速将阿标抬上车，送到医院。

"想自杀，一死了之，没有那么便当。"王所长说，"他要死，也要把罪账算算清楚再走。幸亏阿贞同志及时灭火，否则炸了厂房，伤害了人命，他想活也活不成。"

一个月后，阿标因破坏生产、纵火未遂被判处有期徒刑两年。

吃一堑长一智。水生在消防和安全部门的指导下，一方面投入巨资，加强厂内消防安全设施建设；另一方面对全厂职工进行了为期一周的安全教育，而后又开展安全生产月、安全生产流动红旗竞赛等活动。各工种、各车间小组制定了安全生产规章制度，并定期总结、检查、评比，促进职工养成自觉遵章守纪的习惯，人人争做安全生产的模范。下半年，工厂生产活动正常有效地运行。

经过四个月的治疗，阿贞的伤势彻底治愈。冬至前一天，办了出院手续就回家了。她一到家就跑到厂里去了。她到办公室里与水珍、阿娟等聊了一会儿后就到厂房里去走了一圈，见厂里墙壁上写着有关安全生产的大幅标语，柱子上挂着灭火器，厂外空地上看不见刨花、垃圾，整个厂区环境面貌一新。工人师傅看见阿贞，都爱和她开玩笑："救火英雄回来了！"水生叫阿贞在家休息一个星期，元旦后再回厂里上班。过了元旦，水生与阿明师傅等几个人商量后决定，叫阿贞担任厂里的安全监督员。当了安全监督员的阿贞不太喜欢坐在办公室，仍然每天到厂房里，做这做那，一直忙碌不停。大家说，阿贞成天嘻嘻哈哈，忙忙碌碌，永远像个孩子。

二十　望夫归期未有期

有一则佛门故事，说的是佛光禅师的弟子大智，晚间经过禅师的禅房，见窗户上映出烛光，知道禅师未睡，便推门进房，见禅师一如往常地在批阅文卷，大智感动地说：

"师父，夜已很深了，请别太操劳，这几十年来，你天天夙兴夜寐，忙忙碌碌，可是看你却一点儿也不显得老啊！"

佛光禅师笑着说："徒弟呀，我没有时间老啊！"

"没时间老"，禅语一点亮人心，阿贞忙得永远像是小孩，而秋凤忙得不会老。

自永耕离家近四十年，秋凤念亲人、寻丈夫、奉婆婆、育儿女、娶媳妇、带儿孙，一日未闲，还遭逢了重重厄运，事情多、忧愁多、苦难多，迫使她天天在忙忙碌碌中度过。本是岁月催人老，她却"没时间老"。所以她虽然年届花甲，却是身心皆未老：头发黑的多白的少，脸上皱纹也少，家里她仍然是主心骨，对外亲友往来还靠她主导。加上近几年国家政策好，儿子长大、事业有成、生活富裕、好事不断，天天忙在快乐中，更是"没时间老"，她自己也说："越活越年轻了！"

又是新的一年元旦，水生办厂整整三年了。三年来，订单不断、业务繁忙、效益提升、收入增加，全厂职工欣欣鼓舞，秋凤一家人也在欢乐中忙忙碌碌。一天夜里，沙湾岭照贵来秋凤家说，他那七十八岁的叔伯娘舅从台湾回来了，这几天住在他家，叫秋凤家的人去打听打听永耕的消息。秋凤家在忙碌之中得到了这个好消息，希望之灯又亮了起来。

照贵娘舅是西坪村人。一九四九年前，在南京总统府当警卫官，一九四九年上半年去的台湾。当时，他年届不惑，膝下有三个子女，老大是儿子，为前妻所生，在老家西坪跟爷爷奶奶过日子；老二女儿，老三儿子，为现任妻子所生，随父母在南京生活。去台湾时夫妻俩带着身边一双儿女同往，远在老家的大儿子留在了大陆。一九四九年后，因父亲身份关系，大儿子吃了很多苦。他从小学习成绩优秀，小学毕业全年级第一名，初中毕业班里第一、年级第三，高中毕业时仍然是学校的尖子。可因为他父亲是国民党军官，逃往台湾，在当时这样的条件，别说上大学，就是进小学、上初中都成问题。当年高考如果按考分录取，他上清华北大绰绰有余。可结果，当然是名落孙山。

由于他的政治条件、经济条件太差，到三十八岁时才结婚。结婚后，他的家庭经济状况一直比较差，直到最近几年，生活才逐步改善。这次父亲从台湾回家，夫妻二人满以为老头子会给他们一笔巨款。谁知当天晚上父亲给了他们两枚千把块钱的戒指后，其他就什么也没有了。媳妇立即放下脸孔，站起来进房间去了。

儿子当面数落："你这次回来怎么打算的？"他把放在心底几十年没有叫过的"爸爸"两个字也省略了，"因为你去了台湾，害我受了几十年的苦！你看看，村里人家家都是三层四层的新房子，只有我们还住在这又旧又破的老房子里。这几年稍有改善了，总算吃穿不愁了。你一去那边，离家隔海，一点不管我的死活。你的日子总比我好过些吧。"

父亲两眼发涩，嘴唇颤抖，嗫嚅着说："我在那边情况也很不好，儿女各自成家，你后妈两年前因车祸过世。我年老体虚，往日的积蓄基本上花完了，回来看一下你们就回去。"

媳妇在房间听了丈夫和公公的对话，装着睡着了，儿子在堂前临时搭了张床叫老头子住了一宿。

第二天，老人就到外甥照贵家去了。老人叫照贵陪他到南京、苏州玩了几天，去参观了他曾经工作过的总统府旧址，以及中山陵、朝天宫、夫子庙等风景区，还在苏州重游了虎丘、留园。他惊叹大陆的变化，后悔当年去台湾。

水生陪母亲秋凤来到照贵家时，老人吃完早饭正在整理行装，准备回台湾。

秋凤十分吃惊，怎么四十年才回来一次，只住了五六天就要走呢？照贵将他儿子、媳妇待他的态度讲了一下，水生愤愤不平地说："他们怎么能这样势利呢？亲人分离这么久，见面只留下相处一个晚上，这还算是人吗？"秋凤对此感到心寒，想到自己丈夫永耕也去台湾近四十年了，也给子女带来说不尽的苦难，可是水生天天想念父亲，还陪自己到南昌等地打听消息。有朝一日永耕回家，水生肯定不会伸手向父亲要这要那。同是父子，却是天壤之别啊。

当年去台湾，老人是从南京出发的，大多是总统府的人在一起，他不认识永耕。他说这次回来同是浙江人的有五个，他只认识一个温岭人。那人年纪较轻，还不到六十岁，好像在浙江同乡会里还担任一点职务，他那里有很多浙江同乡的照片，可能还有名单，关于永耕的情况可以去问问他。水生问老人那个温岭人叫什么名字，家在哪里。老人说："具体地址我记不清，我这里有他的一张名片可以给你。"说着，他从行李袋里摸出一沓扑克牌样的纸片，找出一张递给水生。水生拿在手里一看，名字叫"罗纪山"，可地址却是台北的。

"噢！"老人拍了一下头，"我忘了这是台湾的名片，大陆地址，我记在一个本子上，我找找看。"

老人又到旅行包里翻了很久，终于找到了，水生把姓名和地址抄了下来。

老人又说："大陆早在一九七九年就发表了《告台湾同胞书》，还提出'三通'、探亲、旅游等政策。可是在台湾，直到现在，要办一个回家的申请还很麻烦，要经过好多部门批准，手续多、时间长，有的还不批准。尤其那些当过重要职务或有专门技术的人，要想回来一趟很困难。而且就是要回来也说不准哪天能批准，只有在不知不觉当中耐心地等待。"

听了老人的话，秋凤对永耕回来的期盼又陷入迷惘之中。水生对老人的处境十分同情，诚恳地邀请他到自己家里去住几天，老人婉言谢绝。照贵说他娘舅虽然老了，脾气却是蛮倔的。儿子、媳妇待他那样的态度，他气上心头，说走就走，离开儿子家后再也没有回去过。在外甥家住了些日子，他想要回台湾，任何人都留不住他。

秋凤回到家，对于是否要去温岭寻访罗纪山拿不定主意，听说罗纪山手里有浙江同乡的名单和照片，她很想去看一看，可又怕到了那里又是什么也没有。她自从当年去南昌打听永耕消息后，只要听到一点有关消息，就赶去探问，结果次次落空，让她失望得不敢再做尝试了。可水生把地址记了下来，一定要陪母亲去一趟。

"妈，不管能不能找到有关爸爸的消息，去过以后才不会后悔。"

秋凤说："路这么远，你又忙，如果又空跑一趟，多不合算。"

"妈，你怎么说合算不合算的呢！"水生说，"路再远，都是坐车子去的，只不过再添几个路费，只要能找到爸，还在乎这点路费吗？我厂里事忙，总没有找爸的事重要。再说，我也很想到沿海一带去看看那些地方木器家具的样式、价格、销路等情况，以后好把生意做到那边去，所以我们这次去，可以一举两得。妈，不要犹豫了，我们明天就去。"

第二天，秋凤、水生坐车来到了温岭，按照老人提供的地址，找到罗纪山的家，家里人说，罗纪山昨天到乐清去了，帮一个在台湾的乐清人带回来一点东西，并转达过年回家的口讯，今天晚点才能回来。水生告诉他家人，等一会儿再来，就同母亲一起到大街上去了，水生带母亲住进了旅馆，休息了个把小时，然后又到了罗家。罗纪山回来了，他中等个子，胖胖的圆脸，快六十岁的人看上去却还像四五十岁的样子，一看就知道是个会办事的能人。他家四兄弟他排行老二，十八岁那年也是被溃败的国民党军抓去台湾的。三十五岁定居桃源，四十岁才结婚。在当地的浙江同乡会里做了很多的公益事业，是备受当地老乡们称颂的公众人物。

秋凤、水生见罗纪山待人温和热情，就诚恳地向他说明了来意。罗纪山拿出当地同乡会的名单给水生看，共有五十多个名字，水生反复查看了好几遍，都没有看到父亲的名字。秋凤不禁神色凝重，想开口问，却又不知怎样说好。罗纪山又到房间里拿来一本相册，里面有上百张各地同乡会的集体照，他把相册拿给水生说："你找找看，这里面有没有你父亲的照片？"水生把相册放桌子上，和母亲一起，一页一页仔细地翻看起来。突然，在一张一九五五年五月拍的几十人合影中看到一个很像永耕的面孔，水生立即捧起相册走到门槛边光线明亮的地方，仔细看了好一会儿，

"妈，这个就是我爸！"

他立即高兴地喊起来。秋凤快步走到门边，水生指给母亲看，秋凤激动得泪满双眸，对着照片揩干眼泪揉了揉眼睛，又看了一会儿，觉得还看不大清楚，就走到门外太阳底下去看。

阳光下，照片上人像的五官清晰、明显，她双手捧着相册，对着双眼，慢慢移动距离，从远看到近，从近看到远，口里不停地念叨："是他，是他，是

他。”

　　她把相册又捧给水生说：“这张照片拍的时间早，同离家时的相貌没有什么大的改变。找找看，有没有近几年拍的照片。”水生继续一页一页地翻过去，细心地寻找着，直到全部看完，都没有找到第二张。

　　秋凤疑虑地说：“现在年纪大了，人老了，相貌变化太大，更难认出来了，要特别仔细地看。”

　　水生说：“是的，我再翻一遍。”他又依次看了一遍，尤其注意那些最近拍的集体照。他发现去年中秋节拍的一张几十人在海滩上的合影，其中有一个上唇留短须的脸孔有点像父亲。秋凤拿到太阳底下仔细看了好一会儿，那脸形确实很像，那微笑的表情也有点像，但仔细看相片上的人只是个四十来岁的人，最多不超过五十岁，而永耕去年已六十一岁了。

　　“你爸不可能有这么年轻。”秋凤说。

　　水生又对照片看了一会儿说：“妈，我看可能是的，快四十年过去了，我看你和原来也没有什么大变化，再说那照片上的人都有胡子了。”

　　“你这傻孩子，你天天看着妈，变化你怎么看得出呢？留胡子，年轻人也留的，那个人的身材、皮肤都还很年轻，肯定不是的。”

　　水生把有父亲的那张相片指给罗纪山说：“罗叔叔，你知道这张照片上的人，有谁回家来了吗？”

　　罗纪山看着照片，脑子里迅速出现了几个面孔较熟悉人的身影，看了一遍后，无奈地说：“这张照片年月久了，一些原来熟悉的人后来都分开失去联系了，还有几个都不在世了。有几个认得的，我知道他们都没有离开过台湾。你父亲可能同我离得比较远，我们也不相识。”

　　适才，秋凤看到照片上的永耕，心里好似萌发出了一种别后相逢的欣喜，听了罗纪山几句无奈无助的话，心头不免又感到一阵惆怅。为了减轻母亲内心的苦楚，别让她太失望，水生说：

　　“照片年月久了，大家都改相了，请罗叔叔再看一看，有些人可能会被辨认得出来的呢！”

　　罗纪山说：“我也这么想，应该还有认识的人。”

　　他也学秋凤到太阳底下去仔细地看。突然，他高兴地叫起来：

　　“有了，喏，这个小鬼。”他指着照片说，“他是这些人当中年纪最小的一个，名叫胡正荣。海宁那个看潮水地方叫……盐官镇的人，这次和我一起回来的。像我一样，也喜欢热闹，他自己有只照相机，身边的照片比我多好几倍，我估计他和你父亲是很熟悉的。他离你们不太远，你们回去是顺路的，顺便还好去看看潮水。"罗纪山手舞足蹈地边说边笑，把秋凤、水生也逗乐了。

晚上，秋凤母子在温岭街上逛了一圈，还特地到家具市场去看了当地的木材家具，了解了当地家具市场的行情。

水生高兴地对秋凤说："妈，你看我们这次出来，多有赚头呀！看到爸爸的照片，参观家具市场学到很多办厂方法，看到了大海，明天到海宁还要看潮水，太划算了！"

秋凤让他说笑了，"你呀，凡事总是往好里说，整天逗着让妈开心。"

说着，两人都笑了起来。

第二天一大早，秋凤、水生乘汽车到杭州，又换车到了海宁，在盐官镇上找了一家旅馆住下，再按罗纪山写的地址找到钭桥村胡正荣的家。

"老太太，这里是胡正荣先生的家吗？"

水生问一个躺在门前藤椅里晒太阳的老人。老人家可能耳朵不大方便，没有反应。水生再上前一步，又大声地问了一遍。老人这才转动着身子，两眼看着水生，慢慢地说：

"侬讲啥？"

水生只得问了第三遍，大概老人不大听得懂水生的普通话，但"胡正荣"三个字她听清楚了，便嚅动干瘪的嘴唇说：

"他是我儿子。"

这时门内走出一个个子高高的壮年男子，水生立即走上前去，有礼貌地问道：

"先生，这是胡正荣家吗？"

"是的，我就是胡正荣。"

水生马上握住他的手，秋凤微笑地看着他们。

"你好，我是羊永耕的儿子，她是我妈。"

"好好好，欢迎欢迎，快进屋。"

这是幢新造的三层楼，走进屋子，还能闻到一股水泥、木头、油漆混在一起的新房子特有的气息。胡正荣给秋凤母子泡好茶，自己也捧着茶杯，坐到客厅的沙发上来。

胡正荣说："我到家才一个星期，家里等着我回来一起住进新房子的。回家的这几天，我天天出门到亲戚朋友家，难得今天在家里。"

秋风接上话说："我们运气真好。"接着，转入询问她心里最着急最关心的问题，"胡先生和永耕都在同一个城市吗？两人相隔不远吧？你们都很熟悉的吧？"

胡正荣说："不，我们相距比较远的，我住台中，他在南投日月潭附近。我和他是在五年前相识的，那天我去日月潭旅游，经过一个村庄，想找地方吃饭，问路刚好问到他。他听我口音像是浙江老乡，就说他在前面一所学校教书，叫我随他一起去吃饭。他领着我走进他的住所，一套五六十平方米的房子，他说这就是他的家，他已经在这里住了几十年了。我在他那儿吃了饭。临走，我给他一张名片，告诉他，我常在台中浙江同乡会里帮忙，有事可以同我联络。他说他很想回老家，问我能不能想办法帮帮他，我说，我也很想回家看望老母亲，到时候我会联系他的。"

"那他这次为什么没有同你一起来呢？"秋风问。

胡正荣说："一个月之前，我就和他商量，我们一起向当地政府写了申请书，我的申请很快就批下了，可是他的申请，到我回来那天还没批下来。"

水生焦急地问道："为什么他的申请批不下来呢？"

"这个我也搞不懂。听人家说，对于那些曾经在国民党军队和政府当过高官的人，以及在科学技术方面有专长的人，提出的回家申请，当局卡得很紧。有的人写了申请半年一年都批不下来。"

水生说："我爸没有当过什么官，只是教教书，也算不上有特殊专长的人，为什么不能及时批下来呢？"

"是呀，我也想他能同我一起回家的。我们两个人的条件应该是一样的，我也是一九四九年到的台湾，只不过比他小了五岁。他是在部队里作为军人过去的，我是随父亲作为家属去台湾的，这两者会有什么区别？现在，我在台湾已成了家，有妻子儿女，永耕几十年一直单身，按照人之常情，应该先批准他回家与亲人团聚，怎么会卡住他呢？"

水生插话说："可见他们做事没有一点人情味，不为老百姓着想。"

"是呀。"胡正荣接着说，"我把申请送到乡政府去时，一个年轻的办事员说了一句，你这边有妻子儿女这么好的家，很快会批下来的。听他那语气，在台湾没有妻儿家小就难批了，这是把我们当人质看待了。"

水生说："估计就是这个意思，有家有子女的人会回去的，单身一人，只怕他一走就不回去了。这是什么想法呀？台湾本是中国领土，根本不存在什么逃亡、叛国之类的含义，他们这种做法很值得商榷！"

秋凤听胡正荣同水生两人的讲话，越听越担心，她疑虑重重地说："那照这样分析起来，水生父亲一时还回不来了？"

胡正荣看出秋凤心里的担心，就说："不过，这些都是我们根据猜测来解释的，究竟什么原因谁也说不准。有的可能是办手续的工作人员耽搁了，或者经办人员不在，要等几日再办，都是有可能的。从这次我们一道回来的人看，什么样的情况都有，但大家都顺利回来了。所以我说，你们不要担心，他一定会回来的，只是迟几天而已！"

水生接着说："胡叔叔，听说你在同乡会拍了很多照片，有我爸的吗？"

"有，有，你不说我差点忘记了。"胡正荣说着连忙起身，拿来好几本相册，取出其中一本说，"你爸的照片都在这本册子里。"

水生接过相册，与秋凤一起翻着。里面大多是集体合影，有在会议上全体人员合影的纪念照，有参加集体活动在野外拍的生活照，有的是个人有动作的形象，有的是几个人一起做事的工作照，有的是在参加宴会上拍的，有的是带领学生搞活动的场面，各色各样都有，一共有十来张。秋凤仔细地看着一张张照片，从最早五年前那张集体照，到最近一个月前拍的那张坐在学校办公桌前看书的个人照，丈夫的容颜随着时间推移逐渐衍化，距离四十多年前分别时的样子越来越大。无怪乎戏文里演的薛平贵回窑时，妻子王宝钏与丈夫面对面都不相识，时间真的是能改变一切啊！秋凤对着永耕的照片久久不动，眼眶里的泪水晶莹闪烁。秋凤忽见对面胡正荣朝她看着，便迅速地揉了揉眼皮。

水生捧起相册问胡正荣："胡叔叔，最近拍的照片是哪一张？"

胡正荣指着相册说："就是坐在办公桌前看书的这张。那天我路过他们学校和他一起商量写申请回家探亲的事，办公室就我和他两个人，我就把他看书的样子拍了下来。"

"胡叔叔，能把这张照片送给我们吗？"

"可以，完全可以，你爸的照片，你要哪几张都可以给你，我的胶卷底片还保存着，再想要洗一下就是。"

秋凤一听，心情立即高兴起来，她同水生一起又翻看了一遍，一共挑选了五张永耕单独拍的照片。胡正荣把五张照片取下来装在一个袋里递给了水生，秋凤连声道谢，然后母子俩高兴地离开胡家，回旅馆去。

秋凤在旅馆床上坐着，从阳台上看出去，只见远处钱塘江岸上站满了看潮水的人。水生兴奋地说："妈，看潮水去，三点钟了，潮水就要来了。"

水生扶着母亲在拥挤的人群后面站着。这时有人叫喊："来了！来了！"人群立即骚动起来。远处传来"轰隆轰隆"滚动的雷声，雷声越来越响，一会儿工夫潮水就快涌到身边了，大家一齐抬头从左边看去，那里是下游。

"妈，你看见没有？"

"看见了，整个江面上，这边到对岸一条白线。"

"那白线就是潮水，过来了。哇，涨得真快！"

"是啊，像从前晒谷时，卷竹垫一样的，卷来卷来，越卷越快，越来越大。到身边了，哗啦啦……噢，前面的人恐怕身上都溅到水了。"

人群大乱，发出一阵阵的欢呼声，秋凤高兴得像年轻时在晒谷场上和姑娘们比赛卷竹垫时那样的开心。水生怕她被人撞倒，一直在她身边搀扶着。潮水很快向右手方向上游推去，惊天动地的轰响声渐渐远去。满江混水上下翻腾，岸边水中的垃圾一推一拥，一浮一沉，不停地漾动着。渐渐地，江面慢慢地平静下来，观潮人一拨一拨地离去。水生陪母亲在街上吃了晚饭，逛了一会儿就回旅馆去。

晚上，秋凤到后半夜两点钟都还没睡着。这次出门，到了两个地方，从台湾回来的罗纪山、胡正荣两人，见到她们母子俩都很热情，他们都为同乡会的成员们热心服务。看来在台湾的浙江人有很多，他们大家都相互帮助、团结友爱，永耕在那边这么长时间，大概不会被人欺侮。在那里一直教书，学校里应该是比较安全的。这么多年书教下来，学生都有上千个了吧，他们年纪大大小小的都有，学生对老师理应更加友好的，他有点什么困难或者生病伤痛，学生们肯定会照顾他的。所以他在台湾几十年，估计不会受什么苦。想到这些，她心里甚是宽慰。

今天听胡正荣说，永耕到台湾快四十年一直单身，住在乡村学校附近，守住本分，耐得寂寞，这是让她最感动的消息。要知道，古来有多少男人，离家久远后，操守失范、品行不端。或者为了攀附权贵，离糟糠；或者另遇娇娘，见异思迁。导致夫妻反目，家庭破散。可自己的丈夫永耕，正是青春盛年时，远离相处似蜜的妻子，形单影只、寂寞冷清，能坚守信誓四十年。揆情度理，她被自己的丈夫感动，也由衷地佩服和高兴，让她觉得四十年来为此受苦受累、受欺受罪，都是很有价值的，没有白受。而在如此漫长的岁月中，秋凤内心的苦楚只有她自己默默地承受，坚强地忍耐。这几十年，她撑起了这个家，养育了一班儿孙。如今得知丈夫对她初心不变，她感激，她敬佩。不日，夫妻相见，他也会感谢她、崇敬她。夫妻定会重回相敬如宾的幸福日子，想到这里，秋凤心中十分欣慰。她带着微笑，进入了梦乡。

第二天，母子俩乘车回到了沙湾。

下篇　四十天岁月如歌

一　笑问客从何处来

　　"亲爱的旅客们，中国最大的城市上海就要到了。飞机已经开始降落，请大家坐到自己的座位上，把安全带系好。"

　　"永耕，你看，左前方一片红光，那就是上海了。"坐在舷窗边的羊永耕的老同学汪家富往后一靠，叫旁边的羊永耕靠过来看窗外景色。农历十二月初十的下午五点多钟，天空刚刚黑下来，大城市的灯光已在夜空映出了一大片的淡红色。永耕两眼看着那片红色光芒一动不动，离开家乡四十年了，现在终于回家来了，亲人即将见面了，想到这儿不禁潸然泪下。

　　耳膜"嘟噜"一下，身子一沉，飞机降到了低空，又飞了几分钟后，"轰隆"一声着陆了。出了机场，他们马上赶往火车站，买了当晚十一点钟上海到金华的火车票。

　　离开车时间还有四五个钟头，汪家富说："把行李寄了，我们到大上海街上去逛一圈。"

　　永耕说："我从来没来过上海，只怕……"

　　"怕什么，没来过更要去看看。别怕，跟我走就是。"

　　汪家富过去来过上海，不久前，他又在台北买了一张最新版的上海地图仔细研究过。他用老资格的语气向永耕传授经验说："上海城市虽大，但方向位置不难找，不大会迷路，市中心的马路布局有一个规律，凡是南北方向的大街都是以中国省份的名称命名的，像浙江路、河南路、四川路、西藏路等等；而东西方

213

向的主要大街则是以城市的地名来取的，如南京路、北京路、福州路、九江路、延安路等等。记住这个规律，找到这些路，就不会迷失方向了。还有一点像台北一样，全国许多城市有以孙中山先生名字命名的中山路，上海的中山路最长，有中山东路、南路、西路、北路，用中山路把市中心围起来，所以你如果走出中山路，就到城市外围了。上海的公共交通很发达，只要花几块钱，想到哪里就到哪里，十分方便。"

永耕一心想回家，对家富讲的这些不太感兴趣，所以尽管由家富说去，他一声不响。为了把永耕的情绪调动起来，家富像上海东道主似的热情地陪他来到了外滩。只见黄浦江上停着大小船只，探照灯、夜航灯加上两岸高楼上的灯光，使得外滩江面上和街道上灯火通明，热闹辉煌，上海比过去更繁华了！

家富说："在台湾，各种媒体都报道说，大陆经济萧条、百姓贫穷、社会混乱，真是睁着眼睛说瞎话。"

永耕说："这都是当权者的骗术，只怕台湾老百姓看到大陆的发展变化，会反对当局的统治，所以现在嘴上讲实行"三通"了，可是对老百姓批个探亲申请，手续那么烦琐，还是卡得那么严。"

"所以不回来看看，我们就会一直蒙在鼓里。再到别处去走走吧！"

他们沿着黄浦江边走走停停、看看谈谈，不知不觉到了人民路口。家富说到城隍庙去看看。

两人随着人流在纵横交错的小商品市场上缓步前行，商店里五颜六色的小百货琳琅满目。街路旁，操着各种地方口音的地摊小贩叫卖声混杂成一片，东西南北的土特产、春夏秋冬的时鲜货，要啥有啥。

家富说："你看，大陆实行改革开放，人们可以自由自在地到各地去做生意，人员流动了，货物流通了，贸易发展了，市场繁荣了，老百姓经济富裕起来了，生活必然改善了。"

永耕说："今天我们大开眼界了。"

"是呀，你总算逃出樊笼了，我还抛不开那个家呢。"

"不过，两边都开放，来去也方便的。将来两岸能统一就好了。"

"是呀，大陆提出'一国两制'政策，真是高瞻远瞩啊，早日实现统一就好了。"

两人边逛边聊，不知不觉十点多钟了，担心火车提前检票，两人就坐出租车到火车站去了。

火车到金华时，天刚亮。接下去，有一趟客货混合区间列车从金华站开往新安江，他们向问询处打听到清江县城关镇应在银滩车站下车，便买了两张到银滩的火车票。

永耕在家时，只有金华到兰溪有铁路，新安江建水电站时，兰溪到新安江也建起了铁路，火车可以直接开到家门口附近。上了火车，永耕迅速坐到右手边靠车窗的座位，家富挨着永耕坐下。永耕两眼直盯着窗外的风景，路边一棵棵树木飞快地在眼前闪过，近处一幢幢新房也很快向后面退去。远处的村庄向身边移来，连绵的青山自左向右不断地转换，大山小山，高高低低，站成排，围成圈，火车在这无限大的圆圈内沿逆时针方向不停地转动。

"呜……"

汽笛长鸣，火车转出圆圈，沿着山脚慢慢爬行。永耕仍然脸贴车窗玻璃，两眼一眨不眨地看着外面，山脚的大树、小树、杂柴乱草紧挨着玻璃一闪而过。突然光线豁亮，车离山远了一些，永耕眼睛向上，朝山头一看，只见半山腰横着栈道，山顶巨石磊磊。

"这是太慈岩！这里都能通火车，做梦也想不到！"他大声说，并连忙指给身旁的家富看。

每年农历七月三十，这里有庙会，他从前也来过两次，非常热闹，不知道上面的菩萨还在不在，他心中不无牵挂。

"那是袁家桥，我的叔伯姑母家！就要到银滩镇了！"永耕兴致勃勃地讲给家富听，见老同学不感兴趣，便自言自语地说着，"到徐家埠了，我在这里教过一年书。转过这个小山头就看到新安江了。"

就要到站了，有人站起来从行李架上拿行李准备下车，永耕也不说了，与家富一起站了起来，火车停下来，两人一起下车了。

下车后，两人随着拥挤的人流，走了一两分钟，上了渡口的船，摆渡到了城关镇。快过年了，街上十分热闹，大多是办年货的人。永耕在金滩镇上读过两年高小，对这里应该是很熟悉的，可是面对这宽阔的大街、往来如梭的车辆，他也找不着北了。他停下脚步，仔细回忆了一番，老家沙湾是在江的南面，刚才下火车匆匆忙忙随人流摆渡来了金滩，这里是江的北面，要回家还得再坐渡船回对岸去。

他拉着老同学的手说："真抱歉，四十年没回来，这里变化得我连回家的路都找不到了。刚才走的都是冤枉路，我们还要摆渡回对岸去。"

"中午边了，我们到那家小店吃过饭再走吧？"家富说着走进店去，点了几个菜，两人吃了中饭。

家富说："肚子填饱了，随你把我带哪里去都行。"

永耕说："这儿到家只五里路，随便往哪里走，我闭起眼睛也不会走错了。"

可刚走出饭店，看见一个急匆匆走路的小姑娘，永耕去问她，那小姑娘用手一指说："这条路走到头就是。"

过了渡，上了岸，沿大路走了一段后，永耕一看不对，这条路走下去又要回火车站去了。自己的家沙湾应该在下游江边，哪条路是往下游去的呢？

家富笑着说："你呀，按图索骥没用了，你脑子里那张地图早过时了。"

永耕不好意思地说："四十年了，天翻地覆大变样了，还是谦虚点多问问人家吧。"

前面走过来一个手里提着篮子的妇女，永耕客气地问她："这位大姐，到沙湾村往哪条路走？"

那妇女侧着耳朵摇了一下头，像是没听懂，永耕慢慢地把原话又讲了一遍，她用手往山脚下指了指说："芒嗨笑路汉！"这是家乡方言，意思是"往那条路走"，家富听不懂，永耕听来却是十分亲切。真是"多年不曾回故里，闻说乡音情更迫"。永耕赶忙朝那个妇女所指的那条马路大步走去，家富气喘吁吁地跑起步来才能勉强跟上。

永耕在前面等了一会儿，让家富赶上自己。

家富上气不接下气地说："你想看老婆这么着急吗？就要到家了，还在乎这么几分钟？"

"是是是，时间还早，我们慢慢地走。"永耕笑着说。

两人走到一条上山的石阶路边坐下来，歇了一会儿。永耕沿石阶向上走了几步，上面是乌沉沉的松树林，这石阶路可能是林场为看山人修建的上山道路。从前这里是江岸一块陡峭的荒山，根本没有路，只在水边有一条船上纤夫拉纤时脚踩起来的小道，又滑又陡，一般人是不敢走的，现在却通了公路。

两人走到巴沙埠，在马路边，永耕无限感慨地对家富说："那年，我就是在这里，被败逃的国民党军队抓走的，这真是个伤心地啊！"

"估计你母亲和妻子当夜在这里哭到天亮呢！"

"可不是吗！谁知道这一走就是四十年呀！"

"四十年，有些人就是一辈子了。你我算是长命人，已满一个甲子了。"

"人生难测呀！当年几分钟之间，改变了我的命运，可是要走回原点，却花了四十年的时间。"

两位老同学忆往事、议人生，感慨万千。

他们站在路边，轻轻地说话。马路上人来人往，无人认得他们。过去这路边只有两三户人家，现在马路两边尽是三四层的楼房，住在这里的人都是从外地迁来的，他们自己相互之间也不相识。永耕朝四周看了看，从前经常走的那条通往沙湾坞的路找不到了，这时正好有一个十三四岁初中生模样的女孩，拉着一个二三年级的小男孩从弄堂走来，永耕听他们用自己家方言对话，就过去问那小男孩："小朋友，你是哪个村的？"女孩朝永耕他们一看，见是两个陌生的老头儿，就把弟弟一把拉到身边，赶快走开。永耕想，自己刚从台湾回来，穿着打扮都跟别人有些不同，讲话又是台湾口音，难怪小姑娘不把他们当好人看了。

过了一会儿来了一批男孩，永耕同几个小孩搭话："小朋友，你们去哪儿？"

几个孩子看这两个老头儿有些古怪，发出了一阵笑声，胆大地反问："你们要去哪儿？"

永耕和蔼地说："要去沙湾坞，往哪儿走？"

一个稍大的孩子指着另两个小孩说："他们是沙湾坞的，你们跟他们走就是。"

永耕看那两个孩子，一个十二三岁，另一个七八岁。永耕笑呵呵地走到两个孩子身边说："谢谢小朋友，我们跟你们一起走，好吗？"

那大孩子问："你们是从哪里来的？"

永耕说："从金华来的。"他不说台湾来的，只怕他们对台湾没有好感。

小男孩轻声问大男孩："我们爷爷是在哪里的？"

大男孩严肃地说："不知道就不要问。"

从对话中永耕听出他们是兄弟俩，永耕就问他们："小朋友，你们叫什么名字，能告诉我吗？"

大男孩朝永耕看了一眼没作声，小男孩说："保密。"永耕和家富都笑了起来。

两个老人跟着两个小孩，来到沙湾坞村口第一幢房子门前，还没进门小男孩就大声喊：

"奶奶，我们回来了。"

屋里传来奶奶答应声："唉，琳琳、珺珺，快来吃冻米糖。"

一路上，永耕看那大男孩的鼻子眉毛长得很像水生小时候，他一直想问"你爸爸是不是羊水生"，可他知道这孩子很机警，怕惹他不高兴，始终没有问。一到村口，两个小孩都争相跑前面去喊奶奶，他就感到自己猜对了。房子里传来妻子那四十年没有听到的熟悉的声音，他心里该是满心的欢喜，却也有难言的痛楚。顾不得老同学见笑，泪水失控，潸然下落。揉干眼睛，永耕和家富跨进门槛。两个男孩手拿冻米糖呆住了，秋凤睁开眼又揉了揉，刚看过照片，马上就认出两人中哪个是永耕了。永耕看妻子远没有想象中那样的苍老衰弱，两个人交换了目光，秋凤把内心万分的激动化成淡淡的四个字："你回来了！"永耕把在门口就萌生的与妻子拥抱的冲动压缩在淡淡的一声应答"唉"中。

秋凤看着呆若木鸡的羊琳、羊珺，连忙说："琳琳、珺珺，快来叫爷爷，这个是你们的爷爷。"

"那个也是爷爷。"永耕指着家富说。

两个小孩像打开了开关，马上活跃起来，"爷爷，爷爷"叫个不停。

秋凤捧来一盘冻米糖，叫永耕、家富吃。

"珺珺过来。"秋凤把小孙子揽在怀里，对永耕说，"我们有三个孙子、一个孙女，这是最小的孙子。"

"爷爷，我叫羊珺，今年八岁。"珺珺边吃糖边说。

永耕对小孙子竖起大拇指夸他"你最棒"。

"爷爷我叫羊琳，今年十三岁。"琳琳跑到永耕身前站立正姿势，向爷爷报告。

"你也非常棒。"永耕也伸出拇指夸道。

羊琳对奶奶说："刚放学时，我们看到爷爷，还以为是两个外地老板来做生意，只怕是推销假货的，还问是哪里来的，我们怕上当，不敢和他们讲话呢。"

秋凤笑着说："你爷爷离家时，你爸妈都还没你这么大。"

"啊，难怪噢！"琳琳说着，背起唐诗"少小离家老大回"，珺珺也马上一起"背诵"后面的三句，"笑问客从何处来，原来客人是爷爷。"琳琳最后又补上一句，组成新的一对。大家一阵哈哈大笑。

秋凤介绍说，这两个是水生、水珍的孩子。水坤的大女儿羊琼十五岁，孙辈老大，就要上初中了；儿子羊琦十岁，也在巴沙埠读小学。正说着，门口琦琦蹦蹦跳跳地跑了进来，水坤一家从厂里回来了。

琳琳马上跑上前说："大伯、大妈，你们看，我们家来客人了，你们认识吗？"水坤、阿贞同时看着坐在堂前的陌生人。

"爸！"

水坤一眼就认出来了，一声喊出口，双泪落胸前。当年因他耽误几分钟，害父亲离家四十年，让他愧疚自责了一辈子。

永耕见水坤流泪，知道儿子心意，马上起身故作轻松地说："水坤长得比我都高了。"

秋凤补了一句："你老了，越长越矮了。"

大家一阵乐，水坤破涕为笑。

总是嫌自己个子矮的阿贞开玩笑说："爸，妈，你们看。"她把女儿拉到身边，"琼琼比我高，我也是越老越矮了。"

"琼琼、琦琦，快叫爷爷。"水坤把一对儿女推到父亲身边，两人一起喊："爷爷。"

琼琼说："刚才在学校门口，爷爷问我们，我们没理爷爷，请原谅。"

"啊？琼琼真懂礼貌，只怪爷爷一身穿戴不像老人，不像好人，不像中国人，三不像，你们对'三不像'的人是要提防着点，不要上坏人的当噢。"

永耕和孙儿们说说笑笑，竟忘了行李箱里带来的台湾水果。他把一袋莲雾解开来，一人两只分给大家，

"吃完再来拿，箱里还有。"

家富也打开箱子，说："我这里还有凤梨酥，要吃自己拿。"

永耕对孩子们说："这个爷爷是我最好的朋友，他的东西你们尽管吃就是。"

孩子们吃水果、吃糖糕，边吃边玩。

"今天这么热闹。"

水珍一进门就认出了父亲，因为前几天反复看了父亲的照片，杀年猪那天又收到电报，估计这两天父亲要回来了。她喊了一声"爸"，又朝家富笑着打了个招呼。秋凤问水珍，水生怎么还没回来。水珍说，一个客户因产品质量有问题要退货，水生下午到杭州去处理了，恐怕一两天时间回不来。

永耕急忙问："能处理得好吗？"

水珍说："肯定没问题，我们全部按合同办事，对方说用料不符合要求，这是鸡蛋里挑骨头。合同要求用杉木就行，其中有四张床脚因为杉木不够，我们

改用价格贵好几倍的枇杷木，不问他算加价就便宜他了。"

听了水珍的话，永耕深感儿女们长大了，有能力，有作为。但用枇杷木代杉木，没按合同办事，却是吃力不讨好的事。年轻人商场上的经验还是少了点，以后要给他们做做参谋。

晚上，家富到楼上厢房里睡觉去了。

永耕走进自己的房间，告诉秋凤，家富不仅是他的老同学、好朋友，也是水生的亲生父亲，秋凤听了十分吃惊。永耕说，他在台湾遇到家富后，两人聊起往事，家富说起他儿子睡在摇篮里被洪水冲走的事，永耕就问他那摇篮的样子，结果他说的同永耕捞起水生的那只完全一样。他说那可能是他儿子，他记得孩子身上的印记，具体看了摇篮和人就能确认。秋凤长叹一声说：

"真是百事都有缘，天下竟然还有这么巧的事！水生的身段相貌的确和他很像，我估计水珍也在嘀咕了，这人怎么嘎像水生的呢？"

"还有一件更加想不到的事呢！"秋凤停了一下说。

永耕问："什么事？"

秋凤说："水生的亲生母亲来到我们沙湾村，而且成了阿标的老婆，他们就住在巴沙埠。"

"天方夜谭！"永耕随口说了一句，不相信会有这样的事。

可秋凤说："你不相信不要紧，可事实就是这样的。"

"那水生知道吗？"

"这么多年了，怎么会不知道？"

"水生什么态度？"

"这孩子真是比我们亲生的还要亲！"

"怎么说呢？"

"开始，他母亲来认他，他不让她认，后来我说这是事实，认不认都是改变不了事实的。他心里承认了，但是口头上不叫她妈，只叫'亲娘'。水生说他的亲生父母就是我们两个人，只叫我们两人为爸爸妈妈，别人只能称呼亲爷、亲娘。直到现在，水生一次都没到她家去过，她也不常来。水生一心一意为我们这个家辛劳忙碌，这几年办了厂，不光使我们家生活迅速改善，沙湾村好多人因为进厂工作，家庭收入也不断增加。"

"这样看来，如果家富确认是水生的亲生父亲，恐怕水生也不会叫他爸爸，只叫亲爷了。"

"那是肯定的。"

"这真是前世就排定了的。"

"过两天，水生回家来和他相认以后，不知道水生会不会告诉他亲生母亲也在这里？我估计水生不大会同他提起亲生母亲的事。"

"如果水生不说，我们也一定要告诉他，他是我的老同学、好朋友，如果又是水生的父亲，那关系更不同寻常了。家富为人善良，脾气又好，我在台湾得到过他的很多帮助。我听说水生可能是他亲生儿子，高兴坏了，巴不得早点回来确认一下。"

"我也是这样想的，水生的生母来认水生时我也很高兴的。只是她嫁给阿标，我们就不大往来。阿标真是个怪人！"

永耕问秋凤阿标怎么怪，秋凤向永耕讲了好长时间，把阿标对她对水生及对他们这个家做的一些坏事都告诉永耕，永耕有感于四十年人事沧桑，深深感喟不已。

秋凤补充说："听说他在两年劳动改造中进步很大，回家后的近一年时间来，表现同过去大不一样了。"

永耕说："人是会变好变坏的，但愿他今后能越变越好，做个好人。"

"还有，水生亲生母亲的大儿子，也就是水生的同胞兄长可是水生的死对头。"秋凤说。

永耕十分疑惑："亲兄弟怎么会成死对头？"

秋凤把几十年来，仇林吉所做的坏事一桩桩详细地说给丈夫听。

永耕越听越气愤："那他最后受到了什么处理？"

秋凤说："害死丁嫣当天就被逮捕，被判处无期徒刑。听说在监狱表现较好，减为二十年的有期徒刑，到现在已经满十四年了。"

永耕摇头叹息说："家富怎么会有这样的儿子啊？听了真让人心寒！"

"可不，水生与他，同父同母生，一个是善财童子，一个是魔鬼恶棍。神仙也搞不懂其中原因。"

"真想不到水生的大儿子竟然不是水珍所生，想不到水生竟然还有过前妻。水生、水珍天作之合，竟在这美满姻缘中还有这么一段插曲。"

"这大概是命中注定的吧？老天爷从来不肯让人世间事事都完美无缺呀！"

停了一会儿，永耕问道："那丁嫣要嫁水生，水珍事先知道吗？"

秋凤说："知道的，水珍和丁嫣关系很好，丁嫣帮水珍学文化，水珍教丁嫄干农活。丁嫄性子刚烈，为人正直，她喜欢水生，怕水生被人欺侮，就一定要嫁水生。水珍说丁嫄是水生的救命恩人，她嫁水生是水生的福气，水珍很高兴地说我们家以后有了一个保护我们的保护神。丁嫄生了孩子后，水珍把孩子当作自己亲生似的帮忙喂奶，换洗尿布，晚上常带在身边睡。"

"现在，这孩子知道自己是谁生的吗？"永耕又问秋凤。

秋凤说："平时看不出来，他和水珍完全同亲生的一样，他心里是不是知道，我们也不晓得。这孩子非常聪明懂事，过年时跟水生、水坤一起上坟烧香时，都说给大妈妈拜年。所以他一直称丁嫄为大妈妈，而自从学会说话起就叫水珍妈妈。他心里对事实真相是否明白，别人不清楚。看他一天到晚都是高高兴兴、快快乐乐的，我们也不在意是谁亲生的了。"

永耕想了想又问道："丁嫄的坟也在度北山吗？"

秋凤说："是的，丁嫄父母双亡，娘家没其他亲人。她死后，我们把她葬在羊家祖坟旁。"

"水生还常提起丁嫄吗？他和水珍感情怎么样？"

秋凤说："他们从小就在一起，是真正的青梅竹马、两小无猜。后来长大，两人才有点感到难为情，但从平时言行、举止、眼神，可以十分清楚地看出来，两人互相从心底里爱慕对方。结婚后，两人夫唱妇随，从未有过隔阂，现在两人努力办厂，我们的生活年年改善。他俩配婚，是你妈定的，这个你也都知道。那年我们挑了个日子，两人办了登记手续，家里烧了一桌酒菜，全家人聚在一起吃了一餐，就将他们送进新房，打算等到你回来以后，再补办婚礼。所以，现在由你选个日子，正月里给水生与水珍举行婚礼，热热闹闹地庆祝一下。"

永耕感动地说："秋凤啊，四十年来大大小小的家庭磨难、世事变故，你都一个人挺过来了，唯留一件喜事叫我来办，我这一世亏欠你太多了，只有来生再还了。"

"时间不早了，明天再说吧。"秋凤铺好了床，准备睡觉了。

二　生父养父是同窗

　　第二天傍晚，水生到杭州处理好退货问题回来了。走进家门，一家人正在吃晚饭，水生看见坐上横头的父亲，喊了一声："爸！"三步并作两步走到永耕身边，问道："什么时候到的？"

　　永耕说："是昨天到的，你刚好到杭州去了。"

　　"是呀，今天才谈好。"

　　"快放下东西，坐爸身边，吃晚饭。"

　　水珍把碗筷递给水生。水生一看，大圆桌上全家十个人已坐满，加上自己十一个了，发现父亲右边一张陌生的面孔，与他相视一笑，移了一下方凳坐了下来。

　　秋凤说："今天全家到齐了，这桌子太小了，以后家里人还要多起来，要去买一张更大的圆桌面来。"

　　阿贞说："可以摆两张桌子，大人一桌，小孩一桌。"

　　琳琳马上说："我是大人还是小孩？"

　　阿贞说："你当然是小孩。"

　　"那琼琼姐姐是大人还是小孩？"

　　"也是小孩。"

　　"明年她比你高了呢？"

　　"那也还是小孩。"

223

琳琳惊讶地"啊"了一下，说："我觉得不要按大人小孩来分，可以两张桌子摆不同的菜，欢喜吃什么菜就坐哪一桌，这叫作自由人生。"说得大家哈哈大笑。

吃完晚饭，全家人围坐在火炉边。秋凤把白天刚炒的瓜子捧来一箩盖放在桌上，叫大家自己拿自己吃。永耕泡了两杯茶，给家富一杯，自己一杯。

永耕喝了口茶，清清嗓子说："今天，全家人都在，我要向大家隆重介绍我身边的客人。"他朝家富笑着点了点头，又向儿孙们扫了一眼，继续说，"他叫汪家富，是我四十五年前在省中学读书时的老同学，也是我在台湾最亲密的好朋友。我在台湾教书，他在离我很近的城市办木材公司，他老家在安水县一个农村里，到台湾也四十年了，他在台湾有很大的产业，有一个幸福的家。这次我们两人一起回家，我邀请他到我们家过年，过了年，他仍旧要回台湾。他比我大一岁，水坤、水珍称他汪伯伯，琼琼、琳琳你们四个人叫他汪爷爷。"

永耕说完，捧起杯子喝了一口茶。

家富说："我看到你们一家人欢欢乐乐的，心里真为你们高兴。我从台湾到了这里，感觉就像回到自己家一样。我回来想看看家乡人过年，同以前有什么不一样。我是办木材公司的，到这边来看一看，如果有适合的机会，我想投资合作，所以我也是为了找合作伙伴而来的。"

永耕说："水生办了一个木材家具厂，汪伯伯说木材家具在台湾很有发展前途，他过几天到厂里了解一下，可能的话会和水生合作。"

水生说："我这种小厂，不上规模，只能小打小闹一下，成不了大气候的。"

家富看着水生说："不能这么说，许多大企业，都是从小打小闹起家的。"

火盆里的火渐渐烊掉了，珺珺、琦琦打瞌睡了，秋凤叫阿贞、水珍带四个孩子回房睡觉，大人们继续在火炉边烤火聊天。

阿贞、水珍料理孩子们睡下了，仍旧来火炉边坐。秋凤对儿子、媳妇说："孩子们都睡下了，有些话不好向他们说。我告诉你们，汪伯伯不是别人，是水生的亲生父亲。"

"啊？"

四个人听了都很吃惊。水坤、水珍、阿贞三人一起看着家富，水生看了一眼，便把头低了下来。

永耕说："在台湾，我和汪伯伯偶然一次谈起各自的遭遇时，才意外地发现水生是他的儿子，所以这次他是同我一起来看水生的。"

永耕见大家在惊讶之后都默不作声，就对家富说："家富，你看看，水生是你孩子不错的吧？"

"不错的，感谢你给孩子第二次生命。我们两人真是前世有缘，从小在一起读书，长大又一同到了台湾。我生了孩子，没把孩子带好，差点让一个宝贵的生命永远离去，是你将他从死亡边缘抢救回来，他是名副其实的'水生'啊，这个生命是你羊永耕给的，所以应该是属于你的。我这次回来看到水生聪明能干，有作为，有成就，心里非常高兴。"

秋凤原来还担心如果水生不认生父，会让家富十分尴尬。现在听他讲的这番话，说了一句"应该属于你的"，一个沉重的话题马上成了轻松愉快的言谈。不过秋凤在礼节上还要客气一下，便说：

"那水生还是要叫你爸爸的。"

"嘿！你不懂的，水生是属于你们的，当然应该叫永耕为爸爸，叫我汪伯伯，同你们三个人一样。"他用手指了一下水坤、水珍和阿贞。

秋凤高兴地说："那水生就不用改口了。"

水生抬起头笑了笑说："汪伯伯好，谢谢你！"

"好，好，大家都好！"家富高兴地说。

"大家都好！大家都好！"永耕和秋凤也连说两句。

"日子过得真快，"为了打破沉默，永耕换了一个话题说，"家富，想起当年在省城读书，我们还都像琼琼那样的年纪。"

"可不是吗，我第一学期去上学，看不到老家门前那块山，晚上常常蒙在被窝里哭。到食堂吃饭，总觉得饭菜没有家里的好吃。读了一半，就逃回家不读了，第二年父亲送我去从头读起。所以我比你大一岁，第二年和你同一个年级同一个班。"

阿贞插话说："这就是缘分，汪伯伯逃学一次就和爸同一个班读书，以后两人一辈子都在一起。"

"还有更奇巧的，"水珍说，"两个人都给了水生生命。第一个给的，以为没有了，第二个给的，是一辈子的寿命。"

"这话讲得好。永耕，你这个女儿真是聪明。先前我想讲清这个意思，想不出准确的词，想不到你女儿轻轻两句就说清楚了，言简意赅，真不错。"

水生接着说："汪伯伯是我原生父亲，爸爸是我再生父亲，我的两位父亲是同窗。真是缘分！"

秋凤说："你俩是同窗好友，当年在校读书的事讲给他们年轻人听听，以前的学生和现在有什么不同？"

"读书生活，每天上课，做作业、考试都是一样的，可学习和生活条件同现在比是一个在天上，一个在地下。"永耕说，"过去能进学校读书的孩子，家里境况都还不错的，至少吃穿不用愁。那时穷人多，读书的人不多，学校也少，好几个县才有一所中学。我和汪伯伯能在一起成为同学，确实难得，真是有缘分的。"

家富说："那时，我家靠种田为生，经济比较困难。你们爸爸家里比我家富裕得多，你们爷爷是有名的道士，带着一班道徒，沿江一带的村镇凡家里做白喜事，都请你们爷爷这班道士先生去做道场。你们家里还有田地，有长工耕种看管，一年到头有不少收入。所以，供你们爸爸读书是绰绰有余的，这让我也沾了不少好处。我学习用品买得少，一支毛笔，一块墨，砚瓦原来有一副，后来大扫除时打破了，就同你们爸爸共用他的那一副。有一次考试，要每人一副，他就买来一副新的送给我。当时，我们都住校的，我带到学校的衣服只有身上一套，备洗一套，有时碰上连续下几天雨，衣服晒不干，就穿你们爸的衣服。吃的东西更不用说了，他所有的零食都是我们两人一起吃掉的。你们爷爷出门做道场经常路过学校，常给你们爸送糕饼、糖果，你们爸把东西放在床头边，我要吃自己去拿便是。"

"你帮我的更多。"永耕说，"我个子小，有几个城里的大同学常要欺侮我们乡下学生。你比我大一岁，个子高大，见有人要欺侮我，总是为我出头。一次，一个绰号叫'黑李逵'的男生在玩篮球，不小心把篮球滚到水沟里，他叫我把球捞起来拿去洗，我没有听他的，他用一段木板把球用力一挑，篮球打在墙壁上，雪白的墙壁留下一个黑印。'黑李逵'怕学校批评他，就说是我把球抛到墙上去的，我不肯承认，他就要打我。家富走过来，指着他说，你不要乱说，我亲眼看见是你弄的。其实家富没有看见，只是不让我被人欺侮才说亲眼看见的，'黑李逵'心中有鬼只好放我走。后来，他用石灰水把那黑印迹涂白才未受到处分。从那时起，'黑李逵'扬言要给我一点颜色看看，我很害怕，家富时时保护我，直到学期结束。第二学期'黑李逵'就没有去上学了。"

家富插话说："那家伙是个留级胚，家里不让他读了。"

听了永耕、家富的话后，水珍赞叹说："原来，你们两人的关系真的非同一般。多谢上天，让你们后来又聚到一起，还机缘巧合，同时成了同一个儿子的父亲。可见，天下巧事多，但是，唯此最新奇。"

墙上时钟指向十点，秋凤说："时间不早了，水生明天要乘早班车到临安去看木料，水坤三个人要上班，大家好睡觉了。"

家富道了声"晚安"，大家各自回房。

第二天上午，永耕带着老同学汪家富去沙湾坞村里走走。这天是腊月十三，天气晴好，家家户户都在忙着准备过年。人们一年到头辛苦忙碌好像都是为了迎接过年。上半年，各家各户去买猪仔，都说"养只猪过过年"；下谷籽育秧苗，要安排一丘田种糯稻，说"准备点糯米过年打年糕"；夏天摘了老南瓜，剖开，挖出南瓜子，说"把瓜子晒起来过年炒炒吃"；秋天，收了葵花籽、落花生、番薯片，又说"藏好过年吃"。年外春，慢慢跟，年内春，往前奔。意思是除夕后立春，节气迟，农事可慢慢来，除夕前立春则要赶紧。这年是闰六月，十二月十七立春，算是很早的年内春，还有四天就立春了，一切农事要抓紧。过年的准备工作早在十一月下半月就忙开了，按照祖上传下来的习惯着手迎新年的工作步序：第一步是杀过年猪，因为杀了年猪，十二忙月，客人来往就有荤菜了；第二步是煎麻糖，各家一般都有冻米糖、芝麻糖、豆粉糖三个以上的品种，小户人家基本上一天一夜完成，大户人家要煎好几天麻糖；第三步是打年糕，人口多的人家要打担把糯米年糕，要先约好帮手，争取一天一夜完成，人口少的一般也要做一两斗米的年糕。年肉、麻糖、年糕，过年三大件，一般要吃到清明边，必须在立春前做好藏好。因为过了立春，沾了春水就容易变质，藏不久了。

这几天，村里家家户户都在忙着打年糕。

永耕已经有四十年没在家过年了，他和家富从村头走到村尾，村前的溪坑里各家都在洗刷做年糕的用具，像刀板、簸箕、畚斗、印板之类。四十岁以下的人都不认识永耕，看见了只笑一笑，以为是谁家的客人。走过钊根家门前，钊根用力把他们拉进屋去。他家正在做年糕，刚巧打好第一臼粉，热乎乎的。做年糕的人都知道，年糕最好吃的是刚从石臼里打好的粉团。各家打年糕时都备有一盘白糖芝麻粉，一碗酱油辣火酱。打年糕的人和闯到家里的客人，大家吃年糕不必客气，喜欢吃甜的，包些白糖芝麻粉，爱吃咸的就蘸酱油辣火酱。钊根知道，永耕小时候最喜欢吃刚打好的年糕。他到刀板上切来一大碗粉团，把一甜一咸两只盘子摆到永耕身边，叫永耕和家富趁热快吃。永耕也不客气，一口气吃了四块，家富入乡未随俗，吃了一块就歇下筷子。

永耕抹着嘴说："四十年没尝过了，家乡的东西才是真正的美食。"

钏根说："农村实行土地承包制这七八年，一年好过一年，家家都过上了幸福年。"

离开钏根家，他们朝村里的羊家祠堂走去。小时候，永耕常跟父母亲到祠堂里去。每到清明和冬至，羊姓人家要到祠堂香火楼前祭祀祖宗牌位。元宵夜要到祠堂来发灯，各家男性子孙，每人举一只灯笼到祠堂来把灯笼里的蜡烛点亮，然后高高举起来，排着队从祠堂出发，走到村外沙湾田畈江边水口上，再返回村，在村子周围转一个大圈回到祠堂结束，以展示和庆祝羊氏子孙年年人丁兴旺。到了中秋节，还要在祠堂举行一年一度的抬菩萨活动。这天上午，轮到当头首的羊姓人家，要安排人力到位于沙湾江边的水口庙里，将徐王大帝等三尊菩萨抬进羊家祠堂，然后各家各户把过中秋准备好的鲜肉、鲜鸡、麻糍、月饼等放在一只托盘里，捧到祠堂来摆在菩萨面前的长条桌上，供徐王老爷等三位尊神歆享，下午再抬菩萨回去。送菩萨仪式非常隆重和热闹，羊氏头首早在半个月前做好了两担糯米的甜酒，分装成四个大酒坛，由八个人抬着。菩萨出发前，先在祠堂门前的大路上按次序排好队伍，前头是推着菩萨的神驾，其后是锣鼓队、抬酒的人、彩旗队，共有一百多人。因为菩萨回庙登位后要举行抢酒活动，四面八方想喝徐王大帝甜酒的人都可以来抢，所以菩萨还未抬到庙里时，徐王庙里里外外早已是人山人海，他们拿着碗、瓢、勺子、罐子、酒壶、酒瓶、水桶、水盆等各式各样的盛酒器具，等候在那里。菩萨进庙前在一百多米田间大道上，三副神驾要举行肩扛菩萨跑步争先活动。这时整个大庙范围发出此起彼伏的叫喊声，夹杂着锣鼓声、爆竹声，欢声雷动，沸反盈天。三尊菩萨登上原位后，头首叫四个人把一只大木桶抬到庙内天井中央，然后把四大坛酒分两次倒进大木桶内。抢酒开始了，又一次地掀起欢闹声。甜酒好吃又有力，结束以后，各家各户都有喝醉的人被搀回家，一些抢得多喝得多的人纷纷醉倒在回家的路上。永耕离家时年纪还轻，只是举着彩旗送菩萨，没有参加过抬菩萨。

永耕和家富走进祠堂，只见春义老头等六七个人正在搞卫生。

"春义叔，扫得这么干净，要搞什么活动？"永耕只认得比他长一辈的春义老头，其余几个三四十岁的人都不认得。

"正月初三开始，金华武义婺剧团要来这里演五天五夜的戏。你有几十年没看到过家乡戏了，这次让你看个过瘾。"

"是啊，还是小时候看过的。这里年年过年都有戏看吗？"

"已经连续做了三年戏了。"

"那我这次回来能有戏看，运气很好啊。"

"那是当然啦。"

走出祠堂，永耕突然想起陪家富到那年救起水生的地方去看看。经过沙湾大田畈，他们走到沙湾埠村前的一块小麦地边。永耕指着一株大柏子树对家富说：

"那时大水满到这株树三四尺高的地方，我们把船停在树边，用船桨钩住树干。一个屋架漂浮过来，捞起屋架，看见摇篮里的孩子还有气，还会哭，我就马上抱回家了。"

"这里到江边还有半里来路，地势又这么高，洪水能涨到这根树干上，那次洪水实在是大得让人难以置信。"家富抬起头看看远处，江堤下新安江里浅浅的清水，疑惑地说。

"是呀，我们到江边去看看。"永耕带家富走到江边接着说，"现在，上面造起了水电站，江水大小被控制住了，水也变清了。"

汪家富眼前仿佛又出现那年洪水滔天的情景："那年，我只沿着对面江岸一路寻到富阳，记得当时我还在对岸城关镇上住了一夜。我们老家在江北岸的一个山坞里，当时想对岸冲下来的东西只有在对岸沿江寻找，根本没想要到江南这边来寻找，这真是冥冥之中早就安排好了的呀。"

两人沉闷着低头转身，走回到沙湾坞村口，听见远处传来家具厂锯板机器声，才又昂首快步高兴地向前走去。回到家里，秋凤已经把中饭烧好了。

中午，永耕、家富都有午休的习惯。起床后，永耕看见四个孙儿都在后堂前看书做作业，便找了凳子坐到他们身边来。他拿起孙女羊琼的书本看，是一本寒假作业。

羊琼谦虚地说："我字写得难看得很，爷爷恐怕看都看不清楚。"

永耕说："写得不错，寒假才开始，你就做完这么多了。"

羊琼说："年前多做点，过年好多玩几天。"

"爷爷，你是老师，看看我做得对不对？"小孙子羊珺拿着本子靠紧爷爷怀里说。

永耕把他抱起来坐在自己膝上，翻开书本，边看边讲给孙子听。家富也起来了，见老同学含饴弄孙，乐趣无穷，心里非常羡慕。想起当年那场洪灾，前妻和大儿子被洪水吞没，小儿子竟被老友救起，如今已事业有成、家庭兴旺，心中便激起了对永耕的深深谢意。

"回台湾后要把永耕夫妇的事告诉妻子，莫忘他们的恩德。"

羊琳放下笔和本子说："两位爷爷在这里，我们做作业做累了，请两位爷爷给我们说说你们当年读书时的故事吧。"

"好啊，大家拍手欢迎。"坐在爷爷身上的羊珺跳下地来，双手鼓起掌来。

永耕说："我小时候读私塾，一天到晚都是读书、背书。中午有一段时间练习毛笔字，其余时间都是读呀背、背呀读，作业也是读和背。后来读高小才有算术课、常识课，到中学读书，功课就有好几门了。但是，我们的作业没有你们现在这么多，我们每天都有体育锻炼和课外活动的时间。"

家富说："我和你们爷爷在省城读书时，正是日本鬼子侵略中国的时候，在学校老师组织下，我们经常到街上和农村去宣传团结抗日、保家卫国。我们给老百姓唱抗日歌曲，像《大刀向鬼子们的头上砍去》《太行山上》《保卫黄河》《长城谣》这些歌我们都唱过。"

说起宣传抗日，永耕更来劲了，他说："我们还演过戏呢。"

孩子们高兴地说："什么戏？演给我们看看。"

永耕说："现在演是演不起来了，只有讲给你们听听。有一次，我们班编了一个活报剧，叫'三打白骨精'。我演孙悟空，汪爷爷演猪八戒，班里一个小个子同学演白骨精，还有五六个演老百姓。说白骨精在朝鲜半岛变成朝鲜族姑娘到处骗人，孙悟空火眼金睛看出她是妖怪，一棍打死她，现出原形，是个日本鬼子。白骨精又到中国变成汉族老爷爷，又让孙悟空识破一棍打死，还是那个日本侵略者。白骨精第三次变成一个越南老太太，孙悟空又看透她，又把她打死，原来仍然是那个日本鬼子。老百姓看了我们的演出，对日本鬼子恨之入骨。"

孩子们听了哈哈大笑，都说两个爷爷真能干，是大家学习的榜样。

三 永耕上坟祭双亲

农历十二月十六是永耕母亲洪太太的生日，永耕要和秋凤去父母坟前祭祀。

永耕生来命途乖舛，身体多病。他是农历二月里生的，算命先生给他排过八字，说他天资聪明，二月龙抬头，将来必能出人头地。头几个月，小永耕越长越可爱。五月过了端午，红太太发现小永耕全身发烧，夫妻俩立即抱起儿子到了金滩镇，医生见他全身发红、浑身发热。仔细观察，发现肚子上有些小疹斑印子，形状像小绿豆，两颗两颗黏在一起。

"是出水痘了。"医生说，"小孩抵抗力差，很容易传染上的。"

医生开了方子，配了几帖药，并嘱咐："要注意保暖，别抱孩子到外面去，别给孩子经风、洗冷水。"回家吃了药后，永耕发烧得到控制，渐渐地会吃奶了。

快到七月半了，永耕的父亲道士先生每天忙着给人家"赐歌"（给一些遭遇厄运的人家诵经消灾），晚上很迟回家。一天夜里，洪太太觉得睡在身边的永耕身上热得像火盆，她起身点起油灯，发现孩子脸上身上全是小红点。怎么办！？丈夫还没回家，半夜三更，隔壁邻居们都睡下了，不好打扰他们。她抱起孩子，在房间里来回走动。这时，丈夫开门回家了。他伸手一摸孩子，十分烫手。

"我去叫钊根娘过来看看。"

钊根娘懂点医术，除了会接生，还常帮人刮痧、挑筋、放"鬼箭"等。她

231

仔细看了看，皱起眉头神色凝重地说：

"我摸着这些红点，有些好像突起来一样，会不会是出天花了？"

永耕父母听到"天花"二字，顿时觉得天旋地转。

"怎么办，该怎么办？"夫妻二人手足无措。

钊根娘说："你们先别急，现在先用艾叶煎水，给他身上揩揩，天亮后赶快抱孩子到龙湾镇天佑堂的皇甫先生那儿去看看。"

洪太太立即去煎艾叶，一边烧一边伤心地啜泣。

"你们不要难过，我看永耕额角高、人中长，不像没寿缘的孩子，总会逃过这一关的。你们夫妻两人先放宽心，晚上小心点，明天一早就到龙湾镇去。"

钊根娘回家去了，永耕父母毫无睡意。

第二天，天刚蒙蒙亮，永耕父母就背起孩子赶到龙湾镇，敲开天佑堂的大门。

皇甫先生一看说："你们怎么不早点来？再迟一步这孩子就没命了！"

夫妻俩倒抽一口冷气，直打寒噤。

"那……还……有救吗？"永耕父亲话不成句，期期艾艾地问着医生。

"我尽力就是，你们在这里休息一下，我把孩子抱到房间里去上药。"

洪太太潸然泪下，两手合掌，双唇翕动：

"阿弥陀佛，阿弥陀佛……"

永耕父亲抿着嘴唇，紧锁双眉，两眼直瞪皇甫先生的房门。大概过了个把小时，房门开了，皇甫先生用一块小布毯把永耕包起来，递给洪太太说：

"孩子全身上了药膏，用布毯包着，回家后将他平躺在床上，三天后再来换药。"

然后将十帖药和一包药膏交给永耕父亲，说："这十帖药一天一帖，煎两道，上午喝一次，下午喝一次。这包药膏拿回去备下，发现孩子脸上有疹子，马上给他搽上去包起来。"

夫妻俩听清楚医生的每句话，回家后一丝不苟地照着办，丝毫不敢怠慢。

永耕父亲做道场拜地狱有句唱词："最怕孩儿出麻痘，十人难有一命留。"他是做道士的，都说"做道士是骗骗鬼的，唱错唱对，说好说坏，只有鬼才知道，所以道士先生难留后"，可他自认为从来是按经书上说的去做，没有改动一个字，没有念错一句话。做道场，当地人又讲做功德，他向来认为道士是做善事的，是要为子孙后代荫功积德的。他为一些穷困人家超度亡灵、诵经赐歌，经常是免费的，扪心自问，没有做过对不起良心的事。现在儿子永耕病重，危及生命，相信老天爷不会善恶不分乱报应。他只是看儿子浑身药膏缠身，疼痛难熬，内心深处隐隐作痛。

俗话说："站在鬼门关上的人，豆（痘）里不去（死）麻里去。"前年沙湾岭四个小孩染上天花，四人都夭折，去年沙湾埠三个孩子患天花只活下一个，还成了大麻子。都说善有善报、恶有恶报，洪太太静心深思，他们夫妻心存善念，常为别人做好事。她自己在家操持家务，悉尊佛念，对待雇工如同亲人。邻居乡里，有难帮难，有困扶困，有乞讨上门，总施舍怜恤。若言报应，应无恶报加身于己。她眼泪汪汪地看着躺在床上呼吸艰难的儿子，不止一次地向神灵祈祷：若要惩罚就加罪于我，千万别再让儿子受苦。永耕在床上躺了三天三夜，她守在床前三天三夜没离开，一刻都没合眼。

三天后，永耕父母抱儿子去换药，皇甫先生说孩子身上的疹子开始结疤转好，要特别注意防止往脸上转移。他们记着医生的话，回家继续谨慎料理。第二天下午，洪太太发现儿子脸上鼻翼左侧出现两粒红疹子，感觉像是大难临头，急得搓手蹬足，大叫："快到医生那里去！"

永耕父亲稍冷静些，他说："孩子不可到外面经风的。"

"那怎么办？快想办法！"

"我叫两个雇工去把医生抬过来。"

"那快点去，快点去！"

永耕父亲去请医生了，洪太太一个人守着儿子。见儿子睡着了，她赶忙到楼上香火神位前点香作揖。

"羊家祖宗，千万保佑我儿永耕能消灾祛病，早日康复。"

下楼见儿子脸上越来越红，慢慢地在眉心里、耳垂上、鼻尖上也出现了半明半暗的疹子。她心如刀割、泪如泉涌，不断地念叨"菩萨保佑，阿弥陀佛"。

个把小时后，医生终于到了。皇甫先生过来一看，马上从药箱里取出药膏药粉，细心地敷在永耕的脸上，然后用布包起来，对永耕父母说："既然传染到脸上，要止是止不住的，就让他全部发出来，一昼夜之间是关键时期，明天这个时候，我再来看看。这一昼夜，你们要时刻注意他的呼吸脉搏，如有恶化，要赶快抱到我那里去。"

洪太太突然向皇甫先生跪了下来，说："求求先生，今天晚上就住在我家，过了这个一昼夜再送你回家，我们会加倍付酬金感谢你。"说着叩了三个头。永耕父亲也求先生留下明天再走。皇甫先生被这对年轻父母的诚挚之心所感动，便同意在此过夜，永耕父母也放心许多。幸好，永耕病情一夜平稳，第二天也未见异常变化。

第二天下午，皇甫先生揭下永耕脸上的药膏一看，高兴地说："恭喜，疹子被压下去了，脸上看不见一个泡泡了。如果有泡泡，恶变成疱疹，那即使好了也会成一脸麻子。现在你们看，都是平平的红印，过几天就会完全好的。"

永耕父母担心复发，老先生说："不会的，我的药粉效果很好，放心好了。"

洪太太感激涕零地说："你真是菩萨显灵，是我们的救命恩人！"

永耕父亲到楼上拿来一沓钞票给老先生，老先生只拿了几张，其余的怎么也不肯收，双方再三推让，皇甫先生认真地说：

"你家做道士行善，我行医也是行善，不可以只由你做善事，不准别人做呀！"

永耕父母听了这话，只得把其余的钱留下，雇两个人把皇甫先生送回了家。

永耕当时才出生五六个月，他自己当然是不知道的。长大以后，沙湾坞人谈起小孩出天花而不死，连麻子都没有落下时，都以永耕为例子，赞扬永耕父母，尤其母亲洪太太抚养儿子那些令人感动的事迹，都说这是体现母爱精神的典范。永耕听了人们一次次地说起这段经历，特别是钊根娘，每次见到永耕，都要提起他出天花的事，还反复说一句"一定要好好孝顺你妈呀"。

"哎，我真是不孝子呀！正当我长到有能力孝敬母亲时，却远离母亲四十年，母亲去世时，我都没见到她最后一面。比之羊羔、乌鸦，我连禽兽都不如啊！"永耕常常静夜扪心，泪湿枕巾。

秋凤说："你也自责了一辈子了！今天上坟，把四十年的心意都向父母说出来吧，也算补补缺憾。"

永耕说："在世不孝，死后空叫！行孝必须双亲在世时，人死了再孝敬是做给在世人看看的，对逝者是没有意义的。"

秋凤说："是的，前人做事给后人看，后人再做给后来人看，人世间的事就是这样一代代传下来的。"

数九天气，满天浓云，起风了，好像就要下雪的样子。上午秋凤到埠头上小店里买来三百张锡箔、一刀黄表纸、两袋香、一对大蜡烛、一对小蜡烛、一挂大火炮和一串百子炮，然后与永耕一起折锡箔。本地习俗，上坟烧锡箔，要折成元宝形、金杯形，黄表纸要折成一副副纸火。三百张锡箔折了一半，秋凤烧中饭去了，永耕一个人继续慢慢地折。快到中午，永耕已折好一小箩筐元宝。

"爷爷，你在这里做什么？"孙子羊琦、羊珺在里堂前做好了作业，跑到永耕这儿来玩，看到一箩筐快要装满的锡箔元宝，羊珺伸手去拿起一只来玩。

永耕赶忙拦住他说："不要拿去玩，弄脏了就不好用了。"羊珺立即把手中的元宝放进箩筐，并随手按了一下。

"你真是毛手毛脚的，放好了的锡箔元宝不能压下去的，压实了就没用了。"

永耕细心地把刚才被羊珺按过的元宝一只只摆好。

"爷爷这是什么？做什么用的？"羊珺问道。

永耕边折边说："这是给你们太公太婆做生日用的，今天是太婆的生日。"

"太婆是谁？"羊珺问。

羊琦抢着回答："太婆是爷爷的妈妈，连这都不知道！"

"琦琦说得对，太婆是我的妈妈，你爸叫奶奶，你们叫太婆。"

"太婆在哪里？"

"她已经走了。"

"走了？到什么地方去了？"

"很远很远的地方。"

"太婆什么时候再回来？"

"她回……不来了。"

羊琦见爷爷眼圈发红，讲话声音哽咽发涩，便拉着羊珺，叫他别再问了，并压低声音对羊珺说：

"太婆死了。"

孙子虽然尽量把话讲得很轻，却还是让爷爷听见了。"死了"二字让永耕一时控制不住自己的情感，他像小孩一样，"妈妈呀"一句哭喊了出来。两个小孙子立即跑到厨房里去，秋凤见两个孙子跑到身边，以为他们想吃饭了，便说：

"饭烧好了，马上就好吃了。"

琦琦说："不是要吃饭，奶奶，我们看见爷爷在那里哭。"

秋凤想，永耕这人遇事容易动感情，一定是折锡箔时，触景生情，想母亲想得太伤心了的缘故，但不能在晚辈面前流露出来呀。她走到堂前问永耕锡箔折好了没有，永耕说折好了。见永耕眼角还有泪水，还沉浸在轸念之中，便轻声地说：

"在孩子们面前不要显得太悲伤，过年边了，小孩子都高高兴兴的，不要让他们扫兴。"

说着说着，她自己喉咙也紧起来了，便大声喊了一句：

"大家好吃饭了！"

家里的气氛马上又活跃起来了。

中午这一餐，水坤和水生夫妻四人都在厂里吃工作餐。家里，上学时只秋凤一个人吃饭，放假后，四个孩子和秋凤五个人吃，现在加上永耕、家富七个人吃中饭。大家坐上桌，只有六个人，秋凤问：

"琼琼今天到哪去了？怎么不来吃饭？"

羊琦说："妈妈陪姐姐到医院去了。"

"什么，琼琼病了？哪里不舒服？"

"听妈妈说，是去割黑痣。"

"割黑痣？"永耕惊奇地问。

"是这样的，"秋凤解释说，"琼琼的右边嘴角有一块蚕豆那么大的印记，是胎里就有的。小时候没发现，三岁时只见一点灰色影子，后来随着年龄增加，印记越来越明显。三年前阿贞就想带她到杭州去除掉，琼琼怕痛没有去。明年上半年琼琼要小学毕业了。阿贞说，再不除掉，上了中学，越长越难看怎么办？最近听说县医院能用激光祛斑除痣，趁现在放假，阿贞带她去做激光手术了。"

大家饭快吃好时，阿贞母女回来了。秋凤赶忙招呼他们吃饭。永耕见琼琼下巴边贴着一块纱布，问她痛不痛，琼琼说当时有点痛，现在好些了。

阿贞说："开始她很怕，我说痛一时好看一辈子，怎么可以不做？"

见琼琼吃饭没有问题，永耕对琼琼说："你妈讲得不错，痛只是一时，脸上却一辈子无疤痕，所以再痛也值得，世上只有妈妈最关心你呢！"

说最后一句想起自己，心中又涌起阵阵酸楚。

中饭后，天空浓云稍稍淡去，天色明亮起来，太阳偶尔出云露一下脸。人们说这是老天开雪眼，要下雪了。永耕催秋凤赶快上坟去。他肩挑担子，前头是一箩筐锡箔元宝，后头是放在篮子里的菜肴牺牲、祭祀供品，秋凤拎着放香纸蜡烛的袋子。两人刚走出大门不远，家富拎着一只旅行包赶上他们：

"永耕，你我情同手足，你父母就是我父母，我比你大一岁，叫你爹娘叔叔婶婶，我跟你们一起去祭拜他们。"

永耕、秋凤听了很是感动，三人便一起往度北山方向前行。

到了度北山墓地，三人在墓地周围拔了一会儿草，家富站起来朝四周看了看，坟地的后面是一道从远处延伸过来的山垄，左边是到沙湾坞去的山湾，右边是山坡，前面是沙湾田野。

家富啧啧称赞说："好风水！坐北朝南，北面行来龙脉远而长，前面视野开而阔，站在这里可看到五六里路外的村坊。行有路，坐有靠，子嗣绵长，确是宝地呀！"

"气之轻清上浮为天，气之重浊下凝者为地。风水为上天所赐，土地乃国家根基。国之昌明，地则宝也。国之颓败，民贱地也贱。愿国家长治久安，兴旺发达，人人都根植宝地，安享人生。"

想起前半生的坎坷曲折，永耕不胜感慨。他看着眼前这一排坟茔，像是说给家富听似的自言自语："这里长眠着我家太公太婆、爷爷奶奶、父母亲三代祖先。太公是清朝拔贡，却一世坎壈，进入国子监未曾受职，即遭人陷害，死于狱中。爷爷固守土地一辈子，辛辛苦苦，造起新房撑起家业，可是犯长毛时，他躲避不及，被抓住吊在屋后山上，任长毛抢劫放火，家中一切毁于兵燹，不久爷爷郁郁而终。父亲是著名的道士先生，四处助人行善，救苦救难。可是自从日本鬼子踏进钱塘，三江两岸，千家万户每日有多少生命糟蹋在强盗铁蹄之下。父亲免费为亡灵超度，可鬼子只许自己作恶，不准别人行善。一次在桐庐江边做功德放水灯，被鬼子抓住，父亲差点丧命。鬼子投降那年，一个鬼子军官死了，鬼子强迫父亲去诵经赐歌，父亲在灵前用方言编了几句诅咒日本强盗的句子，鬼子事后得知要抓父亲，幸好当地百姓保护，父亲逃了出来，因惊吓过度，不久去世。三位祖先长眠之地是我们子孙的伤心地。"

家富听了永耕一番忆想史话，深深叹了一口气，他这次回来，也想乘春节回老家去祭一祭祖坟，只怕多年荒芜，坟地也都难找了。

秋凤把酒菜祭品一一摆放在拜堂里的石条上，然后永耕在坟前点上蜡烛，捧起香在列位祖先坟前拜了三拜，插上三炷香，再跪在母亲坟前持香"哀启"。

他心中默念："你登仙之时，孩儿不在你身边，是为大不孝，请原谅孩儿。我虽远离，却没有一天不想你，想你时就如在你身边。我想你时都是你对我的好、对我的爱。我七岁生了半工病（疟疾），一时没治好，听仙姑建议'逃半工'。你抱着我到设岭庵里躲了三个月，才把'半工鬼'甩掉。那三个月你老了比三年还多。我十三岁，为了让我读书，你亲自去放牛，不小心脚背被牛踩坏了。为了不耽误我读书，你熬着痛，受伤第三天就瘸着脚放牛去了。由于没有及时治疗，你右脚一直都是痛的。妈呀，为了我，你不顾自己的一切啊！造化弄人，我离开了你四十年，此后就再也没有见到妈妈了，今天是你生日，不孝孩儿我请求妈今晚到我梦里来，让我们母子相会。让我看看妈，知道妈在那边还过得好吗？让妈也看看儿子，四十年变得怎么样了，听妈妈教训孩儿几句。来生我要继续做妈的儿子，让我们母子世世代代在一起，永不分离！"

随着锡箔烧成灰烬，化作一只只白蝴蝶似的在坟前飞舞。永耕"哀启"完毕，捧起一杯酒，投入一些祭品，站在坟前三鞠躬，然后把杯中酒水洒在地上。家富点起百子鞭炮，顿时响起了"噼噼啪啪"的爆竹声。永耕双脚立正在坟堂前拜揖，两眼注视祖先的墓碑，在爆竹忽闪忽闪的光亮中，他仿佛看见历代祖先微笑地看着外面的世界：明天是立春，人间生机勃发的新时期开始了。

秋风收拾好碗筷杯盏，放进箩筐，永耕把担子搁在肩上离开墓地。突然空中飘下了雪花，朝前方田野上空看密密匝匝，像无数的鸟在欢快地飞舞。

永耕说："明天是立春，今天下的还是冬雪，明天下的就是春雪了。"

家富说："岁早宜黑四边天，大雪纷飞是旱年，最好立春晴一日，农夫不用力耕田。今天晚上下到半夜停下来，明天放晴，后天又下大雪，那明年的年成就非常好了。"

秋风笑着说："天做事，哪能由得你？"

永耕说："这就叫碰运气。不过毕竟是春天到了，这雪也都像变化成活泼纷飞的生灵，让人间生机盎然，热热闹闹，充满欢乐。"

冒着纷纷扬扬的雪花，三人加快脚步回家。

四　却话巴山夜雨时

傍晚边，雪越下越大了，田野里、山头上、房顶上全积了一层白雪。羊琳、羊琼四个孩子早就放下了作业，到门口去玩雪了，滚雪球、堆雪人、打雪仗，一个个玩得满头大汗。秋凤把菜碗捧到桌上，站在门口大声说："快回家吃晚饭，明天再玩了，明天早上雪更厚。"不一会儿，工厂上班的回家了，孩子们也一起跑进门。

吃晚饭了，羊琳边吃边说："这雪真好玩，最好天天下雪。"

羊琼说："天天下雪，粮食种不起来，你吃什么？"

"将来你到东北去，那里半年是雪，你就高兴了！"永耕笑着说。

"别说话了，吃过晚饭你们四个人把作业补起来，早点睡觉，今天是冬天最后一个晚上，明天就是春天，夜里时间要短去了，要想多睡觉，今天晚上要抓紧。"水珍边说笑边吃饭，好像正在把时间抓紧起来。

孩子们都睡觉了。他们玩起来尽情尽兴，玩累了上床就睡着了。可上了年纪的人不一样，他们晚上难以入睡，早上却很早醒来。秋凤拎着两个火熜进了房间，永耕正坐在椅子上看报纸。秋凤把一个火熜递给永耕搁脚，自己在一条方凳上坐了下来，把另一只火熜放在脚下。雪还在下，白天看去满天龙飞凤舞、热热闹闹的雪花，夜里安静得好像一点声音都没有。灯光透过玻璃窗，在屋后菜地里划出一块灯光下的雪地。纷纷扬扬的雪片，在橘红的灯光映照下更像飞舞在菜地上的蝴蝶。

　　"你台湾房子窗户关紧了吗？这么大的雪要是窗门被风吹开，家里的东西都会被打湿的。"秋凤全身被火熜烘得暖乎乎的，看着窗外的大雪，心里感觉特别的安逸舒服。

　　永耕卷起报纸，笑着说："台湾不会下雪，只会下雨，估计现在正在下大雨吧。"

　　"那雨水会漏进去吗？"

　　"不会，那幢房子是四层楼，我住在三层，上下都离雨水远远的。"

　　"房子质量怎么样？什么时候造的？还没旧吧？"

　　"那房子是一九六八年造的，二十年了，还像新的一样。那一带房子质量都还不错的，保证使用七十年。六十年代初我在家富的推荐下，到南投县靠近日月潭的山口村教书。教了三四年后，我觉得那个地方很适合居住。村庄不大不小，背靠森林密布的大山，离城镇只有五里路，马路平坦宽阔。学校有八九个老师，大家相处很和睦，学生、家长以及当地的老百姓对老师都很尊重。我就想在那里买房子定居下来，可教书几年攒下来的钱远不够买一套房子。"

　　"那只有买小一点的房子了。"

　　"我一个人住，本来就想买小点的，五十来个平方就够了，可是钱还是不够。这时幸亏一个学生家长帮忙。那位家长老家在江苏宜兴，一九四九年还只十二岁就随当团长的父亲到了台湾。父亲退伍后到地方办了一个化工厂，赚了很多钱。可不知为什么，因为一场经济纠纷化工厂倒闭了。后来他父亲又出了车祸，右腿截肢，家里的钱所剩无几了。这时他的儿子就是我学生的父亲，刚从大学法律系毕业，回家办了一个律师事务所，几年后，家庭经济状况才渐渐好转了。那年他儿子读小学五年级，分在我班里，学习成绩非常好，他很想在我住的房子边买一套房子，让他父母亲带着孙子住。得知我买房子缺钱，他就把我看中的那套房子旁边的那套买了下来，给儿子和父母住，叫我把房子买下来，缺多少钱他给补上，这样我就和他父母及儿子相邻而居了。三年后我还清了他的钱。多年来我辅导他儿子学习，他每年都给我一笔不菲的辅导费。我们两家住隔壁就像一家人一样，他父亲一只脚走路不便，整天守在家里看书看报，我出门时，他会照看好我的家。他母亲比我大四岁，但身体很好，经常买菜给我带点来，有时还烧好菜连碗捧过来给我吃。这次我回家了，我说想把房子卖掉，他们劝我不要卖，锁在那里他们给我看管好，以后到台湾去旅游，仍旧可以回自己房子去住住。"

秋凤高兴地说："现在我们有钱了，正想到外面去看看呢！"

永耕喝了半杯茶，更兴奋了。他说："台湾的老百姓和大陆人一样，大部分很善良，讲天理良心，讲仁义道德。"

"都是中国人，同文同种，总差不多的。"秋凤说。

"当地人和我们都很友好的。我在台湾这么多年，得到了好多人的帮助，有好多人成了我的好朋友。"

"再讲一个给我听听看。"

"有一年，我从台湾南部的高雄市乘火车回南投，离开车时间还有好几个小时。为了轻松一点，我排队把行李放到寄存处去保管。一个女大学生拎着一只大行李包想办寄存，但要寄存行李的人很多，队伍排得很长，她有要紧事要办，提着包非常着急。走到我身边问，大叔你去哪儿？乘的是哪班车？我告诉她是去南投，乘的几次列车，她听了高兴地说：'我和你同一列车、同一个车厢。我想请你帮我一下，把这个行李袋和你的寄存在一起。我有紧急的事要到街上去一趟。'我说你把那么多东西给我放心吗？她说看我的样子知道我是好人，把行李交给我完全放心。我伸手把她行李拎过来，和我的行李扎在同一个寄存吊签上。然后她点了一下头就走了。我的心里萌生起一种被人信任的愉快心情。等她回到火车站，我从寄存处取出行李，叫她检查一下，她看都不看，说她如果不放心还会交给我寄存吗？分别时，她一再表示感谢。

"几年后，我在台中市又遇见她，她老远就打着招呼朝我走来。她告诉我，她和丈夫办了一个旅行社，今后我想到哪里去旅游，只要和她打个招呼她就开车来接我。我把住址和联系电话告诉她，她给了我一张名片，后来我随她的旅行社去了很多地方旅游，没收我一分钱。那年暑假，她们夫妻俩约我到新加坡、泰国、马来西亚去旅游，当时我正好有时间，就到她的旅行社报名交了钱。旅游结束回来后，她发现我交过钱，就用挂号信把我交的钱如数退还给我。我打电话给她，她说：'你是一名老师，你能来是给我做了最好的广告，我应该付你广告费才是呢！'"

"世上真有这样的好人！"

永耕说："人与人之间，互相信任是交朋友最重要的原则，可惜现在社会上常出现信任危机。"

"可不是吗？"秋凤感叹说，"早些年，夫妻、父子、兄弟、亲人之间都互不信任，真是可悲。这几年抓诚信教育，互相信任的好风气逐渐出现，以后会

241

越来越好的。"

突然，窗外传来"哗啦"一声响，两人急忙起身到窗前去看。灯光下，只见一棵棕榈树叶子上的积雪在往下掉，好像是有一只小动物跑到棕榈树下躲雪，摇动了树上的积雪。秋凤想这些动物在大雪天没处藏身真是可怜。

"你在台湾遇到这种恶劣天气，是怎么过的？"

"台湾不下雪，只有台风大雨。二十多年前，我居无定所，年纪又轻，对坏天气、坏环境中的生存条件不太关注。记得有一年八月，我在一家外贸公司做临时会计，一天夜里，天气预报有十级台风经过当地，公司有一批货正在码头等待装运。台风还没到，我陪老板去码头组织人员抗台，叫工人们在货堆旁边打下木桩，再用油布把货盖起来，用油布上的绳捆绑在木桩上，活不难干，似乎也没有风险。但是风越来越大，盖油布时，油布挡风，整块油布展开后，要二三十人拉住绳子才能盖到货堆上去。共有十八堆货，大家还未盖好一半，十级风就到了。公司一共组织五十多人参加抗台，二三十个人盖一堆货，一次盖两堆货。可那风实在太强，五十多人盖一堆都很难把油布扯平。风越刮越猛，码头上的一些油桶、杂物被吹得满天乱飞，我和老板大声叫喊'注意安全'。正当五十多人拉住油布往下盖时，一股强风钻到油布下面，猛烈一推，油布向上飘起来。大家呼喊起来'别放手，使劲拉住！'可那狂风猛刮的威力，有谁能拉得住？只有十几个人拼死劲，把油布边缘的绳子缠在两只手上。猛然间，只听'呼啦啦'一声巨响，油布被刮得腾空飘到二三层楼的高度，十来个没放手的工人，一起飘到空中，又被狂风推向海面。海里巨浪滔天，那带着十来个人的油布在海空飘飞，离码头越来越远。我吓得浑身发抖，老板也吓得蹲在地上，脸色如土。第二天台风过后，公司组织全体员工下海寻人，在几只海轮上找到六个被人救起的员工，还有八人一直到后来都杳无音讯。码头上几千吨货物损失过半，公司不久就倒闭了。"

秋凤听永耕讲述着，心里非常吃惊，没等永耕讲完就急切地问："那你受伤了没有？"

"我还好，一点小伤。"永耕继续讲那次台风，"就在那十几个人抓牢油布被吹走后的几秒钟时间中，突然又刮来一阵猛烈的强风，码头附近的几只铁皮提水桶'嗵啦'一下飞起来，在我们身边落下，一只落在我左腿边，左腿膝盖下面擦破一块皮。这时，我听到老板发出'啊哟'一声大叫，我顾不得自己腿上流血，瘸着腿走到老板身边，见他躺在地上，右手臂上压着一只铁桶，我拿开铁桶，只见他整个右手掌血肉模糊。我将他扶起来坐着，他坐不住要摔倒，我只好抱着他一起坐着。我大声叫喊其他员工，大家一起把他抬上汽车，立即送往医院。医生将他右手五个指头全部截掉，一个多月后才出院。"

永耕话音未落，秋凤急不可待地把丈夫左脚裤腿卷起来，只见左膝下边有一块大疤痕，她用手按了一下，

"还痛吗？"

永耕笑着说："二十多年过去了，怎么还会痛？"

窗外的雪渐渐小了，此刻像是有人在天上用筛子筛米，满天落下的是米糠、米粉，风一起，迷迷蒙蒙，似烟似雾，当地人叫奢糠雪。永耕小心地把玻璃窗打开一条缝，一股刺骨的冷风钻了进来，他立即关上窗户，

"看样子雪要停了。"

"停了就好，过年边，拜年走亲戚。下雨落雪，去哪儿都不方便。"

"我们家那些长辈亲戚，恐怕都走光了吧？"

"还有一个，小坑塘的姑婆还在世，今年八十四岁了。她真是前世没修好。早年贫穷，苦吃苦做一辈子。近几年，日子好过了，她却在大前年家里抢收稻谷跌成了骨折，至今三年多了，一直躺在床上，听说屁股上的肉都烂了。"

"啊！真是苦命长在。小时候，我每年正月里都要去她那儿拜年的。"

"过了年，你去看看她。不过，她眼睛耳朵都不大好，已经快认不到人了。"

"是吗？我们也都老了。不过年纪大了，身体好也好过日子的。她真是太不幸了。"

秋凤看着窗外，雪雾当中又夹着一团团的棉花雪落下来了。听了永耕最后一句话，她转过脸看着丈夫问道："你在那边这么多年，身体怎么样？生过什么大毛病没有？"

永耕见窗外雪又下大了，站起来，挺了挺身子后说："前面二十年，年纪还轻，几乎一年到头不生病。四十多岁以后，身体开始走下坡路了。五十五岁那年夏天，先是中暑，后来转感冒。人说六月伤风是真病，头痛发烧，吃不下饭，咳嗽痰多，晚上睡不好觉，拖了半个多月。许多大医院名医生看了都不见效，最后被一个私人诊所的年轻医生治好了。这个年轻人是我学生的家长。后来他一直给我免费体检看病，成了我的保健医师。从那以后，我就一直没有生过什么病。"

"那倒好，生了一次病，请到一个保健医师。"秋凤抬起头朝窗外看了一眼笑了笑说。

"这叫因祸得福。说起这个保健医师，他真是在黄连树下长大的。"

"怎么说呢？他出身很苦的是吧？"

"是呀，他父母都是讨饭子，父亲天生是个瞎子。早年，他太公手上家里是小财主，可他爷爷是个败家子，生性好赌，娶了妻成了家，赌性稍有收敛。可因为生下儿子是瞎子，他心灰意冷，感到生无所望，索性不想有好日子，就吃喝嫖赌，挥霍家产。四五年工夫，祖上留下来的三四十亩土地卖掉了。又过了几年，杂货店也并给别人家了。儿子十五岁那年，他为了治病，卖掉了住房，可最后家产花光了，病也没治好，不久就病故了。他妻子因此跳海自尽，留下十五岁双眼失明的儿子，孤身一人，成了乞丐，苟且偷生。瞎子二十岁那年，在讨饭途中，听到一个小姑娘被几个顽童欺侮。瞎子听了，大喊一声：'不能欺侮人！'并挥舞手中棍子，把那些顽童赶跑。小姑娘止住了哭声，说：'大哥哥，你真好，我跟牢你去。'瞎子问小姑娘家在哪里，干什么去。姑娘说她没有家，是个讨饭子。从此，小姑娘牵着瞎子，两人一起行乞。十几年后，小姑娘长大，与瞎子成了夫妻。又过了两年，一个风雨夜晚，这对乞丐夫妻在一个村庄的水口庙里，生下了一个男婴，取名雨生，就是我的保健医生。"

"啊！他的命真苦。这样的情况，后来怎么能养活长大，就是孩子生下来那一夜，接生洗理，小孩大人吃、睡怎么解决呢？"秋凤像关注自己亲人似的担心着他们。

永耕继续说："像是庙里有神灵保佑似的。小孩刚要落地，一班人跑进庙里躲雨。其中一个四五十岁的妇女，听见庙里有人，就寻过去，看到这两个可怜人遇到这种麻烦的事就诚心要帮他们渡过难关。她同一起来躲雨的人商量，在场的几个妇女都表示愿意帮忙，马上各自回家去拿来许多生活用品，有小孩子穿的旧衣服，有旧布毯，有小棉被，有产妇穿的衣服，还有烧熟的饭菜、鸡蛋、红糖、红枣等。女乞丐躺在稻草被絮上，向大家作揖感谢，瞎子丈夫跪在地上不停地叩头，口里反复念着'菩萨保佑，好人长命富贵'。他们在庙里住了一个多月，一日三餐都由村里人送过来吃。后来，夫妻二人感到长期住这里，太麻烦大家，不到两个月时间，他们就带着小孩继续走千家、穿万户、吃'百家饭'，过乞丐生活。

"渐渐地，孩子长大会走路了，会说话了。一天，他们来到一个城市郊区的一所废旧窑棚里过夜。第二天白天，母子二人走出门，看见旁边有一个废品收购店，他们就定居在这所破房子里。从此以后，母子二人每天出门捡废纸、废塑料、饮料罐，瞎子丈夫把捡回来的废品靠双手摸或牙齿咬进行分类、捆扎，三五天后运到收购店去出售。他们又买来锅子，用砖头搭起锅灶自己买米烧饭吃，从此不再当叫花子。那几年，商品包装的塑料、纸板特别多，娘儿俩一天捡来的废品卖出去，就够他们一家三人半个月的生活费。几年后，雨生八岁那年，一所慈善学校招生，学校老师把雨生招进学校读书。雨生天资聪颖，读书用功，学习成绩非常优秀。为了早日工作挣钱，雨生初中毕业后报考中等医药专科学校。中专毕业后通过考试，雨生取得了门诊行医的资格证书。正在此时，他的盲人父亲，到废品店卖废品时，被一辆装运废品的货车撞倒身亡。雨生和母亲在极度悲伤中处理了父亲的后事，雨生叫母亲以后不要捡废品，他要开诊所。后来，雨生在南投县一个背靠大山的市镇买了房子定居。几天后，雨生在家里开起了诊所。他自己当医生、当护士、当药师，母亲烧开水、搞卫生，把后勤工作全包了。雨生虽然只读完中专，但他努力学习，善于自学钻研，在读中专时就把大学的书自学了一遍。现在，自己开诊所了，他边学习边实践，技术和理论都得到很快的提高，后来诊所升级为医院。现在，医院里已经有医护人员四十多人、病床二十张，医院的医疗条件、医护技术、服务态度在当地小有名气。"

秋凤被雨生的自励精神感动，她问永耕："他的医院与你住的地方相隔远不远？"

"不远，七八里路。"

"那他的儿子怎么会成为你的学生呢？"

永耕笑着说："这也是一个巧合。一个星期天，我和同事到他们那个镇上去，在公交车上，雨生同朋友在谈论孩子读书的事。雨生说他儿子不肯读书，交了一些坏朋友，镇上的三所小学都读了个遍，学习成绩越来越差，老师头痛，学校也不想要他，真让人担心。我听了他的话，插嘴说了几句，认为这孩子聪明，只是镇上学校大环境不太适合他。我身旁的同事就向雨生介绍，说我是教育顽皮学生的高手。雨生以让人无法推辞的诚恳态度，请求我答应让他儿子到我班里来读书。就这样，他儿子在我教的班级里读了三年书。第一年，我叫他儿子晚上住在我房间里别回家。之后两年，他骑自行车早出晚归。三年里，他一年比一年进步，毕业时，他的成绩排在全年级前十名。雨生把我当作他的大恩人。"

"因此，他就成了你的保健医生了。"秋凤说。

"是呀！"两人都笑了起来。

"雪停了。"楼上传来说话声音。秋凤朝窗外看，东飘一朵，西飘一朵，像屋后那株梨树花谢时，偶尔一朵一朵地掉落下来。这是上一阵大雪的收场还是下一场的开始，可说不准。

"所以一个人离开了家，不管到什么地方，住长久了，有了熟人、朋友，慢慢地也就不会想家了。"

"我倒不会，"永耕说，"我这四十年，可以说没有一天不想家的。家里有你，有妈，有儿子，有女儿，怎么会不想念？白天，看到年轻夫妻一起干活，我就想到你，你却与我隔着万水千山；看到老人家，就会想起妈，她身体怎么样，我却不知道；看到小孩去上学，就又想水坤、水生、水珍三人是否还在学校读书，想问人却无从问起。晚上，一合上眼，梦中做的事全是在家里的日常生活，梦里见的人都是家里的男女老少。醒来梦断，自身却在千里之外的异地他乡，孤独无助，心意悲凉，止不住泪沾枕巾。"永耕说着，话音有点发涩，眼圈也红了。

秋风说："在外面这样想家，那肯定是想回家来的哟！"

永耕用手抹了一下眼睛，陷入了痛苦的回忆之中。

"我和钊根一被抓上汽车，就拼命反抗想跳下车来，情愿脚跌断，也不肯跟他们去。可是好几个兵把我们手脚抓牢，叫我们动弹不得。到了太慈岩脚，钊根逃出来了，部队就对我们几个被抓去的人管束更严了。到了新业村，本来计划在那里住几天的，可解放军渡江南下，紧追到了身后，部队当天晚上就迅速向福建方向逃窜。怕我们逃走，对我们像犯人一样，将两个人的手绑在一起。"

秋风想起那年在南昌听到的消息，就问永耕："部队到福建时，你不是和江西上饶的一个人一起逃出部队，后来那个上饶人逃回家了，你怎么逃不掉呢？"

永耕在记忆中搜索了好一会儿，终于想起四十年前的那个晚上，说："当时，我看外面黑咕隆咚不知有多高，愣了一下，乡长已经冲进房间双手将我死死地抓住，当晚就把我送进驻当地的部队，并立即随部队乘汽车到海边上了轮船。我们这些刚抓来的人都被关进船的底层仓，没有窗户只点着一支蜡烛，看不见外面，不知道白天黑夜，任轮船轰隆轰隆开了多少时间，去到什么地方。直到停船上岸，也认不出这是什么地方，进了驻地一个大礼堂，才知道是台湾。"

"唉！"

永耕话停，两人同声长叹了一口气。

"后来有没有机会或想过回家呢？"秋风忍不住又问永耕。

永耕说："机会是很少的，想是天天都想的。开始那几年，都传言解放军马上要打来了，有人从收音机里偷偷地听到大陆广播里唱的歌曲：'怒火燃烧，吼声震天……中国人民一定要解放台湾。'我们当兵的人大多很高兴，心想只要不被打死，就会有回家的机会了。可是不久，收音机里听不到这些歌了，解放军要攻打台湾的话也不太听得见了。渐渐地传出蒋介石要反攻大陆的消息，一九六〇年前后，这句话叫得很响。听说，解放军也在部署军力，准备迎战蒋介石反攻。部队天天抓紧开会训练，新兵们思想有点紧张，从大陆过去还留在部队的老兵当中有许多人甚至高级军官认为反攻是白日做梦，倒不如趁此机会逃回家。有人私下议论趁机起义投降，认为傅作义那么大的将领，投诚后仍官居要职，这条光明大道现在走虽然晚了一步，总比以后终生后悔好得多。我刚好在这时退伍，我想两边真要打起来，蒋介石军队攻打解放军，是鸡蛋碰石头，开火之前胜败已定。我不在部队，无伤痛之虞，台湾解放我就回家，所以那段时间心里很高兴。可惜过了几年，双方又偃旗息鼓了。"

永耕说完，秋风总结似的说："形势的变化，谁能猜得准呢？"

"前几天我和水生到海宁找到胡正荣，他说他和你一起申请回家，可他的申请很快批下来了呢！"

永耕说："可能审批手续耽误了一下，过几天就办好了。不过我今年还在学校里教书，当时还没有放寒假，所以又迟了几天才回来。"

"明年，你还去教吗？"

"我已经退休了，今年是学校再三恳请我帮忙才又教了一年。现在我都回家来了，哪还会再回去教书？到时候，我陪你一起到台湾走走。台湾是个岛，四周是海，中部有大山，日月潭、阿里山都很不错，台北、高雄很繁华。你一辈子都没出过远门，去台湾玩玩，看看祖国的宝岛，让你开开眼界，长长见识。"

"好，我一定跟你去。"

窗外雪已停了。屋后山坡上一下子明亮了起来，秋风脸贴玻璃朝空中一看，一轮圆月照着雪野，天上地下，月光、雪光交相辉映。

"今天是腊月十六，月亮正圆正亮，明天是立春，雪后天放晴。这些都是人寿年丰的好兆头，明年肯定是个好年成。"

永耕眼望窗外像是在朗诵似的自言自语。

五　你我劫后还在世

第二天，立春。

果然是下半年来少有的好天气。清晨，天空瓦蓝瓦蓝，放眼天宇，视野所及，清莹透彻，厚厚的雪褥铺盖着大地，处处洁白无瑕。旭日东升，瞬时瞳胧，春回大地，万象更新。

"砰……叭……"

几家迎春接福的鞭炮声一早就把全村男女老少惊醒了。祠堂门口，一班十来岁的孩子，两阵对垒，一场雪仗激战正酣；大路上，年轻人在清扫积雪，他们先把雪绒卷起来成雪球，然后推着雪球滚到村口，在拱桥头，搭成一座"六和塔"形状。难得见到大雪的江南，这场瑞雪在立春日给所有的人带来了好心情。

秋凤昨夜睡得迟，早晨起得比往日稍晚一点。她打开大门，几个孙子顾不得奶奶叫唤，迅速溜到祠堂门口去"参战"。阿贞、水珍一个扫地一个烧早饭，水生、水坤清早起来习惯性地先到厂里去转一转。

永耕在门上看了一会儿山村雪景，回到堂前对秋凤说："再过几天就过小年了，年里没几天了。不知水生同家富谈起他的亲生母亲没有，回来已有一个多星期了，这对旧夫妻还没见过面，双方都还不知道对方还活在世上，真是可悲又可笑！"

秋凤说："水生肯定不会同他讲的，他天天把心思用在厂里，哪有工夫谈这些事。"

永耕说：“那我去告诉家富。”

永耕来到楼上，家富刚起床不久，站在窗边，居高临下，看到祠堂门口孩子们在打雪仗，小弄堂里有人在铲雪。

“在欣赏雪景呢？看来心情不错。你过来，我告诉你一件事，会让你心情更好的。”

“什么事这么神秘？”

“先打个预防针，听了你不要太吃惊。”

“好了好了，快说吧！”

“你想见你的前夫人，也就是水生的亲生母亲吗？”

“你神经错乱了，阳间人讲起阴间鬼话！”

“我不是同你开玩笑。家富，是真的！她没死！还活着！活得好好的！而且就住巴沙埠村！她现在的丈夫是从前帮我家做过长工的江西老表，大家叫他阿标。”

“竟有这样的奇事？”

“奇怪吧？其实一点儿也不奇怪。水生，你不是亲眼看他被洪水冲走，必死无疑的吗？你自己，不也是说在灾难中九死一生吗？别人也以为你早已不在人世了。”

“真有其事，那我一定要去看看她。”

“我告诉你的目的，也就是叫你去看看她。虽然你已有新家室，她也另嫁别人，但昔日关系未断，旧情不了，不去看一下有悖常理。”

“我不认识路，你和我一起去吧。”

“好的，我陪你去。”

“什么时候？”

“上午只怕路上有雪，下午去好吗？”

“行。”

吃过中饭，永耕陪着家富去看他以为死了四十多年的前妻。大路上已基本没有积雪，沙湾田畈里，麦苗仍被白雪覆盖。油菜苗头上还有雪压着，下面菜梗露出了碧绿的叶子。周围山头还是白茫茫的一片，在灿烂的阳光照射下有些刺眼。永耕边走边看，这些熟悉的山岭原野在银装素裹下呈现出独特的韵味。家富跟在永耕后面低着头，在独自回忆着四十年前与发妻阿芳相处的日子。结婚三年，两人倾心相爱，相敬如宾，从未有过口角，一千多个日日夜夜，从未分开过。一场洪水劫难，凭着坚强的意志，让他劫后余生。可爱妻阿芳，万般寻找不见，总以为她难逃劫数，已不在人世。此后四十年如白驹过隙，没想到她竟然还在世。可今非昔比，双方各自有家，即将见面了，相信自己会理性地对待。

"家富，你在想你们以前的日子是吗？"

"是啊，我总想这事太蹊跷了。"

"你还在怀疑啊，要尊重事实，事实马上就要出现了。"

"恐怕见面已不认识了。"

"不会的。我和秋凤不也是四十年没见过，那天回到家里，我一眼就认出来了。你们一见面两人肯定认识。"

"我是知道她还活着，特地去看她，她变化再大，肯定不会认错。她却根本不知道我今天去看她，也从来没听到过我还活着的消息。现在突然出现在她面前，还以为看见鬼了呢！"

"那我们试一试怎么样？到了她家门口，我先不进去，你乘她不注意站到她身边，看她反应怎么样？"

"你尽想些坏主意，这样非把她吓死不可！"

"我是开玩笑的，等下到了她家怎样进去，我早就想好了。"

"怎么做呢？"

"我没见过你前妻，可我和阿标很熟，不过四十年没见面变化很大，但总不会认不出来。我先把阿标叫来，向他说明一切情况，再带阿标来和你见面，把你的情况告诉阿标，由阿标同你我一起去见你前妻，这样子谈谈说说，平平常常，不会吓着她的。你放心了吧？"

"我有什么不放心的。"

他们边走边聊，不知不觉来到了巴沙埠小街上。

小街街道狭窄，两边是低矮的老平房，间或几座楼房，鹤立鸡群，十分显眼。路面是横铺的茶园青石板，正在化雪，小街两边的屋檐水形成两道长长的水帘，石板路上湿漉漉的。永耕、家富走在街上，不知道阿标家在哪里，想找个人问问，街上行人稀少，两边店里有人，但隔着屋檐下的水帘，进出不便。此时，身后走来一个中年妇女，永耕问她，她指着前方说阿标家住下埠头地主家土改房里。两人走过小街到了下埠头，看到一幢古老的砖瓦楼房，两边高高的马头墙，坐北朝南，左右四开间，前后两进。永耕估计这就是阿标家了。他叫家富在门口站着，他先进去打听一下。

永耕跨进门，只见堂前有一道一道的板壁、围墙分隔着，看样子里面住着好几户人家。永耕咳嗽了几声，无人回应，便直接叫了两声：

"阿标，阿标！"

里面传出一个女人的回应声："阿标不在家，上街买年货去了。"

永耕稍站片刻，转身要走。

里面又传出问话："你找阿标有什么事吗？"

接着讲话人走到天井边，永耕看她个子高高的，背微驼，估计就是阿标的妻子，便走上前去，试着问道：

"你是阿标家里人吧？"

"是呀，我是阿芳。你是阿标的熟人？"

"是的，我是阿标早年的朋友。"永耕为了不让对方感到太突然，一步一步地把事情说清楚。

阿芳又问："你是哪里的？我怎么从没见过你？"

"我是沙湾坞村的人。从前在外面，最近刚回家。"

"噢！"

她看永耕脸色白皙、衣着挺括，一副书生模样，心想会不会是水生的养父，便脱口问道："你不会是水生的爸爸吧？"

永耕笑着说："对，我就是水生爸。"

"啊？是真的！"是她自己猜出来的，可还是很惊讶。

"你不是在台湾吗？"

"是的，到台湾四十年了，现在回家了。"

"噢，回来好，回来好。"

永耕见她心情放松，便打谜语似的将对话引入关键。

"同我一起从台湾回来的还有一个人。"

"到台湾去的人是蛮多的。"

"这个人你也认识的。"

"啊？我也认识？"阿芳呆住了，惊诧不已，脑子里无论如何搜索不到有她熟悉的在台湾的人。

永耕见她一直摇头否认，口里还轻声念叨："我也认识的，这不可能，不可能！"

永耕说："不可能的事也会发生的，其实讲清楚了也并不奇怪。像你早年没来过沙湾，现在却成了沙湾人。那场洪水毁了你的家，多少人葬身鱼腹，你命大，死里逃生了。你是不可能活着却活下来了，这也是让人感到奇怪的事，可事实上却发生了。"

永耕一边说一边仔细观察她的表情变化，见她眉心紧锁，双眼眯缝，嘴唇时而紧紧抿拢，时而微微翕动。突然，仰起脸，睁大眼，咬着上唇，惊恐万状。她是想到了四十年前那场洪水，害得她家毁人亡，至今仍然悲从中起？还是想起当年自己在洪灾中悲号四处寻找丈夫，结果生不见人，死未见尸，让她万念俱灰、悲恸欲绝，现在听永耕"不可能活的却活下来"的话，因而想到前夫可能还在世而吃惊？

她慢慢地开口说道："难道……难道是他？"

永耕知道她讲的这个"他"是指前夫家富，心想她已经有了思想准备，便以轻松平常的语气说：

"对了，就是汪家富！"

"我的妈呀！"她用双手捂着脸，然后仰起头差点哭出来。

永耕继续用轻松的语气说："怎么样？我去叫他进屋来好吗？"

她仍双手捂着脸，没有说话。永耕立即走出门去叫家富。

家富正在门口看几个小孩玩雪，听到永耕叫唤，立即走过来。

永耕说："我已经向她说明了情况，她已经有心理准备了，你们好好相认一下。她丈夫阿标进城买东西去了。"

两人一起进了屋，阿芳已不在刚才和永耕说话的地方。永耕仍旧用咳嗽打了一下招呼，阿芳在一扇边门内叫着说："我住这边的三间，快进屋来。"两人进了她家门，永耕看阿芳梳过了头、整理过了衣服，比先前精神多了。她第一眼看到家富，既兴奋又吃惊的样子。家富却是心态平和，看着她，就像老友重逢似的叫道："阿芳，你还好吧？"可阿芳不知怎么回答，只重重地点了一下头，两人就这样相认了。

阿芳给他们每人倒了一杯茶。永耕喝了口茶，打量了一下房子，这是前后对合进的后进三间，靠西边墙有上楼的楼梯，东边一间被围墙分割给另一家，坐在八仙桌边，正好对着天井，家里光线很好。家富捧着茶杯，透过开水的热气，看见分别四十年的发妻已被岁月刻下了沧桑的印记。她头发已花白了，像枯燥的松针，毫无光泽；脸上的皱纹，粗纹理像用眉笔描过，平展开来也洗不掉了，细纹路随表情变化或稀或密不断增减，脸色太憔悴了；腰身仍然高挑，但像是晒干了的柳枝，已无弹性了。他喝了一口茶，心头不禁一阵酸楚。阿芳给他们倒茶时就近看了看家富，头上稍有谢秃，但脸色红润，显得富态，因为发福，脸上没见多少皱纹，说话声音还是像过去一样洪亮好听。

阿芳试着问家富："你也是……台湾回来？"

"是的。"

"什么时候到台湾的？"

"四十年前。"

"那，你还去吗？"

"去的。"

永耕见他们欲言又止，知道是自己在这里他们不便开口，便站起身说："我到外面去等阿标。"说完便走出门去。

家里只剩下他们两人。阿芳动情地问："那年端午大水来时，你怎么逃出去的？儿子怎么被水冲走的？"

"屋边的山塌了，眨眼之间，谁能逃得了？儿子在摇篮里，浮在水面，我跳进水里，一起被冲到大江里。只见摇篮被上游漂浮下来的一个屋架子带走，我在江水里拼命向屋架游去，突然被一个巨浪打入水底，顿时失去知觉。醒来时，已经躺在杉木排上，撑排人说，是水底一个漩涡将我托起，甩到了他的排上。木排漂浮了几个钟头，进入一个山湾里，撑排人把木排用绳子吊在好几棵大树上，说等水退去再来装运。他说他是本县人，叫我跟他回去，我说我要找儿子去。我沿着江的北岸往下游走了一天一夜，在清江县一个朋友家住了一夜。水退去了，心想小儿子早已没命，还是赶快回家去看看你和大儿子。回到家，当时未被冲倒的半边房子也没有了，我立即赶到你娘家去找你们，你和大儿子以及你父母，我一个也没见到，那里被山洪冲刷得什么也没有了。怎么办？我呼天喊地又有什么用？只得沿江再往下走，心想你们即使都没命了，也总是淹死在水里，我沿江一路寻找，总能打听到一些消息。可我寻了半个多月，一直到了富阳东洲，各地洪灾损失消息我听了很多很多，可有关你们的却一点也没听说。在杭州六和塔，我碰到了高中的一个同学，他在南京部队里当军官，经他帮忙，我到他的部队谋了一个文书的职位，一九四九年上半年去了台湾。"

阿芳听得早已泪流满面，不停地用手揩着泪水。等家富讲完，她如泣如诉地把自己在那场劫难中的遭遇说给他听。

"他对你很好的吧？"沉默了一会后，家富先开口问。

阿芳知道家富说的"他"指的是阿标，她估计水生的养母已经把自己来沙湾这些年的一切情况都告诉家富了。要在前夫面前说现任丈夫，她感到有点难为情。她脸上热了一阵后，结结巴巴地说："他……他是江西人，比你小三岁，曾经在我们的小儿子水生养父母家做长工。我们在一起生活三十多年了，他没有其他本事，只会干农活。"

"会干农活，耕田种地不是很好吗？家里日子过得还不错吧？"

"集体化时，他做的工分没有人家多；分田到户后，责任田里的庄稼收成没有别人高，不过种种吃吃还是够的。这几年，他比过去肯做些了，人的脾气也比以前好多了。"

"大儿子一直跟你长大的吧？"

"是的，关于他的情况，你大概也听说过了吧？这孩子小时候蛮听话的，后来不晓得怎么变坏了？"

"这与特殊的社会形势有一定关系，当然主要还是他自己的良心品质决定的。他还要坐几年牢？"

"恐怕还要坐十来年。"

"你去看过他吗？"

"判刑后第二年，我和阿标去看过一次，他叫我们不要去看他，他决心好好改造，等改造好，成好人了，他会回来看我的。"

"这说明他已经真正认识了自己的错误，以后会成为一个好人的。"

"再出来都老了，一生一世还有几年啊！"

"哪怕只做了一年的好人也是好的。"家富说着说着，内心的悲痛转变成了气愤。阿芳两眼发红，又流下了眼泪。

阿芳很想了解家富在台湾的生活情况，可家富一直在问她，她一时没有问话的机会。说起了大儿子，两人都没有了好心情。她站起来，给家富杯里换上了新茶叶，又泡了一杯，然后问道："你在台湾有新家了吗？"

家富知道阿芳最关心的就是他是否有家室。他笑笑说："不是新家，也是有三十多年的'老'家了，大女儿二十九岁，老二是儿子二十六岁，家里人比你小四岁。"

"噢！恭喜恭喜！"

"这算什么喜？！洪灾过后，我一直想你和儿子，到了台湾后，更是日思夜想。在南京，在杭州，无论在哪里，只要人在大陆，总有一天会打听到你们母子的消息，如果人在世，就还有见面的机会。可到了台湾，远隔大海，又是禁止往来，你们即使登报找我，我也看不见报纸，你们就是呼天喊地，天天用广播喊我，我也听不见，我心里痛苦到了极点。"

阿芳听了，眼泪又不知不觉流了下来。

家富继续说："在台湾我经历了多少悲惨遭遇只有我自己知道，就算后来有了新家庭，我也没有享受到家庭的幸福生活。妻子的身体很差，生了孩子后，一直腰痛。她负责公司的财务工作，经常忙得吃饭睡觉的时间都没有，后来到医院一检查，说是体内长了好几处息肉，要赶快动手术。做了手术没休息几天就去上班，由于没休息好，得了后遗症。儿子女儿长大后，她才彻底不工作，可是已经过了恢复健康的最佳时期，现在即使什么活都不干，都整天说这里痛那里痛，一身不舒服。"

阿芳听了家富一番回忆，心里对他后妻渐渐产生恻隐之心。

"你这次要待多久再回台湾？"

"我这次过来之前，听永耕说起那年洪水中救起一个睡在摇篮中的小孩，我想是我儿子，特地跟他回来看一看，确认以后就回去过年。谁知你和大儿子竟然也在这里，这要算得上天下最巧的事了，这样我就要多待几天，过年后再说了。"

阿芳问道："大儿子在省城第一监狱，听狱警说，儿子在狱中表现很好，你想去看看他吗？"说完后，她殷殷祈盼地看着家富。

家富神情凝重地说："他的名字是叫……？"

"有强，我们叫他阿强。"

"噢，是的，小儿子还没有取名，他已经取了。"

"小儿子，我们只叫老二，还没满周岁，本来是想满周岁时再给他取的。"

"是的，我还记得的。现在叫水生，这名字好。"

家富这些日子住在水生家，听到有关大儿子的恶言恶行，给水生家带来种种苦难，使他对大儿子非常愤恨；后来听了永耕夫妻对大儿子宽宏大量的解释，认为他的为非作歹也不能全怪他自己；现在又听说他在狱中痛心反悔，决心改过自新，便对他的怨恨情绪有了些改变。毕竟是自己的亲生孩子，自己好不容易回来一趟都不去看他一下，太不近人情，以后自己也要后悔的。于是，他两眼看着阿芳说："要去看阿强的，我们一起去。"

255

阿芳高兴地说:"好,那太好了。"

接着她自言自语地说:"要是水生能够一起去就好了,我们一家四口就团聚了。"

家富认真地对她说:"你这就别为难他了,他现在正一心扑在厂里工作上,不能让他在心理上增加一些不必要的负担。"

"他们毕竟是同父同母的亲兄弟,应该相亲相爱、团结互助呀!"

"这要看大儿子以后的表现。我相信水生是个有良心、讲道义的人,他会处理好这个关系的。"

这时,门外传来了永耕的讲话声,是阿标回来了。阿芳连忙站起身走到门槛边,见阿标双手拎着装满各种年货的袋子,就赶忙走过去接过来。阿标刚回来时,永耕在很远的地方就看到了。那走起路来挺直胸向左边倾仄的样子,在永耕脑海里烙上了深深的印记。快到时永耕叫他一声,他朝永耕看了一眼,又转向其他地方看看,不知道喊声在什么地方。永耕又喊了一声,他听准了是前面这个人在喊他,停住脚步朝前仔细看了一会儿,这时他们之间的距离更近了。

永耕向他笑着说:"是我呀!认不出来了?"

"哈哈,永耕!"阿标飞快地跑到永耕身前,放下东西,双手把永耕抱了起来。

"你从哪里来?这不是在做梦吧?"

"不是梦里。我被抓到台湾四十年,现在从台湾回来了。"

"什么时候回来的?"

"回家十多天了,老早就想来看你了。"

"是早该来看我了。四十年了,你还是老样子。"

"是老了的样子吧?"

"不不,还是当年那样子。"

"你也还是当年老样子,你从那边走来,我老远就把你认出来了。"

"你眼力好啊!你是一个人回来的吧?"

"不,还有一个伴儿。"

"啊!"阿标愣了一下,心里说:"永耕呀永耕,秋凤为你从二十几岁守到了六十多岁,你真让她伤心死了。"可表面上阿标却说着完全相反的话:"是啊,四十年不通音讯,谁知道对方怎样?是要找个人做做伴。"

永耕知道阿标理解成自己在台湾又娶了妻子，便怨着他说："你把我当作什么人了？这个伴儿是同我们差不多年纪的老头子。"

"啊呀，对不起，我说错了，不要见气。"

"我会见你什么气。我要告诉你，我这个朋友和你有点关系，他是你妻子的前夫。他刚来你家，还在和你妻子讲话。他在台湾有妻子儿女，他是我朋友，你也是我朋友，我先向你通个气，你不要把他当情敌，要当朋友。"

"大家都老了，还当什么情敌，说说都脸红。我一定会欢迎他，和他交成好朋友的，你放心就是。"

"阿标，叫客人进屋来吧，快来吃点心。"阿芳在家里大声喊。

阿标手拉永耕一起向家里走去，跨进门槛，家富从天井边迎面走来，阿标笑嘻嘻地走上前去。突然，永耕见家富两眼发呆，板着脸孔，表情十分难看。阿标也把咧开的嘴收拢了，他眼看前面放慢脚步，停止不走了。家富脸色由红白转灰黑，最后铁青，他向前一步，抢起右手，运足全身力气，一个巴掌打在阿标脸上，一声不响，走出大门，急匆匆地大步向街上走去。

永耕大吃一惊，口不能开，脚不能动，呆若木鸡地站着。待家富离开，见阿标蹲下，双手捂着脸，他才从惊悸中醒过来，一时间想安慰阿标又不知怎么说，想叫回家富却又不敢开口，他心急如焚，遑遽无措，成了六神无主的昏头鸡。阿芳在厨房里拿碗筷准备招呼大家吃点心，听到重重的一声巴掌响，立即跨出门槛，只见家富右手从阿标脸上收回来。她"啊"地大叫一声，捧在手里的一碗炒年糕落在地上，瓷碗摔成碎片，年糕肉片撒了一地，一阵惊厥，头发昏，眼发花，双手扶住门框一屁股坐在门槛上。阿标蹲在地上，双手捂住脸，把头埋在膝盖之间，不说痛，不骂人，一声不吭。永耕叫阿芳，她眼睛一张，无助无语，像是无知觉的人。他又叫阿标，阿标一动不动，像缩身的刺猬。他看门外，家富已经走远，他担心家富不认识路，精神恍惚要出意外，便对阿标说：

"你们两人好好休息，我出去追他去。"

永耕走上小街，向前走了一段，朝分路的方向看过去，二三百米内看不见往前走的人，

"他真的迷路了"。

永耕赶快回头，往埠头方向匆匆赶去。快到江边了，突然看到家富站在一根电线杆下。他走到家富身边，只见家富板着脸，闭着嘴，蹙着眉，那样子是满腔恨？满腹怨？满身怒？满心愁？永耕看不出来，只是说了一声：

"你走错方向了，朝那边走，我们回家吧！"

他拉了家富的手，回头沿小街往沙湾田畈机耕路上走去。

两人一声不响地走着，永耕偷偷地看了他一眼，脸色比先前好多了，就问家富："你从前见过阿标？"家富像没听见似的，毫无反应。

"你这次在路上遇见过他？他过去陷害过你？……"永耕接连问了好多问题，家富还是一言不发。

永耕便故意猜懂他的心思似的数落他："你台湾自己已经有妻子儿女了，和阿芳断绝夫妻关系四十余年。阿标只是单身一人，男情女愿，合情合理，你怎么能反对？还打了人家，你的度量也太小了吧！"

家富瞪了永耕一眼："你胡说什么？不了解情况别乱说！"

永耕见他开了口，便又说道："那究竟是什么情况，你会发这么大的火，打他那么狠的一个巴掌？"

"你是不知道啊！"

"我是不知道，才乱猜么！"

"我实在说不出口啊！"

"天地间，只有你和我，我们是交往了一辈子的好朋友，还有什么话不好说？"

"那我告诉你。"

"你说。"

家富停下脚步，面对面地对永耕说："他是我亲弟弟！"

"啊？！"

永耕愣了一下，立即感到要控制住情绪，不能太失态，便轻轻地说："你认错人了吧？阿标是老表，江西人，怎么会是你弟弟？"

家富说："同胞兄弟还会认错？要是别人，我打了他，他肯罢休？"

永耕窘得没话说了。两个人各想心事，一声不响回到了家。

晚上，在房间里，秋凤问永耕："家富看见阿芳了吗？"

"看见了，那女人好像对家富还很有感情。"

"那自然是，毕竟在一起生活过好几年时间，还有两个共同的儿子呢，怎么会没有感情呢？"

"看样子，阿标家里的生活比较艰难，阿标看去比家富显老，阿芳也比你更老相。"

"家富也看到阿标了吧？"

"看到了。"

"他们没有互相见恨吧？"

"不用说了。"

"怎么不用说了？"

"两人刚一见面，家富就狠狠地打了阿标一个巴掌。"

"啊？怎么会打起来？"

"没有打架，家富打了阿标就气愤地离开他家，阿标则蹲下来一声不响。"

"还有这样的事？"

秋凤听得糊里糊涂，永耕才说："你知道阿标是什么人？他竟然是家富的亲弟弟，是水生的亲叔叔。"

"这怎么可能呢？阿标是江西人，很早就在我们家做长工的，怎么会是他弟弟？"

"是啊，我也搞不懂，明天我要再好好问问他。"

"是啊，其中必有缘故。"

第二天早上，永耕来到家富房间，开口就问道："怎么样？昨天晚上睡得好吗？"

家富朝永耕看了一眼，心里想你这是明知故问，便反问一句："你睡得好吗？"

永耕感觉得到家富对自己的问话很反感，便直接向他提出关于阿标的事情。

永耕说："我们早年就知道阿标是江西来的，你说是你弟弟，这当中一定有一段不为人知的经历，让你对他产生了太深的误会，这误会不弄清楚，你们兄弟之间的这个结就永远解不开。我估计你昨天晚上一定没睡好，都在思考这个问题。我和你及阿标都很熟，我一定要帮你们把这个结打开。"

"我昨天晚上反复想了好几遍，越想越糊涂，越想越觉得奇怪。他明明死了，我亲自去验过遗物和遗体，将他埋葬，难道又从坟堆里爬出来了？"家富满腹狐疑地说。

"那是哪一年？怎么会死的？死在什么地方？你详细说给我听听看。"

家富痛苦地回忆起往事说："我高中毕业第二年，父亲给我说了一门亲事，这时，乡里刚好抽到我的壮丁。因为母亲去世多年，家里正要个女人料理家务，想叫我当年年底结婚。我弟弟家贵——就是你说的阿标，比我小三岁，但个子长得和我一样高大，父亲就叫他去替代我的壮丁任务，他也很高兴地替我去当兵了。他去当兵后还不到一年时间，家里收到一份从江西婺源打过来的加急电报，说我弟弟家贵已经遇难，叫家里赶快到现场认尸安葬。父亲年迈不识字，只有我去，我按照电报指定的地址，在安徽、江西交界的大山里找到弟弟死难的那个山谷。两个在那里等候的当地乡政府人员，递给我一张皱巴巴的纸条。我展开一看，原来那是他去当兵时，怕他不识字，没法与家里联系，我亲手给他写的家庭地址和父兄姓名的条子，叫他放在内衣袋子里，贴身保管好。我问那个乡里人，条子是哪来的，他说是死者衣服袋子里找出来的，便带我来到尸体边。当时正是七月半后几天，天气热，尸体早已腐臭难闻。他家里穿来的一件洋布汗衫套在外面，脸上盖着一块蓝花布，我用棍子挑开一看，满脸是蛆虫，臭气熏得人头发昏想呕吐，我赶快丢了棍子，捂着鼻子走开。乡里问我要不要把尸体运回去，我说先葬在那里，用石块刻上名字，以后再想办法把骨头捡回去安葬在祖坟。几年后，我就去台湾了。昨天，我对面相逢，吓一大跳，当他是鬼，后想到他竟是阿芳丈夫，把自己的嫂子当老婆，这不是乱了五伦、辱没祖宗的天大耻辱吗？我按捺不住心头怒火，打了他一巴掌，差点把我气吐血。"

听了家富的回忆，永耕也觉得非常奇怪。

他又一次认真地问家富："你确定阿标是你弟弟，绝对不会有错吗？"

"不是我弟弟他能认识我吗？我打他，他会不回手吗？"

"那具尸体你能确定是你弟弟家贵吗？"

"那张从他袋子里拿出来的字条是我亲笔写的，那件衣服是从家里穿去的，不是他是谁？"

"那尸体确定是他的身子吗？"

"个子长短、胖瘦不会有差别，头的大小也差不多。"

"脸上你看清楚了吗？"

"整个脸大体也相似的，只是已经腐烂，爬满虫子，五官已经看不大清楚。"

"那真是见到活鬼了！"

永耕仔细忖度家富所讲的每一个细节，感到事有蹊跷，要弄清事情真相，只有仔细问问阿标，让他自己把往事清清楚楚地回忆起来，估计阿标——汪家贵还没忘记。

于是他对家富说："这件怪事，看来别人是弄不清楚的，我明天再去找阿标，不，是找汪家贵好好谈一谈，这当中，还包括他的名字、籍贯，为什么说自己是江西人，等等，其中肯定是有很多奇怪的原因。"

家富说："你去问问看，不过不要告诉别人，叔嫂成婚实在太不光彩。"

"此事我要问你一句，他们两人结婚之前知道是叔嫂关系吗？"

家富说："家贵出去当兵近一年后，我才结婚，两人没有见过面，不相识，当然不知道。"

永耕说："这就对了，两个人从来不认识，后来相遇一起，都是单身，组成夫妻，有什么不光彩？就算明明知道是叔嫂关系也没什么不妥，社会上这样的例子多得很。我的一个远房亲戚家里是书香门第，弟弟去世后第三年，哥哥妻子死亡，弟弟的老婆与兄长结成一对，后来他俩还生了一个儿子呢！杨关坞村，我有一个老同事，他的妻子也是他弟弟死后，弟媳妇与他结成夫妻的。这是合理合法的事，没有什么不妥当。至于阿标、阿芳两人互不相识又互不知情，更没有什么大惊小怪的了。"

家富听了默不作声，任永耕到阿标家去把事情真相搞清楚，以免像块巨石压在心中，终生难以释怀。

六　他竟也是未亡人

第二天早上，天色阴沉，彤云密布，四周群山的山顶上都是积雪，田畈里的一些背阴处也有一小块一小块的残雪。永耕一个人走在沙湾田畈中，迎面微风吹来，略有寒意。他抬头看了一下天空，像是又要下雪了。"先雪等后雪，三天三夜落不歇。"看样子，年里都是下雪天了，他加快了脚步。

来到巴沙埠，一走进阿标家院子，永耕就喊"阿标，阿标"，却无人应答。他径直来到阿标住的房子门前，门锁着，两人都不在家，怎么回事？莫非前天被家富一巴掌把脸打伤，到医院去治疗了？家富的那一个巴掌也的确是太狠了。他鼓足力气，用起劲来甩了过去，少讲讲也有六七十斤的力气，六七十斤的重量打到人脸上，那肯定是伤得不轻了。永耕轻轻拍了两下门就转身想走，天井对面的一扇门打开了，走出一个与阿芳差不多年纪的女人，她说阿标两夫妻一早就出门去了。永耕问是不是阿标头痛到医院去了，那女人说，阿标身体很好，不会到医院去的。永耕又问他们到哪里去，没跟你们说吗？那妇女说各家都有一把锁，出门把门锁上就是，还用跟别人说干什么！说完她回屋，轻轻把门关住。

这么早，两人就出门会到哪里去呢？永耕心里在胡思乱想，不知不觉来到巴沙埠小街上。前两天，天气烊雪，屋檐水多，小街上人不多；今天很热闹，两边小店内挤满了人。他沿着街路向江边方向走去，快到埠头上时，见许多人围着在买甘蔗。

"永耕。"

突然听到人群中有人喊他，他马上走过去，只见阿标同阿芳两人买好一捆甘蔗，正抬着从人群中走出来。永耕立即赶上去帮忙伸手托着甘蔗，三个人抬着一起走。

阿标说："这点甘蔗又不重，让我一个人扛吧？"

"你那件新皮袄刚穿上身，弄脏了大年三十夜穿什么？"阿芳嘟哝着。

永耕也说："这捆甘蔗刚从泥窖里起出来，都是烂污泥，怎么背得上身？"

于是三个各搭一只手，边走边说到了阿标家。

看见阿标脸上完好无损，永耕放宽了心。其实那天阿标脸上被打却不是很痛，只是一时羞愧怕见人才缩成刺猬状，等永耕他们走出家门后，他摸了摸脸就站起来了。他见阿芳耷拉着脑袋斜着身子倚靠在门框上，就马上扶着她到床上去躺着。阿标告诉阿芳，家富是他亲哥哥，两人已分别四十多年。阿芳说她嫁给家富就从未见过他弟弟的面，只听家富说起家里有个弟弟，当兵死在外面了，两人都不认为他们做夫妻有什么不应该的地方。永耕觉得还是家富心里有疙瘩，不过家富后来也想通了，但他怎么也想不通的是，明明亲手葬的弟弟，却在四十多年后，又活生生地站在他面前。永耕一定要把这个谜解开。

待阿标把甘蔗放好，永耕叫阿标到客厅里坐下，对阿标说："那天，你阿哥家富打了你，回去后很后悔，他当时是一时冲动。"

"这个我能理解，毕竟四十多年没见面，一见面他妻却成了我妻，这确实让人难以接受。"

"不是，这不是主要原因。最重要的是，他说他亲眼见过你的尸体。那天，刚见你第一眼，让他吓了一大跳，怕是见了鬼，才打你一巴掌，赶快逃走。"

"这事，确实是要吓着他的。"阿标低头自语。

永耕说："这究竟是怎么回事，你还记得清楚吗？"

"我到死也不会忘记！"阿标愤慨地说。

"那好，我知道你有难言之隐，不过，事情已经过去这么长时间了，是非功过早已不重要了。"

"也不是有什么难言之隐，只是让人恐惧，觉得我心狠手辣，但那都是被逼到绝路上才做的事。"

"不管什么事都过去了，你放心地说吧，心平气和地说，详详细细地说。我用笔记一下，关键的地方只怕忘记。"永耕说完拿出本子和笔。

"那好，我慢慢地从头说起。"阿标喝完杯中的茶水，沉默了一下，静了静心，回忆起四十多年前那死里逃生的往事。

263

永耕专心致志地听着阿标的回忆，时而皱起眉头，时而唉声叹气，时而摇头不止，时而点头称是。脸上表情一会儿愤怒，一会儿担心，一会儿惊邪，一会儿恐惧。有时会"啊呀"一声叫起来，有时会双脚在地上一跺，有时会插问一声"为什么，怎么样"，有时会情不自禁地说一句"干得好，是要这样"。约莫过了一个半钟头，阿标对当年往事，回忆到了来永耕家做长工时结束。毕竟时间过去已久，又经历过常人难以经受的磨难，阿标回忆自己的经过像在叙述别人的故事似的，语气平稳，语速均匀，很少有气急冲动的时候。

永耕称赞他讲得好，说："我要赶紧把记下来的东西整理成文稿，给你哥看。讲给他听，只怕我记性差，讲不完整，讲得又磕磕绊绊，不容易听清楚。把记录给他，他能慢慢地看，仔细地看，反复地看，会把事情真相弄得一清二楚。"

"是的，那段经历，让我变成了鬼，直到前几年进了监牢，经过教育改造，才重新做了人。哥看清楚了，了解真实情况了，我们兄弟之间的误解就会消除了。"

阿标说完心情轻松了许多。

"对，我回去就马上整理。"

永耕回家吃了中饭，下午一个人在房间里，对照笔记本，写到太阳下山时才把阿标回忆的那段经历写下来……

家住新安江边的汪家富，父亲汪立奎，母亲早已去世。弟弟汪家贵，比兄长小三岁，个子高大，相貌英俊，代替哥哥壮丁名额去当兵，来到了安徽芜湖。部队要挑选一批年纪轻、体格好的新兵参加警务兵特殊训练，家贵被选中了。训练在芜湖市郊外的一个山岙里进行，每天练习摔跤、格斗、擒拿、逃脱等技能，非常辛苦。训练了十来个月后，家贵被安排到皖南屯溪市驻军事务站当保安警察。

这天是农历七月十四，上司派下来一个任务，有一位家住皖赣边境的将军要在七月半回家祭祖，需要抽调八名年轻力壮的小伙子随行做安保工作，家贵名列其中。他们同将军夫妇一起共十人，先从屯溪乘一辆军务车向江西方向出发，来到休宁县南部的一个村庄，停下了车，因为从这里到将军老家要翻一座大山，车子不能开。当地政府为将军准备了两顶轿子，让将军夫妇坐在轿子里由保安人员四个人一班，轮换着抬上山。那将军五十来岁的样子，身材同家贵差不多高大，一身黄军衣，因为每天抽大烟，全身瘦得只剩皮包骨头，估计身体不会很重；将军太太，全身上下穿着时髦，画过眉毛，点过口红，满脸厚厚的脂粉，身材算苗条，所以也不太重。家贵等四个人先抬，他同一个江苏士兵搭档抬将军。那将军满口镶着金牙，叫大家要注意安全，讲起话来，口里金光四射，讲话口音带点安庆口音，声音像公鸭嗓，"西里哈啦"的。另两个士兵搭档抬将军太太。没有轮到抬轿的士兵两个在前领路，两个在后护卫。

开始的一里多路比较平坦，家贵觉得蛮轻松。从山脚起是一条翻山的石岭，这里是休宁通往婺源的古道，石阶都是用徽州青石砌成的，路很宽，弯弯曲曲，岭不陡，石阶高低匀称。如果空手爬岭很轻松，但是两人抬着一百多斤上山，却不是轻松的体力活。家贵抬后杠，要使劲往上推，走不了多远就大汗淋漓了。坐在后面轿子里的将军太太，从轿门里看出去，正好看见家贵一步一步使劲上坡。他裤脚挽到膝盖以上，每走一步，前脚抬平踏上石阶，后脚小腿肚的肌肉一股股隆起来，脚弯里的粗筋拉得笔直，然后前脚变后脚，后脚变前脚，又前进了一步。她想，这小伙子真有力气，身体又强壮。到了前头转弯的地方，家贵的脸孔转了过来，她一看顿时心里"扑腾扑腾"跳了起来，这小伙子是天下少见的美男子呀，那皮肤，那脸型，那五官，那身段，全身挑不出一点缺憾。"哎呀，能天天和他在一起多好。"她激动得浑身发抖，两眼一眨不眨地看着家贵的背影，欣赏着他登山时腿上肌肉的线条，巴不得石岭多一些弯道，好让她多看看家贵俊秀的脸庞。

"休息一下，换一班抬。"公鸭嗓响了，大家在一个凉亭边歇了下来。

将军太太走出轿子，立即来到家贵身边，毫不顾忌地捏了一把家贵的手臂。

"辛苦了，呵呵呵。"发出了一阵娇滴滴的笑声。

家贵吃惊地往旁边走开，她紧步跟来，用手中花绸团扇为家贵扇风，"真辛苦啊，好好休息一下。"语气中充满关爱。

家贵笑不是，怒不是，走不是，躲不是，不知怎样才好，显得手足无措。她却脸皮八尺厚，见旁人不知所措，她反而越高兴。公鸭嗓丈夫不敢开"金口"说她一句，她也根本不把他放在眼里。他比她大十九岁，刚结婚时，他把她当成可爱的"波斯猫"，天天捧在手上，揽在怀里。她靠他的权势和金钱，吃最鲜的、穿最美的，奢侈的享受使她时时随他的身边小鸟依人，如胶似漆。后来，日子久了，慢慢地疏离开来。直到现在，他还是把她当宝贝，可她却看他是狗屎，满脸是皱纹和老人斑，一身皮包骨，满嘴烟土臭，开口笑起来都让她厌恶。晚上睡一床，她都背对着他，隔得远远的。白天她总是找年轻人谈天说笑寻开心，今天她一看到家贵，心里直发痒，恨不得一把将他抱起来。家贵开始只觉得这女人很轻浮，休息时感到她有些讨厌，只想离她远远的，可她却越来越不识相，她给他扇扇子，两眼一直盯着他，目光肆无忌惮。他开始感到害怕，心里不断告诫自己："千万不要上她的当！"

"怎么样，继续赶路吧？"公鸭嗓又开"金口"了。

家贵等四个人空手走路，换另外四个人抬轿。家贵同江苏小伙走在后面护卫，将军太太撩开轿子围布，不断朝后面看家贵，有时目光相碰还朝他做个鬼脸，家贵只得把头低下来看着脚尖走路。

走了半个来小时，又到了一座凉亭，又该休息了。

将军走进凉亭坐下来，朝四面看了一下，看见一根砖砌的柱子上写着"红军万岁"四个红漆大字，不禁毛骨悚然，便催大家继续上路。

又轮到家贵四个人抬轿了。将军太太说，家贵个子高抬后面，江苏小伙人稍矮抬前面，这样轿子平，坐着不累，她一定要求家贵两人抬她，公鸭嗓"西里哈啦"说全听夫人安排。于是家贵抬着她走在最后一个，轿子里的将军太太不时地转身撩起轿子围布朝家贵看。

到了一段平路上，她突然叫轿子停一下，叫人把轿子掉个头，她说身子朝前坐太吃力了，她要转身往后退，脸孔正对着家贵。家贵怕看她，只得把头低下，可低下头很危险，看不到前面的石阶，很容易绊脚。只得把头抬起来，一抬起头就看到她，与她目光相遇。她看着家贵不停地笑着，还做出各种姿势，好像暗示着什么。家贵只得眼睛往别处看，地面平坦时就头低下来。她又提起自己身上的旗袍，故意露出雪白的大腿，家贵的目光无处投射，心中暗暗地叫苦连天。趁换肩的机会，家贵极不自然地把头向左倾向右倾，尽量避开她的目光，尽量减少朝前朝上看的次数。可将军太太却闲不住，她一会儿掀起旗袍下摆当扇子，"哗嘶哗嘶"把风扇到家贵脸上，口里连说："好热，好热。"家贵一直忍着不朝她看一眼。

她又换了一些动作，她把左腿搁在右膝上，右手不停地揉着膝盖又拍着大腿，发出"啪啪啪"的声音，嘴里念叨着："累死我了。"家贵仍未朝她看。突然她"啊哟"一声，家贵吃一惊，朝她看了一下，她把左腿从右膝盖上放下来，用手摸着说："麻了，麻了。"她做这些动作、说这些话的时候，两眼都目不转睛地盯着家贵，当发现家贵朝她看，两人目光相接时，她马上咧开嘴开心地笑起来，满脸的幸福感、满足感。家贵心里苦不堪言，这个婊子看样子死盯着他了，怎么办？惹不起又躲不了，自己这条命多半要葬送在她手里了。若顺从了她，她那公鸭嗓丈夫只要指头一勾，"叭"一枪就会把他送上西天了。若逆了她，她编个谣言，就能让他倒尽八辈子的霉，还算是小事。她要是下了狠心，叫他不得活命，那也是像踩死一只蚂蚁那么简单。他越想越害怕，越害怕越感到不知怎么办才好。突然，家贵前腿一软，身子向前一扑，肩头的轿杠滑落下来，还好双手托住，身子一耸，又扛上了肩头。前面抬轿人吃了一惊，轿里的将军太太尖叫了一声，但看家贵耸肩托杠的样子立即又"咯咯咯"笑了起来。公鸭嗓听见了，"西里哈拉"说："开什么玩笑，小心点啊！"

快到山顶，又歇了一会儿，换了一班人抬，家贵与江苏小伙子到前头去领路，另两人走最后保护。将军太太叫轿子掉回头，仍旧朝前坐，两眼看着前头领路的家贵。翻过山冈，就朝下山方向走了，个子高的抬前面，个子矮的抬后面。走了十多分钟，太阳搭上了西山冈，转了一道弯，来到了一个山坡上的村庄。这里属于江西省地域，村庄散落在两个山梁之间的坡地上，有三四百户人家，叫大平村，是大平乡的乡政府所在地。将军叫领路人把他们抬到乡政府去，乡政府在村西边的一幢大房子里，将军下了轿，找到乡长。乡长是一个右脚有点瘸的中年男子，他见将军带人来投宿十分高兴，吩咐办事人员安排好大家的食宿。将军见乡长办事很卖力，称赞他有能力，把当地治理得很好。乡长对将军说，大家辛苦了，晚饭乡政府办一席酒宴慰劳大家，以表大平乡政府对为国辛劳的将士们一片敬仰之心。将军太太听说晚上有好吃的，高兴得拍手叫好。八位抬轿的士兵也兴奋地忘掉了一下午的疲劳。

太阳下山，乡政府会堂里点起了三百支光的汽油灯，一张大圆桌上，乡长陪着将军夫妇和八位士兵共十一个人刚好坐满。厨房把菜端上来，鸡鸭鱼肉一样不少，木耳、香菇、菱藕、芦笋等乡村特色蔬菜全部齐备，油

267

焖、红烧、煸炒、汤菜一共二十碗菜，把圆桌摆得满满当当。司务长拿来了两瓶高粱酒和一小罐绍兴黄酒，乡长把将军酒杯斟满，估计有半斤光景，又给自己倒上，便举起酒杯高兴地说：

"今天，鄙乡大平，有幸迎来了为国劳苦功高的将军伉俪和弟兄们，我特以杯中薄酒恭请大家，向你们致以崇高敬意。"

说完与将军碰杯，一口喝下杯中酒，然后叫大家自便。

将军"西里哈啦"地说："大家放开量吃喝，醉了早点睡觉。"他张开"金口"，汽油灯光照得他满口金黄，闪闪发亮。

酒过三巡，菜过五味。经过一个半小时左右，将军喝得脸色发紫、眼珠突出，公鸭嗓发不出声音了，乡长叫管理人员同将军太太一起扶将军到房间里去睡觉。八个士兵毕竟年轻，胜得酒力，喝得刚好头发晕。家贵喝了一碗白酒后，又倒满一碗绍兴黄酒，比平时有所过量，他只感到口渴想喝冷茶水。晚上他和江苏小伙子两人睡一个房间。江苏小伙子不会喝酒，咪了几口绍兴黄酒，脸上就火辣辣的难受，他只得一个劲地吃鱼吃肉，大饱口福。吃饱喝足，二人一同回到房间里，点亮蜡烛。江苏小伙子在床上躺了一下，感觉草席上火热，又坐了起来。家贵不停地喝茶，虽然有点头晕，但不想睡，房间里像蒸笼，又闷又热，等茶凉了，再喝一杯，就打算到外面去走走。

明天是七月半，又大又圆的月亮，从房间左边的山垄上升起来了，把村庄里的房子弄得照得亮亮堂堂。家贵待杯子里的茶凉了，咕嘟咕嘟喝完后又倒满一杯，便同江苏小伙子走出房间到房屋右边的小晒场上去乘凉。两人仰头看着天上的月亮和星星，聊起家乡过七月半的习俗。

家贵说："我们那里七月半不上坟，只在村坊水口上点香烧纸，家家户户做米馃吃。"

江苏小伙子说："我们村在大运河边，七月半夜里有的人家要在运河里放水灯，都说七月半是鬼节，放水灯让孤魂野鬼快乐一下。"

"真是同天同月不同俗，共山共水不共食。"家贵叹了一口气说。

两人在晒场边石头上坐了一会儿，觉得这里还是热，白天晒过太阳，热气还没有全部消散。江苏小伙子站起身，朝右边看，是一眼看不到边的松树林，乌沉沉的，"呼呼呼"的风声从树梢上传来，走进去几步就有微风从树林中吹来，身上感到一阵阵的阴凉。两人就来到树林边，在一棵大树脚坐了下来。这里确实凉快，坐了一会儿，两个人身上的汗都干了。只是树林里蚊子多，他们只得折一段树枝，不停地挥动着赶蚊子。家贵喝了太多茶水，又想上厕所了，他走到前边大树后去解决。

"江苏小鬼，将军找你！"

突然，晒场边传来将军太太的叫喊声。

正在小便的家贵小声对江苏小伙子说："不要理她，赶快过去，别让她到这里来。"

原来将军太太见将军喝醉酒睡着了就来找家贵了，她到家贵房间一看，两人都不在，到处找也找不着，突然想到这些地方都很热，只有树林边凉快，他们两人有伴不怕，一定是到树林边乘凉去了。来到晒场边，果然听见树林里有说话声，她就故意说将军找人，把江苏小伙子支开。她在晒场边听到跑步声音，知道是江苏小伙子跑来，就赶快蹲下身子，一声不响，见江苏小伙子向宿舍跑去，就立即走到树林边。

月光从树缝间照下来，稀稀拉拉的，她看见一个人影从一棵树后慢慢走出来。

"是他！"

她认准是家贵，便毫不犹豫地扑了过去。家贵还没回过神来，她就将他揽腰抱住，嘴贴着家贵的脸，不停地吻着咬着。

家贵大声叫喊江苏小伙子。

"不要喊，再喊就叫将军一枪打死你。"她轻声却严厉地警告他。

"你别这样，别这样！"

他用力将她双手掰开，她死死不放！

"奶奶个熊！宝贝，你在哪里？"从晒场边传来将军的喊声。

家贵用尽全力将她双手往左右擘过去，她将脑袋一个劲往家贵身上蹭。家贵往后一退，她扑在了松树上。

"救命啊！抓流氓！"她大声叫喊起来。

家贵火速向森林中间跑去。

"宝贝，在哪里？"

"在树林边上，快来救我！"

将军赶到她身边，她摸了一下脸上刚才被树碰出的血给丈夫看。将军看不清楚，一摸黏糊糊的，知道是血。

"快回房去，我叫他有命难逃。"他拿起手枪"啪"朝空中开了一枪，"你逃不了，快过来，不然打死你。"

家贵听到枪声，就在一块大石头后蹲了下来。

将军口里一边叫骂，一边向森林中走去。

"你这家伙，白天我就看出来了，勾引我老婆，晚上乘我酒喝多了，就真动手了。幸亏老子会算，我睡醒来一看两人都不在，就知道要出事情了。你不出来，我就把山头放一把火烧光，不找到你我不算军人。"

家贵贴身在石块后，屏声息气听他一句句地骂着，心里流泪又流血。

怎么办呀？真的听他讲走出去吗？那估计还不到宿舍，就会被他一颗子弹打死；赶快逃吗？虽是夜里，但月光皎洁，很远就看得到人影，子弹比人跑得快；等天亮吗？他守在这里，还叫他老婆通告乡政府布下天罗地网来抓。今晚必死无疑呀！他不由得"啊"一下出了声，将军立即朝他这边走过来。家贵抬头一看，石头边有一棵枝叶茂密的楮树，他轻手轻脚地爬到石头上，又轻轻地一个鹞子翻身，攀到树枝上，然后伏在浓厚的树叶中间，一声不响。将军似乎听到楮树下发出了声音，就小心翼翼地向这边摸过来，他围着大石块转了一圈，没发现什么动静，就又朝树林深处走去。为了壮胆，他又叫骂起来：

"奶奶个熊，今天你就是上天，老子也要把你拉下来，入地也要把你揪出来，对付不了你，老子这将军白当了。"

他在那边静静地等了好一会儿，便又边骂边走回到大石块边，他在石块上坐了一会儿，一点声音都没有。

家贵轻轻移动树枝，从缝隙中看到他坐在那里，不停地转动脖子，细听树林中各方的声音。近处树上，纺织娘不停地发出"唑唧唧唧"的叫声，上边树林里有一只猫头鹰在"咕噜噜噜"地叫着，下面山湾里野鸭一分多钟叫一声"呱"，石蛙有节奏地"咽咕咽咕"叫着。夜晚的森林里并不安静。将军从石块上站起来，见树上黑沉沉的，心里直犯怵，便走到楮树前的一棵松树下站着。为了给自己壮胆，他又故意说：

"你躲到树上去了，老子看得见的，你不下来，老子向你开枪了。"

家贵见他嘴上这么说，可眼睛没朝哪棵树看，手上也没拿枪。

接着他又说道："老子回去拿电筒去，把那些兄弟都叫来，叫你插翅难逃。"

家贵心一横："反正是死，不如一拼，有你无我，有我无你。"

他看准将军的位置，居高临下从树上一个偏腿跃到将军身上将他撞倒在地。将军来不及掏手枪，就被家贵将他双手连腰抱住，将军冷不防受这一突袭，惊厥失神，只好本能反应张嘴来咬，拼出死劲，几颗金牙齿全部脱落。家贵将他揽腰抱起在地上乱碰乱撞，他死不放手，两人一起在地上滚到一棵树根旁边。家贵一狠心，抱着他的头对准树根，用死劲往树根上撞。一下，两下，三下，撞到第三下，他双手松开了。家贵站起身，想找块石头将他打死，突然见他身子骨碌骨碌往下滚，最后"扑通"一声跌进水里。

家贵心想这家伙死定了，但到水里一浸，也有可能又活过来。他赶紧沿着将军滚下去的地方往下爬，原来下半山很陡，没有树，是一块荒草坡。他连爬带滑到了山脚，下面是一口山塘，他到了塘边，在明亮的月光下，看见那家伙在水中一浮一沉没有死，他就在岸边一块石头上坐下来歇一歇。看样子山塘水不深，将军慢慢地向塘口边浮过来，逐渐靠了岸，然后爬到塘边放水口，仰天躺在地上。家贵估计这家伙经过这一番折腾，已经爬不动起不来了。突然家贵见他左手在动，"他身上还有一把枪"，家贵立即警觉起来，一不做二不休，不把他打死，自己有命难逃。他站起来，摇了一下屁股下的石头，像一个大冬瓜那么大，他弯下腰用力将石头捧在胸前然后一步一步，不声不响地来到将军身边，对准他的头，将石头砸下去，"咔嚓"一声，那家伙两腿伸直上了西天。

平时，一般人都害怕死人，怕看见死人，怕和死人在一起。可在激烈的战场上，你死我活的战斗中，战士常在死人堆里爬，有时为了躲避敌人，还用尸体掩盖在自己身上。家贵把将军打死后，心里感到特别的安全。先前这个凶神恶煞开口闭口"老子打死你""你上了天，老子把你拉下来，下地老子把你揪出来"，而且还真开了枪，吓得家贵拼命逃跑。现在他被砸碎了脑袋，不吓人了，家贵舒心地吐出一口长气，终于放心了。月光下，家贵看了看砸在他头上的石头和他那直挺挺的尸体，心里涌起了一种死里逃生的幸运感觉。经过了这一番拼死拼活的打斗，他的全身气力已消耗殆尽，感到十分疲倦，便在离将军尸体丈把远的草地上躺了下来。他双手枕着头，仰天看着空中的圆月，想着家里的父亲兄长，想着当兵以来的经历，想着想着，沉重的眼皮合上了。山塘边传来"呼噜呼噜"的鼾睡声。

不知过了多少时间，家贵感到脸上毛茸茸的，还有一股热气。他睁开眼睛一看，正好有只全是黑毛的脚从头上跨了过去。他倏忽一下坐了起来，看见两只野猪从自己身边向山上跑去。

"我的天哪！谢谢两只猪大仙，要是你们到我身边张嘴咬我几口，那我也同将军一起去见阎罗王了。"

他立即站了起来，睡意全无了。突然从上面树林里传来一阵说话声音：

"我看，两个人，一个逃，一个追，不知道跑得多少远去了。"

"我们都快把树林找遍了。虽然有月亮，总不大方便的。"

家贵竖起耳朵听清楚了，是白天抬轿子的弟兄们，到树林里来寻找他和将军两人。

"好吧，大家先回去睡觉。"是那将军太太的声音，她接着说，"明天，报告当地政府，叫他们一起来帮忙。可能跑远了，回不来了，明天再继续寻找。要是死了，要一直找到尸体为止。"

而后，山上没有了人声，大家回宿舍睡觉去了。

听了将军太太最后一句话，家贵全身肌肉都抽紧了。明天，他们发动那么多人来找，找到这里发现将军尸体，不用说大家都知道是他汪家贵打死的。打死了将军该当何罪？自己就是有腾云遁土的本事也难逃活命，怎么办？那将军太太说死了要找到尸体为止，如果他们找到的尸体不是将军，而是他汪家贵，那最多是通知家里知道一下而已。他们也断定是将军把他打死的，说他打得好，不会再查找了。

"对！让他们把尸体当作我的。"

汪家贵想到这里，胆子一下大了起来，什么都不害怕了。他到山塘出水口，把砸在将军头上的冬瓜石搬掉，把它滚到水里沉到塘底淤泥中。月光下看得很清楚，将军的脸被砸花了，认人就认一张脸，脸被打碎了样子就没有什么区别。显示将军口腔特点的几颗金牙早已在山上树林中掉下来了，家贵不放心，用手掰开他的嘴，没见到闪闪发亮的金牙。家贵脱下将军身上的军官服装，把自己穿的蓝布对襟汗衫套在他身上，还特别注意把兄长写的字条折好放进衣袋里，再把自己身上的长裤换到他身上，用布条捆扎好。家贵与他的个子高矮大小都差不多，全身都装扮好，就是将军太太也辨不出这是谁。最后,他将将军尸体抱到山塘上边树林脚下的一蓬芒杆下面,这样不易被人发现,迟几天找到,尸体腐烂发臭了,人们粗看一眼就认出是他汪家贵。做好了这一切,月亮已经偏西,他赶忙把那套军官服和一支手枪包扎起来,带在身上找到适当之处埋掉。

家贵沿着山涧往下走。山谷里有一丘丘田面不大的梯田,越往下走,山垄越开阔。他迈开大步越走越快,到了山垄口,山涧变小溪,田垄成了田畈。沿小溪流向往前走,快到天亮时,小溪在田畈尽头流入一条大河,趁天亮之前他把军官服和手枪塞进河边水里的一个石洞中,又用一块大石将石洞堵死,然后很快爬上河岸,沿江边公路向河下游方向继续前行。

家贵快步走在大路上,不知道走向哪里,反正只要离开昨天他们落脚住宿的地方越远越好。路边的村坊里不断传来公鸡打鸣声,月亮已到西边山冈上,天快亮了,他脚不点地地飞快前行。走到天亮边,马路右转弯伸向江边,是一个摆渡过江的轮渡。他不想过江,他看见江那边田地宽广,房子连着房子,好像是个城市,有城市就有政府机关,有军队来往,这让他很害怕。他在北岸沿江道路继续快步向前赶路,太阳出来了,河流南边被阳光猛烈照射着,北岸紧靠大山,太阳还没照到这里,半边江面连同岸上大路还在阴影里。看着江对面,家贵觉得这边特别清凉。他上身穿着从家里穿来的白粗布短褂,下身是短裤,手里拿着从将军身上脱下来的一件衬衫和一条裤子,天亮前刚在江里洗过还是湿的。阳光逐渐移到了江北岸,照到路上,身上感到一下子热了起来。路上碰到的男人,大多打赤膊、穿短裤,女人穿短袖汗衫,人人都戴着麦秆草帽。家贵脚步慢了下来,走到一处有几棵大松树的小溪口,他看见那里的溪水特别清澈,又是在浓浓的树荫下,就从路边爬了下去,在小溪水里洗了把脸,还咕嘟咕嘟喝了几口水,觉得从外到内一身清凉。这里是小溪和大江交汇处,有一个水潭,潭边有几块巨石,在那块像桌子的石头上,有几个人在钓鱼。松树下有一小块平地,上面有一些稻草,好像是有人在这里乘凉睡过觉。这里靠近江边,从江面吹来的凉风时时不断,大树笼罩下没有日光的照射,清静阴凉。家贵刚坐下就打起哈欠,浓重的睡意连连袭来。他就把稻草集起来,抽打干净,再摊在地上,躺下睡觉。

家贵一觉醒来,见"钓鱼台"上已晒着阳光,西斜的太阳把江岸晒得火热。再看江对面,太阳在西山顶,半个城镇都遮在山阴里,又到傍晚了。他立即走到大路上，继续往前赶路。快天黑时，走到一个小村庄前，因为天旱，村里井水干涸，村民们都用水桶到江里挑水。从村里到江边是一个转了几道弯的石阶，人们把一担水挑到家，中途要歇好几回。家贵走到石阶路边，朝江边看，只见石阶起步的地方，有一对老年夫妻抬着半桶水艰难地往上走。他立即跑下去，到了老人身边真诚地说：

"大伯大妈，我来帮你们拎上去。"

"啊，谢谢你，真是好人。"

两位老人把肩上的抬杆放下来，家贵提起半桶水轻松地向上走了一段路，歇下来，等他们走到身边时又拎起水向前走一段等二老。就这样到了村口，两位老人走前面，他提着水进了他们家，把桶里的水倒进水缸里，然后在旁边拿起水钩扁担和另一只水桶，说：

"大伯大妈，我再去给你们挑点水来。"

老翁老太连说道："别挑了，好人，儿子媳妇明天就要回来的。"

老人儿子的岳父去世三周年，七月半给他做功德，儿子和媳妇带着孙子一起去了。家贵勾起两只水桶很快走出门去，不一会儿，一担水就挑上来了。见水缸里还没有装满，家贵又去挑来一担，装满了一水缸。老人不停地感谢，问家贵是干什么的，从哪里来到哪里去。家贵说他是南昌人，日本鬼子打进来时，他背着老母亲和一家人逃难。途中日寇飞机丢炸弹，大家四散逃走，他同母亲躲进深山，母亲受惊吓不久就得病去世了。后来他回去寻找父亲和弟弟，找遍南昌不见人影，就独自一个人跟随逃难的人一路流浪到这里。两位老人听了十分同情，留家贵在家吃住了一天一夜，临走时又送家贵两套换洗的旧衣服。

家贵千恩万谢离开二老，沿着河流再往前走。走了一段路以后，大路逐渐向左转弯，离开河流，而且越走离江越远，一直走到一座大山前，道路顺着山势，走了一坡又一坡，过了一道岗又一道岗。路上行人很少，走了好几个时辰，还没有走出山岭。好不容易碰到迎面过来一男一女，他问他们，这是什么地方，这里过去是哪里。那男的说这里地名叫十八跳，翻过十八跳就是浙江省的地界了。家贵一听，连日来紧张的心一下轻松了许多，到浙江省了，那就是说离出事地点将军老家皖赣交界很远了。他脚下来劲，一跳两跳，登上了十八跳顶上，翻过去都是下坡路，很快就到了浙江地界。沿着大路，继续向前，走了半个来小时，见前方有一个市镇，家贵加快了脚步。

走进市镇，在一条大街上，许多人围在一家店门口，他挤过去一看，是一户人家在招割稻子的人。眼下正是田里谷穗成熟季节，这户人家有四百多亩的稻谷急待收割，要招五十多个雇工。家贵立即上前报名，招工的人问他姓名，家贵来不及想，随口就说了一个家乡死人的名字——"仇志明"，就同另外十来个也已报了名的人坐到一起去了。天快黑了，估计再没有人来报名了，招工的人便带着大家从镇外的一条田间小路走到一个好大的村庄，然后进了用围墙围起来的大院子里。东家已经烧好了晚饭，雇工们自由组合八个人一桌，每桌有八个菜，有荤有素，干饭稀饭都有，每张桌上还有一壶水酒，会喝酒的人可以自己倒，很随意。家贵早已是饥肠辘辘，不想喝酒，拿起碗便盛饭，吃了三碗干饭一碗稀饭，高兴地离开了饭桌。晚上睡觉，一人一张竹床，院子里烧起一堆熏蚊子的草堆，浓烟四散驱赶蚊虫，雇工们可以搬竹床在院子里、屋檐下、仓库里、走廊上自由选择睡觉位置，家贵前半夜在院子里露天睡觉，后半夜天气转凉了又搬到仓库里去睡。

第二天天刚蒙蒙亮，大家就起床吃早饭了。东家说天气炎热上午早点开工，下午早点休息，雇工们都十分赞同。下田割稻时，六个人搭档，拼一副稻桶。家贵稻桶上的六个人，他年纪最轻，力气最好，大家叫他挑稻谷，他很乐意地接受了。一担稻穗刚打下来，从稻桶里畚起来的"露水谷"，市秤两百斤，家贵人大力不亏，挑起两百多斤重的担子在田塍上走得稳稳当当。五十多岁的"东家佬"，每年割稻子时都要换几刀新钞票，然后坐在晒场边凉棚里，看见挑稻谷来的雇工挑得满、走得稳，就叫他到凉棚里来喝杯凉茶，并塞给他几张新钞票，还说一句："放好，别让人家看见。"家贵第一天割稻从早到晚挑了十五趟稻谷，有六次到凉棚接受东家赏钱。"东家佬"高兴地想这小伙子真不错，打破了他"赏钱"五次的最高纪录。家贵在这户东家割稻八天，每天都承担挑稻谷的任务，每天都进凉棚接受赏钱，最少三次，最多六次。

经过四十多人八天连续收割，这户人家稻谷收割已近尾声。这天晚餐加菜加酒，雇工们在饭桌上边吃喝边聊天。

"东家佬"捧着酒杯说："感谢大家抢时间抢天气，帮我及时收割好稻谷。特别要谢谢几位兄弟，我要向他们敬杯酒，仇志明小伙子力气

275

大。"

他朝四下里张望，家贵已经忘记自己报名时叫"仇志明"，直到"东家佬"走到他身边，才想起来。

"东家佬"继续对他说："你挑谷挑得好，我敬你一杯，谢谢你！"

说着举起杯与家贵杯子一碰，又到别的桌子上去敬其他人。家贵与东家碰杯后，愕然惊觉，报名时随口报个假名字骗人，事后忘记，多危险啊，"世上竟有忘掉自己名字的人？"

这时隔壁桌上有两人闲聊："昨天下午，我在华埠镇上听到一条新闻。"

"什么新闻？"

"说有个当兵的勾引将军老婆，被将军打死了。"

"讲鬼话，当兵的敢勾引将军夫人？"

"是啊，人们都不相信，倒过来还差不多。可那小子就白送了一条命。他兄长来认尸时，遗体已经腐烂，他哥哥一直痛哭不停。"

"那将军受处分了没有呢？"

"那将军人影也没有看见。"

"他怕了吧？逃出去躲起来了吧？"

"他怕个屁！当官的杀死一个小兵拉子算什么？我猜他是不要那个臭婆娘了吧！"

"这个世道只有当官的才能活，老百姓的命一钱不值，真气人！"

家贵一听说"一个将军打死一个士兵"，脸孔霎时紧绷起来，他竖起耳朵仔细听着，表面上装着没在听。他倒满了酒喝一口低下了头，装着要醉的样子。听说兄长收尸大哭，他的眼泪险些流出来了，听两人的口气，都很同情士兵，痛恨将军，心里也宽松些。

"这里不能待了，距离还是太近，得赶快离远些，越远越安全。"

第二天早上，"东家佬"告诉雇工们，由于割稻任务基本完成，只要留下十个人翻晒谷子、收拾稻草，再过几天收割几亩糯谷就全部完成任务了。想留下来继续帮工的，自己报名，要回家的人到账房先生那里去结了账把工夫钱领回去。家贵昨天吃晚饭时就决定要走了，早上起来又听一位雇工说，他昨晚睡在家贵身边时，听到家贵说梦话："别杀我，不是我。"还哭了好几声，家贵强装着笑脸说："昨天晚饭菜好，喝醉了。"于是他想立刻就走，吃过早饭，他第一个到账房先生那里结了账，拿了工资扭头就往外走。"东家佬"正要到账房里来，迎头碰上家贵，见他已经办了手续。

"小伙子，你动作这么快，我正想请你留下来怎么账都结了？"

"东家先生，我是出来找我弟弟的，老早就想走了。"

"你身强力壮，干活卖力，活做得好，我早就看中你了，不但想留下你再干几天，完成今年割稻任务，还想让你在我家做长工。但是你要去找兄弟也很重要，你找到兄弟就到我家来帮工，我不会亏待你的。"

"谢谢东家先生，让我在你家干活，挣了不少工钱，还给我那么多赏钱。找到兄弟以后，我一定到你家来帮工。"

说完，告别"东家佬"和其他雇工，走出东家院子。

家贵走出村子，来到公路上，沿着公路向太阳升起的方向走去。他现在心里很愉快，离开了那个人们谈论将军杀士兵新闻的是非之地，袋子里又挣了一笔不少的钱，可以到更远的地方去打工生活了。老家是万万不能回去的，家乡人都知道他被将军打死了，而且埋葬在他乡异地。如果回去，当地政府立即报案，事实一查清楚，不仅自己马上会被处决，还会连累父兄亲友。只有过了十年、二十年以后，或者改朝换代了，才有可能回家去。

公路上行人很多，来往的汽车也不少。他只顾埋头放开脚步，不停地往前赶路。从清晨走到天黑，他来到一座热闹的城市，走进一个规模较大的汽车站里。他问站里的人这里是什么地方，坐汽车可以到几百里远的地方去吗？汽车站的人告诉他这里是江山县城，坐汽车可以直通天下。他买了一张第二天早上开往三百多里外的清江县的车票，然后在候车室木头靠椅上睡了一夜。第二天傍晚，车到达了清江，因他来自江西，自称南昌人，人们叫他"老表"，称作"阿标"，姓名"仇志明"。以后他在清江县几个村子里帮工过日子，后来辗转来到沙湾村沙湾坞羊永耕家当长工。

……

永耕把写好的材料交给家富，家富看了一个上午，反复看了三遍。弟弟家贵为了兄长娶亲成家毅然代兄去当兵，同胞兄弟的情深义重让他感动，自己应该善待兄弟报以恩德才是。可那天却出手打了他一巴掌，实在太不应该，必须赶快去赔礼道歉。当看到大热天家贵和士兵们抬将军夫妻上高山峻岭，那狗男女还要

277

陷害家贵，让他对将军夫妇痛恨得把牙齿咬得咯咯响。那些反动军官不把老百姓当人看，明明是那臭婆娘勾引别人不成，却反咬一口。那狗将军竟然持枪追杀无辜，逼得良善成恶煞，迫使弱小作强梁。逃命中的家贵奋起反击，致将军于死命。为保全性命，家贵无奈改尸逃亡，苟且偷安。这字字血泪，让他为自己的亲兄弟的遭遇泣不成声。

下午，家富叫永耕陪他到弟弟家里去赔罪。

"永耕，我有罪啊！"家富在去阿标家的路上动情地哭了起来。

"弟弟为我受了一辈子的苦，我却毫不知情，那天还打了他，我还算是人吗？今天去他家，我要向他赔罪。我从台湾带的两只金戒指原想给水生夫妻的，还有我手腕上的一只名牌手表，先给他们，以后再把台湾的部分资金转移到他名下，叫他投资水生的企业，让他的生活今后有个保障，这样会让我的心里好受点。"

永耕说："阿标的遭遇确是够凄惨的，家贵这个名字四十年前就死了，四十年中他提心吊胆地过着死人的日子，他是世间的未亡人，你亏欠他的确实太多了，不过兄弟之间重在情义，情义是无价的。你给他的这些礼物价值不菲，会让他感到收之不妥、却之不恭、左右为难。我想那块手表就别给他了，是你自己须臾不离之物。资助他投资企业是最好的办法。"

两人一路商议，很快就到了阿标家。

"阿标，你哥哥看你来了。"一跨进大门，永耕就喊起来。

明天是小年夜，阿标、阿芳两人正在厨房煎炸油豆腐。一听到永耕在叫，阿标马上来到客厅。

"阿标，不，从今天以后叫你家贵了，你要做回自己，你是汪家贵，兄长汪家富把你找回家了。"永耕刚说完，家富就紧紧地抱着弟弟，眼泪簌簌地落了下来，家贵也把兄长紧紧抱着。好一阵子，两人只是紧紧相拥，没有说一句话。阿芳炸好了油豆腐，听客厅里没讲话声，便走到厨房门来看，只见兄弟相拥，便又退回厨房。

还是永耕先开口说话："家贵，你哥已经看过材料，对你的苦难经历，他已经十分清楚。你为他受了一辈子苦，他非常感激你，今后他要好好补偿你。"永耕把家富要说的话都讲了，家富只是更加有力地抱着家贵不住地点头。

家贵说："兄弟之间不讲补偿，情义二字已经把我们连成一体了。"兄弟俩慢慢松开了手，家富还是眼泪汪汪、默不作声。

278

家贵又说："要说补偿，我有很多亏欠哥哥的地方，我给水生侄儿带来很多伤害，对大侄儿未尽到管教的责任，害他走错了路。还对水生父母一家人做了很多坏事，我只有来世再补偿了。"

永耕说："好了，一切都过去了，没有什么亏欠补偿可言。今后日子会好起来的。"

家富把两枚戒指塞给弟弟，哽咽着说："为了今后的好日子，我们要好好活着。"

阿芳说明天是小年，叫家富来兄弟家过小年，庆祝兄弟团圆，家富高兴地答应了。

七　永耕还愿上慈岩

　　第二天，家富到弟弟家贵家去过小年。在家富邀请下，永耕也一同去了。吃完小年夜饭，家富、永耕回到沙湾坞永耕家，秋凤和儿孙们刚刚坐上桌子。两人入座后，又过了一次小年。之后几天大家忙着除烟尘、送灶神、写春联、贴门神、接灶司菩萨回府等，忙完了这些就过大年了。除夕吃过年夜饭，全家人一起守岁，坐等新年第一时间的到来。

　　今年过年，永耕家最重要的事是正月初一上太慈岩还愿。这是四十年前，永耕被国民党军队抓去那几天，秋凤寻找永耕路过太慈岩许下的心愿：菩萨保佑永耕平安回家，定于正月初一来还愿。日盼夜盼，月月盼，年年盼，盼了四十年，永耕终于平安回家来了，这是羊家四十年来最大的喜事。过了腊月二十，他家就为上太慈岩还愿做准备了，水生到客运公司预约了一辆小客车，准备正月初一早上八点起租用一天，载着全家人一起去。

　　秋凤说："太慈岩现在辟成了风景旅游区，每天都有来自全国各地的游客。这些年，我们家的人一年到头忙着工厂的事儿，谁也没去玩过，趁正月初一太慈岩赶会的日子，大家都去看看。孙子孙女四个人，平时关在学校里，也没时间出去玩玩，放假又每天在家做假期作业，难得这次全家人出行，带他们到外面去散散心、活动活动。"

　　永耕说："是啊，昨天一听说要带他们去玩，羊琳、羊琦高兴得喊万岁，羊珺把书本往空中抛，爱玩本是小孩子的天性。"

大年初一早上，在一片开门迎新的鞭炮声中，太阳从猴坪山顶上升起来，晴空万里，大地一派昡旸。凤奶奶叫醒全家人，早早地起来吃过了年糕、长寿面，准备好了茶水、糖糕等零食，以及还愿祭祀的供品。车子准时来到门前，全家大小十个人刚好坐满。汽车离开沙湾村，沿着国道向目的地奔驰。不到一个小时，进入了太慈岩景区。景区里到处古木参天，车子开进浓密的林荫道，继续行驶了二十来分钟就到了停车场。

除了永耕夫妇和水坤、水生四人以前来过之外，其他人都是第一次来。下车后，大家一起向山路上走去，看见前面有一座飞檐翘角的红房子，阿贞高兴地叫起来："到了到了，到太慈岩菩萨殿了。"

水坤说："你瞎叫什么，这是山门。太慈岩正殿在山上，现在还没开始上山，你们不要高兴得太早，等下要爬得你们走不动为止。"

"啊！"孩子们发出一阵惊叹。

阿贞说："别听他的，他是吓吓我们的。慢慢地爬，走走歇歇，再高的山也能爬上去。"

羊琼说："妈妈讲得对。我们不要乱走乱跑，把力气养好，到爬山时再用。"

水生陪在父母身边，走在后面。

永耕说："其实，还愿只是个由头，今天大家出来，主要是开开心心玩个痛快。你看，孩子们多高兴。在家里一天到晚捧着书、拿着笔，从来没有像现在这样高兴过。"

秋凤说："我们今天来这里的目的就是还愿，不是玩。孩子们这样高兴是菩萨老爷带给他们的。拜菩萨要真心诚意，不可以有其他不妥当的愿望。四十多年前，沙湾岭村的两个年轻人，一个家里很穷，常年流落在外，饥一餐没一餐地过日子。另一个家里吃穿不愁，却埋怨自己命不好，出生在山坞里。有一年两人到太慈岩拜菩萨，那穷孩子，只求菩萨保佑能让他不饿肚子；那吃穿不愁的青年人求菩萨帮忙，让他住大城市里去。第二年新中国成立了，不久，那穷孩子翻身过上了好日子，那富家子弟砍了别人家的树被判刑入了狱，住进大城市监狱里。两个人的愿望，菩萨都帮他们实现了。一个讲了真心话，一个却是心意不足讲胡话，结果受到了不同报应。太慈岩菩萨真有点灵的。"

永耕说："那穷孩子刚好遇到解放翻身了，是共产党给了他的好日子。那富家子弟犯法了，当然要受惩罚。这和菩萨有什么关系？不过，只要心中有佛，不必念经吃斋，一切顺其自然就是了。"

水生说："妈讲得不错，要真心诚意，做人做事都必须这样。爸的说法不同，但意思和妈说得差不多，只要心中有佛，一切顺其自然，就是真心诚意的意思。"

过了山门，就开始登山了，抬头往上看，一道石板铺成的路盘绕在山间，这条路以山门外一块虎豹形的巨石为起点，先是一段平坦的石板路伸向一个大水潭。山上的一股泉水从十几米的高空注入潭中，形成一道抛珠撒玉的瀑布。绕过了水潭，便是一级级向上的石阶，石阶是用长短两块石板打横接起来铺成的，有五六米宽，所以整条上山的路很宽，行人上下，各走一边，不会觉得拥挤。

走过这段上坡石阶后，山路转入山谷里，顺着山势，在山谷间穿行一下往东一下往西，转来转去，多次跨过山涧。涧水狭窄的地方跨一座石板桥过涧，涧水浅又宽的地方在水中一步有一块踏脚石，让人踩石走过去。羊琳、羊琦两个人最喜欢在踏脚石上走路，两块石头之间的距离刚适合他们一大步一大步地跨过去，有好几次两个人已经走过山涧了，等后面没人时，他们又返回去再走一次。羊珺看两个哥哥走得高兴，挣开妈妈的手也去试一试，第二步就踩进水里去了。水珍赶忙把儿子抱起来，先在屁股上拍一巴掌，然后赶紧将他脚上湿袜子脱下，换上干的，刚一放下，羊珺嬉笑着又追着两个小哥哥去了。

从山湾里转到右边的山坡，有一座亭子，上面写着"望山亭"三个字，站在这里朝左上方看，能清楚地看到山顶悬崖间一排横嵌在悬崖上的红墙黑瓦的庙宇。人们看到的只是这些庙宇露在外面的窗门墙面，庙宇的全身都嵌在石窟之中，这就是太慈岩的正殿。水生带来一架傻瓜照相机，他教大家各自选好镜头，给每个人都拍一张照片。阿贞建议爸爸妈妈两个人拍了一张合照，秋凤有点不好意思，硬是把羊珺抱起来与永耕三人一起合照了一张。永耕说索性再拍一张十个人的"全家福"，水生说这里位置太小，等会儿到大殿旁边去拍。拍完照，大家坐在亭子里吃了一些零食，喝了一些水，休息了一会儿才走。

从亭子边往上走是一段二十来米长的陡坡，从远处看就像是一张挂在墙上的梯子。好在这段石阶比较宽，可以五六个人横排一起走，左右两边有栏杆，可以扶着走。在陡坡下，水生安排好了攀登次序。水坤走在最前面控制好速度，不要太快也不要太慢，让每一级都有人，一人跟一人，不要两人同时走在一级上。阿贞带着儿女紧随其后，水珍带着两个儿子跟在阿贞后面，然后是父亲永耕、母亲秋凤，最后是水生。

"大家一律靠右走，用右手抓住栏杆，拉一手走一步。走路时眼睛只看前面，身体稍向前倾，不可往后仰。"

水生走在后面，提醒着大家注意事项，每走一步都把全家人看在眼里。对一些危险行动，及时发出警告：

"水珍注意，琳琳右手没抓牢栏杆。"

"阿贞看牢琦琦，他只顾回头朝下看。"

爬到一半，水生听母亲有些气喘，就说："妈，你坐下歇一会儿吧，这石板又长又阔又不脏，你坐一会儿，我在这里站着等你。"永耕回过头看了看，水生立即说："爸，没事，你慢慢往上走就是。"

秋凤坐下来，揉了揉膝盖。这时下边有三个小伙子赶上来，他们不扶栏杆不靠边，几步就走上去了。接着又上来一对年轻人和两个老人，那两位老人头发花白，背有点驼，看样子比永耕他们年纪大。两个年轻人，一人扶一个，慢慢往上爬。

秋凤站起来伸直了腰，水生说："妈，我扶着你走。"

"没关系，那两个老人年纪比我大都没问题，我一手拉住栏杆，能爬上去的。"

水坤他们已经爬上顶了，坐在上面的草坪休息。

琳琳站在顶上喊："爷爷，我下来扶你。"

说着走下几级石阶。永耕伸手拉住他一起往上走，故意说道："琳琳拉我一把是要省力得多了。"羊琳咧开嘴得意地笑了。

羊琼见奶奶离终点还有七八级石阶，便立即跑下去，拉着奶奶左手向上走，秋凤加快了脚步，一下子爬上了顶。

秋凤说："琼琼力气真大，一下子就把我拉上来了。"

大家在草坪边石头上坐下吃点零食喝点水，休息了一会儿。

从这里到石窟大殿，只要沿一条横在山上的平路走过去就是。爬过那段陡坡再走这段平路，感到特别轻松。琳琳、琦琦两个人精力最旺盛，一会儿跑在前面，一会儿走在后面，还常到路边草地上去蹦几步。水生叮嘱他们不要乱跑，等下到正殿一定要守规矩，不能乱喊乱叫，不要随便用手去摸庙里的钟鼓香烛等东西，不能用手指着陌生人，等等。

琳琳听了说："反正我只用两只眼睛看看，嘴不说，手不动。"

琼琼说："看见菩萨，双手拜揖，口里说一句'菩萨保佑'。"

"对啊，琼琼最懂事。"奶奶夸奖琼琼。

说着大家走进正殿。

其实，整个大殿是一个大石窟，面积有镇里的大会堂那么大。远处看到的门墙窗户屋顶，只是石洞口上的一面庙堂的标志性建筑。从洞口纵深到内部洞底有十来米距离，里面空间，从外到内，逐渐降低，走到一半距离就只有一米多高，再进去就更矮了。整个石窟内被屏风板墙分割成正堂、辅殿、罗汉堂、观音堂、诵经堂等处所，其中镇殿神像是一个半身的地藏王菩萨。进庙后，永耕、秋凤先到香烛供应处买来一大把香，全家每人分十来支，点着以后，每人捧在手里到各尊佛像前去拜揖插香。秋凤特别交代水珍、阿贞两人，要带好自己的孩子到菩萨面前去虔诚作揖，认真装香，手中香插完后，就在殿宇内外走走看看。一定要把孩子带在身边，手拉牢。这里人多拥挤，地势复杂，尤其要注意安全。阿贞、水珍两人捧着香，带着孩子，给一尊一尊佛像拜香去了。在水生、水坤陪同下，父母两人到地藏王圣像前点起蜡烛，捧起香，跪下来叩三个头，再在心中默念了一番，把香插好，站起身，把一个很大的红纸包投入功德箱内，感谢神灵，保佑永耕平安回家。最后，水坤、水生二人陪同父母一起下跪，再叩了三个头，慢慢地离开正殿。

水珍、阿贞带着四个孩子在正殿旁的院子内，挤在人群中观看两个北方人在表演手技魔术。永耕牵着秋凤找个地方坐下来休息一会儿，然后跟水生、水坤到茶室里喝茶。永耕喝了一口茶，向妻儿回忆起前几次来太慈岩拜佛的情形。那时都是农历七月三十走路来的，山上只有这样一个石窟，建筑也没有现在这样完整。上山的路很不好走，庙里没有电灯，可来朝拜的人倒是很多，这块平地里人都站不下去。远路来的人，当天赶不回去，就在这里过夜。附近一带的婺剧唱戏班子常在那天晚上到这里来唱戏，因为没有地方睡觉，大家就坐在地上听唱戏到天亮，第二天一大早趁凉回家。传说太慈岩的菩萨灵，所以虽然天热路远，可人们还是从四面八方大老远的地方赶到这里来。

门外看魔术的人散了，水生走出去找水珍他们，正四下里张望，突然水珍着急忙慌地跑到他跟前说："怎么办，怎么办，琳琳爬到石壁上下不来了，怎么办哪？"

水生听了马上跟水珍跑过去，

"你看。"

只见羊琳站在茶室后面一个写着"天上天"的巨石旁边，阿贞在他身后一米多远的地方看着，口里不停地喊着："不要动，一点都不动！"

石壁下围着很多旁观者，大家在议论纷纷。

"这小孩怎么爬上去的？怎么上得去就下不来了呢？"

"用梯子搭上去把他接下来。"

"到哪里找这么长的梯子！"

"那'天上天'几个大字下面不是有小小的凹槽吗？叫一个人爬上去，脚踩着凹槽就可以把孩子抱到石头这边来。"

"开玩笑，那么浅的凹槽自己脚都站不稳，还能再抱一个小孩？"

"这孩子也真皮，这种地方都好去玩的！"

"这孩子生得像样，人很聪明，你看他晓得把背靠在石头上，这样危险小得多。"

永耕、秋凤也急匆匆赶到石壁下，见孙子身处危险境地，秋凤双手合十，连说："菩萨保佑，菩萨保佑。"

永耕上看下看，左看右看，一时也想不出法子。

老年人自然有老年人的办法，秋凤拉着他说："快！我们到菩萨面前去许个愿，求菩萨保佑，救救孙子。"两人赶忙到地藏王像面前跪下，秋凤说："菩萨老爷，保佑我们孙子平安无事，下次开光，我儿捐助两百斤大米。"接着又重复讲了两遍。

永耕、秋凤返回石壁下，人们还聚集在那里看着谈着，许多人提出了办法，又被别人推翻了。永耕看石壁下有一颗大柏子树，有一根枝干伸到了琳琳头顶，如果爬上树枝放根绳子下去，绳子上吊只箩筐，孩子就可以安全地下来了。他立即把这个办法说给水生听。水生说一声"好办法"，就立即赶到茶室边的景区办公室，办公室人员马上找来一根打扫悬崖用的粗麻绳和一只吊篮。水坤把绳子一端往腰里一扎，飞快地上了树，然后小心翼翼爬到那根树枝上，水生把吊篮牢牢扎在绳子下头这端。水坤收拢绳子把吊篮对准琳琳，再慢慢放下去，琳琳把篮子抓过来爬了进去，吊篮悬空，树枝上下抖动了一下。"啊呀！"下面观众惊呼一声，秋凤捂住眼睛不敢看，气也不敢出。水坤抱紧树枝，把缠在树枝上的麻绳一点一点地往下放，吊篮慢慢降到了地面。

水生把儿子抱出吊篮，正想甩他一个耳光，碍于人多，忍住了手，狠狠地说一句："回去再跟你算账！"

秋凤把孙子拉到身边，用手指抚摸着他的太阳穴说："琳琳别怕，让那只狗吓，让猫吓。"

285

水珍红着眼睛哽咽地说："身上没哪里受伤吧？"把儿子头上身上摸了一遍。

"妈妈！"琳琳双手抱住水珍的腰，"哇"的一声哭了起来，"妈，我对不住你，我不听话，让你们担心，我以后再也不顽皮了！"

水珍连忙说："琳琳乖，别哭，妈相信你！"

一家人心神甫宁，水生就招呼大家到茶室门前的小广场集中，准备拍集体照。水珍说大家还在紧张，心跳得厉害，肯定照不好相的，先坐下来吃点东西，休息一会儿再拍。永耕说水珍说得不错，先恢复一下情绪再拍。于是秋凤从水生的背包里拿出了许多糖果、糕点等零食分给大家吃，阿贞也把自己带来的一些橘子倒出来叫大家吃。吃完零食水果，水生指挥大家站好位置，然后叫别人帮忙拍了几张"全家福"。

拍完照，已经是中午十二点半，该下山了。水生说下山不走原路，从另一条路下山，到"半山亭"边去吃午饭。仍旧水坤走前面，水生走后面，大家沿路下山。大约走了半小时，转入一个山湾里，那里有一潭水，水边有座亭子，这就是"半山亭"。与亭子隔一堵墙，是一家饭店，名叫"一天乐"。羊琳、羊琦看着门上的一副对联读出声来："半山亭停半山行到中途歇片刻，一天乐乐一天正当午时吃一餐。"读完后，大家一阵大笑，走进店门，里面有两桌客人，水生挑了窗边的一张桌子，招呼大家坐下来。服务员热情地说："新年好，欢迎光临。"说着给年纪最小的羊瑢一个小红包，点好了菜又送来一盘炒瓜子。

永耕想起从前来太慈岩的情形，说："以前爬太慈岩是受苦，现在上太慈岩是享福。两个社会，一天一地，没法比。"

秋凤说："太慈岩的菩萨老爷还是像以前一样灵的。"

阿贞问大家："谁知道这里是哪个菩萨老爷？一座山一个殿都有一个菩萨老爷的，像永康方岩是胡公老爷，这里是谁？"

水生说是地藏王菩萨。据说地藏王本来是藏在地下，到处行走的，后来他想到地面上来找个地方，找来找去花了几十年找不到合适地方。这年七月三十，听人说太慈岩这个地方好，他就在这天晚上到太慈岩山下慢慢地往上蹿，正当把头露出地面时，山头摇动起来了。他越往上蹿，摇动越厉害，到蹿出半个身子时，整个山头地面爆裂，巨石破开，太慈岩及周围的山头都摇晃起来。庙里和尚爬起来，点起蜡烛到正堂上一看，一尊石佛正在慢慢往上长，和尚害怕起来，立即拿起一面铜锣敲起来把大家都叫醒，此时立即山平地静、不摇不动、无声无息了。那石佛露出地面长到半截，停止不动，所以永远是一尊半身石像。后来传说，因太慈岩山体不大、山头不高、范围不广，小小地盘载不住地藏王菩萨，于是他另找地方，最后到九华山去出世露面。大家听完水生讲的故事，感到十分神奇。珺珺缠住他连声叫喊："爸爸再讲一个，真好听。"水生说这都是人家编造出来的故事，哪里会有这样的事。

永耕看过有关佛教的书，他向儿孙们做了简单的介绍。中国佛教有四大菩萨，四个菩萨定居在四大名山。第一个叫文殊菩萨，定居在山西五台山；第二个是普贤菩萨，定居在四川峨眉山；第三是观音菩萨，定居在浙江普陀山；第四是地藏王菩萨，他的尊号为"大愿地藏"，经书上说他"安忍不动犹如大地，静虑深密犹如秘藏"，所以称他为地藏王。地藏王菩萨定居在九华山，太慈岩曾经是他想定居的地方，显灵出世半截身子，使太慈岩沾上了浓厚的神灵仙气。这些都不过是传说，似真似假，似隐似现，所以这些虚无缥缈的意象最早常出现在人迹罕至的深山老林里。《增广贤文》上说："世间好语书说尽，天下名山僧占多。"想来也就是这个道理。中华民族崇贤尚德，几千年来，凡对道德高尚、为民造福的人都十分尊敬。为铭记他们的功德，最高规格的旌表模式是为他们塑身立像，如孔子、关公、岳飞、包拯、郑成功、戚继光，后世人也称他们的塑像为菩萨，所以中国各地的菩萨庙宇多得数也数不清。太慈岩的菩萨故事当中，至少和真正的四大菩萨沾了一点边，所以至今仍香火绵延，理所当然。

这时，饭菜已上桌，关于菩萨的话题让大家意犹未尽，一家人边吃边谈。秋凤面对孙儿们说："做人要心好，要不忘恩德，受恩必报。我们全家人来还愿，就是感谢菩萨保佑爷爷平安回家。今天琳琳困在石壁上时，我和爷爷到菩萨面前许下心愿，菩萨保佑琳琳平安无事，下次开光捐助两百斤大米。所以水生、水珍你们记住，到时候一定要来还愿。"

水生说："下次开光，不论到哪一年，我一定不会忘记来捐助两百斤大米。"

琳琳说："我也记住了，下次开光捐助两百斤大米。"

吃完饭，全家人慢慢下山乘车回家。

八　元宵补办新婚礼

正月初一，太慈岩还愿回家，秋凤累得一身酸痛，可登山还愿了却了一个心愿，心里感到轻松愉快。而晚上一躺上床，又想到还有一桩心事未了，就是挑个好日子给水生、水珍补办结婚仪式。永耕翻了年历，发现阳历三月二日是正月十五元宵节，这一天是戊辰年、丙辰日，年份和日子都属龙，人生八字中有两个龙是个"双龙日"，双龙日双龙会可说是大吉大利。秋凤就一口说定，元宵夜为水生、永珍补办婚礼。

过了正月初五，母亲叫水生早点到镇上去租定婚纱，约定摄像师，请好司仪。水生说，婚纱和摄像师要去店里约定，司仪就不要请了，叫钊根儿子阿龙主持一下就是了，媒人可以请钊根和春义爷担任，证婚人他也早就和唐书记说定了。关于婚宴酒席，父母亲原想好好操办一下，但水生坚持不铺张浪费，计划只办五桌，请长辈、亲戚朋友来吃一餐，热闹热闹就行，而且正是元宵夜，看花灯、舞龙灯，万民欢乐，比任何的一家操办都有兴头，借此吉兆，也能为自家送来吉祥。父母都是开通人，想明白了就都同意水生的意见。

初十夜里，一家人吃过晚饭后，秋凤问水生，十五那天五桌客人都通知到了吗？水生说每个人都知道了，秋凤才放心了。

"不过，妈，五桌人，具体怎么坐，要排个名单起来，这个名单我还没有排，我们现在来商量一下。"

"是呀，这个蛮重要的，让水珍、你爸一起过来商量商量，你去拿纸笔来记一下。"

　　水珍、永耕正在门口同羊珺一起放鞭炮玩，听见水生叫就一起回到堂前。秋凤把正月十五晚餐排名单的事说了一下，永耕说，主要是第一、第二桌十六个人要先安排好，其他三桌由客人自己坐就是。

　　水生拿着笔说："爸说的没错，大致分一下，前面两桌排定就好了，分得太细，把每个人先后座次都定下来，反而不好。先商量第一桌八个人吧？我说这样，爸妈两人坐上横头第一、第二个位置，唐书记和钊根叔坐右边第三、四个座位怎么样？还有四个位置谁来坐？"

　　水珍说："第五位春义爷坐，他也是媒人，同钊根叔并列的。"

　　永耕开口说："我觉得要把家富、阿芳两人排到前面来，他们毕竟是水生亲生父母，应该把他们两人排到第三第四位。"

　　永耕话说完，堂前一阵沉默。过了一会儿水珍嘟着嘴说："我不同意。"

　　"不过，依我看，"秋凤说，"在你们的婚礼上，不把他们排前面，面子上很难说得过去，应该叫他们坐第一桌。"

　　"那就坐第七、第八位吧。这张桌已经排了七个人，还有一个谁坐？"

　　永耕想了一下问大家："现在羊姓人家年纪最大的人是谁？"

　　水生说："海公公，今年八十九岁了。"

　　"他不光年纪最大，辈分也最高。"水珍补充说。

　　永耕问："他身体还好吗？"

　　"很好，过年前来我们家吃年猪饭，酒菜饭都吃了不少。"

　　"那好，就把羊家老寿星老长辈安排和春义爷坐在一起，第一桌就满了。"

　　在开始商讨第二桌名单时，永耕先说："我看这件事也不要太认真，随意一点更容易安排。"

　　水生提起笔说："有些人比较随便，只要有位置坐，不在乎坐哪桌。可有的人规矩很重，把他的名字先后弄错一个次序他都要斤斤计较。巴沙埠头小麻子结婚在给长辈敬酒时，先敬姑父再敬娘舅，那娘舅当场站起来就回家，害得小麻子夫妻俩专门到娘舅家赔礼道歉。所以这事情在随和的人面前根本算不上是什么事，在顶真的人看起来却是关系到长幼辈分的大事。"

　　水珍说："第二桌应该把厂里的几个人安排进去，工厂的发展离不开他们的付出。"

　　经过商量，第二桌安排工厂四个人，加上亲友汪家贵、何根焕、昌高，共计七个人，还差一个谁坐，大家一时定不下来。

秋凤看水珍在翻一本连环画，突然脑子里跳出一个人来。早年，她生下水坤时，身体一直不好，是沙湾埠的小猴申连续八九天给她取来经风药吃下去才恢复的。从前，小猴申家里很穷，长大后同村里的阿友搭伴做了一顶轿子，专门给结婚人家抬轿子。抬轿子活不算苦，虽然在世人眼里地位低下、收入不高，可是给人抬轿，天天有酒有肉吃，日子也蛮好过。一九四九年后，他和阿友都分到了土地房子成了家。可阿友怕干农活，一张嘴吃惯了，常说还是抬轿好。可新社会自由婚姻，不准抬轿。小猴申认识几个字，记性又好，抬轿时他会主持起轿、回轿、落轿的仪式，又会随唢呐声唱行轿歌，婚礼上会唱迎新人小曲，闹新房时还会讲一套利事说话，所以周边村里男婚女嫁都叫他去帮忙，给婚礼凑热闹。秋凤认为小猴申人品好，婚礼有他在，场面会更热闹。又想起早年帮她取药治好病未取分文之恩，认为这次家里办喜事把他请来是感恩的好机会。永耕对当年事情也记得清清楚楚，便说："是要把小猴申请来，我要好好谢谢他。"听父母之言，子女们也都十分赞成。

五桌喜酒，已定好前两桌座位的名单，后面三桌是自己家里人，村里帮忙的人，邻居，等等，大家随便坐就不用排定位置了。

正月十五元宵节，早上起来，天空灰蒙蒙的，天气预报说，元宵节阴天有时有小雨，局部山区有小雪。水生家补办婚礼，不用出门讨新娘子，下雪也不用担心。只是真要下雪了，夜里舞龙、看花灯就会有点影响。不过年轻人不怕冷，喜欢雪，冒雪舞龙，雪中看灯，"正月十五雪打灯"更有诗意，大家会玩得更尽兴。所以，凤奶奶早起看了看猴坪山顶上的天色，仍旧是双手作揖，口里念着：

"好天公！"

晚上的酒席又是请工厂食堂的炊事员阿富等几个人来烧，他们忙碌了一上午，把菜全部洗好、切好、配好，准备下午两点钟点火烧锅。正月头，大家荤腥吃得多，所以像传统酒席上又肥又大的块头肉之类的大荤菜要尽量少烧点，炒素菜的油也不能放得太多。阿富在食堂烧菜多年，他知道当地人的口味，喜欢吃什么，不喜欢吃什么。

客人们陆陆续续地到了，因为不收礼不需要记账，所以家里不设账房。可有些人总觉得人家摆喜酒，自己来白吃不大过意得去，所以他们就手上拎点礼品来。汪家贵，就是阿标，他和阿芳两人吃了午饭就来了，他们送来一领新棉被、两个枕头；厂里的几个人联合送来一块龙凤呈祥的镜框，水生把它摆在里堂前搁几桌上；村里的几个邻居和老前辈，有的送热水瓶，有的送洗脸盆，有的送电热毯，水珍把这些礼物都放在房门边的桌子上，叫他们吃了晚饭各自带回去。最有意思的是沙湾埠的小猴申，他带来一支唢呐、一个手抄本子，他说唢呐是他年轻时抬轿买起来的，有时办喜事人家缺少吹鼓手他会去顶一个，帮助吹一吹；本子是他在一九四九年后到各家各户闹新房时记录下来的一些唱词，利事说话之类的东西。他今年八十一岁了，水生那天去请他吃喜酒时，他非常感动和高兴，觉得旧社会的下等人，现在成了厂长的座上宾，这是他一生最大的荣耀，为了表示感谢，他把这两件心爱之物送给水生夫妇，水珍十分感激地把礼物收过来。

主持人阿龙上午就到了水生家，指挥大家在外堂前布置婚礼现场。他在中堂搁几桌边围一个圈子作主持场所，圈子的两头摆第一、第二席，其他三席摆在过道边。在天花板下，用拉花拉成一个大五角星，中间挂一盏彩灯，四面墙上挂着别人赠送的各种图案镜框、匾额、绣品等。全部布置好了以后，阿龙叫水生、水珍以及永耕夫妇来"验收"，四个人都夸阿龙设计得好。阿龙又问秋凤、永耕，婚礼上拜高堂时是几个人，秋凤问：

"你需要几个？"

"一般是双方父母四个人，两个也行。"

"那就四个人。"

永耕问秋凤："另两个是阿芳、家贵，还是阿芳、家富？"

秋凤说："这还用问，当然是阿芳、家富两人。"

"现在他们俩可不是夫妻。"

"水生是他们亲生的，和家贵完全不搭介的。"

永耕嘟哝着说："不搭介总不好讲的，家贵毕竟是水生的亲叔叔，现在又是他的继父。"

秋凤沉下脸不响了。

离婚礼开始还有个把钟头。先到的客人们大都围在火炉边喝茶吃瓜子。小猴申是大家最喜欢的人，从前集体化造水库、改田等人多的劳动场面，小猴申在哪里干活，社员们也都愿意在哪里干活。他会唱山歌、唱婺剧、讲故事，和他在一起干活不觉得累。

"小猴申爷爷，讲个故事给我们听听吧！"

"讲什么好呢？"

"你喜欢讲什么就讲什么。"

"那好，我还是讲从前结婚抬轿的事吧！"

有人泡了一杯浓茶递给他，他点头道谢接过去喝了一口，双手捧着茶杯咳嗽了一声就开始讲了。小猴申说得有趣，引得众人哈哈大笑。

"噼里啪啦！"一阵鞭炮声响起，四点半钟到了，婚礼要开始了。第一、第二桌上贴着名单，名单上的人除了何根焕迟了一步，其他人基本上到齐了，大家按座次落座。

年纪最大的海公公由阿贞扶着来到位置上，他乐呵呵地说："羊家人永耕这一房，几代下来都很有出息，人生得聪明，读书能上进，考得着功名，种田肯吃苦，人勤地不懒，年年都有好收成。现在出头的这代人搞工业，会动脑筋，会用人，把手艺人集中起来办了工厂，生意越来越好，真正是文就文、武就武，我们羊家祖先看了都高兴。"

阿贞说："全靠你们这些老前辈管教得好，给晚辈做出榜样，子孙后代才能一代代继承下去。"

海公公听了阿贞的话，捋着胡子，高兴地笑了起来。他看了看坐在他对面的家富和阿芳两人，问旁边的永耕："这两位客人，我一时想不出是谁了。唉，年纪大了，眼睛发花看不清了。"

永耕对他说，他们是水生的亲生父母。他们第一次到这里来，你看都没看过他们，当然不认得。

"噢！"他把头向前一倾说，"水生的生母，早年听说到巴沙埠头来住了，就是没见过面，现在看见了，人是长得像模像样的。水生的生父是哪里人，你们怎么把他请来的？"

永耕说："他姓汪，现在住台湾，过年前和我一起来的。"

"噢，真是贵客。"他年纪虽大，但精神很好，尤其喜欢说话。停了一下，他又对家富、阿芳说："你们两个人好，给我们羊家生了一个好后代，水生这孩子人聪明、会做事，往后，我们羊家的发展就指望他们兄弟了。"

永耕说："今后的发展要靠大家，海公公你要给他们年轻人多指点指点。"

婚礼正式开始了。主持人阿龙先向大家说明："水生和水珍两人，在三四岁的时候，他们的奶奶就指定以后将他俩婚配。后来，奶奶去世，他们长大到结婚年龄办了结婚登记手续，领了结婚证。可由于他们的父亲永耕大伯远在台湾，他们约定父亲回家再办婚礼。如今，过年前，永耕大伯从台湾回家来了，因而趁今日元宵佳节给水生、水珍办这个婚礼，兑现了十多年前约定的补办婚礼的诺言，完成四十年前祖先许下的心愿，所以今天的婚礼是三代人的喜事，大家能来参加，不只是有幸，还非常有缘。"

大家对主持人的几句开场白报以热烈的掌声。社会进入新时代，从前一套旧婚庆模式正在逐渐演变，但不管怎样改变，在婚礼活动中必须和谐、友爱、热烈、欢快，并能体现出孝亲、敬老、尊长、爱幼、团结、和顺等传统美德。

"二拜高堂"时，永耕、秋凤站中堂正中，阿芳、家富站一左一右，水珍、水生在永耕、秋凤身前跪下三叩头，再侧向左右一鞠躬。对此，家富神情随和并不在乎，阿芳显得有点不自在。这是阿龙事先与水生商议过的安排，场上都是深知内情的亲戚朋友，大家都觉得很自然。家贵现在是阿芳的丈夫，见桌子上的名单，他不和阿芳坐一起，心里有点别扭，可随后就想通了。"拜高堂"时，他感觉阿芳有些尴尬，但看家富毫不在意，他也想这只是形式而已，不必为此多想多虑。

在证婚人致辞时，沙湾村任职多年的支部书记唐析森先简单回忆了水生、水珍二人的生平后说："水生、水珍是异父异母却从小生活在一起的青梅竹马的兄妹，他们是自出生以来就永不分开的一对，这真是名副其实的佳偶天成。两人都聪明，能积极上进、为人善良、品质高尚。在创办木材家具厂过程中，他们一心一意、忘我打拼，终于使企业顺利发展，成果丰硕，成了全县民营企业的佼佼者。目前，厂里又制订了新的规划，准备把沙湾村的各种经济业态纳入一个综合的经济实体，使整个沙湾村的经济有一个更好的发展，使全体沙湾人民增加收益，过上好日子。预祝他们早日成功，并代表全体沙湾人感谢他们，祝他们婚姻美满、幸福！"

这时，主持人提议大家一齐举杯，为沙湾经济发展，沙湾人民幸福，二人幸福相爱、白头偕老，干杯！

接下来，厨房连续上菜，大家轮番碰杯，礼仪酒宴同时进行。

新郎、新娘来敬酒，摄像师跟随其后。先到第一桌，上横头坐着永耕、秋凤。水珍、水生捧着酒杯，一起跪在父母跟前说："爸爸，妈妈，我向你们敬酒，祝你们寿比南山、永远年轻。"接着向同桌的其他人逐个敬过去。在给家富、阿芳敬酒时，家贵低头看酒杯，竖起两只耳朵集中注意力在聆听。只听得水生、水珍齐声叫："汪伯伯，亲娘，向你们敬酒，祝你们健康幸福！"家贵心里想：婚礼上是最讲礼和理的场面，男女双方称呼对方父母要改口时都在仪式上喊出第一声，可见水生以后就永远这样叫了，大哥家富和阿芳两人命中注定做不成水生爹妈的了！正想到这里，水生、水珍捧着酒杯来到他身边敬酒："汪叔叔，向你敬酒，祝你健康幸福。"汪家贵回过神来，不知道怎样回话，拿起杯只是连声"谢谢，谢谢"，直到水生、水珍到另一桌去敬酒，摄像师却把他慌神的样子摄了下来。

新郎、新娘敬完了酒，仪式就基本结束。桌子上，酒过一巡，一些酒量小的人开始吃饭。肚子饱了，口吃腻了，先放下碗筷的人们聚集到火炉边来听大头天话。酒量好的人酒过三巡，话也多了，声音也大了，边聊天边喝酒，边谈边吃，一嘴两用，不到更深漏尽不散席。

小猴申吃饱了，火炉边几个听过小猴申讲故事的人，立刻让出座位，叫他坐到火炉边来讲故事。

小猴申坐下后先喝了一大口茶，然后说："我带唢呐来了，今天高兴，先吹几段从前讨亲时常吹的曲子给你们听听。"

可大家嫌唢呐声音太响，在屋内吹起来影响别人喝酒谈天。

"那我就念几段从前闹新房的利事说话给大家听听。

"福矣！好。一脚踩进新郎房，新郎房里闹洋洋，左边摆起金丝笼，右边摆起红漆箱，红漆箱来红漆箱，红漆箱里一对好鸳鸯，鸳鸯生贵子，贵子配成双……"

"好了好了，难听死了，不要说了，这些夸张吹牛的东西，人家不要听，这哪里是利事说话，这是拍马屁话，你还是给我们讲讲从前抬轿子的故事好。"隔壁阿牛大声说。

"对对对，请小猴申讲抬轿故事好，他抬了半辈子新娘子，见过多少美女丑妇，讲几个好听的我们听听。"

说完，大家鼓起掌哈哈大笑起来。这时，门外传来了锣鼓声，舞狮子、舞龙灯的队伍来了。

沙湾村有一支舞龙队，一支狮子灯队，每年元宵节两支队伍都要到各自然村去舞灯。当地风俗认为，请狮子灯到家里堂前来跳一跳，龙灯到家里来穿行一遍，就会带来一年平安吉祥、财源滚滚的好运。听到锣鼓响，秋凤马上叫水珍到门口去叫舞灯队伍到家里来。狮子灯先到里堂前跳了一遍，而后在外堂前又跳了一遍，秋凤给了他们两个大红包。舞龙灯的队伍长，在家里舞不开，舞龙头的就从大门领进队伍，绕着堂前桌子，沿着天井、房门前、灶台旁、柴火间，慢慢地敲锣打鼓在房子里各处走一遍。小猴申在龙头进门时就拿起唢呐配合着锣鼓声节奏吹起了从前吹惯了的曲子，热烈欢快，博得了大家的阵阵掌声。秋凤给舞龙队红包后，也给小猴申一个红包，小猴申客气不要，大家都说应该要的，他才把红包塞进袋子。

舞灯队伍走了以后，水珍烧好了汤团，秋凤叫大家一起吃汤团。吃过汤团，收拾好碗筷，十一点半了，吃喜酒的人都要走了，水生、水珍送大家到门口。

十五的月亮照得沙湾畈的田野遍地银光，大家高兴地踩着月光回家。

九　水生探监叫大哥

正月十六晚上，一家人围坐在火炉边，永耕对妻子儿女说，家富明天要同家贵、阿芳去探监，看他的大儿子仇林吉，想叫水生一起去。水珍先开口说不要去，水生也表示厂里忙走不开，水坤没有表态。

秋凤说："按理说应该去。昨天婚礼上，水生、水珍已经拜过高堂，认了爹娘，水生和仇林吉就是兄弟了。趁探监的机会去认一下兄长，也是人之常情。"

"妈真健忘！"水珍生气地说，"仇林吉给我们吃过的苦头你不记得了？"

"水珍，你听我讲。"永耕看着女儿说道，"做人要气量大，让得起人家。对别人要记恩不记仇。我们家从前有一块'谦让居'的匾额，是当年同行送给你爷爷的，你爷爷是江边几百里有名的道士先生，富春江边的俞家村，是一个有上千户人家的大村庄，那里的功德历来都是你爷爷去做的。有一年，当地的一个道士说你爷爷占了他的地盘，不让你爷爷到俞家村做功德，可当时村里已经有好几家早就约定叫你爷爷七月半去赐歌。为了避免冲突，你爷爷亲自上门去劝东家，把功德让给当地道士做。当地道士学问较浅，有些功德课目不懂，你爷爷就主动去教他们。几年后，当地道士水平提高了，也成名了。为感谢你爷爷对人礼让的品格，当地道士特赠匾额和楹联一副，挂在我们家后堂前。仇林吉对我们有仇，但已经过去了，我们不应老记在心里，再说水生与他毕竟是同胞亲兄弟。"

水生说："爸，我姓羊，他姓汪，不要提同父母什么的，说兄弟是可以的。

从前当兵的人，互相称兄弟，两个年龄相近的男人都可以称兄道弟，我和他就是这种关系的兄弟。"

"对！对于兄弟，我们这样理解就是，别人随他怎么想都可以。"水珍十分赞同地说。

秋凤说："不管怎样，水生明天最好去一下。如果厂里实在忙，那就由你爸代你去。"

水生马上接口说："对！由爸爸去，就说新年开工厂里很忙，我走不开，以后再说。"

永耕说："那就只好我去了，我去告诉家富。"

第二天早上，家贵与阿芳租了一辆小面包车，开到沙湾坞，接了家富、永耕，四人径直往省城东郊监狱而去。

来到家属接待处，一位狱警说仇林吉正在农场菜园地里劳动，要个把小时才能回来，让大家到休息室等候。等了一会儿，狱警陪同接待处的负责人老方来到休息室。老方高兴地夸奖仇林吉表现很好，叫大家放心。

"仇林吉服刑以来，不怕苦、不怕累、积极改造以及学雷锋做好事的表现那是众口称赞的。"老方翻着本子举了几个例子：

"一九七九年二月一日，下雪天。食堂里叫仇林吉等几个人到农场菜田去拔萝卜，只见萝卜田里铺了一层厚厚的雪，田沟里结了厚厚的冰，几个服刑人员都束手无策，不敢下田。仇林吉却毫不犹豫地脱下鞋袜，赤脚踩着冰下水，双手扒开积雪把萝卜拔起来放到田塍上，叫其他人别下田，在田塍上拾起来整理好就是。带队的狱警和另几个服刑人员都非常感动。

"一九七九年九月六日，工厂综合车间有一根电线被老鼠咬破，机器开动生产后，电线被咬破的地方跳出几点火星，突然火花四射，有一台机器停止转动。若不扯断破电线会损害连接这根线路的几台机器，甚至引起火灾，情况十分危急。在车间劳动的仇林吉见状后二话没说，马上从一根柱子上爬到离地面三米多高的地方，用手拉住那根破电线，用力往下一扯，电线断了。他却从三米多高的柱子上摔了下来，左膝关节脱臼，一时爬不起来。破电线边的火星没有了，机器保全了，可能引起火灾的隐患排除了。

老方讲了一些具体事例后说："仇林吉几年来的表现得到领导和群众的一致称赞。三年前，大家推选他担任农业生产队的副队长，负责农场的蔬菜生产。

经过他的辛勤劳作、精心管理，培育出许多蔬菜新品种，试种了反季节蔬菜。种出的蔬菜本单位食堂吃不完，还常运出去支援兄弟单位。仇林吉在服刑期间内，表现好、立功多，为自己减刑提前出狱创造了条件，这应该是让亲人们感到高兴的事。"

这时，一位狱警推门进来说仇林吉回来了，老方叫他到接待室里来。家富自儿子出世后刚会喊爸爸就与他分开了，儿子长得什么样毫无印象，四十多年来他痛苦地以为儿子早已不在人世。来沙湾得知儿子长大却被判刑，心中倍感凄凉，现在父子即将见面，他瞪大眼睛朝门口看，其他人也都注视着门口。仇林吉来了，家富见儿子是一个身材魁梧、脸面方正的壮汉，非常高兴。阿芳也多年未见儿子了，看儿子走进门，觉得比以前老得多了，坐牢毕竟不是愉快地过日子，怎能不老得快？她赶忙走上前去双手抱着儿子，母子相视，她早已泪流满面。仇林吉用手揩去母亲的泪水说："我好好的，妈你难过什么？"

见了家贵他轻声说了一声："爸，你也来了。"家贵不好意思地点了点头，并朝兄长家富看了一眼。

见旁边站着家富、永耕两个陌生人，仇林吉很有礼貌地打了个招呼。

阿芳看见家贵被仇林吉叫爸时的尴尬样子，便把儿子拉到椅子上坐下来，轻轻地把家富从台湾归来，与兄弟意外相遇等情况向仇林吉说了一遍，并告诉他，家富是他亲生父亲，家贵是亲叔父。仇林吉听了非常惊讶，内心翻腾了一会儿后，马上恢复了平静。他从小与母亲相依为命，对母亲百依百顺，非常孝顺。他听从母亲的话，走到家富身边，毕恭毕敬地叫了一声：

"爸爸！"

家富紧紧地抱着他说："爸爸对不起你，没有尽到责任，请原谅我！"

仇林吉哽咽地说："是儿子不争气，给你丢脸了！"

家富说："老方把你的情况向我们说了，爸爸为你感到自豪。"

仇林吉向家富深深鞠了一躬，走到家贵身边，改口叫了一声"叔叔"，说："这些年辛苦你了，谢谢你对妈的照顾。"

家贵说："谢什么，我们本来就是亲骨肉，是一家人，遭遇苦难一辈子了，以后会好起来的。"

仇林吉问母亲，另一位陌生人是谁。阿芳告诉他，是水生的养父，也是刚从台湾回来，是父亲的朋友。仇林吉马上来到永耕身边，鞠了一个躬说道：

"羊叔叔，你是水生的爸爸，我对你们家真是罪孽深重。我对你们家，特别是水生和他母亲两人，干了许多丧尽天良的事，我日夜在反省，总想找机会向水生和他妈妈请罪道歉。"仇林吉一边揩眼泪一边说，"今天他们两个怎么没有来呢？早上我听说有亲人来看我，我以为水生和他妈妈也来了，就想今天能有机会向他们赔罪了。我心里内疚了这么多年，总想早日向他们道歉，若等我出狱再见到他们，不知还要等几年呢！"仇林吉难过地低头饮泣。

永耕被仇林吉的真诚所打动，走到家富身边商量，家富说马上叫驾驶员开车把水生母子接来。永耕说水生今天厂里很忙，估计走不开，要么明天再来。两人一起去向老方协商，请求准许第二天再来探望仇林吉。老方答应了。

第二天，加上秋凤、水生共六个人，仍旧坐昨天的车开往省城。

接待处老方带他们走进一间小会议室。六个人刚坐下，狱警就领仇林吉走了进来。仇林吉微笑着看了大家一眼，径直走到秋凤面前叫了一声"婶娘"，"扑通"一声跪了下来，连磕三个头，每磕一下说一声："我对不住你"。坐在旁边的永耕赶快站起来想去扶他起来，阿芳说不要去扶，让他多跪一会儿，秋凤早已热泪盈眶，马上站起身与永耕两人一人一边把他搀了起来。

"不要这样，过去的事情像溪里的水，流过去就算了，不要去记它。我们都是一家人，我们不会记在心里的。"秋凤揩着眼睛说。

"我是罪人！对你家做了很多恶事，给你们造成了很多的苦难。干了那么多不讲天理良心的缺德事，没遭天打雷劈就算幸运了，任凭政府怎样惩罚我，我都是罪有应得的，我向你们道歉！向你们赔罪！以后改过自新了，一定要报答你们！这一世报答不了，下辈子再报答！"仇林吉说着说着哭出声来。

家富、阿芳见儿子哭得伤心，心里也很难过，说道："婶娘他们家会原谅你的，今后争气点，用实际行动来报答他们。"

仇林吉又走到水生身边，一把抱住水生，动情地说："水生，我的亲弟弟！我做了这么多对不起你的事，我简直不是人！现在你打我骂我吧，让你消消气，我心里会好受一些。"说着拉起水生的手朝自己脸上打。

水生一直冷静地看着仇林吉向母亲下跪磕头，听着仇林吉带着哭声的自贬自责。见仇林吉向他走来，把他抱着，又非常激动地向他泣诉自己的过错，他脸上的表情都很平静，虽然心里想说的话很多。但直到仇林吉拉他的手去打脸时，才禁不住喊出了一声"大哥"，还说了一句："不要这样，争取早日回家吧。"双手紧紧握住仇林吉的手，然后坐回椅子上。仇林吉也走到阿芳、家富、家贵坐的地方，和父母交谈着。

坐了一会儿，老方说："今天的见面非常好，仇林吉向受害者真诚道歉，并取得了谅解。我昨天已经向大家说过，仇林吉入监以来表现很出色，相信他一定能改造好，早日出去，以后做一个全新的仇林吉。"

突然家富慎重地说："我叫汪家富，在此之前四十多年岁月的遭遇当中，我的亲弟弟死里逃生，改了名换了姓，直到半个月前才恢复了自己的名字，姓汪，叫汪家贵。我的亲生儿子，在灾难中与我失散，颠沛流离中不知自己的姓和名，零落成了罪人仇林吉，幸喜他在狱中积极改造，不久将成为一个新人。他从小我们给他取名叫汪有强，我请求老方先生，辛苦一下，帮个忙，给他的姓名改成汪有强，我们感谢不尽！"

老方答应一定做到。仇林吉立即向老方一鞠躬，表示深深的感谢，大家拍手祝福：祝福汪有强新生了。

探监结束，水生为厂里的事，要在省城待一会儿才回去，其他人先乘车回家。

在车上，家贵高兴地说："水生今天叫林吉为大哥，兄弟俩终于相认了。"

永耕说："水生就是这样的人，他心地善良，很少怨怼别人。他性格沉稳，不容易冲动。对一个人友好，就会长期坚持友好下去。恨一个人，也不会轻易改变。他不是那种朝三暮四的人，他看人看事会动脑子思考，然后很理智地对待，平心静气地作出判断。按照心理学上讲人的个性，他是属于黏液质，不是那种性格活泼多变的多血质。这种性格是他从小跟随秋凤生活多年养成的。"

秋凤也说道："今天水生亲口叫了大哥，说明他们亲兄弟正式相认了。水生自十五岁在建筑队打工与林吉相识起，到林吉被捕为止，十一年时间里，受他的迫害太多太深。以致后来阿芳大嫂认了水生，并带林吉来我家玩时，水生心里知道他与林吉是同父母兄弟，可口头上从未确认。昨天晚上，永耕回家同我们一家人讲了林吉在狱中的表现，并恳切要求见我和水生两人，当面向我们道歉，水生被林吉的真情打动，才和大家一起来看他。在接待室，林吉的行动让我们深受感动，水生也从内心深处喊他大哥，我相信今后他们亲兄弟会越来越亲密，水生对亲娘、叔叔也会更加亲近、更加孝敬。"

家富高兴地大声说道："这才是自己人！我们两家，从五十多年前，我和永耕一起读书时起就像亲兄弟一样，直到现在我们都在一起生活，像一家人一样。"

永耕说："不是像一家人，你们是水生亲生父母，本来就是一家人么！"

"说得对，说得对！"大家都十分高兴。

今日探监回家，家富如释重负，心情特别轻松愉快。晚饭后，他从行李箱内取出一张二百万元人民币的支票，准备交给水生。自从意外地和前妻、弟弟、儿子离奇相遇以后，家富发现他们的生活状况都不是很好，就打算帮助他们。他先同永耕一起参观了水生的工厂，水生陪他们在厂里看了以后，又带他们到厂房旁边沿江的一块几百亩空地上转了一下，水生告诉他们，将在这块土地上扩建厂房和职工生活区，还准备建造一个码头。而后又带他们到工厂的林木基地去参观，在那里，家富看到由水坤负责的一个培育苗木的苗圃。水坤用土办法改良林木品种，用方言土语给树木命名，把一个十来亩的苗圃搞得五颜六色、欣欣向荣。接着，水生又带他们看了杉木林、杂木林、伐木场，最后来到一个大树林的山湾里。水生告诉他们，那里有山泉、有瀑布、有石壁、有原始森林等，计划以后建造一个风景旅游区。参观回来后，家富似乎看到了水生企业的美好前景，决定投资参股水生企业。可是，元宵节晚上，家富同来参加婚礼的唐书记、何根焕谈起想对水生工厂投资的意愿时，何根焕说水生的企业属于民营企业，又有集体股份，这种模式，目前阶段还不适合与台商合作。家富又提出想以家贵的名义参股，唐书记说本村的村民都以山林、土地等资源入股，而对资源的评估价是很高的。表面看起来，农户入股的土地、林木等数量不多，但折成股份很高，没有人用资金买股。因为这些资源产生的经济效益不高，但有效期很长，每年分红不多，但盈利期长达几代人。村民要得到股份本金的全部回报，往往要等到子孙后代时期，所以目前不接受用现金参股。为了帮助弟弟家贵改善家庭状况，家富只得请水生帮忙了。如今母子相见、叔侄相认、兄弟相和，家贵一家三口成了水生的家人，所以，帮助家贵克服困难是完全可以托付水生的了。

家富怀揣着二百万元支票走下楼，永耕、秋凤和子女们正坐在火炉边聊闲天。家富在永耕身边坐了下来，水珍给他泡来一杯茶，家富喝了口茶向永耕一家人说道："我跟随永耕到你们家来已经有一个多月了，这一个多月中，我成了你们家的一员。期间我遇到了我的亲人，这让我喜出望外。我准备后天回台湾去，让我唯一挂在心间的一件事，是家贵家还比较困难。家贵六十岁了，身体不是很好，许多重体力劳动已经吃不消干了，家里没有多少经济来源。大儿子有强还在服刑，不知还要不要为他提供生活费。他们住的房子已经十分破旧，日常生活用品也不齐全，总之，他们的日子不太好过。"接着他从口袋里拿出支票说道，"我这里有二百万元交给水生，家贵这人年纪大了，比较糊涂，直接给他钱我不大放心。水生企业要扩大升级，需要不少资金，如果有需要，今后我会再资助。"

家富把支票给水生，水生婉拒说："汪伯伯，你把钱收回去，我发展企业自己有钱，叔叔家的困难我会尽力协助解决。"

家富说："这点钱，对你发展企业那是微乎其微的，这只是我的一点心意。"他一定要把支票交给水生，水生坚决不肯收，永耕说："汪伯伯要放下一桩心事，水生你就收下吧。"水生还不肯收，家富就把支票塞到身边的永耕手里。

秋凤说："水生与亲娘、大哥、叔叔本是一家人，对他们的关心照顾是自己的本分，家富尽管放心。"

水珍说："亲娘和叔叔是我们的长辈，我们做晚辈的孝敬长辈是天经地义的事。"

水生以商量的语气说道："我想这样吧，叔叔如果愿意的话，可以到我工厂里来上班，做一些他力所能及的事。大哥以后刑满回家，可以根据他的特长，厂里给他安排适合的工作，你们看这样好吗？"

永耕马上支持说："水生这个主意好，这样，他们家就有了固定的经济来源了。"

水坤补充说："叫叔叔明天就来厂里上班吧。"大家都十分赞成。

秋凤说道："他们家的房子已经破旧不堪，但那种老房子，改造翻修都很困难，我们家前几年就计划等有了钱要造新房，我看到时候，造房子时多建几间，让水生亲娘一家和我们住在一起。怎么样？"

对于母亲的话，水坤、水生、水珍三人向来十分听从，他们都一致同意。

永耕则高兴地说："那我同家富是真正的一家人了。"

汪家富向大家拱手作揖，说道："我衷心感谢大家，我的一颗心放下了，可以毫无后顾之忧地回台湾了。"

十　水生任重而道远

正月十八，永耕送家富到机场。

回家吃了晚饭后，他在火炉边对妻儿们说："家富是我这辈子交情最深的朋友，这次水生厂里帮助他弟弟家贵安排好工作，我们还答应以后建新房和他们住，他非常高兴，夸水生说话承诺有信，帮他了却了心中最大的一桩心事。对于他给水生的二百万元资金，他说由水生厂里计划安排，不管用在什么地方，他都没有意见。他相信水生不会乱花，必定会用到最需要的地方。他说水生虽然是他亲生，但在我们家长大，成长为有善心、有良心、有本领的人，他非常感谢我们。临上飞机时，他一再握住我的手不放，眼里含着泪水，充满殷殷的寄托。我们要把他的意愿记在心间，不负他的期望。"

秋凤说："其实他们家的人也是不错的，聪明、能干、直爽，家富自己身上就有很多优点。他的弟弟和儿子犯过罪，但在劳改时他们都表现很好，以后我们不会另眼看待他们。"

水珍接着父母的话说："妈说他们改造彻底，不要另眼看待他们，我也体会到了。水生的叔叔家贵昨天来上班了，我安排他在车间做勤杂工。他在木工车间和油漆车间之间的墙壁上看到一句标语：'别忘记，此处曾经发生过火灾。'我见他在标语前站了一会儿，知道那火是他放的，他还因此坐了牢。他走到房子外面，看见墙脚有些碎木片和刨花，就捡起来堆在一起，装进一只废塑料袋，然后把那块地面扫得干干净净。回到车间，又对着那条标语看了看，笑了一下，去别的地方打扫了。中午，他对我说那条标语写得真好，我以为他是受标语刺激心里不高兴，便说，等下叫人用石灰水把它涂掉。他说，千万不要涂掉，好让他为工厂防火做个反面教员，为工厂做点贡献，这句话对别人是提醒，对他很有教育作用，让他记住，要做好人，别人不会另眼看待他的。我看他讲得真诚，就答应把标语留着。今天上午来上班时，他到从前生产队建造的灰料屋里，捡来了好多装过化肥的旧编织袋、塑料袋，放水里洗干净，摊在车间门口晒。我问他用来干什么，他说晒干后拿来装木屑、刨花等杂物。他们巴沙埠村好多人家烧煤饼，常常要去专门买发煤饼炉的干柴火，这刨花木片是发煤炉最好的东西，把它用袋子装起来出售给他们，方便了他们也可为厂里积点钱。我听了心里很感动，从前的'阿标'真的变成现在的'家贵'了！我随口称赞他一句，'叔，你想得真周到。'我想，今后他对我们会更好的。"

水坤也说："其实有强本质也不坏的，他做事有责任心，干劲足。以前只是被那些坏人利用了，害他干了那么多伤天害理的事。相信经过十多年劳改队的教育，他会变好的，从以前的仇林吉变成以后的'汪有强'，出狱后到我们厂来会成为一个好工人。"

关于那二百万元资金的用途，水生有了初步打算。用一百万到县城大街上买几间店面房，开一爿家具店，展销工厂里生产的各种木材器具。办厂以来，全是靠订单销货，以后订单减少了，就要想办法主动出击去拓展市场。过年前厂里就想要进城开店，当时资金不凑手，现在有了这笔钱办得起来了。另外一百万用于村里公益事业。工厂创办几年来全靠村里的大力支持，村里廉价卖给厂里临时工厂用房和场地，及时给厂里提供土地和原材料，还规划给工厂扩建的土地以及为工厂今后的发展给予各方面的援助。经过几年的生产，工厂有了不少的盈利。为回报村民，今年元旦，厂里计划给沙湾各自然村安装自来水，经过与村"两委"商讨决定，由工厂负责把地下水管铺设到各农户门口。当时估算要一百二十万元左右，现在有了这笔钱，今年就可以把这件事办好，让家住江边的沙湾村人用上清澈的新安江水。听了水生的计划，大家都说好，这二百万钱用得其所。

炉子里的炭火已快烬光了，大家还想再坐一会儿。水坤到灶门口找来一点干柴燃起了明火，家里红光闪闪，一下子暖和了起来。永耕听完水生的计划，觉得这两件事都很重要、很有意义，但要顺利做好，任务很艰巨。他建议买房子开店不如租房子好，因为开店卖货，这房子所在的地段很重要。如果经营了一段日子后，感到这个地段不好，想换地方，买来的房子就不如租来的方便。水生听了父亲的话，觉得很有道理，改买房子为租房，费用也少些。秋凤提出，安装自来水，工作量大，涉及家家户户，有很多麻烦的事。水生说，这事村里会帮忙的，厂里只要安排一个人具体负责联系管理就是。永耕说可以叫家贵来做这件事，这个从前的阿标，帮他们家做长工时，安排田地的农活很有经验；他是水生的亲叔叔，给自己人做事会很用心的；他早年又当过农村干部，对各村各户的情况比较熟悉，让他来联系村和户之间的事肯定没有问题。秋凤和儿女们都说好，水生也同意，叫水珍明天就通知家贵，好叫他到村里去商量了。火炉里的火熄灭了，一家人各自回房睡觉。

第二天上午，水生正在办公室仔细看工厂扩建的设计图，村党支部唐书记和镇党委的金书记两人走了进来。

"水生，你在研究什么呢？"唐书记说。

"我在看新工厂扩建设计图。"

金书记立即凑过来说："你的厂子太小了，是要搞大一些。"

水生就拿着图纸，领着两位领导走出办公室来到江边菜地里，指着几块菜地和一大片山坡平地说："这里一共有上百亩地和旧厂房连在一起，我们准备用五年时间建成一座比较现代化的工厂。"

金书记满意地点着头说："还可以向北延伸到沙湾埠交界的大路边。"

唐书记对水生说："金书记今天特地来看一下你的工厂，并通知你一件重要的事。"

水生抬头看着金书记。

"水生，这些年来，你为发展经济在本镇以至全县都带了个好头，群众和领导都希望你带领广大村民奔小康。唐书记的年龄早就到了，只是一直没找到合适的接班人，经唐书记推荐，镇党委研究决定由你来担任沙湾村支部书记。"

水生感到有些愕然。最近十年来，为了改善家庭生活，他做了很多努力。先在承包田里种了一年粮食后再改种蔬菜、草莓、苗木等，后来又做起了小商品生意，直到办起了工厂，使家里逐渐富了起来。可那是七八口人的小家庭，现在突然间要负责几千人的大家庭，他挑得起这副担子吗？

"怎么这么快就决定了？"他有些担忧地说，"我入党才三年时间，只怕肩膀太嫩挑不起这个重担。"

唐书记说："我们是一个村的，还不了解你呀？你有文化、懂科学、能力强、为人和善、能团结人、有新思路，今后发展农村经济就是要靠你这样的人来带头了。"

金书记说："你说才三年党龄，怕那些资格老的党员和旧班子中的支委们不服是吗？"

"那不是，我们村的老党员、老干部都对我很好。我是说自己缺少学习，思想觉悟不够高，党性不够强，缺少经验，怕辜负领导的期望。"

"觉悟、党性、经验都是在实际工作中增长的，边干边学边进步，把担子挑起来，相信你一定能干好。"

金书记的话让他顿感肩上的压力。最后，唐书记通知水生明天上午召开支部大会，叫水生准备一下讲几句表表态。

第二天，沙湾村全体党员集中在村委办公室召开支部大会，镇党委金书记宣布了羊水生担任村党支部书记的决定。而后介绍了水生近几年来在创办企业为发展沙湾村经济方面所做出的贡献，为沙湾村村民增加收入，改善生活做了很多工作，让他来担任支部书记最合适。全体党员要支持他的工作，要团结在他的周围，带领全沙湾的人民奔小康。并指出唐书记今后担任沙湾村村支部的顾问，协助羊水生开展工作。金书记讲完，唐书记接着说：

"水生以后要为沙湾村这个大家庭挑担子了，我们相信他一定能带大家走上幸福的道路。"

接着水生在会上作了表态发言，他说：

"我党龄短、资历浅，今后要向老党员们虚心学习。我是个只会埋头做事的人，希望今后党员同志们多多监督我、指点我，让我少犯错误，工作少走弯路，努力使自己做到不辜负党的期望。我要把沙湾村当作自己的家，把沙湾人当作我自己的家人，决不辜负全体沙湾人民对我的信任和支持。"

大会结束后，唐书记要求支部委员和党小组组长留下来研究工作。

十二个自然村的党小组组长和四个村支部委员，集中到支部办公室。镇党委金书记向大家传达了上级领导关于不断深化农村经济改革坚定不移奔小康的指示精神，他指出："实行改革开放、以经济建设为中心是党中央做出的英明决定，大家要放大胆子，甩开膀子搞经济。要解放思想，大胆创新，只要对发展农村经济有利，对改善老百姓生活有利，什么新点子都要去试试。试错了回头改正，试对了拼命去干。这一点，羊水生同志是我们的榜样。他把全村当作一个大家庭来考虑，上次在我办公室谈到发展沙湾经济的新思路，他脑子里有一个新的构想，我听了很感动，觉得非常好。等下他会说给大家听，以后会带大家一起去干。如果大家认为可行的话，马上就可以干起来。如果干错了，不要怕，我给你们撑腰。总之为了发展经济，什么样的创新思路都可以提出来！"

接着水生把自己的想法讲给大家听。他说自己办木材加工厂，获得了一些利润，有了些发展，全都是大家关心指导的结果。近两年镇里组织他到外面参观学习好多次，每次都让他大受启发。尤其是前年到江苏华西村，看到他们坚持走集体富裕的路子办法多、思想新、讲实效，回来向唐书记汇报后，村里根据本地的实际，将全村的山林折价评估后参与木材家具厂联合经营开发，使山林资源得到有效利用，村民也能从中获益。通过两年多的运作，他产生了对全村产业资源和人力资源进行合理搭配组合、科学开发经营的念头。具体说，就是根据产业和人力可组成若干个专业经济，如粮食生产、畜牧生产、蔬菜水果生产，根据地利水利等情况把土地划分为最有利于某专业生产的专业区，村民根据各人的特长和身体状况等因素组成专业队，在自己的专业区生产经营。就像工厂各工种在自己车间劳动一样，让土地和人力资源效益的最大值发挥出来。现在有许多农村发展专业户生产的实践证明，这个发展方向是对头的。

水生介绍了自己的构想后，继续谈他对沙湾村组合专业生产经营的具体安排。他举例子说："沙湾畈是全村农田集中区，沙湾岭村口以外区域田畈阔、土地平坦、阳光好、水利条件也好，作为水稻粮食专业生产区，全村种粮食最有技术的人可参加这个专业区。沙湾岭和沙岭脚两村之间的杨田坞，口子小、中间宽、坞底窄，两边山头不高，里面水田不多，山脚地多，还有一口水塘，可划为禽畜专业区。在坞口的两边山垅上，围上篱笆，将鸡、鸭、猪、羊直接放在山里野生野养，在山上各处建造一些鸡棚、羊舍、猪栏之类的小茅棚，让它们住夜避寒，村里养禽畜有经验的人可以到这个专业队来。动物的排泄物会被土地自身消化，或者集中起来堆在杨田坞口，外面就是粮食专业区，再多的有机肥都消化得了，绝对不会污染沙湾和新安江。蔬菜水果类生产可以在巴沙埠到沙湾埠之间江岸的坡地上安排，那里雨水调匀、阳光充足、临近市场、销售方便。总之就是人力和地力合理配置以获取利益的最大化。"众人听懂了，认为想法是好，做起来恐怕不那么容易。

水生说："这是我个人的想法，具体实行起来困难一定很多，大家谈谈看怎么办好。"

沙湾岭的党小组组长说："杨田坞作禽畜专业区是好地方，以前大队里在那里办过养猪场，房子造了好几座，还有两家专门住在那里，可是猪养不大、养不肥，越养越瘦，后来就不办了。分田到户后，里面平地分给了好几家。我估计要把土地收回集中使用有几户不会答应。我们村的阿宝，是他的东西，一块石头你用金子去换，他都说亏了。他隔壁阿林那年要造房子，想换他的一块三角地，阿林求他多少次，他就是不同意，害得阿林的房子到现在都没有建成。"

水生说："个别农户的思想工作确实不容易做，但是他们都讲利益的，只要我们做出的事比他们自己的方法更有利，他就会从好处方面去想。那年沙湾埠海老虎家的一块林地不肯入股，他说要种药材卖，我们就没有收他的地，可看见人家的地上树长起来，年年有分红，他的药材种不好没收益，主动找我们要评估入股，我们在他地里种了一人多高的杉木，今年他就有分红了。"

沙岭脚村党小组组长阿山说："专业队，从前大队也办过一个林业专业队，一个养蚕专业队。我在林业专业队做过一年，当时各小队安排一个劳力到大队林业专业队去劳动，每天出工记工分，年终分红时到自己生产队来参加分配。专业队属于大队的，我们每天挖山、铲树林、种树苗没有直接的经济收益，所以大家每天做工是出工不出力。生产搞得好坏没有人关心，只要每天把工分记上去就好了，有时甚至记空头工分。不久就垮了。"

大家七嘴八舌都赞成水生的想法很好，只是怕弄不好，又走上以前集体化时期的老路上去。

水生说："我们要记住以前失败的教训，防止倒退，更要学习别人成功的经验。"

散会后，水生与回家同路的几个党小组组长走在一起。在沙湾畈田野的主干道上，他们迈开大步，走向前方……

后　记

二〇〇九年，我在建德市关工委宣讲团，撰写了一组庆祝中华人民共和国成立六十周年系列宣讲稿。到一些学校宣讲后，发觉多数青少年听宣讲共和国历史，不如听长征、抗战故事感兴趣。当时我想，我国解放初到改革开放那几十年，正是中国特色社会主义的孕育期，如同母亲临产前的阵痛，作为子女们是不可不知的。可随着时间的流逝，青少年对是非经过不知情，而"生在旧社会长在红旗下"的中老年过来人也已逐渐淡忘。为了让下一代认知祖国母亲那段不平凡的历史，让上代人还记得起那些不该忘记的岁月，作为关工委"五老"宣讲团副团长，我想以写一个普通家庭的故事，来展现国家特定时期里，生活在社会最底层的人们的生存状况。这是本人写作的初衷。

既定初心，依心而行。搜集本人所见所闻所忆所感，经过排列组合，生成了拙作的原始素材。二〇一〇年初秋的一天，建德市作协原主席、中国通俗文艺研究会会员金波，约我到新安江边一家船上茶馆喝茶。他向我讲了准备写一部有关蒋介石替身的小说，还把故事从头至尾向我讲了一遍。我听了觉得很好，叫他早点写出来。同时，我也花了二十来分钟把初步构思好的本拙作故事说给他听，他觉得情节离奇却有意义，催我赶快动手写。

一年后的一天，金波给我一份打印稿，叫我看完后参加文联讨论会，原来他的小说初稿完成了。讨论会上金波还介绍了我构思的小说题材。文联、作协的领导鼓励我赶快写出来。可是我只在脑子里酝酿，说要写却总不动手。因为我在关工委，每过一段时间要写一篇可讲个把小时近万把字的宣讲稿，成天关注媒体的新闻时事，难以静下心来写小说。二〇一二年五月，金波的长篇小说《红飘带》出版了，我手捧新书为他高兴。谁料不久，他竟被病魔夺去了生命！我在惊愕悲叹之时，想起他生前多次叫我快写的嘱咐，泪湿双眸。我惊觉时不我待，可正在此时，社区叫我参加村志写作。写宣讲稿又加上写村志，终于又把写小说搁下了。

二〇一七年元旦，我因小恙住院，出院后，年迈体衰，就从关工委的工作彻底抽身出来了。此时，村志写作我所承担的任务也已经完成，这才可以静下心来写作了。

虽然腹稿酝酿已较成熟，可要想写成时间跨度四十年、出现人物十多个的长篇故事，感到有点力不从心。为了能得到专家老师的指教，我把"内容提要""目录""人物介绍""故事梗概"写好，打印起来，呈送文联作协等有关专家过目。此时幸运地得到誉满全球的当代著名作家、谍战小说创始人麦家老师的辛勤指导。麦家老师看了我呈送的材料后，认为这个题材值得写，并建议确定了题目。经过半年多时间的写作，初稿草草完成了。

由于本人误以为这个故事要写完整，没有一定的篇幅字数会显得单薄，所以行文过程中，将早已酝酿好的内容，不分主次尽往细处写，因此初稿冗长啰唆。麦家老师看了后，提出具体修改意见，还亲自修正"楔子"作示范。我认真学习了他的意见和修改示范稿后，围绕主题中心，删掉两章，增加两章，对文中过细的人物心理描写、细节描写、不必要的介绍交代、无关痛痒的评论抒情等作了删减，十一月底完成了修改稿。

由于我眼睛有严重白内障，看电脑久了两眼昏花，复视重影，看不清标点符号，所以虽经修改，错处还很多。麦家老师在百忙之中挤出时间，为拙作细心地批览、纠错、句逗、润色，直至送交出版社，最后还写了序。

麦家老师对拙作的精心指导，令人感动万分，我不禁诚惶诚恐。因为一个耄耋老人的"滥竽"之作，竟深得如许大名人的关爱，让我忝列师门，不佞觍颜之至，不知如何感谢是好。

另外，建德党史办原主任、省作协委员洪淳生，曾在同往福建旅游期间，听我讲了本拙作故事，鼓励我写并与我商议书名。建德市文联秘书长、作协主席过承祺多次垂问本书写作，提出修改意见。还有在写作出版过程

中，我的亲友、学生以及编印工作人员等，热情帮助打字、修改、传稿等，在此一并致谢！

限于水平，拙作中定有不少谬误之处，敬请广大读者批评指正。

章荣朝
二〇一八年三月二十五日于新安江白沙村